숨 쉴 곳을 찾아서

옮긴이 **이영아**

서강대학교 영어영문학과를 졸업하고 성균관대학교 사회교육원 전문 번역가 양성 과정을 이수했다. 현재 전문 번역가로 활동하고 있다. 옮긴 책으로 캐런 M. 맥매너스의 『누군가는 거짓말을 하고 있다』와 『우리 중 하나가 다음이다』, 『두 사람의 비밀』, 폴라 호킨스의 『걸 온 더 트레인』, 『스티븐 프라이의 그리스 신화』 시리즈, 리처드 H. 스미스의 『샘통의 심리학』, 앤서니 애브니의 『별 이야기』, 드루드 달레룹의 『민주주의는 여성에게 실패했는가』 등 다수가 있다.

조지 오웰·소설 전집

숨 쉴 곳을 찾아서

초판 1쇄 발행 2023년 2월 10일

지은이 · 조지 오웰
옮긴이 · 이영아

펴낸이 · 조미현
책임편집 · 김호주
교정교열 · 김정현
디자인 · 나윤영

펴낸곳 · (주)현암사
등록 · 1951년 12월 24일 · 제10-126호
주소 · 04029 서울시 마포구 동교로12안길 35
전화 · 02-365-5051
팩스 · 02-313-2729
전자우편 · editor@hyeonamsa.com
홈페이지 · www.hyeonamsa.com

ISBN 978-89-323-2274-2 04840
ISBN 978-89-323-2270-4 (세트)

GEORGE ORWELL

조지 오웰 소설 전집

숨 쉴 곳을 찾아서

이영아 옮김

COMING UP FOR AIR

(1939)

현암사

일러두기

-이 책의 번역 대본으로는 *Coming Up for Air*(Penguin Books, 2000)를
사용했다.
-본문에 나오는 각주는 모두 옮긴이주다.

"그는 죽었지만, 누워 있지 않으려 하네."

—대중가요

차례 ———

숨 쉴 곳을 찾아서

해설

숨 쉴 곳을 찾아 떠난 이에게 ―정용준

조지 오웰 연보

제1부

1

틀니를 바꿔 끼운 날, 그 생각이 떠올랐다.

그날 아침이 생생히 기억난다. 7시 45분 즈음 침대에서 슬쩍 빠져나가 아이들보다 먼저 욕실로 들어갔다. 하늘이 우중충하니 누르스름한 잿빛을 띤, 1월의 끔찍한 아침이었다. 작은 정사각형 욕실 창으로 내다보이는 저 아래에 폭 10미터, 길이 5미터 정도의 잔디밭이 펼쳐져 있었다. 쥐똥나무 울타리를 둘러쳤고, 한복판에 작은 맨땅이 있는 그곳을 우리는 뒤뜰이라 부른다. 엘즈미어로(路)에 있는 모든 집의 뒤에는 똑같은 뒤뜰, 똑같은 울타리, 똑같은 잔디밭이 있다. 유일한 차이점이라면, 아이가 없는 집은 잔디밭 한복판에 맨땅이 없다는 것이다.

욕조에 물을 받는 동안 나는 조금 무딘 면도날로 힘겹

게 수염을 밀고 있었다. 거울 속의 내 얼굴이 나를 바라보았고, 거울 밑으로는 세면대 위 작은 선반에 놓인 물그릇에 치아가 담겨 있었다. 새 틀니를 제작하는 동안 끼고 있으라며 치과 의사인 워너가 준 임시 틀니였다. 내 얼굴은 그래도 썩 괜찮은 편이다. 버터 빛깔의 머리칼이나 연푸른 눈동자와 잘 어울리는 벽돌색 얼굴이다. 다행히 아직은 흰머리가 나거나 탈모가 오지 않았으니, 이를 끼우고 나면 내 나이인 마흔다섯처럼 보이지 않을지도 모른다.

면도기를 사야지, 하고 머릿속으로 되뇌며 욕조로 들어가 비누칠을 하기 시작했다. 팔에 비누를 칠하고(내 통통한 팔은 손목부터 팔꿈치까지 주근깨가 나 있다), 평범한 방법으로는 손이 닿지 않는 어깨뼈는 등 닦는 솔로 문질렀다. 성가시지만, 요즘 손이 닿지 않는 부위가 여러 군데 있다. 사실 난 약간 뚱뚱한 편에 속한다. 서커스의 사이드쇼*에 나올 법한 정도의 뚱보는 아니다. 체중은 90킬로그램을 넘지 않으며, 저번에 허리둘레를 재봤더니 48인가 49인치가 나왔다.** 그리고 '역겹도록' 뚱뚱한 것도 아니고, 뱃살이 허벅지까지 처지지도 않았다. 그저 엉덩이가 조금 커서 맥주통형 몸매가 됐을 뿐이다. 뚱뚱하면서 활동적이고 쾌활한 사람, 뚱보나 땅딸보라는 별

---

* 손님을 끌기 위해 따로 보여주는 소규모 공연.
** 체중 90킬로그램에 허리둘레 48-49인치는 거의 불가능하므로, 조지 오웰이 허리 치수를 착각해서 썼을 가능성이 있다.

명으로 불리는 기운 넘치고 통통 튀는 사람, 파티가 열릴 때마다 홍을 돋우는 사람을 알고 있는가? 바로 내가 그런 사람이다. 사람들은 대부분 나를 '뚱보'라고 부른다. 뚱보 볼링. 조지 볼링이 내 본명이다.

하지만 비누칠을 하는 그 순간 나는 전혀 홍이 나지 않았다. 잠도 잘 자고 소화에도 문제가 없지만, 요즘 들어 거의 날마다 이른 아침에는 뚱한 기분이 되어버리고 만다. 물론 난 그 이유를 알고 있었다. 망할 놈의 틀니 때문이다. 물속에 담가두면 더 커 보이는 그것은 해골의 이빨처럼 나를 바라보며 씩 웃고 있었다. 잇몸끼리 서로 맞닿는 기분은 참으로 더럽다. 시큼한 사과를 깨물 때처럼 짜증이 솟고 진저리가 쳐진다. 게다가 어쨌든 간에 틀니는 인생의 이정표와도 같다. 마지막 남은 자연치가 빠지고 나면, 할리우드의 매력적인 남자인 척 스스로를 속일 수 있는 시절도 확실히 끝나고 만다. 그리고 난 마흔다섯 살인 데다 뚱뚱했다. 사타구니에 비누칠을 하려고 일어서면서 내 몸매를 내려다보았다. 뚱뚱한 사람은 자기 발을 못 본다는 헛소리가 돌아다니는데, 내 경우엔 똑바로 서면 발의 앞쪽 절반밖에 안 보이는 게 사실이다. 배에 비누를 칠하면서 나는 내게 두 번 눈길을 줄 여자는 한 명도 없을 거라는 생각을 했다. 돈을 주면 모를까. 그렇다고 딱히 여자들이 나를 두 번 봐주면 좋겠다고 바란 건 아니다.

하지만 이날 아침엔 기분이 좀 더 좋아야 할 이유가 몇 가지 있었다. 우선 일을 나가지 않았다. 내가 담당 구역(나는 보험업에 몸담고 있다. 플라잉 샐러맨더. 생명, 화재, 도난, 쌍둥이, 조난 사고 등등 취급하지 않는 것이 없는 보험 회사다)을 이동할 때 타고 다니는 낡은 자동차가 잠시 수리 중이었고, 런던의 사무실에 들러 제출할 서류가 있긴 했지만 하루 휴가를 내고 새 틀니를 가지러 갈 예정이었다. 그리고 얼마 전부터 마음을 들락거렸던 또 다른 일도 있었다. 아무에게도—그러니까, 가족 중 누구에게도—말하지 않은 17파운드가 내게 있었다. 사연은 이렇다. 우리 회사의 멜러즈라는 녀석이 『점성술로 보는 경마』라는 책을 손에 넣었는데, 경마 기수가 입은 옷의 색깔이 행성들의 영향을 받아 승부를 결정짓는다는 사실을 증명하는 책이었다. 어느 경마 대회에 '해적의 신부'라는 전혀 승산 없는 암말이 출전했는데, 기수가 입고 있는 옷의 색깔이 녹색이었다. 마침 녹색은 상승점에 있는 행성들의 색이었다. 점성술에 심취한 멜러즈는 그 말에 몇 파운드를 걸면서, 내게도 그렇게 하라고 빌다시피 했다. 무엇보다 더 이상 들볶이기 싫었던 나는 평소의 원칙을 깨고 결국 10파운드를 걸었다. 아니나 다를까, 해적의 신부는 쉽게 우승을 차지했다. 정확한 배당률은 기억나지 않지만, 내게 떨어진 몫은 17파운드였다. 일종의 본능—내 인생의 또 다른 이정표를 암시할지도 모를 다소 기묘한 본능—으로 나는 그 돈을 조용히 은행에 집어넣고는 입을 닫았다. 난생처음 해보는 짓이었다. 좋은 남편이자 아버지라면 그 돈으로 힐다(내 아내이다)에게 원피스를, 아이들에게는 부츠를 사주었을 것이다. 하지만 15년 동안 좋은 남편이자 아버지였던 나는 슬슬 진력이 나기 시작했다.

온몸에 비누칠을 하고 나니 기분이 좋아져서, 욕조 속에 누워 17파운드를 어떻게 쓸까 생각해보았다. 여자와 주말을 보내거나, 아니면 소박하게 시가나 더블 위스키 같은 자질구레한 것들에 조금씩 쓰거나 둘 중 하나겠지. 이제 막 뜨거운 물을 조금 더 틀고 여자와 시가에 대해 생각하고 있을 때, 버펄로 떼가 욕실로 이어지는 두 계단을 달려 내려오는 듯한 소리가 들렸다. 물론 아이들이었다. 우리 집만 한 곳에서 아이 둘을 키우는 건 파인트 잔에 맥주 1쿼트*를 담는 거나 마찬가지다. 밖에서 미친 듯 발을 동동 구르는 소리에 이어 괴로운 절규가 들려왔다.

"아빠! 나 들어갈래!"

"안 돼. 기다려!"

"아빠! 나 급해!"

"다른 데 알아봐. 후딱 가. 아빠 목욕 중이야."

"아-빠! 나 급하다니까!"

버텨봐야 소용없었다! 나는 위험신호를 알아차렸다.

---

* 약 1.11리터. 1쿼트는 1갤런의 4분의 1이며 1파인트의 두 배다.

변기가 욕실에 있으니—이런 집에서는 당연한 일이다. 나는 마개를 뽑아 욕조 물을 빼고는, 허겁지겁 대충 몸을 닦았다. 문을 열자 어린 빌리—일곱 살짜리 막내—가 내 옆을 쏜살같이 지나가며, 녀석의 머리를 노린 내 손을 휙 피했다. 나는 옷을 거의 다 입고 넥타이를 찾다가 목에 비누가 아직 남아 있다는 걸 알았다.

목에 비누가 묻어 있으면 짜증이 난다. 기분 나쁘게 끈적끈적한 데다, 신기한 일은 목에 묻은 비누를 발견하는 순간 아무리 꼼꼼하게 닦아내도 그 끈적끈적한 느낌이 온종일 가시지 않는다는 것이다. 나는 여차하면 심술이 튀어나올 것 같은 언짢은 기분이 되어 아래층으로 내려갔다.

엘즈미어로의 다이닝룸들이 그렇듯 우리 집의 다이닝룸은 폭 4미터에 길이 3.5미터, 혹은 폭 3.5미터에 길이 3미터인 비좁은 공간이다. 힐다의 어머니에게 결혼 선물로 받은 은제 달걀 받침대와 텅 빈 디캔터 두 개를 얹어놓은 졸참나무 찬장이 거의 모든 자리를 차지하고 있다. 힐다는 찻주전자 뒤에서 우울한 표정을 짓고 있었다. 불안하고 당황스러울 때마다 보이는 행동이다. 《뉴스 크로니클》에 버터 가격이 올라갈 거라는 기사라도 실린 모양이었다. 가스난로를 켜두지 않아서, 창문들이 닫혀 있는데도 지독하게 추웠다. 나는 허리를 굽혀 난로에 성냥불을 붙이면서, 힐다에게 눈치를 주듯 약간 시끄럽게 콧바람을 불었다(몸을 굽힐 때마다 항상 숨을 쌕쌕거리게 된다). 그러자 힐다는 내가 쓸데없이 뭔가를 낭비한다고 생각할 때마다 으레 그러듯 곁눈질로 나를 슬쩍 쳐다보았다.

힐다는 서른아홉 살이고, 처음 그녀를 만났을 땐 꼭 토끼를 닮은 모습이었다. 지금도 여전히 그렇지만, 아주 야위었고 조금 쭈글쭈글해졌으며, 항상 생각에 잠긴 듯 근심 어린 눈빛을 하고 있다. 평소보다 더 심란할 땐, 모닥불 앞에 있는 늙은 집시처럼 어깨를 웅크리고 가슴 앞으로 팔짱을 끼는 버릇이 있었다. 재앙을 예견하는 데서 삶의 가장 큰 낙을 얻는 부류인 것이다. 물론 사소한 재앙들뿐이다. 전쟁이니 지진이니 전염병이니 기근이니 혁명이니 하는 것들에는 아무런 관심도 없다. 버터값이 오를 예정이고, 가스비가 엄청 많이 나왔고, 아이들 부츠가 해지고 있고, 라디오 청취비를 내야 할 때가 또 다가오고 있다. 이런 것들이 힐다의 고민이다. 그녀는 가슴 앞으로 팔짱을 끼고 몸을 앞뒤로 흔들며 내게 침울한 말을 건네는 데서 쾌감을 얻는 것이 분명하다. "하지만, 조지, 정말 **심각해! 어떡해야** 할지 모르겠다니까! 어디서 돈을 구하냐고! 얼마나 **심각한** 문젠지 당신은 모르는 것 같네!" 이러쿵저러쿵. 우리가 결국 구빈원에 들어가게 되리라는 생각이 그녀의 머릿속에 단단히 박혀 있다. 재미있는 점은, 혹시 우리가 구빈원에 가게 되더라도 힐다는 나보다 훨씬 더 개의치 않으리라는 것이다. 오히려 안정감을 만

끽하리라.

　아이들은 번개같이 씻고 옷을 입은 뒤 이미 아래층에
내려와 있었다. 욕실 밖에 기다리는 사람이 없을 땐 항상
그렇게 동작이 빠르다. 내가 식탁으로 갔더니, 아이들은
노래 부르듯 다투고 있었다. "네가 그랬잖아!", "아니야,
안 그랬어!", "그랬으면서!", "아니, 안 그랬어!" 가만히
두면 아침 내내 그러고 있을 것 같아서 그만두라고 했다.
아이는 일곱 살인 빌리와 열한 살인 로나, 이렇게 둘뿐이
다. 아이들을 향한 내 감정은 묘하다. 꼴도 보기 싫을 때
가 많고, 대화랍시고 둘이 나누는 얘기는 도무지 들어줄
수가 없다. 필통이나 자, 누가 프랑스어 최고 점수를 받
았나 따위의 문제들만 머릿속에 잔뜩 들어 있는 따분하
고 단순하기 그지없는 나이다. 아이들에게 아주 다른 감
정이 느껴질 때도 있다. 특히 아이들이 잠들었을 때. 가
끔, 밝은 여름밤에 아이들 침대 옆에 서서 잠든 아이들의
동그란 얼굴과 나보다 훨씬 더 밝은 두 가지 빛깔의 머리
칼을 보고 있자면, 성경에서 읽었던 대로 '사랑하는 마음
이 복받친다'.* 그럴 때면, 나라는 인간은 이 녀석들을 낳
고 먹여 키우기만 하면 되는 하찮은 존재, 쭈글쭈글한 꼬
투리가 된 것 같은 느낌이 든다. 하지만 그것도 순간뿐이
다. 대개는 독자적인 존재로서의 내가 무척 중요하다. 젊

---

*「창세기」43장 30절.

은 사람 못지않게 아직 혈기 왕성하고 앞날이 창창한 기분이다. 내가 여자와 아이들을 먹어 살릴 젖소에 불과하다고 생각하고 싶지는 않다.

아침을 먹는 동안 우리는 별로 대화를 나누지 않았다. 힐다는 '**어떡해야 할지 모르겠어!**'라는 표정이었다. 버터값 때문이기도 했고, 다가오는 크리스마스 연휴와 지난 학기에 아직 내지 못한 수업료 5파운드 때문이기도 했다. 나는 삶은 달걀을 먹고, 빵에 골든 크라운 마멀레이드를 발랐다. 힐다는 앞으로도 계속 이 마멀레이드를 살 것이다. 1파운드당 5.5펜스로, 라벨에는 간신히 법을 통과할 만한 작은 글씨로 '일정량의 중성 과일즙' 함유라고 쓰여 있다. 이것을 본 나는 중성 과일이란 게 대체 어떻게 생겨 먹었냐는 둥, 어떤 나라에서 자라냐는 둥 떠들어대기 시작했다. 나는 가끔 이렇게 남의 짜증을 돋울 때가 있다. 결국 힐다는 화를 냈다. 나에게 놀림받는 것이 싫어서가 아니라, 돈을 아끼는 문제로 농담하는 건 악랄한 짓이라는 막연한 생각 때문이었다.

신문을 봤지만 새로운 소식은 그리 많지 않았다. 여느 때처럼 스페인과 중국에서는 사람들이 서로를 죽이고 있었고, 기차역 대합실에서 한 여자의 다리가 발견되었으며, 조그 1세*의 결혼식이 위기에 처했다. 계획보다 약

---

* Zog I. 알바니아의 초대 대통령이자 국왕(1895-1961).

간 이른 시각인 10시 즈음, 드디어 나는 시내로 출발했다. 아이들은 공원에 놀러 나가고 없었다. 지독히도 냉랭한 아침이었다. 현관 밖으로 나가자 비누가 묻었던 목에 기분 나쁜 돌풍이 불어닥쳤다. 뜬금없게도, 옷이 안 맞고 온몸이 끈적거리는 듯한 기분이 들었다.

2

내가 살고 있는 웨스트 블레츨리의 엘즈미어로를 아시는
지? 설사 모른다 해도, 그곳과 빼닮은 거리를 50군데는
알고 있을 것이다.

  이런 거리는 런던 교외에 화농처럼 널리 퍼져 있다. 다
를 것 하나 없이 똑같은 거리들이다. 기다랗게 줄지어 선
자그마한 두 세대 주택들─엘즈미어로에는 212채까지
있으며, 우리 집은 191번지다─은 공공 임대주택과 아
주 비슷하지만, 전반적으로 외관이 더 흉하다. 치장 벽토
로 장식된 앞면, 방부제를 바른 목재 대문, 쥐똥나무 울
타리, 녹색 현관. 로럴, 머틀, 호손, 몽 아브리, 몽 레포, 벨
뷔* 등등의 집 이름. 50채에 한 채 정도는, 결국엔 구빈원
신세를 지게 될지도 모를 반사회적 인간들이 현관문을

녹색이 아닌 파란색으로 칠해놓았다.

목이 끈적거리는 느낌 때문에 나는 의기소침해졌다. 끈적거리는 목이 사람을 우울하게 할 수 있다니, 참으로 신기하다. 공공장소에서 신발 밑창이 덜렁거리고 있다는 사실을 갑자기 알게 될 때처럼 기운이 쭉 빠져버린다. 그날 아침, 나 자신에 대한 환상은 전혀 없었다. 뚱뚱하고 붉은 얼굴에 틀니를 끼고 천박한 옷차림으로 거리를 걷는 내 모습을 저 멀리서 지켜보는 느낌이었다. 나 같은 인간이 신사처럼 보일 리 없다. 200미터 떨어져서 봐도 곧장 알아챌 것이다. 내가 보험회사 직원이라는 건 몰라도, 영업 사원이나 외판원 쪽이라는 건 간파하리라. 내 옷차림은 사실상 그런 종족의 제복이나 마찬가지였다. 낡아빠진 회색 헤링본 정장, 50실링짜리 파란 오버코트, 중산모, 장갑을 끼지 않은 맨손. 그리고 수수료를 받고 상품을 파는 사람 특유의 거칠고 뻔뻔한 표정. 새 정장을 입거나 시가를 피울 때처럼 상태가 가장 좋을 때는 마권 업자나 퍼브 주인으로, 상태가 아주 나쁠 땐 진공청소기 외판원으로 보이겠지만, 평소에는 내가 어떤 사람인지 수월하게 맞힐 수 있을 것이다. 나를 보자마자 "일주일에 5-10파운드"라는 말이 튀어나오리라. 경제적으로나 사

※ 차례대로 월계수, 도금양, 산사나무, 나의 피난처, 나의 휴식처, 아름다운 전망이라는 뜻이다.

회적으로나 나는 엘즈미어로의 평균치에 가깝다.

거리는 거의 내 독차지였다. 남자들은 8시 21분 기차를 타러 이미 달려갔고, 여자들은 가스레인지를 만지작거리고 있었다. 주변을 둘러볼 시간이 있을 때, 그리고 마침 기분이 괜찮을 때, 이런 교외 거리를 걸으며 이곳에서의 삶을 생각하면 속으로 웃게 된다. 엘즈미어로 같은 거리의 정체가 결국 뭐란 말인가. 감방들이 한 줄로 늘어선 교도소에 불과하지 않은가. 일주일에 5-10파운드씩 버는 가난한 인간들이 상사에게 괴롭힘당하고 악몽 같은 아내에게 시달리고 거머리 같은 아이들에게 피를 빨리며 벌벌 떨고 있는 고문실들이 연립주택처럼 따닥따닥 붙어 있는 교도소. 노동계급의 고통에 대해서 많은 이가 헛소리를 지껄여댄다. 나 자신은 프롤레타리아들이 그리 딱하지 않다. 해고당할까 봐 걱정하며 잠 못 이루는 인부가 한 명이라도 있을까? 프롤레타리아는 몸은 힘들지만, 일하지 않을 땐 자유인이다. 하지만 치장 벽토를 바른 작은 상자들 속에 사는 불쌍한 인간들은 **절대** 자유롭지 못하다. 깊이 잠들어, 상사를 우물 바닥에 처박아 놓고 석탄 덩어리를 마구 던지는 꿈을 꿀 때라면 모를까.

물론 우리 같은 인간들의 근본적인 문제는 우리에게도 잃을 것이 있다고 착각하는 거라고, 나는 속으로 중얼거렸다. 우선, 엘즈미어로에 사는 사람들의 90퍼센트는 자기가 집을 소유하고 있다고 생각한다. 엘즈미어로와 거기서부터 중심가까지 이르는 주변 구역은 헤스페리데스 주택단지, 즉 치어풀 신용 주택금융조합이 벌이고 있는 거대한 사기극에 속해 있다. 주택금융조합이야말로 현대 사회의 가장 영악한 사기일 것이다. 내가 몸담고 있는 보험업 역시 사기임을 인정하지만, 가진 패를 다 보여주는 노골적인 사기다. 하지만 주택금융조합이 벌이는 사기의 대단한 점은, 피해자들이 은혜를 입고 있는 것처럼 느끼게 한다는 것이다. 사람들은 자기들에게 한 방 먹인 자들의 손을 핥는다. 가끔 나는 헤스페리데스 주택단지에 주택금융조합의 신에게 바치는 거대한 조각상이라도 세우고 싶어진다. 그 신은 평범하지 않을 것이다. 무엇보다, 양성일 것이다. 상체는 기업의 임원, 하체는 임신한 아내. 한 손에는 거대한 열쇠―물론, 구빈원으로 들어가는 열쇠―를, 한 손에는―선물을 뿜어내는 프렌치호른처럼 생긴 걸 뭐라 부르더라?―풍요의 뿔을 들고 있을 것이다. 그 뿔에서는 휴대용 라디오, 틀니, 아스피린, 콘돔, 튼튼한 정원용 롤러가 쏟아져 나오리라.

사실 엘즈미어로에 사는 우리는 집값을 다 내고도 집주인이 되지 못한다. 우리가 가진 것은 자유 보유권이 아니라 임차권에 불과하기 때문이다. 16년에 걸쳐 550파운드를 지불해야 하고, 일시불로는 약 380파운드에 살 수 있는 수준의 집들이다. 이렇게 따지면 치어풀 신용은 170파운드의 수익을 올려야 하지만, 말할 필요도 없이 훨씬 더 많은 돈을 벌어들인다. 380파운드에는 건축업자의 수익이 포함되는데, 치어풀 신용은 윌슨 앤드 블룸이라는 이름으로 직접 집을 지어 건축 회사의 수익까지 챙긴다. 자재비만 대면 되는 것이다. 하지만 자재에 대한 수익 역시 그들의 주머니로 들어간다. 브룩스 앤드 스캐터비라는 이름으로 벽돌과 타일, 문, 창틀, 모래, 시멘트, 아마 유리도 직접 팔기 때문이다. 또 다른 가명으로 문과 창틀을 만들 목재까지 판다 해도 전혀 놀랍지 않다. 충분히 예견할 수 있는 일인데도 우리 모두 심한 충격을 받은 사실은, 치어풀 신용이 항상 약속을 충실히 이행하지는 않는다는 것이다. 엘즈미어로가 지어졌을 때 플랫의 초원이라는 이름의 공터―그리 멋지지는 않지만 아이들이 놀기에는 좋았다―가 몇 군데 있었다. 문서화된 건 전혀 없었지만, 플랫의 초원에는 건물을 짓지 않을 거라는 암묵적인 이해가 있었다. 하지만 웨스트 블레츨리는 성장 중인 교외였다. 1928년에 로스웰의 잼 공장이 열렸고, 1933년에는 앵글로 아메리칸 올 스틸 바이시클 공장이 지어졌으며, 인구는 점점 늘고 집세는 올라가고 있었다. 치어풀 신용의 허버트 크럼 경이나 다른 거물들을 실제로 본 적은 없지만, 군침을 흘리는 그들의 모습이 눈에 선했다. 갑자기 건축업자들이 들어오더니 플랫의 초원에 집들이 들어서기 시작했다. 헤스페리데스로부터 고통의 울부짖음이 터져 나왔고, 입주자 보호 협회가 만들어졌다. 부질없는 짓이었다! 크럼의 변호사들은 5분 만에 우리 코를 납작하게 만들었고, 플랫의 초원에 건물들이 세워졌다. 하지만 크럼에게 준남작 지위가 마땅하다고 느끼게 하는 정신적 사기야말로 정말 교묘한 사기다. 우리가 집을 소유하고 있으며 소위 '국가에 지분'을 갖고 있다는 착각 때문에, 헤스페리데스 주택단지 같은 곳에 사는 우리 가난한 멍청이들은 영원히 크럼에게 충성하는 노예가 되어버린다. 우리 모두 버젓한 집주인들─그러니까, 토리당* 지지자, 예스맨, 아첨꾼─이다. 굴러들어온 복을 발로 찰 순 없다! 실제로 우리는 집주인이 아니고, 집값을 계속 내는 중이며, 마지막 할부금을 내기 전에 무슨 일이 벌어질까 봐 벌벌 떨고 있다. 이런 사실들은 우리를 더욱더 노예로 만들 뿐이다. 우리 모두 팔렸다, 그것도 우리 돈을 내고. 전망이 아예 없고 벨이 울리지 않아서 벨 뷰라 불리는 벽돌 인형 집에 제값의 두 배를 내기 위해 몸이 부서져라 일하며 혹사당하는 가난뱅이들─볼셰비즘으로부터 나라를 구하기 위해 전장에서 죽을 가난한 호구들.

나는 월폴로를 따라 하이 스트리트로 들어갔다. 런던으로 가는 10시 14분 기차가 있다. 식스페니 바자를 막

─────────

＊ 영국에서 17세기 후반에 생긴 보수정당. 귀족과 대지주를 기반으로 왕권과 국교회를 지지했으며, 19세기에 보수당으로 이름을 고쳤다.

지나가고 있을 때, 면도기를 사야겠다고 그날 아침 생각했던 일이 떠올랐다. 비누 판매대로 갔더니, 매장 지배인인가 뭔가 하는 사람이 그곳을 담당하는 여자 직원에게 욕을 퍼붓고 있었다. 아침의 그 시간대에 식스페니는 한산한 편이다. 영업이 시작되자마자 들어가면, 모든 여자 직원이 한 줄로 쭉 늘어서서 아침부터 욕먹는 모습을 볼 수 있다. 그날 근무에 대비하는 차원에서. 이런 대형 체인점에서는 비아냥거리고 욕하는 능력이 비상한 녀석들이 지점을 옮겨 다니며 여직원들을 독려한다고 한다. 매장 지배인은 뾰족하고 희끗희끗한 콧수염을 기르고 어깨가 아주 각진, 왜소한 체격의 못생긴 악당이었다. 그는 거스름돈을 내어주며 뭔가를 실수한 듯한 여자 직원에게 덤벼들어 회전 톱 같은 목소리로 공격하고 있었다.

"나 참! 그런 계산도 못 하다니! 어련하실까. 이런 폐가 또 어디 있나. 나 참!"

나는 멈출 새도 없이 그녀와 눈이 마주치고 말았다. 자신이 욕먹는 모습을 불그스름한 얼굴의 뚱뚱한 중년이 구경하고 있다면 그리 반갑지 않을 것이다. 나는 얼른 고개를 돌리고 옆 판매대에 있는 커튼 고리인가 뭔가에 관심이 있는 척했다. 지배인이 또 그녀를 닦달하기 시작했다. 몸을 돌렸다가도 갑자기 또 쏜살같이 달려드는 잠자리 같은 인간이었다.

"그런 계산도 못 하다니! 우리가 2실링 손해를 보든 말든 자네는 상관없겠지. 전혀. 자네한테 2실링은 뭐지? 자네한테 수고스럽게 제대로 계산해달라고 부탁하기도 미안하군. 나 참! 자기 편한 것만 생각하는 사람한테 말이야. 다른 사람들 생각은 안 하지?"

잔소리는 가게 안으로 절반을 들어갔는데도 들리는 목소리로 5분 정도 계속되었다. 지배인은 이제 끝이구나 싶게 몸을 돌렸다가도 갑자기 다시 들볶기를 반복했다. 나는 조금씩 조금씩 멀어져 가며 그들을 힐끔 쳐다보았다. 여자 직원은 조금 뚱뚱한 열여덟 살 정도 된 아이로, 멀뚱멀뚱한 표정을 보아하니 앞으로도 거스름돈을 제대로 받을 일은 없어 보였다. 그녀는 얼굴을 붉히며 고통스럽게 몸을 비틀어댔다. 지배인에게 채찍질을 당하고 있는 거나 마찬가지였다. 다른 판매대의 직원들은 아무 소리도 안 들리는 척했다. 지배인은 못생기고 자세가 뻣뻣한 작은 악마 같은 인간이었다. 가슴을 앞으로 쭉 내민 채 코트 뒷자락 밑으로 두 손을 집어넣고 다니는 건방진 모습이, 키만 크다면 중대 선임 상사에 어울릴 법했다. 이렇게 사람들을 괴롭히는 일을 왜소한 사람에게 맡기는 경우가 많다는 사실을 아시는지? 그는 더 효과적으로 딱딱거리기 위해 얼굴이든 콧수염이든 뭐든 다 들이밀며 그녀의 얼굴을 찌르다시피 했다. 그녀는 벌게진 얼굴로 몸을 이리저리 비틀어댔다.

지배인은 마침내 이만하면 됐다 싶었는지 선미 갑판의

해군 장성처럼 거들먹거리며 자리를 떴다. 나는 면도기 판매대로 갔다. 지배인은 내가 처음부터 끝까지 다 들었다는 걸 알았고, 여자 직원 또한 알았으며, 그들이 안다는 걸 내가 알고 있음을 두 사람 모두 알았다. 하지만 최악은, 여점원이 남자 손님을 상대할 때 지켜야 하는 원칙대로 그녀가 아무 일도 없었던 척 차분하고 냉담하게 행동해야 한다는 것이었다. 하녀처럼 혼나는 꼴을 들킨 직후에 다 큰 아가씨처럼 굴어야 하다니! 그녀는 얼굴이 벌겠고 두 손은 바르르 떨리고 있었다. 내가 면도날을 달라고 하자 3페니짜리 물건이 든 상자 속을 더듬기 시작했다. 그때 작은 악마 같은 지배인이 우리 쪽으로 고개를 돌렸고, 순간 우리 둘은 그가 또 돌아와 잔소리를 시작할 거라 생각했다. 그녀는 채찍을 본 개처럼 움찔하면서도 곁눈질로 나를 힐끔 쳐다보았다. 자기가 욕먹는 꼴을 보였기에 내가 죽도록 미운 것이다. 참 이상하기도 하지!

나는 면도날을 받아 들고 가게에서 나왔다. 왜 저렇게 참고 살까? 물론, 순전히 두려움 때문이다. 한마디라도 말대꾸를 했다간 목이 잘리니까. 어디든 마찬가지다. 우리가 단골로 다니는 체인점에서 가끔 내 주문을 받는 젊은이가 떠올랐다. 기골이 장대한 스무 살의 청년으로, 장밋빛 뺨과 굵직한 팔뚝을 보면 대장간에서 일해야 할 사람처럼 보인다. 그런데 흰 재킷을 입고 판매대 너머로 몸을 반으로 접은 채 두 손을 싹싹 비비며 이렇게 말한다.

"그럼요, 선생님! 그렇고말고요, 선생님! 날씨가 이렇게 좋다니요! 오늘은 뭘 드리면 좋을까요, 선생님?" 자기 엉덩이를 걷어차 달라고 부탁하는 거나 마찬가지다. 물론 위에서 떨어진 명령 때문이다. 손님은 항상 옳다. 손님이 무례하다고 신고해서 해고당할지도 모른다는 극심한 두려움이 얼굴에 배어 있다. 게다가 이 손님이 회사의 끄나풀일지도 모르잖은가. 두려움! 우리는 그 안에서 헤엄을 친다. 그것은 우리를 구성하는 근본적인 요소다. 실직을 두려워하지 않는 자들은 전쟁이나 파시즘이나 공산주의 따위를 두려워한다. 유대인들은 히틀러를 떠올릴 때마다 땀을 뻘뻘 흘린다. 뾰족한 턱수염을 기른 그 작자가 어쩌면 여점원보다 훨씬 더 실직을 두려워하고 있는 건 아닐까 하는 생각이 들었다. 먹여 살려야 할 가족이 있을 테니까. 그리고 또 누가 아는가, 집에서는 뒤뜰에 오이를 키우고, 아내를 무릎에 앉히고, 아이들이 콧수염을 잡아당겨도 가만히 내버려 두는 유순한 사람일지. 마찬가지로, 스페인의 종교 재판관이나 러시아 게페우*의 고위 관리가 사생활에서는 카나리아를 정성 들여 키우는 아주 친절한 남자, 최고의 남편이자 아버지라는 이야기를 흔하게 들을 수 있다.

비누 판매대의 여자는 문밖으로 나가는 나를 계속 지

---

* 소련의 국가 정치 보안부.

켜보고 있었다. 할 수만 있다면 나를 죽였을 것이다. 험한 꼴을 보였으니 내가 얼마나 미웠을까! 지배인보다 내가 훨씬 더 미웠으리라.

3

폭격기 한 대가 머리 위로 낮게 날고 있었다. 1-2분 동안 은 기차와 속도를 맞추는 것처럼 보였다.

꾀죄죄한 외투 차림의 상스러운 사내 둘이 내 맞은편 에 앉아 있었다. 누가 봐도 최하급의 외판원들로, 신문을 파는 모양이었다. 한 명은 《메일》을, 한 명은 《익스프레 스》를 읽고 있었다. 태도를 보아하니, 내가 자기네와 같 은 부류의 인간임을 알아챈 듯했다. 객차의 반대편 끝에 검은 가방을 들고 탄 법률 사무소 직원 두 명은 자기들이 보통 사람이 아니라는 사실을 뽐내려는 듯 법과 관련된 헛소리를 계속 떠들어댔다.

나는 옆으로 미끄러지듯 지나가는 집들의 뒤편을 바라 보고 있었다. 웨스트 블레츨리에서 시작되는 노선은 주로 빈민가를 지나지만, 상자에 꽃들이 심겨 있는 작은 뒤 뜰, 여자들이 빨래를 널어놓은 평평한 지붕, 벽에 걸린 새장이 어우러진 풍경은 꽤 평화롭다. 거대한 검은 폭격기가 공중에서 약간 흔들리다가 쌩하니 앞으로 날아가 시야에서 사라졌다. 나는 기관실을 등진 채 앉아 있었다. 외판원 중 한 명이 잠깐 기관실을 흘겨보았다. 나는 그가 무슨 생각을 하고 있는지 알았다. 하긴 모두가 그 생각을 하고 있었을 것이다. 요즘은 지식인이 아니더라도 그런 생각을 할 수 있다. 2년, 1년 안에 적국에서 저런 폭격기가 날아온다면 우린 어떻게 될까? 지하실로 뛰어들고, 무서워서 바지에 오줌을 지리겠지.

외판원이 《데일리 메일》을 내려놓았다.

"템플게이트라는 말이 우승했네."

법률 사무소 직원들은 무조건 토지 상속권과 통후추 임대*에 대해 유식한 헛소리를 늘어놓고 있었다. 또 다른 외판원은 정장 조끼 주머니 속을 더듬어 구부러진 우드바인 한 개비를 꺼냈다. 다른 주머니도 더듬더니 내게로 몸을 숙였다.

"성냥 있소, 드럼통 양반?"

나는 더듬더듬 성냥을 찾았다. '드럼통'이라는 호칭. 참

＊ 중세시대에 영주가 후추 한 알 값을 받고 농민에게 척박한 땅을 빌려준 데서 유래한 말로, 법적 요건에 맞추기 위해 명목상의 아주 적은 돈을 받고 땅이나 건물을 임대하는 것을 말한다.

신기하기도 하지. 2-3분 동안 내 머릿속에서 폭탄은 사라지고, 그날 아침 욕조에서 꼼꼼히 살폈던 내 몸매가 생각나기 시작했다.

내가 드럼통인 건 사실이다. 확실히 상체는 드럼통을 빼닮긴 했다. 하지만 조금 뚱뚱한 사람에게는 거의 모든 사람이, 심지어는 생판 남들도 외모와 연관된 모욕적인 별명을 아무렇지도 않게 부른다는 건 흥미로운 일이다. 꼽추나 사팔뜨기나 언청이에게도 신체적 장애를 연상시킬 만한 별명을 붙일까? 뚱보들에게는 당연한 듯이 꼬리표가 따라다닌다. 사람들은 나 같은 인간을 보면 무의식적으로 등을 찰싹 치고 갈비뼈를 때린다. 내가 좋아할 거라 생각하면서. 퍼들리에 있는 크라운 퍼브(일 때문에 일주일에 한 번은 그쪽으로 지나간다)의 라운지 바*에 갈 때마다, 시폼 비누 회사의 외판원이면서 그곳에 거의 죽치고 있는 머저리 워터스가 내 갈비뼈를 쿡쿡 찌르며 "여기 기중기선에 불쌍한 톰 볼링이 누워 있네!"**라고 큰 소리로 노래한다. 바의 지독한 멍청이들은 이 농담에 물리지도 않는다. 워터스의 손가락은 쇠막대기 같다. 다들 뚱뚱한 사람은 감정도 없는 줄 안다.

외판원이 내 성냥을 한 개비 더 꺼내어 이를 쑤시더니

※ 퍼브나 호텔 등에 있는, 아늑하고 술값이 더 비싼 고급 바.
※※ 영국의 작곡가이자 극작가인 찰스 딥딘이 죽은 선원에 대해 지은 노래.

성냥갑을 휙 던졌다. 기차는 쌩하니 철교로 진입했다. 저
아래로 어느 제과점의 화물차 한 대와 기다란 행렬을 이
룬 시멘트 트럭들이 언뜻 보였다. 기묘한 사실은, 뚱뚱한
남자들에 대한 그들의 생각이 일면 맞기도 하다는 것이
다. 뚱뚱한 남자, 특히 태어나면서부터―그러니까, 어릴
적부터―뚱뚱한 남자는 사뭇 다른 길을 걷는다. 그는 다
른 차원의 인생, 일종의 가벼운 희극 같은 인생을 살아간
다. 하지만 장날의 사이드쇼에 출연하는 녀석들, 아니 몸
무게가 120킬로그램이 훌쩍 넘는 모든 인간에게 인생은
가벼운 희극이라기보다 천박한 익살극이다. 지금껏 살면
서 뚱뚱한 몸과 날씬한 몸을 모두 겪어본 나는 뚱뚱한 몸
이 사람의 인생관까지 바꾸어놓을 수 있음을 알고 있다.
뚱뚱하면 매사를 진지하게 받아들이지 못한다. 평생 뚱
뚱하기만 했던 사람이, 걸음마를 시작한 순간부터 쭉 뚱
보라고 불렸던 사람이 깊디깊은 감정의 존재를 알기나
할까. 어떻게 알 수 있겠는가? 경험해본 적도 없는 것을.
그는 비극적인 광경 속에 존재하지 못한다. 뚱뚱한 남자
가 있는 광경은 비극적이지 못하고 희극적이기 때문이
다. 이를테면, 뚱뚱한 햄릿을 상상해보라! 혹은 올리버
하디*가 로미오를 연기한다면 어떻겠는가. 우습게도 나

　※ 무성영화 말기에서 유성영화 초기에 걸쳐 활약한 미국의 희극배우로, 몸
이 비대한 그와 반대로 깡마른 배우 스탠 로럴이 명콤비를 이루어 활동했다.

는 바로 며칠 전 부츠 애서가 도서관*에서 빌린 소설을 읽다가 어떤 대목에서 그런 비슷한 생각을 했었다. 『허비한 열정』이라는 책이었다. 소설의 주인공은 애인이 다른 놈과 눈이 맞아 떠나버렸다는 사실을 알게 된다. 그는 창백하고 섬세한 얼굴에 머리칼이 검고 불로소득으로 살아가는, 소설에서 흔히 볼 수 있는 인물이다. 나는 그 대목을 대충 기억하고 있다.

데이비드는 두 손으로 이마를 짚은 채 방 안을 서성였다. 그 소식에 넋이 나가버린 듯했다. 그는 한참이나 믿을 수 없었다. 실라가 그를 배신하다니! 그럴 리가 없었다! 갑자기 퍼뜩 정신을 차린 데이비드는 참담하기 그지없는 사실을 직시했다. 감당하기에는 너무 벅찼다. 그는 발작을 일으키듯 울음을 터뜨렸다.

어쨌든 이런 식이었는데, 당시에도 이런 생각이 들었다. 아무래도 그렇겠지. 사람들—일부 사람들—은 이렇게 행동하겠지. 하지만 나 같은 놈은 어떨까? 힐다가 다른 남자와 주말여행을 다녀온다면. 난 전혀 개의치 않을 것이다. 오히려 힐다에게 그런 열정이 아직 남아 있음에 기뻐하리라. 하지만 만약 신경이 쓰인다면, 나도 발작을

＊ 부츠 약국 체인이 운영한 이동도서관.

일으키듯 울음을 터뜨릴까? 내게 그런 걸 기대하는 사람이 있기나 할까? 몸뚱어리가 나 같은 사람에게는 그럴 리가 없다. 역겹기만 할 테니까.

기차는 어느 둑을 따라 달리고 있었다. 조금 아래로 끊임없이 뻗어 있는 집 지붕들이 보였다. 폭탄이 떨어질 그 작고 붉은 지붕들은 지금은 한 줄기 햇살을 받아 조금 환하게 빛났다. 묘하게도 자꾸 폭탄이 떠올랐다. 곧 그런 일이 벌어지리라는 데는 의심의 여지가 없다. 신문들이 유쾌하게 떠들어대는 기사들을 보면 머지않았음을 알 수 있다. 며칠 전 《뉴스 크로니클》에서 폭격기는 이제 한물 갔다는 기사를 읽었다. 대공포의 성능이 워낙 좋아져서 폭격기가 6천 미터 상공 아래로 내려오지 못한다는 것이었다. 기자 자식은 폭격기가 높이 떠 있으면 폭탄이 땅까지 안 떨어질 줄 아는 모양이었다. 아니, 폭탄이 울리치 아스널*은 비껴가고 엘즈미어로 같은 곳에만 떨어지리라는 뜻이었을까.

하지만 전반적으로 보자면 뚱뚱한 것이 그리 나쁘지는 않다는 생각이 들었다. 뚱뚱한 남자의 특징 중 하나는 항상 인기가 좋다는 것이다. 마권업자에서부터 주교에 이르기까지, 뚱뚱한 남자가 편하게 끼어들지 못하는 집단은 거의 없다. 뚱뚱한 남자의 여자 운은 사람들이 생각하

※ 영국군의 군수품을 제조했던 런던 동남부의 시설.

는 것보다 좋은 편이다. 여자들이 뚱뚱한 남자를 우습게 본다는 몇몇 사람의 생각은 순전히 착각이다. 사실 여자는 그녀를 사랑하는 척 속여 넘길 줄 아는 남자라면 **누구든** 우습게 보지 않는다.

내가 항상 뚱보는 아니었다는 사실을 명심하시길. 나는 8–9년 전부터 뚱뚱했고, 이런 성격은 대부분 노력으로 얻어진 것 같다. 하지만 내적으로, 정신적으로는 전혀 뚱뚱하지 않다는 것 역시 사실이다. 아니! 오해하지 마시라! 미소 짓는 얼굴 뒤의 서글픈 마음, 여린 꽃 따위인 척 굴려는 것이 아니다. 그런 식으로는 보험업계에서 성공할 수 없다. 나는 저속하고, 무신경하며, 주변 환경에 잘 적응한다. 이 세상에 수탁판매라는 것이 존재하고, 뻔뻔함과 둔감함으로 돈벌이를 할 수만 있다면, 나 같은 인간들은 그런 일을 하고 있을 것이다. 나는 어떤 환경에서도 어떻게든 밥벌이를 할 테고—밥벌이만 할 뿐 부자가 되지는 못하리라—심지어 전쟁, 혁명, 역병, 기근이 일어나도 대부분의 사람보다 더 오래 살아남을 것이다. 하지만 내 안에는 다른 것도 있다. 과거의 여파라 할 수 있는데, 그 이야기는 나중에 하겠다. 난 뚱뚱하지만, 내면은 날씬하다. 모든 뚱보 안에 날씬한 남자가 있다고 한 번이라도 생각해본 적 있는가? 모든 돌덩어리 안에는 조각상이 있다고들 하지 않는가.

내 성냥을 빌려 간 남자는 《익스프레스》를 보며 열심

히 이를 쑤시고 있었다.

"다리 사건은 별로 진전이 없나 보네."

"절대 못 잡을걸. 누구 다리인지 알 게 뭐야? 다 똑같이 생겨먹었는데." 다른 외판원이 말했다.

"다리를 쌌던 종이로 추적하면 되지."

저 아래로 끊임없이 뻗은 집 지붕들이 보였다. 거리를 따라 구불구불 이어졌지만, 광활한 평야처럼 뻗어 있어서 말을 타고 달릴 수도 있을 것만 같았다. 어느 쪽으로 런던을 가로지르든, 30킬로미터 넘게 집들이 줄줄이 이어져 있다. 맙소사! 폭격기가 날아온다면 어떻게 우리를 빗맞힐 수 있겠는가? 우리는 엄청나게 큰 표적이다. 그리고 아마 경고도 없을 것이다. 요즘 선전포고를 하는 멍청이가 어디 있는가? 내가 히틀러라면 군축 회담 중에 폭격기를 보내겠다. 회사원들이 런던 브리지를 줄줄이 건너고, 카나리아가 지저귀고, 노파가 속바지를 빨랫줄에 널고 있는 어느 조용한 아침. 부웅, 씽, 쾅! 집들은 허공으로 날아가고, 속바지들은 피에 흠뻑 젖고, 카나리아는 시체들 위에서 노래 부르리라.

어쩐지 안타까운 생각이 들었다. 지붕들이 끝없이 펼쳐지며 이루고 있는 거대한 바다를 바라보았다. 몇 킬로미터씩 이어진 거리, 생선 튀김 가게, 양철 교회, 영화관, 뒷골목의 작은 인쇄소, 공장, 연립주택, 구멍가게, 낙농장, 발전소 등등. 이 얼마나 광대한 세상인가! 그리고 그 평화로움이란! 야생동물은 한 마리도 없는 광대한 황야랄까. 총을 쏘는 사람도, 수류탄을 던지는 사람도, 고무경찰봉으로 남을 두들겨 패는 사람도 없다. 생각해보면, 지금 이 순간 영국 전역에서 창밖으로 기관총을 쏘고 있는 인간은 단 한 명도 없을지 모른다.

하지만 5년 후는 어떨까? 혹은 2년 후는? 아니, 1년 후는?

4

사무실에 들러 서류를 제출하고 나왔다. 워너는 진료비가 싼 미국인 치과 의사 중 한 명으로, 그가 '시술실'이라 부르는 진료실은 거대한 사무실 건물의 중간 즈음, 사진관과 콘돔 가게 사이에 있다. 예약 시간보다 일찍 도착했지만, 조금 허기가 졌다. 내가 무슨 생각으로 밀크 바*에 들어갔는지 모르겠다. 평소에는 피해 다니는 곳인데. 일주일에 5-10파운드를 버는 우리 같은 인간들은 런던의 음식점에서 좋은 대접을 받지 못한다. 한 끼에 1실링 3펜스**를 쓸 요량이라면 라이언스나 익스프레스 데어리나

---

* 우유나 아이스크림을 파는 가게.
** 당시 화폐 제도는 1파운드가 20실링, 1실링은 12펜스였다.

ABC에 가거나,* 아니면 라운지 바에서 장례용 음식 같은 쓴 맥주 한 잔과 맥주보다 더 차갑게 식어버린 파이 한 조각을 먹어야 한다. 밀크 바 앞에서 사내아이들이 저녁 신문의 초판을 큰 소리로 홍보하고 있었다.

새빨간 카운터 뒤에서 길쭉한 흰 모자를 쓴 여자가 아이스박스를 뒤지고 있고, 뒤편 어딘가에서는 라디오가 낑낑거리며 쇳소리를 내고 있었다. 도대체 왜 여기로 왔을까? 나는 가게로 들어가면서 생각했다. 이런 곳의 분위기는 왠지 나를 우울하게 한다. 어느 쪽으로 고개를 돌리든 거울, 에나멜, 크롬 도금이 유선형을 자랑하며 반들반들 윤이 난다. 장식에 모든 걸 쏟아붓고 음식에는 한 푼도 투자하지 않는다. 진짜 음식이랄 것도 없다. 미국식 이름을 가진 것들, 맛볼 수도 없고 그 존재를 믿기도 어려운 유령 같은 것들뿐. 모든 것은 판지 용기나 깡통에 담겨 나온다. 아니면, 냉장고에서 꺼내거나 꼭지에서 따르거나 튜브에서 짜낸 것들이다. 안락함도, 프라이버시도 없다. 높다란 걸상에 걸터앉아 좁아빠진 선반 같은 곳에 차려진 것들을 먹어치워야 하고, 온 사방이 거울이다. 음식도 안락함도 상관없고, 오로지 반들반들 윤이 나는 유선형이기만 하면 된다는 일종의 선전 같은 것이 공중을 떠다니며 라디오 소리와 뒤섞인다. 요즘에는 모든 것이, 심지

※ 저렴한 가격에 음식을 먹을 수 있는 대형 카페 체인점들이다.

어는 히틀러가 우리를 위해 준비해둔 총알마저 유선형이다. 나는 큰 사이즈의 커피와 프랑크푸르트 소시지 두 개를 주문했다. 흰 모자를 쓴 여자가 금붕어에게 개미 알을 던져주듯 무심하게 음식을 내 쪽으로 툭 밀었다.

문밖에서 신문팔이 소년이 "스타누스탠너드요!"*라고 외쳤다. 전단이 펄럭이며 아이의 무릎을 때려댔다. **다리들. 새롭게 밝혀진 사실들.** 그냥 '다리들'. 이제 사건은 그 한 단어로 불리고 있었다. 이틀 전 기차역 대기실에서 어느 여성의 두 다리가 갈색 포장지에 싸인 채 발견되었다. 그 후 신문들에 연이어 그 사건이 실리면서 온 국민이 절단된 다리에 열띤 관심을 갖게 된 터라 딱히 추가적인 설명이 필요 없어졌다. 현재 뉴스거리가 되고 있는 다리는 그 다리들뿐이었다. 나는 롤빵을 한입 베어 물면서, 요즘들어 살인이 점점 따분해지고 있다는 생각을 했다. 시신을 토막 내서 시골에 버리다니. 옛날에 가정에서 벌어졌던 독살극과는 비교가 안 된다. 크리픈, 세든, 메이브릭 부인**을 보라. 훌륭한 살인이라는 것도, 죄를 지으면 지옥 불에 떨어지리라는 믿음이 있어야 가능한 것 아닐까.

---

* 《더 스타》, 《이브닝 뉴스》, 《이브닝 스탠더드》를 합쳐서 부른 것이다.
** 세기의 전환기에 세상을 떠들썩하게 만든 가정 살인범들. 크리픈은 영국에 거주한 미국인 의사로 아내를 독살하여 처형되었고, 세든은 하숙인을 독살하여 처형되었으며, 메이브릭 부인은 남편을 독살하여 무기징역을 선고받았다.

나는 프랑크푸르트 소시지를 깨물어 보았다. 망할!

솔직히 말해 맛있을 거라는 기대는 안 했다. 롤빵처럼 아무 맛도 없겠거니 했다. 하지만 이건—뭐, 굉장한 경험이긴 했다. 그 맛을 한번 설명해보겠다.

물론 프랑크푸르트 소시지는 고무 껍질에 싸여 있었고, 내 임시 틀니로는 감당하기 어려웠다. 껍질을 뚫고 들어가기 위해 틀니로 거의 톱질을 해야 했다. 그러다 갑자기—팡! 입속에서 소시지 껍질이 썩은 배처럼 터졌다. 소름 끼치도록 물컹물컹한 것이 내 혀로 줄줄 흘러나왔다. 그 맛은 또 어떠한가! 순간 나는 그저 믿을 수가 없었다. 다시 혀를 굴려 그것을 감싼 다음 한 번 더 맛을 보았다. 그건 **생선**이었다! 명색이 프랑크푸르트 소시지라면서 생선으로 가득 차 있다니! 나는 커피에는 손도 대지 않은 채 일어나 곧장 가게에서 나왔다. 커피 맛이 어떨지는 마셔보지 않아도 뻔했다.

가게 밖에서 신문팔이 소년이 《스탠더드》를 내 얼굴로 쑥 들이밀며 소리쳤다. "다리! 새롭게 밝혀진 끔찍한 사실들! 우승마들! 다리! 다리!" 나는 여전히 혀로 소시지를 이리저리 굴리며 어디다 뱉을까 궁리하고 있었다. 독일의 식품 공장들이 엉뚱한 재료로 모조 식품을 만든다는 얘기를 신문에서 읽은 기억이 났다. 에르자츠*라고

---

* Ersatz. 대용품이라는 뜻의 독일어.

했던가. 내 기억으로는 **놈들**이 생선으로 소시지를 만들고, 아니나 다를까 생선도 다른 무언가로 만든다고 했다. 현대 세계를 한입 베어 물었다가 그 속에 든 진짜 내용물을 알게 된 느낌이었다. 요즘은 다들 이런 식이다. 모든 것이 유선형으로 매끈하니 잘 빠져 있으며, 모든 것이 다른 무언가로 만들어진다. 사방에 셀룰로이드, 고무, 크롬강이 널려 있고, 밤새도록 아크등이 눈부시게 빛나고, 머리 위에는 유리 지붕이 덮여 있고, 라디오들은 하나같이 똑같은 곡을 틀어대고, 초목은 모조리 사라지고, 모든 것에 시멘트가 깔리고, 중성 과일나무 아래에서는 모조 거북이들이 풀을 뜯고 있다. 하지만 본질로 파고들어 단단한 무언가, 이를테면 소시지 같은 것을 깨물어 보면 이런 꼴을 당하게 된다. 고무 껍질 속에 든 썩은 생선. 입속에서 터지는 더러운 폭탄.

새 틀니로 갈아 끼우자 기분이 한결 좋아졌다. 틀니가 잇몸 위에 아주 반듯하게 얹혔고, 이렇게 말하면 이상하게 들릴지 몰라도 틀니를 끼면 더 젊어진 기분이 든다. 정말 그랬다. 나는 가게 진열창에 비친 내 얼굴을 보며 빙긋 웃었다. 썩 괜찮았다. 진료비가 저렴하긴 해도 워너는 예술가다운 구석이 있어서 환자를 치약 광고 모델처럼 보이지 않게 하려고 애쓴다. 크기와 색깔에 따라 등급을 매긴 틀니를 캐비닛에 가득 채워놓고―내게 한 번 보여준 적도 있다―목걸이에 매달 보석을 선택하는 보석

세공인처럼 틀니를 고른다. 열에 아홉은 내 틀니를 자연치로 착각할 것이다.

나는 또 다른 진열창을 지나가다 거기에 비친 내 전신을 힐끔 보았다. 그리 형편없는 몸매는 아니라는 생각이 들었다. 확실히 조금 뚱뚱한 편이긴 해도 역겨울 정도는 아니었다. 재단사들이 '당당한 풍채'라 부를 만한 몸이었고, 얼굴이 붉은 남자를 좋아하는 여자들도 있다. 아직 쓸 만해, 하고 나는 생각했다. 내게 17파운드가 있다는 사실이 떠올랐고, 그 돈을 여자에게 쓰기로 결심을 굳혔다. 퍼브들이 문을 닫기 전에 맥주 한잔 마시며 틀니에 세례나 베풀어볼까 싶었다. 17파운드 때문에 부자라도 된 듯 마음이 든든해진 나는 퍼브로 가는 길에 담배 가게에 들러 내가 무척 좋아하는 6펜스짜리 시가를 한 대 샀다. 순수한 아바나산 담뱃잎들로 가득 채웠다는 20센티미터 길이의 시가였다. 양배추라면 아바나산이든 아니든 별다를 바 없겠지만.

퍼브를 나설 때는 기분이 사뭇 달라져 있었다.

맥주 두어 잔으로 몸속이 훈훈해졌고, 새 틀니를 감도는 시가 연기가 상쾌하고 깨끗하고 평화로운 느낌을 주었다. 뜬금없이 철학적인 사색가가 된 기분이 들었다. 달리 할 일이 없어서이기도 했다. 그날 아침 폭격기가 기차 위로 날아갔을 때처럼 또다시 전쟁에 관한 상념에 젖어들었다. 예언자라도 된 양 세상의 종말이 보이고, 약간의 전율이 느껴졌다.

나는 스트랜드가를 따라 서쪽으로 걸었는데, 쌀쌀한 날씨였지만 시가를 즐기며 느릿느릿 움직였다. 평소처럼 수많은 사람이 런던 거리에 어울리는 광기 어린 굳은 표정을 띤 채 발 디딜 틈 하나 주지 않고 인도 위를 쉴 새 없이 지나가고 있었다. 평소처럼 꽉 막힌 도로에서는 빨간 대형 버스들이 승용차 사이를 누비고, 엔진은 부르릉부르릉, 경적은 빵빵 울려댔다. 죽은 자도 깨울 만큼 시끄러운데 이 인간들은 깨어나지 못하는구나, 하고 나는 생각했다. 도시의 몽유병자들 가운데 나 혼자만 깨어 있는 기분이었다. 물론 그건 망상이다. 낯선 사람들 사이를 걷고 있으면 그들이 모두 밀랍인형이라는 착각에 빠질 수밖에 없지만, 아마 그들도 나에 대해 똑같이 생각하고 있을 것이다. 요즘 들어 자꾸만 찾아드는 예언적인 느낌, 그러니까 전쟁이 임박했으며 그 전쟁으로 세상이 끝나리라는 이 느낌은 비단 나에게만 드는 것이 아니다. 정도의 차이가 있을 뿐 모든 이가 느끼고 있다. 그 순간 내 옆을 지나가던 사람 중에도 머릿속으로 포탄 폭발과 진창을 떠올린 자들이 분명 있었을 것이다. 내가 무슨 생각을 하든 똑같은 순간에 바로 그 생각을 하는 인간이 백만 명은 꼭 있다. 하지만 그때 내 기분이 그랬다. 우리 모두 불타는 갑판 위에 있는데 오로지 나 혼자만 그 사실을 알고 있는 것 같은 기분. 나는 줄줄이 지나가는 멍청한 얼굴들을 바라보았다. 11월의 칠면조들 같았다. 자기들에게 무슨 일이 닥칠지 전혀 모르는 작자들. 내 눈에 엑스레이가 달려 있어, 걸어 다니는 해골들이 보이는 것만 같았다.

나는 몇 년 후를 내다보았다. 5년 후, 아니 3년 후(사람들 말로는 1941년으로 예정되어 있다고 하니까) 전쟁이 시작되면 이 거리가 어떤 꼴이 될지.

아니, 산산조각으로 망가진 모습은 아니다. 아주 조금 변했을 뿐이다. 여기저기 보기 흉하게 부서져 있고, 거의 빈 진열창은 먼지가 잔뜩 끼어 가게 안이 들여다보이지 않는다. 골목에는 폭탄이 떨어져 구덩이가 움푹 파여 있고, 한 블록의 건물들이 몽땅 불타버려 구멍 난 치아처럼 보인다. 테르밋.* 기묘할 정도로 정적이 감돌고, 모든 사람이 비쩍 말랐다. 한 소대가 길거리를 행진한다. 하나같이 갈퀴처럼 가느다란 몸으로 군화를 질질 끌고 있다. 양쪽 끝이 삐죽 올라간 콧수염을 기른 병장은 뻣뻣하게 서 있지만, 그 역시 말랐고 온몸이 터져 나갈 듯 기침을 토한다. 기침을 토하는 사이사이 옛 시절 연병장에서 하던 것처럼 군인들에게 호통을 친다. "이봐, 존스! 고개를 들어! 왜 땅바닥을 보지? 담배꽁초는 몇 년 전에 다 집어 갔다고." 갑자기 병장은 또 한바탕 콜록거린다. 멈추려 해도 뜻대로 되지 않아, 몸을 반으로 접다시피 하고 내

---

* 알루미늄 가루와 산화철의 혼합물로 폭탄의 원료다.

장을 토해낼 듯이 기침을 한다. 얼굴이 분홍빛과 보랏빛으로 물들고, 콧수염이 축 늘어지고, 눈에서 눈물이 줄줄 흘러내린다.

공습경보가 울리고, 확성기는 우리의 영광스러운 군대가 10만 명의 포로를 잡았노라 큰 소리로 알린다. 버밍엄의 어느 꼭대기층 뒷방에서는 다섯 살배기가 빵을 달라고 울부짖는다. 아이 엄마는 더 이상 참지 못하고 버럭 소리친다. "아가리 닥쳐, 이 새끼야!" 그러고는 아이 옷을 들추어 엉덩이를 세게 때린다. 빵은 한 조각도 없고 앞으로도 없을 것이기에. 이 모든 광경이 내 눈에 보인다. 벽보들, 배급을 받으러 줄을 선 사람들, 그리고 피마자유*와 고무 경찰봉과 침실 창에서 발사되는 기관총.

이런 일이 벌어질까? 알 길이 없다. 어떤 날은 설마 하는 생각이 든다. 어떤 날은 그저 신문들이 우리를 겁주는 것뿐이라고 속으로 중얼거린다. 어떤 날은 그 일이 꼭 벌어지고 말리라는 예감이 든다.

채링 크로스에 가까워졌을 때 소년들이 최신 석간을 큰 소리로 홍보하고 있었다. 또 쓰잘머리 없는 살인 얘기였다. **다리. 유명 외과 의사의 진술.** 그때 또 다른 전단이 내 시선을 사로잡았다. **조그왕의 결혼식 연기되다.** 조그왕

---

* 파시스트들은 완화 작용을 하는 피마자유를 억지로 먹여 굴욕을 주는 방식으로 정적들을 고문했다.

이라니! 이름 한번 대단하군! 이름이 이런 녀석이 검둥
이가 아니라니 기가 막힐 따름이다.

그런데 바로 그 순간 묘한 일이 벌어졌다. 조그왕이라
는 이름—하긴 그날 그 이름을 여러 번 봤으니, 혼잡한
도로의 어떤 소리나 말똥 냄새 같은 것과 한데 뒤섞였을
지도 모른다—이 내 안에 이런저런 기억들을 불러일으
켰다.

과거란 참 신기하다. 늘 우리와 함께 있다. 10년이나 20년
전의 일을 떠올리지 않고 한 시간이라도 보낼 수 있을까.
하지만 대개의 경우 과거는 현실성이 없으며, 역사책 속
의 수많은 기록처럼 우리가 배운 일련의 사실에 불과하
다. 그러다가 어떤 우연한 광경이나 소리나 냄새, 특히 냄
새가 우리를 자극하면, 그저 과거가 우리에게 돌아오는
것이 아니라 우리가 실제로 과거 속에 있게 된다. 그 순간
이 바로 그랬다.

나는 로어 빈필드*의 교구 교회에 있었으며, 때는 38년
전이었다. 겉모습은 여전히 틀니를 끼고 중산모를 쓴 채
스트랜드가를 걷고 있는 마흔다섯 살 된 뚱뚱한 남자였지
만, 내 속은 로어 빈필드 하이 스트리트 57번지에 사는 곡
물·종자 상인 새뮤얼 볼링의 일곱 살짜리 막내아들 조지

---

* Lower Binfield. 조지 볼링의 고향인 로어 빈필드는 아마도 조지 오웰이
어린 시절을 보낸 십레이크 근처의 빈필드 히스에서 따왔을 것이다.

볼링이었다. 일요일 아침이었고, 교회 냄새가 났다. 정말 그 냄새가 났다! 작은 교회 특유의 눅눅하고 퀴퀴한 냄새, 썩어가는 듯하면서도 달콤한 냄새. 촛농의 향이 조금 감돌고, 향냄새가 은은하니 풍기는 것도 같고, 쥐가 있는 것 같기도 하다. 일요일 아침에는 빨랫비누와 서지 원피스의 냄새가 더해지지만, 생과 사가 뒤섞인 듯한 달콤하면서도 퀴퀴하고 매캐한 냄새가 압도적이다. 분을 바른 송장의 냄새랄까.

그 시절 내 키는 120센티미터였다. 신도석 너머 앞을 보려고 무릎 방석 위에 서 있으니 손 밑으로 어머니의 검은색 서지 원피스가 느껴졌다. 내 무릎 위까지 올라온 스타킹도 느껴지고―그땐 그런 식으로 신었었다―일요일 아침마다 부모님이 내 목에 달아주던 이튼칼라[*]의 테두리가 보였다. 그리고 힘겹게 쌕쌕거리는 오르간 소리와 성가를 힘차게 부르는 두 사람의 커다란 목소리가 들렸다. 우리 교회에는 찬송을 주도하는 두 남자가 있었는데, 그들이 성가의 대부분을 불러서 다른 사람에게는 기회가 잘 돌아가지 않았다. 그중 한 명은 생선 장수인 슈터, 다른 한 명은 소목장이이자 장의사인 웨더럴 영감이었다. 그들은 본당 양쪽으로 서로 반대편에, 설교단과 가장 가까운 신도석에 앉곤 했다. 슈터는 키가 작고 뚱뚱한 남자

---

[*] 영국 이튼 칼리지의 교복에서 유래한 폭이 넓은 흰색 칼라.

로, 반들반들한 진분홍빛 얼굴에 코는 큼직하고, 콧수염은 밑으로 축 처지고, 턱은 입에서 좀 멀리 떨어져 있었다. 웨더럴은 사뭇 달랐다. 비쩍 말랐지만 정정하고 심술 궂은 노인네로, 해골 같은 얼굴에 뻣뻣하고 짧은 반백의 머리칼이 빽빽이 나 있었다. 살갗이 양피지 같아서 얼굴에 두개골의 윤곽이 선명히 드러났고, 누런 치아로 가득 찬 홀쭉하고 긴 턱은 해부학 박물관에 전시된 해골의 턱처럼 위아래로 움직였다. 깡말랐는데도 무쇠처럼 튼튼해 보이니, 교회의 다른 모든 이에게 관을 만들어준 다음 백 살 넘어 세상을 떠날 것 같았다. 두 사람의 목소리 역시 무척 달랐다. 슈터는 누군가가 목에 칼을 대고 있어 사람들에게 도와달라고 비명을 지르듯이 절박하고 괴로운 포효에 가까운 소리를 냈다. 반면 웨더럴은 지하에서 거대한 맥주통들이 이리저리 굴러다니듯 몸속 깊은 곳에서 휘몰아치는 우렁찬 굉음을 밖으로 뿜어냈다. 웨더럴이 아무리 큰 소리를 내도 우리는 웨더럴에게 훨씬 더 큰 소리가 비축되어 있음을 알았다. 아이들은 웨더럴을 '우렁우렁 배'라는 별명으로 불렀다.

두 사람이 함께 노래를 부르면 꼭 교송*을 듣는 것 같았는데, 특히 시편 성가를 부를 때 그랬다. 마지막 가사를 부르는 사람은 늘 웨더럴이었다. 두 사람은 실제로 친

* 미사에서 두 성가대가 번갈아 노래를 부르는 것.

구 사이였을 텐데, 나는 어린 마음에 그들이 앙숙지간이라 더 큰 소리로 상대를 꺾으려 애쓰는 건 아닐까 생각하곤 했었다. 슈터가 "야훼는 나의 목자" 하고 크게 부르면, 웨더럴이 "아쉬울 것 없어라"라는 다음 가사로 치고 들어와 슈터의 목소리를 완전히 삼켜버렸다. 둘 중 누가 노래의 대가인지는 말하지 않아도 알 수 있었다. 내가 특히 기다렸던 곡은 아모리인의 왕 시혼과 바산의 왕 오그(이 이름을 들었을 때 조그왕이 떠올랐다)가 등장하는 시편 성가였다. 슈터가 "아모리인의 왕 시혼"이라고 운을 떼고, 나머지 신도들이 "과"라고 스치듯 부르고 나면, 웨더럴이 거대한 저음으로 부르는 "바산의 왕 오그"가 해일처럼 밀려들어 모두를 집어삼켜 버린다. '오그'라는 단어를 어쩜 그리도 멋들어진 목소리로 부를 수 있는지 들려주지 못해 아쉽다. 지하에서 술통이 우르르 굴러가는 듯한 그 무시무시한 소리. 웨더럴은 심지어 '과(and)'의 끝부분을 잘라먹기까지 했다. 그래서 난 아주 어렸을 적에 바산의 왕 도그(Dog)인 줄 알았다. 하지만 나중에 그 이름을 제대로 알았을 때 시혼과 오그의 모습이 머릿속에 그려졌다. 싸구려 백과사전에서 사진으로 봤던 거대한 이집트 조각상들이었다. 서로 마주 보는 왕좌에 앉아 두 손을 무릎에 얹고 얼굴에는 신비로운 미소를 은은히 머금고 있는 1천 미터에 달하는 높이의 거대한 석상.

그 기억이 되살아났다! 우리가 '교회'라 불렀던 그 기묘한 감정―그것은 감정일 뿐, 어떤 활동으로 묘사할 수 없다. 달콤한 송장 냄새, 바스락거리는 나들이옷들, 씨근거리는 오르간, 우렁찬 목소리, 창문 틈으로 스며 들어와 본당을 천천히 기어가는 빛줄기. 어른들은 이 별난 공연이 꼭 필요하다는 걸 어떻게든 납득시켰다. 그래서 우리는 그것을 당연하게 여겼다. 그 시절 우걱우걱 씹어 먹던 성경처럼. 온 벽에 성경 구절이 적혀 있어 구약 성경을 통째로 외울 수밖에 없었다. 지금까지도 내 머릿속에는 성경의 단편들이 가득 들어차 있다. 이스라엘 백성은 야훼의 눈에 거슬리는 못할 짓들을 하였다.* 아셀은 항구에서 편히 쉬고 있는데.** 단으로부터 브엘세바까지 그들을 따라가노니.*** 그의 다섯 번째 갈비뼈 아래를 찌르니 그가 죽으니라.**** 의미는 이해가 되지 않았다. 이해하려 노력하지도 않았고, 이해하고 싶은 마음도 없었다. 그저 피할 수 없다는 걸 알기에 꿀꺽 삼켜야 하는 맛이 이상한 약 같은 것이었다. 이름이 시므이, 느부갓네살, 아히도벨, 하스밧다나와 같은 사람들, 기다랗고 뻣뻣한 옷을 입고 아시리아식 수염을 기른 채 낙타를 타고 예배당과 삼나무 사이를 돌아다니며 비범한 일을 행하는

---

* 「판관기」6장 1절.
** 「판관기」5장 17절.
*** 「판관기」20장 1절을 조금 변형한 것.
**** 「사무엘하」3장 27절.

사람들에 관한 희한하고 장황한 이야기들. 불에 태운 제물을 바치고, 활활 타는 화덕 속을 걸어 다니고, 십자가에 못 박히고, 고래에게 삼켜지는 사람들. 그리고 이 모든 것은 달콤한 묘지 냄새와 서지 원피스와 씨근거리는 오르간과 한데 뒤섞였다.

전단에서 조그왕을 봤을 때 나는 잠시 그 세상으로 되돌아갔다. 단순히 기억이 돌아온 것이 아니라 그 세상 속에 있었다. 물론 그런 느낌은 불과 몇 초 만에 사라져버렸다. 다음 순간 눈을 떠보니 마흔다섯 살이었으며, 스트랜드가는 교통 체증으로 꽉 막혀 있었다. 하지만 후유증 같은 것이 남았다. 가끔 꼬리를 물고 이어지는 생각에서 빠져나올 때, 깊은 물속에서 수면 위로 올라오는 듯한 기분이 들지 않는가. 하지만 이때는 그 반대였다. 오히려 1900년으로 돌아갔을 때 숨통이 트였다. 눈을 뜨고 있는 지금, 정신없이 오가는 지독한 멍청이들과 전단들, 고약한 휘발유 냄새, 부르릉거리는 엔진이 38년 전 로어 빈필드의 일요일 아침보다 덜 현실적으로 느껴졌다.

나는 시가를 툭 내던지고 느릿느릿 걸었다. 송장 냄새가 났다. 실은 지금도 그렇다. 난 로어 빈필드에 돌아가 있으며, 연도는 1900년이다. 시장의 여물통 옆에는 사료자루를 목에 건 짐마차 말이 있다. 모퉁이의 과자 가게에서는 휠러 아주머니가 반 페니어치 브랜디 캔디를 저울에 단다. 램플링 부인의 마차가 지나가는데, 하얗게 표백

된 반바지를 입은 소년 마부가 팔짱을 낀 채 뒤에 앉아 있다. 이지키얼 삼촌은 조 체임벌린*을 욕한다. 몸에 꽉 끼는 파란색 작업복에 진홍색 재킷을 입고 테 없는 둥글 넓적한 모자를 쓴 징병관이 콧수염을 비비 꼬며 거들먹 거들먹 걸어 다닌다. 취객들은 조지 호텔의 뒤뜰에서 토 악질을 한다. 빅토리아 여왕은 윈저 궁에, 하느님은 하늘 에, 그리스도는 십자가 위에, 요나는 고래 배 속에, 사드 락, 메삭, 아벳느고는 활활 타는 화덕 속에 있으며, 아모 리인의 왕 시혼과 바산의 왕 오그는 왕좌에 앉아 서로를 바라보고 있다—아무것도 하지 않고, 그저 정해진 자리 를 지키고 있다. 벽난로 안에 있는 두 개의 장작 받침쇠 처럼, 혹은 사자와 유니콘처럼.**

이런 세상은 영원히 사라졌을까? 글쎄다. 하지만 살기 좋은 세상이었음은 분명하다. 난 거기에 속해 있다. 여러 분도 마찬가지다.

---

* 영국 정치인으로 급진적 자유주의자였다가 아일랜드 자치 법안에 반대 한 후 자유 통일당원이 되고, 종국에는 보수주의자들과 손을 잡으며 대표적 인 제국주의자가 되었다.
** 영국의 문장(紋章)을 받들고 있는 두 동물로 사자는 잉글랜드를, 유니 콘은 스코틀랜드를 상징한다.

제2부

1

전단에서 조그왕의 이름을 보는 순간 기억에 떠오른 세상이 지금 살고 있는 곳과 너무도 달라서, 내가 그런 세상에 살았던 적이 있기나 했던가 조금 의심스러울 지경이다.

지금쯤 여러분의 머릿속에는 나의 모습이 어느 정도 그려져 있을 것이다. 틀니를 끼고 얼굴이 붉은 중년의 뚱뚱한 사내로 말이다. 그리고 내가 아기 침대에 누워 있었을 때조차 지금과 똑같았을 거라고 잠재의식 속에서 상상했을지도 모른다. 하지만 45년은 기나긴 세월이다. 변화와 발전을 겪지 않는 사람이 있는가 하면, 겪는 사람도 있다. 나는 상당히 변했고, 나름대로 인생의 오르막과 내리막을 경험했는데, 대개는 오르막이었다. 이상하게 들릴지 모르지만, 아버지가 지금의 나를 본다면 꽤 뿌듯해하실 것이다. 아들이 승용차를 소유하고 욕실이 딸린 집에서 살고 있다는 데 만족하면서. 지금도 나는 내 출신에 비해 성공한 편이고, 전쟁 전의 옛 시절에는 꿈도 꾸지 못했을 수준까지 올라간 적도 있다.

전쟁 전! 우리는 언제까지 이렇게 말할 수 있을까? "어떤 전쟁?"이라는 답이 되돌아올 때까지 얼마나 걸릴까? 내 생각에 사람들이 '전쟁 전'이라고 말할 때 떠올리는 꿈의 나라는 보어전쟁* 전이 아닐까 싶다. 나는 1893년에 태어났고, 보어전쟁의 발발을 생생히 기억하고 있다. 아버지와 이지키얼 삼촌 사이에 벌어졌던 뜨거운 언쟁 때문이다. 그로부터 1년 전에 있었던 일들도 몇 가지 기억하고 있다.

제일 먼저 떠오르는 기억은 세인포인** 여물 냄새다. 부엌에서 가게까지 이어지는 석조 통로를 걷다 보면 세인포인 냄새가 점점 더 진해졌다. 어머니는 조(내 형이다)와 내가 가게로 들어가지 못하도록 출입구에 나무문을 달았다. 빗장을 붙잡고 거기 서 있던 기억이 아직도 생생하다. 통로의 눅눅한 회반죽 냄새와 세인포인 냄새가 한데 뒤섞였었지. 몇 년 뒤에야 아무도 없을 때 어찌

---

* 1899년 영국이 보어인(남아프리카에 사는 네덜란드계 백인)의 공화국인 트란스발과 오렌지 자유국에서 산출되는 다이아몬드와 금을 노리고 이곳을 침략해 벌어진 전쟁으로 1902년에 종전되었다.
** 주로 가축 사료로 사용되는 콩과의 목초.

어찌 문을 부수고 가게 안으로 들어가 보았다. 곡물통을 뒤지고 있던 생쥐 한 마리가 툭 튀어나오더니 내 발 사이로 달려갔다. 곡물 가루를 뒤집어써 새하앴다. 내가 여섯 살 즈음의 일이었을 것이다.

아주 어릴 때는 오래전부터 바로 코앞에 있었던 것들을 갑자기 깨닫게 되는 것 같다. 주변의 것들이 한 번에 하나씩 머릿속으로 헤엄쳐 들어와 잠에서 깨어나는 듯한 기분이 드는 것이다. 이를테면 나는 네 살이 다 되어서야 우리 집에 개 한 마리가 있다는 사실을 갑작스레 깨달았다. 이름이 네일러인 그 녀석은 이제는 사라지고 없는 종인 잉글리시 테리어로, 늙고 흰 개였다. 나는 식탁 밑에서 녀석을 만났는데, 바로 그 순간 녀석이 우리 개이며 이름이 네일러라는 사실을 어쩐지 알 것 같았다. 그보다 조금 전에 똑같은 식으로 발견한 사실이 있었다. 통로 끝에 있는 대문 너머에서 세인포인 냄새가 새어 나오고 있다는 사실. 가게 안에 있는 거대한 저울, 계량용 나무 그릇, 양철 삽, 창문에 붙은 흰 글씨, 새장 안의 멋쟁이새(창문에 항상 먼지가 끼어 있어 인도에서는 잘 보이지 않았다), 이 모든 것은 퍼즐 조각처럼 하나씩 하나씩 내 머릿속에 자리를 잡았다.

세월이 흐르면 두 다리가 더 강해지고, 서서히 지형을 이해하기 시작한다. 로어 빈필드는 2천 명의 주민이 살고 장이 서는 여느 마을과 똑같았던 것 같다. 옥스퍼드셔

61

에 있었고—내가 계속 과거형으로 말하고 있긴 하지만, 여전히 존재한다—템스강에서 8킬로미터 정도 떨어져 있었다. 계곡도 약간 끼고 있어서, 마을과 템스강 사이에는 낮은 구릉들이 잔물결 치듯 이어지고, 마을 뒤편에는 더 높은 언덕들이 있었다. 언덕 꼭대기에는 칙칙한 파란색 덩어리로 보이는 수풀이 있고, 그 속으로 들어가면 돌기둥들이 지붕을 떠받치고 있는 거대한 흰 집이 보였다. 그 집은 빈필드 하우스(모두들 '홀'이라 불렀다)였고, 언덕 꼭대기는 어퍼 빈필드(Upper Binfield)로 알려졌지만 마을은 없었다. 100년 넘게 그랬다. 내가 빈필드 하우스의 존재를 알아챈 것은 일곱 살 무렵이었을 것이다. 아주 어릴 땐 멀리 보지 않으니까. 하지만 그때 즈음 나는 한복판에 장터가 있고 대충 십자가처럼 생긴 그 마을을 속속들이 알고 있었다. 우리 가게는 하이 스트리트에서 장터보다 조금 앞쪽에 있었고, 길모퉁이에는 반 페니가 있으면 그냥 지나칠 수 없는 휠러 부인의 과자 가게가 있었다. 휠러 아주머니는 꾀죄죄한 늙은 마녀 같았고, 사람들은 아주머니가 눈깔사탕을 빨아 먹은 다음 병 속에 다시 넣어놓는 건 아닌가 의심했지만 한 번도 증명된 적은 없었다. 거리를 조금 더 따라가다 보면 압둘라 담배 광고—이집트 군인들이 등장하는 광고였는데, 신기하게 지금까지도 똑같은 광고가 사용되고 있다—가 붙은 이발소가 있었는데, 베이럼*과 라타키아**의 알딸딸한 냄새가 짙게 풍겼다. 집들 뒤편으로는 양조장의 굴뚝들이 보였다. 장터 한복판에는 돌로 만든 구유가 있고, 물 위에는 항상 먼지와 여물이 얇은 막처럼 떠 있었다.

　전쟁 전, 특히 보어전쟁 전에는 1년 내내 여름이었다. 망상이라는 건 나도 잘 알고 있다. 그저 기억이 되살아나는 대로 말하고 있을 뿐이다. 눈을 감고 아무 때나, 이를테면 내가 여덟 살이 되기 전의 아무 때나 생각해보면 항상 떠오르는 건 여름 날씨의 로어 빈필드다. 온 세상이 잠든 듯 나른하고 칙칙한 정적이 감돌며 짐마차의 말이 사료 자루에 코를 처박고 먹이를 우적우적 씹어 먹는 저녁 식사 시간의 장터, 아니면 마을 근처의 아름답고 드넓은 초록빛 초원에서의 무더운 오후, 아니면 해 질 무렵 시민 농장 뒤편의 골목길. 그리고 산울타리 주변을 맴도는 파이프 담배와 비단향꽃무 냄새. 하지만 어떤 의미에서는 다른 계절도 기억난다고 말할 수 있다. 나의 모든 기억은 철마다 달라지는 먹을거리와 밀접하게 관련되어 있으니까. 특히 산울타리에서 발견하게 되는 것들. 7월에는 듀베리―하지만 좀처럼 보기 어렵다―가 있었고, 블랙베리는 먹을 수 있을 만큼 붉게 익었다. 9월에는 야생 자두와 개암이 있었다. 최고의 개암은 항상 손이 닿지 않

　　✼　주로 머리에 쓰는 화장수.
✼✼　시리아산 고급 담배.

는 곳에 달렸다. 나중에는 너도밤나무 열매와 야생 능금이 열렸다. 그리고 더 나은 것이 없을 때 먹는 그저 그런 음식들도 있었다. 맛이 그리 좋지는 않은 산사나무 열매와 털을 떼어내면 톡 쏘는 맛이 상쾌한 들장미 열매. 안젤리카는 초여름에, 특히 갈증이 날 때 먹으면 좋고, 갖가지 풀의 줄기도 마찬가지다. 히코리나무 열매, 버터 바른 빵에 곁들여 먹으면 맛있는 괭이밥, 그리고 신맛이 나는 토끼풀도 있다. 집까지 한참 멀었는데 아주 허기질 때는 쫄쫄 굶는 것보다 질경이씨라도 먹는 편이 좋다.

조는 나보다 두 살 많았다. 우리가 아주 어렸을 때, 어머니는 케이티 시먼스에게 일주일에 18펜스를 주면서 오후마다 우리를 산책시키게 했다. 케이티의 아버지는 양조장에서 일했고 자녀가 열넷이나 되었기 때문에 가족이 항상 삯일을 찾고 있었다. 조가 일곱 살, 내가 다섯 살이었을 때 케이티는 고작 열두 살이었지만, 정신 연령은 우리보다 한참 높았다. 케이티는 내 팔을 잡아끌면서 "아기야"라고 불렀고, 우리가 이륜마차에 치이거나 황소에게 쫓기는 일이 생기지 않도록 엄하게 단속했지만, 대화를 나눌 때만큼은 우리 셋 모두 거의 동등한 위치에 있었다. 우리는 발을 질질 끌며 느릿느릿 한참이나 걸었고, 가는 내내 이것저것 따 먹었다. 좁은 길로 시민 농장을 지나고 로퍼의 목초지를 가로지른 다음, 도롱뇽과 작은 잉어들이 노니는 연못(조와 나는 조금 더 컸을 때 그곳으로 낚시를 가곤 했다)이 있는 밀 농장까지 갔다가, 어퍼 빈필드 로를 따라 집으로 돌아왔다. 마을 변두리에 있는 과자 가게를 지나가기 위해서였다. 이곳은 위치가 워낙 안 좋아서 누가 인수하든 꼭 망했고, 내가 알기로 세 번은 과자가게, 한 번은 식료품점, 한 번은 자전거 수리점이었지만, 묘하게도 아이들에게는 인기가 많았다. 우리는 땡전한 푼 없을 때도 그쪽으로 지나가면서 가게 창문에 코를 바짝 붙였다. 케이티는 1파딩*어치의 과자를 나눠 먹으면서 자기 몫을 챙기기 위해 다투는 것도 서슴지 않았다. 그 시절엔 1파딩으로도 괜찮은 것들을 살 수 있었다. 대부분의 과자는 1페니에 4온스**였고, 여러 병들에서 부서진 과자들을 골라내어 섞어놓은 파라다이스 믹스처는 6온스였다. 1미터 정도 되는 길이의 파딩 에버래스팅스는 다 먹는 데 30분이 넘게 걸렸다. 설탕 쥐와 설탕 돼지는 1페니에 8온스, 감초 권총도 마찬가지, 팝콘은 큰 봉지 하나에 반 페니, 다양한 종류의 과자와 도금 반지, 거기에 가끔은 호루라기까지 들어 있는 종합 선물 세트는 1페니였다. 요즘은 이런 종합 선물 세트를 볼 수 없다. 그 시절 우리가 먹던 과자들은 대부분 단종되고 없다. 명언들이 찍혀 있는 평평한 모양의 흰색 과자, 타원형 지저깨

* 4분의 1페니에 해당하는 영국 화폐로, 1961년에 폐지되었다.
** 1온스는 약 28그램이다.

65

비 상자에 작은 양철 스푼과 함께 들어 있던 반 페니짜리 끈적끈적한 분홍색 과자도 있었다. 둘 모두 사라졌다. 캐러웨이 사탕도, 초콜릿 담뱃대도, 설탕 성냥도, 심지어는 헌드러즈 앤드 사우전즈*도 요즘엔 잘 보이지 않는다. 헌드러즈 앤드 사우전즈는 주머니에 1파딩밖에 없을 때 아주 좋은 선택지였다. 페니 몬스터스는 또 어떤가? 요즘 페니 몬스터스를 본 적이 있는가? 탄산이 든 레모네이드였는데, 1쿼트 병 하나에 1페니였다. 전쟁은 그것도 끝장내 버렸다.

과거를 회상할 때면 항상 여름인 것 같다. 엇비슷한 키로 나를 둘러싼 풀들, 그리고 땅에서 뿜어져 나오는 열기가 느껴진다. 좁은 길에 날리는 먼지, 개암나무 가지들 사이로 비치는 따뜻한 초록빛 햇살. 느릿느릿 걸으며 산울타리에서 열매를 따 먹는 우리 셋, 내 팔을 잡아끌며 "빨리 와, 아기야!"라고 말하거나 앞장서 가는 조에게 "조! 당장 여기로 와! 혼나기 전에!"라고 소리치는 케이티가 보인다. 조는 머리가 큼직한 데다 울퉁불퉁하고 장딴지가 엄청나게 굵은 거구의 소년으로, 위험한 행동을 밥 먹듯 했다. 일곱 살에 벌써 짧은 바지를 입고, 두툼한 검은 스타킹을 무릎 위까지 올려 신고는, 그 시절 사내아

---

　*　Hundreds and Thousands. 아이스크림이나 케이크 위에 장식용으로 뿌리는 알록달록한 설탕 알갱이들.

이들이 신던 묵직하고 보기 흉한 부츠를 신고 다녔다. 나는 아직도 원피스 같은 아동복─어머니가 만들어준 마직 통옷─을 입고 있었다. 케이티는 성인용 원피스를 흉내 낸 듯한 옷을 입고 다녔는데, 자매들이 계속 물려 입다 보니 심하게 너덜너덜해져 있었다. 또, 우스꽝스럽게 생긴 큼직한 모자 뒤로 땋은 머리를 늘어뜨렸고, 기다랗고 더러운 치마로 땅을 쓸고 다녔으며, 닳아빠진 버튼 부츠를 신었다. 케이티는 키가 작아서 조보다 그리 크지 않았지만, 아이들을 '돌보는' 일에는 서툴지 않았다. 그런 가족에서는 한 아이가 젖을 떼자마자 다른 아이들을 '돌본다'. 가끔 케이티는 어른 행세를 하려 들었고, 제 딴에는 반박이 불가능해 보이는 격언으로 상대방을 꺾어버리는 버릇이 있었다. 누군가가 "신경 꺼"라고 말하면, 케이티는 곧장 이렇게 답하곤 했다.

신경 꺼는 신경을 쓰게 되었다네,
신경 꺼는 목이 매달리고,
신경 꺼는 솥 안에 빠뜨려져
죽을 때까지 푹 삶아졌다네.*

또 누군가 자기를 욕하면 "심한 말로는 뼈를 부러뜨릴

---

* 영국의 전래 동요 중 일부.

수 없다"라고, 누군가가 잘난 체를 하면 "교만 뒤에 몰락이 온다"라고 대꾸했다. 어느 날 내가 군인을 흉내 낸답시고 거들먹거리며 걷다가 소똥을 밟았을 때 그 말은 현실이 되었다. 케이티의 가족은 양조장 뒤의 빈민가에 있는 지독히도 더럽고 좁아빠진 집에서 살았다. 그 집에는 아이들이 해충처럼 가득 차 있었다. 무슨 수를 썼는지 온 가족이 학교를 다니지 않았고(그 시절에는 꽤 쉬운 일이었다), 걸음마를 떼자마자 심부름을 하거나 이런저런 잡일을 하기 시작했다. 케이티의 오빠 중 한 명은 순무를 훔친 죄로 1개월 형을 받았다. 1년 후 조가 여덟 살이 되어 여자애가 감당하기에는 너무 거칠어지자 케이티는 우리를 산책시켜주는 일을 그만두었다. 조는 케이티의 집에서 한 침대에 다섯 명이 함께 자는 것을 보고는 케이티를 잔인하게 놀려댔다.

가여운 케이티! 그녀는 열다섯 살에 첫 아이를 낳았다. 아이의 아버지가 누군지는 아무도 몰랐고, 아마 케이티 자신도 확실히 알지 못했을 것이다. 대부분의 사람은 그녀의 형제 중 한 명일 거라고 믿었다. 아기는 구빈원으로 보내졌고, 케이티는 월턴에서 하녀로 일했다. 얼마 후 케이티는 그녀 가족의 기준으로 봐도 별 볼 일 없는 땜장이와 결혼했다. 내가 마지막으로 케이티를 본 것은 1913년이었다. 월턴에서 자전거를 타다가 철도 선로 옆에 모여 있는 허름한 판잣집들을 지나가게 되었다. 맥주통 통널

들로 만든 울타리가 둘린 그곳은 경찰의 허락이 떨어지는 일정한 시기에 집시들이 머물곤 했던 야영지였다. 어느 쭈그렁 할멈이 판잣집에서 나와 걸레 같은 매트를 털기 시작했다. 얼굴빛이 칙칙하고 머리칼을 늘어뜨린 모습이 적어도 쉰 살은 된 것처럼 보였다. 할멈은 당시 스물일곱 살이었을 케이티였다.

2

목요일은 장날이었다. 호박처럼 둥글고 붉은 얼굴에 지저분한 작업복을 입고 소똥이 말라붙은 큼직한 장화를 신은 사내들이 기다란 개암나무 가지들을 들고서 이른 아침부터 짐승들을 장터로 끌고 갔다. 몇 시간 동안은 무시무시하게 시끌벅적했다. 멍멍 짖어대는 개들, 꽥꽥거리는 돼지들, 잔뜩 몰린 사람들을 뚫고 지나가려 채찍을 휘두르며 욕을 퍼붓는 트럭 안의 장사꾼들, 고함을 지르고 막대기를 던져대는 목축업자들. 황소 한 마리가 시장에 나타나면 언제나 큰 소동이 일었다. 그 어린 나이에도 내 눈에는 대부분의 황소들이 그저 외양간에 무사히 들어가고 싶어 하는 무해하고 온순한 짐승처럼 보였지만, 마을 사람들 절반의 추격을 받지 않는 황소는 황소 취급을 받지 못했다. 때때로 겁에 질린 짐승들, 대개는 아직 다 자라지 않은 암소들이 도망쳐서 골목으로 돌진하기도 했고, 그러면 마침 암소와 마주친 사람이 길을 막고 서서 풍차 날개처럼 두 팔을 뒤로 휘저으며 "우! 우!" 하고 외쳤다. 일종의 최면을 걸려는 의도였지만, 짐승들은 오히려 겁을 집어먹었다.

오전 반나절 동안에는 농부 몇몇이 가게에 와서 종자 견본을 손가락 사이로 흘려보곤 했다. 사실 아버지는 농부들과 거의 거래를 하지 않았다. 화물 트럭이 없어 배달을 해주지 못하는 데다 장기 외상을 해줄 여유가 없었기 때문이다. 아버지는 주로 가금류의 모이나 장사꾼들이 말에게 먹일 사료 같은 걸 취급하는 영세 사업자였다. 희끗희끗한 턱수염을 기른 지독한 구두쇠 영감인 밀 농장의 브루어는 30분 동안 한자리에 서서 치킨 콘* 견본을 만지작거리다가 얼빠진 표정으로 자기 주머니에 집어넣고는, 물론 아무것도 사지 않은 채 그냥 나가버리곤 했다. 저녁이 되면 퍼브들은 취객들로 가득 찼다. 그 시절에 맥주는 1파인트에 2펜스였고, 요즘 맥주와 달리 맛이 진했다. 보어전쟁 내내 징병관은 목요일과 토요일 밤마다 옷을 쫙 빼입고 조지 호텔의 싸구려 바에 나타나 돈을 펑펑 써댔다. 가끔은 다음 날 아침 징병관이 벌건 얼굴로 멋쩍

---

* 사료용으로 쓰이는, 품질 낮은 미국산 밀.

은 표정을 짓고 있는 땅딸막한 젊은 농부를 데려가는 모습이 보이기도 했다. 간밤에 너무 취한 청년이 제대로 보지도 않고 징병관에게서 1실링을 받은 것이다.* 이 상황에서 벗어나려면 20파운드는 써야 할 터였다. 사람들은 문간에 서서 지나가는 그들을 지켜보며, 장례식을 보는 양 고개를 절레절레 저었다. "이런! 군에 입대하다니! 생각 좀 해봐! 저렇게 훌륭한 청년이 말이야!" 사람들에게는 충격적인 일이었다. 그들의 눈에 남자의 군 입대는 여자의 매춘과 똑같은 것이었다. 전쟁과 군대를 대하는 사람들의 태도는 참으로 기묘했다. 영국 군인은 인간쓰레기이며 군에 입대하는 자는 무조건 술독에 빠져 죽어 지옥으로 직행하리라는 오랜 전통을 지닌 영국적인 관념을 갖고 있으면서도, 한편으로는 대단한 애국자들이어서 창문에 영국 국기를 붙여놓고 영국은 전쟁에서 한 번도 패한 적이 없으며 앞으로도 패하지 않으리라는 신념을 고수했다. 그땐 모두가, 심지어는 비국교도들마저 용감한 군인들의 업적과 머나먼 전장에서 죽은 소년병에 관한 감상적인 노래를 불렀다. 내 기억으로 이 소년병들은 항상 '탄환과 포탄이 날아다닐 때'** 죽었다. 어린 나는 이

---

* 징병관에게 1실링을 받으면 영국군에 입대해야 하는 옛 관습이 있었다.
** 미국 작곡가 찰스 해리스가 1897년에 지은 〈어머니에게 소식을 전하라(Break the News to Mother)〉의 한 소절 '탄환과 포탄이 전장에서 절규할 때'를 상기시킨다.

해할 수가 없었다. 탄환이야 그렇다 쳐도, 하늘을 날아다니는 조개껍데기*들을 생각하니 머릿속에 이상한 그림만 그려졌다. 마페킹**이 포위에서 풀려났을 때 사람들은 지붕이 떠나가라 함성을 질러댔고, 보어인들이 아기들을 허공에 내던져 총검으로 찔러 죽인다는 이야기를 곧이곧대로 믿던 때도 있었다. 브루어 영감은 그를 따라다니며 "크루거!"라고 외치는 아이들에게 진저리가 나서 전쟁 막바지에 턱수염을 밀어버렸다.*** 정부에 대한 사람들의 태도 역시 매한가지였다. 그들은 빅토리아가 사상 최고의 여왕이며 외국인들은 비열하다고 철석같이 믿는 보수적인 영국인들이면서, 한편으로는 세금을 안 내거나 개 소유 허가증을 안 받고 버틸 방법을 찾으려 했다.

전쟁 전후에 로어 빈필드는 자유당이 우세한 선거구였다. 전쟁 동안 치러진 보궐선거에서는 보수당이 이겼다. 나는 너무 어려서 정세를 파악하진 못했지만, 내가 보수주의자라는 건 알았다. 빨간 띠보다 파란 띠가 좋았으니까. 이 사실을 기억하는 건, 조지 호텔 앞의 인도에서 앞으로 엎어졌던 한 취객 때문이다. 전반적으로 흥분된 분

---

　* 탄환을 의미하는 'shell'에는 조개껍데기라는 뜻도 있다.
　** 남아프리카공화국 케이프주 동북단의 도시로, 옛 영국령 베추아날란드의 행정 중심지였다. 보어전쟁 때 보어인에게 217일간 포위된 적이 있었다.
　*** 보어전쟁이 발발할 당시 남아프리카공화국의 대통령이었던 폴 크루거는 턱수염을 기른 노인이었다.

위기 속에서 아무도 알아채지 못했고, 그 취객은 뜨거운 햇볕 속에 피가 마르도록 몇 시간이나 그대로 쓰러져 있었다. 말라붙은 피는 자주색이었다. 1906년 선거가 다가왔을 무렵엔 나도 상황을 이해할 만큼 나이 먹었고, 이땐 자유당 지지자였다. 누구나 그랬으니까. 사람들은 보수당 후보를 1킬로미터나 뒤쫓아가서는 개구리밥으로 가득 찬 연못에 빠뜨렸다. 그 시절에는 사람들이 정치를 진지하게 생각했다. 선거 몇 주 전부터 썩은 달걀을 모아두기 시작했다.

내가 아주 어렸을 적 보어전쟁이 터졌을 때, 아버지와 이지키얼 삼촌 사이에 벌어졌던 큰 다툼이 기억난다. 이지키얼 삼촌은 하이 스트리트 근처에서 작은 신발 가게를 운영하며 구두 수선도 겸하고 있었다. 워낙에 작은 가게가 점점 더 작아졌지만 삼촌은 독신이었기에 크게 문제가 되지는 않았다. 삼촌은 아버지의 이복형제였고 아버지보다 적어도 스무 살은 더 많았다. 내가 삼촌을 알고 지낸 15년 남짓한 동안 삼촌의 외모는 한결같았다. 호남형의 늙은이였던 삼촌은 키가 꽤 크고 백발이 성성했으며, 구레나룻은 엉겅퀴의 관모처럼 더없이 새하얬다. 삼촌은 가죽 앞치마를 철썩 때리고 꼿꼿이 서서―늘 구두 골 위로 허리를 굽히고 있으니 그에 대한 반작용이 아니었나 싶다―상대의 면전에다 자기 생각을 고래고래 퍼붓고는 으스스하게 낄낄대는 웃음으로 마무리하는 버릇이 있었다. 삼촌은 19세기의 진정한 자유당 지지자였다. 1878년에 글래드스턴*이 무슨 말을 했었나 묻고 자신이 그 정답을 말해줄 수 있는 사람, 로어 빈필드에서 전쟁 기간 내내 소신을 굽히지 않은 몇 안 되는 사람 중 한 명이었다. 삼촌은 늘 조 체임벌린과 '파크 레인**의 인간 쓰레기들'을 맹렬히 비난했다. 삼촌이 아버지와 다투면서 했던 말이 아직도 귀에 선하다. "그치들이 자기네 제국을 점점 넓혀가고 있지. 아무리 그래도 난 끄떡없어. 헤헤헤!" 그러면 아버지는 진지하고 근심 어린 목소리로 조용히 응수했다. 보어인들에게 수치스러운 취급을 받은 가여운 흑인들에 대한 백인의 책임***과 의무를 들먹이면서. 이지키얼 삼촌이 보어인들과 소영국주의****를 지지한다고 선언한 뒤로 일주일 정도 두 사람은 말도 섞지 않았다. 보어인들의 만행에 대한 이야기들이 떠돌기 시작했을 때 또 한 차례 언쟁이 벌어졌다. 아버지는 여기저기서 들리는 풍문에 걱정하면서 이지키얼 삼촌에게 따져 물었다. "소영국주의자든 아니든, 아기들을 허공에 내

---

* 윌리엄 글래드스턴(1809-1898). 영국의 정치가로 자유당 당수를 지냈고, 수상직을 네 차례 역임하였다.

** 런던의 가장 부유한 주택가였다.

*** the white man's burden. 러디어드 키플링의 시 제목으로, 식민 지배를 '백인'의 고귀하고 이타적인 희생으로 표현하고 있다.

**** 영국의 제국주의적 영토 확장에 반대하고 식민지 지배의 부담을 줄여 작은 영국을 만들자는 주장.

던져 총검으로 찔러 죽이는 짓이 설마 옳다고 생각하지는 않겠죠? 한낱 검둥이 아기들이라 해도." 그러자 이지키얼 삼촌은 아버지의 얼굴에 대고 웃음을 터뜨렸다. 아버지가 완전히 잘못 알고 있다고! 아기들을 허공에 던진 건 보어인들이 아니라 영국 군인들이었다! 삼촌은 직접 보여준답시고 당시 다섯 살 정도 된 나를 계속 붙들고 있었다. "아기들을 허공에 내던져서 개구리처럼 총검에 꿴다니까! 내가 이 녀석을 던지는 것처럼!" 그러고는 나를 높이 휙 들어 올렸다가 손에서 놓는 시늉을 했다. 나는 허공을 날아 총검 끝에 탁 꽂히는 내 모습이 생생하게 그려졌다.

아버지는 이지키얼 삼촌과 완전히 달랐다. 나는 조부모님에 대해 잘 모른다. 내가 태어나기 전에 세상을 떠나셨기 때문이다. 내가 아는 사실은, 구두 수선공이었던 할아버지가 늘그막에 종자 상인의 과부와 결혼했고, 그 덕에 우리가 가게를 얻게 되었다는 것뿐이다. 아버지는 그일과 별로 맞지는 않았지만, 종자 장사에 대해 손바닥 들여다보듯 훤히 알았고 일을 손에서 놓는 법이 없었다. 일요일은 제외였고, 아주 가끔 평일 저녁에 쉬기도 했다. 내가 기억하는 아버지는 손등에, 얼굴 주름에, 그리고 남아 있는 머리칼에 항상 곡물 가루가 묻어 있었다. 아버지는 30대에 결혼했고, 내 첫 기억 속의 아버지는 마흔이 다 되었을 것이다. 아버지는 몸집이 작고 약간 음침하며 조용한 사람이었다. 항상 외투 없이 셔츠 바람에 흰 앞치마를 두르고, 늘 지저분하게 곡물 가루를 뒤집어쓰고 있었다. 머리는 둥글고, 코는 뭉툭하고, 콧수염을 조금 텁수룩하게 길렀고, 안경을 썼고, 머리칼은 나처럼 버터 빛깔이었지만 거의 다 빠졌으며 언제나 퍼석퍼석했다. 할아버지는 종자 상인의 과부와 결혼한 덕에 형편이 훨씬 더 좋아졌고, 아버지는 농부와 부유한 상인의 아들이 다니는 월턴 중등학교에서 공부한 반면, 이지키얼 삼촌은 평생 한 번도 학교에 다니지 않고 일이 끝난 뒤 수지 양초 불빛 아래서 독학으로 읽기를 깨우친 것을 자랑으로 여겼다. 하지만 삼촌은 아버지보다 훨씬 더 머리가 잘 돌아갔고, 누구와도 논쟁을 벌일 수 있었으며, 칼라일과 스펜서를 장황하게 인용하곤 했다. 약간 우둔한 편인 아버지는 '책으로 하는 공부'에 정을 붙이지 못했고, 영어 실력이 좋지 않았다. 유일하게 편히 쉴 수 있는 일요일 오후마다 아버지는 응접실 벽난로 앞에 앉아 일요판 신문에서 '좋은 읽을거리'를 찾았다. 아버지가 즐겨 읽은 신문은 《피플(People)》이었다―어머니는 살인 사건을 더 많이 보도한다는 이유로 《뉴스 오브 더 월드(News of the World)》를 좋아했다. 두 분의 모습이 지금도 눈에 선하다. 돼지 구이와 채소 냄새가 여전히 공기 중에 감도는 일요일 오후―물론 여름이다, 항상 그렇듯이―어머니는 난롯가의 한편에서 최신 살인 사건을 읽다가 입을 벌린 채로 서서히 잠들기 시작하고, 반대편에 앉은 아버지는 슬리퍼를 신고 안경을 낀 채 얼룩투성이의 활자들을 느릿느릿 읽어나간다. 여름의 온화한 기운이 우리를 감싸고 있다. 창가의 제라늄, 어딘가에서 찌르륵 울어대는 찌르레기, 《BOP》※를 들고 테이블보를 텐트 삼아 식탁 밑으로 들어가 있는 나. 오후에 차 마시는 시간이 되면 아버지는 무와 파를 씹으면서, 읽고 있던 기사들을 반추하듯 들려주었다. 화재, 난파, 상류사회의 스캔들, 신형 비행기계, 홍해에서 고래에게 먹혔다가 사흘 만에 살아 나왔지만 고래의 위액 때문에 온몸이 하얗게 탈색된 남자(이 남자는 지금까지도 3년에 한 번꼴로 일요판 신문에 등장하고 있다). 아버지는 고래 이야기와 신식 비행 기계에 대해서는 항상 의심을 품었고, 그 외에는 자신이 읽는 모든 것을 믿었다. 1909년까지만 해도 인간이 하늘을 나는 방법을 배울 수 있으리라고 믿는 사람은 로어 빈필드에 단한 명도 없었다. 우리가 하늘을 나는 것이 신의 뜻이라면 신이 우리에게 날개를 달아주었으리라는 것이 공식적인 교리였다. 이지키얼 삼촌은 우리가 자동차를 타고 달리는 것이 신의 뜻이라면 신이 우리에게 바퀴를 달아주었을 거라고 반박했지만, 그런 삼촌도 신식 비행 기계는 믿

※ 《보이스 오운 페이퍼(Boy's Own Paper)》. 1879년에 창간된 소년용 주간지로, 모험담이나 유용한 정보, 교훈적인 이야기 등을 담고 있었다.

지 못했다.

일요일 오후, 아니면 조지 호텔에 들러 맥주 반 파인트를 마시는 평일 저녁에나 아버지는 그런 일들을 생각했다. 평소에는 거의 일에 파묻혀 지냈다. 사실 할 일이 많은 것은 아니었는데, 아버지는 늘 바빠 보였다. 마당 뒤편의 복층 창고에서 부대 자루나 짐짝을 들고 끙끙대거나, 가게 계산대 뒤의 비좁은 먼지투성이 공간에서 공책에다 몽당연필로 계산을 했다. 아버지는 아주 정직하고 자상한 사람이어서, 좋은 물건을 팔고 아무에게도 바가지를 씌우지 않으려 애썼다. 그 시절에도 그런 식으로 장사하기란 쉽지 않았는데 말이다. 아버지는 이를테면 우체국장이나 시골 역의 역장 같은 소소한 관직에 어울리는 사람이었다. 하지만 돈을 빌려 사업을 확장할 만한 배짱이나 수완도, 새로운 판매 방식을 생각해낼 창의성도 없었다. 아버지의 창의성이 발휘된 유일한 결과물은 사육조를 위해 다양한 씨앗을 혼합한 새로운 모이('볼링의 혼합 모이'라 불린 그 제품은 반경 8킬로미터 너머까지 알려졌다)였다. 이 역시 사실은 이지키얼 삼촌 덕분이었다는 점이 참으로 아버지다웠다. 새를 좋아한 이지키얼 삼촌은 어둑하고 작은 가게에서 황금방울새를 여러 마리 키우고 있었다. 새장 안의 새들이 다양하지 못한 먹이 탓에 본연의 빛깔을 잃어버린다는 것이 삼촌의 지론이었다. 아버지는 가게 뒷마당의 작은 텃밭에 철망을 쳐놓고 20여 종의 잡초를 키웠으며, 그 씨앗들을 말려서 카나리아 갈풀 씨와 섞었다. 가게 창에는 '볼링의 혼합 모이'를 광고하기 위해 재키라는 멋쟁이새를 걸어놓았다. 과연, 새장에 키우는 여느 멋쟁이새들과 달리 재키는 검게 변하지 않았다.

어머니는 내가 기억하는 한 항상 뚱뚱했다. 뇌하수체 결핍이든 뭐든 나를 살찌게 한 요인은 어머니에게서 물려받은 것이 분명하다.

몸집이 큰 편인 어머니는 아버지보다 키가 조금 더 컸고 머리칼은 훨씬 더 금빛이었으며, 검은 원피스를 자주 입었다. 하지만 일요일을 제외하면, 앞치마를 두르지 않은 어머니를 본 기억이 없다. 내가 기억하는 어머니는 항상 요리를 하고 있었다고 말한다면 과장일지 몰라도, 그리 큰 과장은 아니다. 과거의 오랜 기간을 되돌아보면, 사람들이 어느 특정한 장소와 특징적인 태도에 고정되어 있는 것처럼 보이게 마련이다. 항상 똑같은 일을 하고 있었던 것처럼 느껴지는 것이다. 그래서 아버지를 생각할 때마다 항상 떠오르는 건, 머리에 곡물 가루를 뒤집어쓴 채 계산대 뒤에서 몽당연필에 침을 묻혀가며 계산하고 있는 모습이다. 이지키얼 삼촌을 생각하면 유령처럼 새하얀 구레나룻을 기른 채 꼿꼿이 서서 가죽 앞치마를 찰싹 때리는 모습이 기억나듯이, 어머니를 생각하면 식탁에서 밀가루가 잔뜩 묻은 팔뚝으로 반죽을 밀고 있는 모습이 떠오른다.

그 시절의 부엌이 어땠는지는 여러분도 잘 알 것이다. 조금 어둑하고 나지막하며 널따란 공간, 천장을 가로지르는 거대한 대들보, 돌바닥, 지하 저장고. 모든 것이 거대했다, 아니 어린 내게는 그렇게 보였다. 수도꼭지가 아니라 쇠 펌프가 달린 엄청나게 큰 석조 싱크대, 한쪽 벽을 완전히 뒤덮어 천장까지 닿는 찬장, 한 달에 500킬로그램의 연료를 태우며 흑연 광택제로 닦는 데도 한참이나 걸리는 거대한 스토브. 식탁에서 널따란 밀가루 반죽을 미는 어머니. 그리고 그 주위를 기어 다니며 장작더미와 석탄 덩어리들과 벌레 잡는 양철 덫(컴컴한 구석마다 덫을 놓았는데, 미끼로는 맥주를 썼다)을 가지고 놀다가 가끔 식탁으로 가서 먹을 것을 달라고 조르는 나. 어머니는 끼니 사이에 먹는 것을 '허락하지 않았다'. 대부분 같은 답이 돌아왔다. "저리 가! 지금 뭘 먹으면 입맛만 버려. 식탐만 많아 갖고서는." 하지만 아주 가끔은 설탕에 절인 얇은 과일 껍질을 잘라주기도 했다.

나는 페이스트리 반죽을 미는 엄마를 지켜보는 것이 좋았다. 자신이 제대로 알고 있는 무언가를 하는 사람을 지켜보는 건 언제나 매혹적이다. 요리를 제대로 할 줄 아는 여자가 밀가루 반죽을 미는 모습이란. 신성한 의식을 치르는 사제처럼 자기 안으로 빠져든 듯한 엄숙하고 묘한 분위기, 일종의 만족감 같은 것이 느껴진다. 물론 마음만은 사제와 다를 바 없다. 대개 밀가루가 묻어 있던 어머니의 팔뚝은 굵고 강했으며 분홍빛을 띠고 있었다. 요리를 할 때 어머니의 모든 움직임은 놀라우리만치 정밀하고 단호했다. 어머니의 손안에 들어가면 달걀 거품기, 고기 다지는 기계, 밀방망이는 정확히 제 역할을 해냈다. 요리하는 모습을 보고 있자면, 어머니가 자신이 속한 세상에서 자신이 정말 잘 아는 것들 속에 있음을 알 수 있었다. 어머니에게 바깥세상이란 일요판 신문과 가끔 들려오는 소문을 통해서만 존재했다. 어머니는 아버지보다 글을 수월하게 읽고 신문뿐만 아니라 짧은 소설도 읽었지만, 기가 막힐 정도로 무식했다. 나는 열 살 때이미 이 사실을 깨달았다. 어머니는 아일랜드가 잉글랜드의 동쪽인지 서쪽인지 몰랐고, 제1차 세계대전이 일어나기 전까지의 역대 수상이 누군지도 아마 답하지 못했을 것이다. 그런 것들을 알고 싶어 하지도 않았다. 나중에 나는 일부다처제가 행해지는 동양의 나라들과, 여자들이 감금된 채 시커먼 환관의 감시를 받는 은밀한 하렘에 관한 책을 읽었을 때, 어머니가 알면 얼마나 충격을 받을까 하는 생각을 했다. 이렇게 말하는 어머니의 목소리가 들리는 것만 같았다. "아니! 자기 마누라를 그렇게 가둬놓다니! 얄궂어라!" 어머니가 환관이 뭔지 알았던 건아니다. 하지만 실제로 어머니는 제나나*만큼이나 좁고 은밀하다 할 만한 공간에서 일생을 보냈다. 우리 집에서

조차 어머니의 발길이 닿지 않는 곳들이 있었다. 어머니는 마당 뒤편의 창고에 절대 들어가지 않았고, 가게에도 웬만하면 발을 들여놓지 않았다. 손님을 상대하는 어머니를 본 기억이 없는 것 같다. 어머니는 어느 곡물이 어디에 있는지 몰랐을 테고, 가루로 갈기 전의 밀과 귀리를 구분하지도 못했을 것이다. 그래야 할 이유가 없잖은가? 가게는 아버지 소관, '남자의 일'이었으며 돈 문제에도 어머니는 별로 관심이 없었다. 어머니의 일, '여자의 일'은 집과 끼니와 빨래와 아이들을 챙기는 것이었다. 아버지나 다른 남자가 옷에 단추를 달려고 하는 꼴만 봐도 어머니는 발끈했을 것이다.

　우리 집은 식사를 비롯한 모든 일이 시계처럼 정확히 돌아갔다. 아니, 시계라고 하면 뭔가 기계적으로 들릴지도 모르겠다. 그보다는 자연스럽게 이루어지는 과정 같은 것이었다. 내일 아침에 해가 뜨듯이, 우리 식탁에 아침이 차려지리라는 걸 알았다. 어머니는 일평생 9시에 잠자리에 들고 아침 5시에 일어났다. 늦게 자고 늦게 일어나는 것을 약간은 사악한—퇴폐적이고 이국적이며 귀족적인—행동으로 생각했을지도 모른다. 조와 나를 산책시켜달라며 케이티 시먼스에게 돈을 쥐여 주는 것도 마다하지 않으면서, 집안일에 다른 여자의 도움을 받을

　※ 인도나 페르시아 상류층 가정의 여성들이 지내던 규방.

생각은 눈곱만큼도 하지 않았다. 돈을 주고 고용한 여자는 늘 먼지를 서랍장 밑으로 쓸어 넣는다는 것이 어머니의 확고한 믿음이었다. 우리의 끼니는 항상 제시간에 준비되었다. 식전·식후 기도와 함께 푸짐한 식사—삶은 쇠고기, 덤플링, 로스트비프, 요크셔 푸딩, 삶은 양고기, 케이퍼,* 돼지머리, 애플파이, 스포티드 딕,** 잼 롤리폴리***—를 즐겼다. 구식 양육법이 여전히 통용되기는 했지만, 빠른 속도로 밀려나는 추세였다. 이론적으로 아이들은 여전히 매질을 당하고, 빵과 물만으로 끼니를 때우는 벌을 받았으며, 너무 시끄럽게 먹거나 음식에 목이 메어 캑캑거리거나 '몸에 좋은' 음식을 거부하거나 '말대꾸'를 하면 식탁에서 쫓겨나야 했다. 하지만 우리 집은 그리 엄격하지 않았고, 부모님 두 분 중 어머니가 더 단호한 편이었다. 아버지는 '매를 아끼면 자식을 망친다'라는 속담을 입에 달고 살면서도, 우리, 특히 처음부터 고집불통이었던 조를 엄하게 가르치지 못했다. 언제나 조를 호되게 때려줄 '것처럼' 폼을 잡으면서 아버지 자신이 어렸을 적 할아버지에게 가죽끈으로 무시무시하게 맞았던 일—지금 생각해보면 거짓말 같지만—을 이야기하곤 했지만, 결국엔 아무 일도 일어나지 않았다. 조가 열두

* 지중해산 관목의 작은 꽃봉오리를 이용하여 만든 향신료.
** 말린 과일이 들어 있는 스펀지케이크 비슷한 디저트.
*** 잼이 들어 있는 소라 모양의 푸딩.

살이 됐을 땐 힘이 너무 세서 어머니가 조를 무릎에 엎어 놓고 때리지도 못할 정도였고, 그 후로 아무도 조에게 손을 대지 않았다.

당시엔 부모가 하루 종일 아이들에게 "하지 마"라고 말하는 것을 여전히 올바른 교육법으로 여겼다. 자기 아들이 담배를 피우거나 사과를 훔치거나 새둥주리에서 알을 빼다가 들키면 '때려죽일' 거라고 호언장담하는 남자를 흔히 볼 수 있었다. 어떤 가정에서는 이런 매질이 실제로 벌어졌다. 마구를 만들어 파는 러브그로브 영감은 정원 헛간에서 담배를 피우고 있는 열여섯 살과 열다섯 살 된 우람한 두 아들을 발견하고는, 온 동네에 들리도록 요란하게 팼다. 러브그로브는 심한 골초였다. 매질도 아무 효과가 없었는지, 모든 사내아이가 사과를 훔치고 새둥주리를 털고 조만간 담배를 배웠지만, 아이들을 엄하게 다루어야 한다는 생각은 여전히 건재했다. 한번 해볼 법한 일은 거의 전부가 금지되었다, 어쨌거나 이론상으로는 그랬다. 어머니의 말에 따르면, 사내아이들은 항상 '위험한' 짓만 하려 든다고 했다. 수영도 위험하고, 나무 타기도 위험하고, 미끄럼 타기, 눈싸움, 짐수레 뒤에 매달리기, 새총 놀이, 짐승이나 과일나무에 몽둥이 던지기, 심지어는 낚시도 위험했다. 네일러와 고양이 두 마리, 그리고 멋쟁이새 재키를 제외한 모든 짐승이 위험했다. 짐승들은 저마다의 특수한 방식으로 우리를 공격했다. 말은 사람을 물고, 박쥐는 사람의 머리칼을 뽑고, 집게벌레는 사람의 귓속으로 파고들고, 백조는 날개를 휘둘러 사람의 다리를 부러뜨리고, 황소는 사람을 내던지고, 뱀은 사람을 '쏘았다'. 어머니는 모든 뱀이 우리를 쏜다고 했지만, 내가 싸구려 백과사전에서 읽은 내용에 따르면 뱀은 사람을 쏘지 않고 문다고 했다. 내가 그렇게 말하자 어머니는 말대꾸하지 말라고 했다. 도마뱀, 굼벵이무족도마뱀, 두꺼비, 개구리, 도롱뇽 역시 사람을 쏘았다. 파리와 잔날개바퀴를 제외한 모든 곤충도 마찬가지였다. 식사 때 먹는 것을 제외한 거의 모든 음식이 독성을 가지고 있거나 '유해했다'. 날감자는 치명적인 독이었고, 청과물 가게에서 사지 않은 버섯도 그랬다. 구스베리를 날것으로 먹으면 배가 아프고, 나무딸기를 날로 먹으면 피부 발진이 일어났다. 식사 후에 목욕을 하면 위경련으로 죽고, 엄지와 검지 사이를 베이면 파상풍에 걸리고, 달걀을 삶은 물에 손을 씻으면 사마귀가 생겼다. 가게에 있는 거의 모든 것이 독성 물질이었고, 그래서 어머니는 가게 문간을 문으로 막아놓았다. 압축한 소 사료도, 치킨 콘도, 겨자씨도, 카스우드 가금류 모이용 향신료도 독성을 띠고 있었다. 과자나 간식도 몸에 안 좋았지만, 이상하게 어머니가 늘 허락해주는 특정 종류의 간식이 있었다. 자두 잼을 만들 때 위에서 걷어내는 끈적끈적한 물질이었는데, 우리는 속이 쓰릴 때까지 그것을 입속으로 쑤셔 넣곤 했다. 세상의 거의 모든 것이 위험하거나 유해했지만, 신비로운 미덕을 지닌 것도 몇몇 있었다. 생양파는 만병통치약에 가까웠다. 스타킹을 목에 묶으면 인후염이 나았다. 개가 마시는 물에 유황을 넣으면 강장제 역할을 했다. 그래서 뒷문 뒤에 있던 늙은 네일러의 물그릇에는 항상 유황 덩어리가 들어 있었고, 몇 년이 지나도록 녹지 않은 채 그대로 남아 있었다.

우리는 6시에 차를 마시곤 했다. 어머니는 4시쯤 집안일을 거의 마무리하고, 4시부터 6시 사이에 조용히 차를 마시며, 어머니 표현대로 하자면 '신문을 읽었다'. 사실 어머니는 일요일 말고는 신문을 좀처럼 읽지 않았다. 평일 신문에는 그날 하루의 소식만 실릴 뿐, 살인 사건이 등장하는 경우는 드물었다. 하지만 일요판 신문의 편집자들은 살인이 최신 사건이건 아니건 사람들이 별로 개의치 않는다는 사실을 간파했고, 그래서 새로운 살인 소식이 없으면 옛 사건을 다시 끌어들였다. 가끔은 파머 박사와 매닝 부인*까지 거슬러 올라가기도 했다. 아무래도 어머니는 로어 빈필드 바깥의 세상을 살인이 벌어지는 곳으로 이해했던 모양이다. 어머니에게 살인이란 지독히도 매혹적인 것이었다. 어머니가 자주 말했듯, 인간이 그

※ 19세기 중반의 악명 높은 살인자들이다. 윌리엄 파머 박사는 친구를 살해해 교수형을 당했고(1856), 마리 매닝은 자신의 애인을 남편과 함께 살해한 죄로 역시 교수형을 당했다(1849).

토록 사악해질 수 있다는 사실이 놀라웠기 때문이다. 아내의 목을 자르고, 아버지를 시멘트 바닥 밑에 묻고, 아기를 우물 속으로 던지다니! 어떻게 그런 짓을 저지를 수 있을까! 아버지와 어머니가 결혼했을 무렵 살인마 잭* 사건이 터졌고, 그때부터 매일 밤 우리 가게의 진열창은 큼직한 나무 덧문으로 가려졌다. 가게 진열창에 덧문을 다는 건 이제 유행에 뒤떨어진 일이라 하이 스트리트의 가게들은 대부분 덧문이 없었지만, 어머니는 창문을 가리지 않으면 불안하다고 했다. 살인마 잭이 로어 빈필드에 숨어 있을 것 같은 불길한 예감이 든다면서 말이다. 수년 후 내가 성인이 다 됐을 때 크리픈 사건이 터지자, 어머니는 무척 심란해했다. 어머니의 목소리가 아직도 귓가에 쟁쟁하다. "불쌍한 마누라를 토막 내서 지하 석탄고에 묻어? 얄궂어라! 내가 그 인간을 잡으면 바로 그렇게 해줄 테다!" 그런데 신기하게도, 어머니는 아내를 갈기갈기 찢은(그리고 내 기억이 맞는다면, 뼈를 모조리 제거하고 머리를 바다에 버리는 일을 깔끔하게 해낸) 그 미국인 의사의 지독한 사악함을 생각하면서 눈물을 글썽였다.

어머니가 평일에 주로 읽은 것은 《힐다스 홈 컴패니언(*Hilda's Home Companion*)》이었다. 그 시절 우리 집 같은

---

* Jack the Ripper. 1888년 런던 화이트채플 지구와 주변의 빈민가에서 다섯 명 이상의 매춘부를 살해한 신원 미상의 살인범.

가정에 꼭 한 권씩은 있던 잡지였고, 사실 지금도 발간되고 있다. 전쟁 후 나오기 시작한 좀 더 세련된 여성지들에 조금 밀려났을 뿐이다. 바로 얼마 전 그 잡지를 본 적이 있다. 변하긴 했지만, 다른 것들에 비하면 많이 변한 것도 아니었다. 여섯 달 동안 이어지는 방대한 연재소설(항상 결말은 행복한 결혼식이다), 살림살이에 관한 유용한 정보, 재봉틀과 다리 통증 치료제 광고가 여전히 실리고 있었다. 변한 것은 활자체와 삽화들이다. 옛 시절의 여주인공은 모래시계 같은 몸매여야 했지만, 요즘의 여주인공은 원통처럼 생겨야 한다. 어머니는 《힐다스 홈 컴패니언》을 느릿느릿 읽으며 3펜스어치의 가치를 뽑아내려 했다. 난로 옆의 노란색 낡은 안락의자에 앉아 두 발을 쇠 난로망에 올려놓고, 작은 주전자를 스토브에 올려 진한 차를 끓이며, 잡지를 처음부터 끝까지 찬찬히 읽어나갔다. 연재소설부터 시작해 두 편의 단편소설, 살림살이 정보, 잠벅 연고 광고, 독자들의 편지에 대한 답장까지. 어머니가 《힐다스 홈 컴패니언》을 다 읽는 데는 꼬박 일주일이 걸렸고, 심지어는 끝내지 못하는 주도 있었다. 가끔은 난롯불의 온기 혹은 여름 오후에 금파리들이 윙윙거리는 소리 때문에 꾸벅꾸벅 졸다가 5시 45분쯤 흠칫 놀라며 깨어나 벽난로 선반에 있는 시계를 힐끔 보고는 차 준비가 늦을까 봐 마음을 졸였다. 하지만 차는 한 번도 늦지 않았다.

그 시절—정확히 1909년까지—아직은 심부름꾼 소년을 쓸 형편이 되었던 아버지는 소년에게 가게를 맡겨놓고, 손등에 곡물 가루를 잔뜩 묻힌 채 차를 마시러 오곤 했다. 그러면 어머니는 빵을 자르다 말고 "감사 기도 올려야지, 여보"라고 말했다. 우리 모두 고개를 가슴까지 푹 숙이고 있는 동안 아버지는 경건하게 중얼거렸다. "우리에게 이 음식을 내려주신 주님께 진심으로 감사드리나이다, 아멘." 나중에 조가 조금 더 컸을 때 어머니는 "오늘은 네가 감사 기도를 올려, 조"라고 했고, 그러면 조는 큰 소리로 기도를 읊었다. 어머니는 한 번도 감사 기도를 올리지 않았다. 그것은 남자가 해야 할 일이었던 것이다.

여름 오후에는 늘 금파리가 윙윙거렸다. 우리 집은 로어 빈필드의 여느 집처럼 불결했다. 마을에 500가구는 있었던 것 같은데, 그중 욕실이 있는 집은 많아야 열 가구였고, 변기라 부를 만한 것을 갖춘 집은 50가구 정도밖에 되지 않았다. 여름이 되면 우리 집 뒷마당에선 항상 쓰레기통 냄새가 풍겼다. 그리고 어느 집이든 벌레가 꼬였다. 우리 집은 징두리판벽에 잔날개바퀴들이, 부엌의 스토브 뒤편 어딘가에 귀뚜라미들이, 그리고 물론 가게에는 거저리들이 돌아다녔다. 그 시절엔 어머니처럼 집안 살림에 열심인 여자들도 잔날개바퀴를 딱히 싫어하지 않았다. 그 벌레들은 찬장이나 밀방망이처럼 부엌의 일부였다. 하지만 벌레가 많아도 너무 많았다. 케이티 시먼스의 집처럼, 양조장 뒤편의 지저분한 거리에 있던 집들에는 빈대가 들끓었다. 우리 어머니 같은 가게 주인의 아내들은 집에 빈대가 있다면 죽을 만큼 수치스러워했을 것이다. 체면이 깎이지 않으려면 빈대를 본 적도 없다고 말해야 했다.

큼직한 푸른색 파리들이 식품 저장실로 날아 들어와, 고기를 덮어놓은 철망에 탐욕스레 앉아 있곤 했다. 사람들은 "망할 파리들!"이라고 욕을 퍼부었지만, 파리가 끼는 건 어쩔 수 없는 일이어서 고기 덮개나 파리잡이 끈끈이 외에 달리 뾰족한 수가 없었다. 앞서 말했듯이 내 인생의 첫 기억은 세인포인 냄새지만, 쓰레기통 냄새 역시 아주 오래된 기억이다. 돌바닥이 깔리고 벌레 잡는 덫과 강철 난로망과 흑연으로 광을 낸 스토브가 있는 어머니의 부엌을 생각할 때마다 늘 윙윙거리는 금파리 소리가 들리고, 쓰레기통과 늙은 네일러의 냄새가 나는 듯하다. 네일러는 개 냄새를 엄청 진하게 풍기고 다녔다. 하지만 더 심한 냄새와 소리도 있다. 여러분이라면 금파리와 폭격기 중 어느 소리를 듣겠는가?

3

조는 나보다 2년 일찍 월턴 중등학교에 다니기 시작했다. 우리 둘 다 아홉 살이 되고 나서야 그 학교에 나가기 시작했다. 아침저녁으로 자전거를 타고 6킬로미터가 넘는 거리를 달려야 했고, 어머니는 당시 자동차가 거의 없던 도로에 우리를 내보내는 것도 두려워했다.

우리는 늙은 하울릿 부인이 자택에서 운영하던 초등학교에 몇 년 동안 다녔다. 상인의 자식들은 대부분 그 학교에 다녔는데, 공립 초등학교에 다니는 치욕과 망신을 피하기 위해서였다. 하지만 하울릿 부인이 늙은 사기꾼에 불과하며 교사로서 백해무익하다는 사실을 모르는 사람은 아무도 없었다. 일흔 살이 넘은 부인은 소리를 잘 듣지 못했고, 안경을 끼고도 앞을 잘 보지 못했으며, 수업 도구라고는 회초리 하나, 칠판 하나, 너덜너덜한 문법 책 몇 권, 악취 풍기는 석판 스무 개 남짓뿐이었다. 하울릿 부인은 여자애들은 그럭저럭 잘 다루었지만, 남자애들은 부인을 비웃으며 마음 내킬 때마다 무단결석을 했다. 한번은 어떤 남자애가 여자애의 원피스를 들춰 올리는 무시무시한 일이 벌어졌다. 당시의 나로서는 그 사건의 의미를 이해할 수 없었다. 어쨌거나 하울릿 부인은 그 일을 조용히 무마하는 데 성공했다. 학생이 심각한 잘못을 저지를 때마다 부인은 항상 "네 아버지한테 이를 거다"라고 말했고, 아주 드물게 그렇게 하기도 했다. 하지만 우리는 부인이 자주 그러지 못한다는 걸, 부인이 우리에게 회초리를 휘둘러도 너무 늙고 몸놀림이 어설퍼서 쉽게 피할 수 있다는 걸 알아챌 만큼 영악했다.

조는 고작 여덟 살에 자칭 블랙 핸드라는 불량배 패거리와 어울리기 시작했다. 패거리의 두목은 마구 제조업자의 열세 살 정도 된 작은아들 시드 러브그로브였고, 그 외에 상인의 아들 두 명과 양조장의 심부름꾼 소년, 그리고 가끔 일을 빼먹고 패거리와 두어 시간 놀러 다니던 농장 아이 두 명도 있었다. 농장 아이들은 코듀로이 반바지가 터져 나갈 듯 체격이 우람했고 사투리가 심했다. 패거리의 나머지 아이들에게 무시당하는 편이었지만, 동물에 관해 아는 것이 많은 덕에 내쳐지지 않고 있었다. 그중 별명이 진저*인 녀석은 가끔 맨손으로 토끼를 잡기도 했다. 풀밭에 앉아 있는 토끼를 보면, 날개를 편 독수리처럼 확 덮쳤다. 상인의 아들과 육체노동자나 농장 노동자의 아들은 사회적 지위의 차이가 컸지만, 아이들은 열여섯 살이 되기 전까지는 거기에 큰 관심을 기울이지 않았다. 블랙 핸드는 자기들끼리의 암호가 있었으며, 손가락을 베고 지렁이를 먹는 '시험'을 거쳤다. 무시무시한 무법자들이 되려 안간힘을 쓰던 그 애들은 창문을 깨고, 암소를 뒤쫓고, 문에서 노커를 떼어내고, 엄청난 양의 과일을 훔치는 등 온갖 악동 짓을 하고 다녔다. 겨울에 가끔 농부들이 허락을 해주면 흰담비 두어 마리를 빌려 쥐를 잡으러 가기도 했다. 모두 새총과 몽둥이를 갖고 있었고, 당시 5실링이던 사격장용 권총을 사기 위해 항상 돈을 모았지만 아무리 모아 봐야 3펜스를 넘지 못했다. 여름에는 물고기를 낚고 새둥주리를 찾아다녔다. 조는 하울릿 부인의 학교에 다닐 때 일주일에 한 번 이상은 결석을 했고, 중등학교에서도 2주에 하루 정도는 수업을 빼먹었다. 중등학교에 같이 다니던 경매인의 아들은 어떤 글씨든 똑같이 베껴 쓸 줄 아는 재주가 있어서, 아이가 어제부터 아팠다는 내용이 담긴 어머니의 편지를 위조해주고 1페니를 받았다. 물론 나도 블랙 핸드에 들어가고 싶은 마음이 굴뚝같았지만, 코홀리개가 얼쩡거리는 건 그쪽에

* ginger. '생강'이라는 뜻으로, 주로 붉은빛 머리를 가진 사람을 일컫는 말.

서 좋아하지 않는다며 항상 조가 훼방을 놓았다.

내가 그 패거리에 들어가고 싶었던 진짜 이유는 낚시였다. 여덟 살이던 나는 싸구려 그물로 가끔 큰가시고기를 잡아봤을 뿐 낚시를 해본 적이 없었다. 어머니는 걱정이 돼서 우리를 물 근처에도 보내지 않으려 했다. 그 시절의 부모들이 거의 모든 것을 '금했듯이' 어머니는 낚시를 '금했고', 나는 어른이라고 앞일을 내다볼 줄 아는 건 아니라는 사실을 미처 간파하지 못했었다. 하지만 낚시를 생각하기만 해도 미칠 듯이 좋았다. 밀 농장의 연못을 지나갈 때 수면으로 올라와 햇볕을 쬐는 작은 잉어를 여러 번 봤고, 가끔은 내 눈에 엄청나게 커 보이던—15센티미터 정도 됐던 것 같다—마름모꼴의 거대한 잉어가 구석의 버드나무 아래에서 갑자기 수면으로 떠올라 벌레를 집어삼키고는 다시 물속으로 사라지기도 했다. 나는 하이 스트리트에서 낚시 도구와 총과 자전거를 팔던 윌리스라는 가게의 진열창에 몇 시간이고 코를 박고 있었다. 여름 아침에는 조에게 들었던 낚시 얘기를 생각하며 침대에 누워 있곤 했다. 찌가 깐닥거리다 물속으로 푹 빠지면, 곧 낚싯대가 휘고 물고기가 낚싯줄을 잡아당기는 느낌이 든다고 했다. 말해 무엇하랴? 물고기와 낚시 도구가 아이의 눈에 얼마나 아름다워 보였는지. 어떤 아이들은 총과 사격에 대해, 어떤 아이들은 오토바이나 비행기나 말에 대해 똑같은 감정을 느낀다. 설명하거나 합리화할 수 있는 일이 아니다. 그저 마법일 뿐. 어느 날 아침—6월이었고, 난 분명 여덟 살이었을 것이다—조가 학교를 땡땡이치고 낚시를 하러 가리라는 걸 눈치챈 나는 따라가기로 마음먹었다. 조는 어떻게 내 생각을 읽었는지 옷을 입으면서 으름장을 놓았다.

"이 자식아! 오늘 우리 따라올 생각일랑 접어라. 얌전히 집에나 있어."

"그런 생각 안 했어. 아무 생각도 안 했다고."

"했으면서! 따라오려고 했잖아."

"안 했다니까!"

"아니, 했어! 넌 집에나 처박혀 있어. 빌어먹을 코흘리개는 귀찮으니까."

조는 '빌어먹을'이라는 단어를 이제 막 배워서 툭하면 써먹었다. 어느 날 조의 욕을 우연히 들은 아버지는 맞아 죽을 줄 알라고 겁을 줬지만, 언제나 그렇듯 아무 일도 벌어지지 않았다. 아침 식사가 끝나자 조는 책가방을 메고 중등학교 모자를 쓴 뒤 평소보다 5분 일찍 자전거를 타고 떠났다. 학교를 땡땡이치는 날마다 그렇게 했다. 나는 하울릿 부인의 학교로 갈 시간에 몰래 빠져나가 시민 농장 뒤의 골목길에 숨었다. 블랙 핸드 패거리의 목적지가 밀 농장의 연못이라는 걸 알았고, 놈들 손에 죽는 한이 있더라도 따라갈 생각이었다. 어쩌면 놈들에게 흠씬 두들겨 맞고 점심때까지 집에 못 갈지도 몰랐다. 그러면 어머니는 내가 학교를 빼먹었다는 사실을 알게 될 테고 나는 또 맞겠지만, 상관없었다. 어떻게든 그 패거리에 끼여 낚시를 하고 싶었다. 나 역시 약아빠진 구석이 있는 아이였다. 조가 샛길로 빙 돌아가 밀 농장에 도착할 시간까지 한참을 기다렸다가, 골목길을 지나서 산울타리 건너편에 있는 목초지의 끄트머리를 따라 둘러 갔다. 블랙핸드에게 들키지 않고 연못 근처까지 가기 위해서였다. 6월의 근사한 아침이었다. 미나리아재비가 내 무릎까지 자라 있었다. 산들바람이 불어 느릅나무 우듬지가 살랑거리고, 무성한 푸른 잎사귀들은 비단처럼 보드랍고 산뜻해 보였다. 아침 9시, 나는 여덟 살이었으며, 온 세상이 초여름이었다. 마구 뒤엉킨 커다란 산울타리에는 아직 들장미가 피어 있고, 머리 위로 푹신해 보이는 흰 조각구름들이 두둥실 떠다니고, 저 멀리 어퍼 빈필드 주변에 어둑한 파란색 덩어리를 이룬 수풀과 나지막한 언덕들이 보였다. 하지만 난 어느 것 하나 관심 없었다. 내 머릿속은 온통 초록빛 연못과 잉어, 그리고 낚싯바늘과 낚싯줄과 떡밥을 만지작거리고 있는 블랙 핸드뿐이었다. 그곳이 바로 천국이 아닌가 싶었고, 어떻게든 나도 끼고 싶었다. 이내 나는 그들─조와 시드 러브그로브, 심부름꾼 소년, 그리고 이름이 해리 반스인가 하는 가겟집 아들, 이렇게 네 명이었다─에게 살금살금 다가갔다.

조가 고개를 돌리다가 나를 발견하고 말했다. "돌겠네!

쪼끄만 게." 조는 싸움을 시작하려는 수고양이처럼 내 쪽으로 걸어왔다. "야! 내가 뭐랬냐? 빨랑 집으로 꺼져."

조와 나는 흥분하면 발음이 거칠어지는 경향이 있었다. 나는 뒷걸음질 쳤다.

"안 가."

"가라니까."

"그 새끼 귀를 잘라버려, 조. 코흘리개는 귀찮아." 시드가 말했다.

"집으로 **꺼질** 거지?" 조가 말했다.

"아니."

"그래, 이렇게 나오겠다 이거지!"

이 말과 함께 조가 내게 달려들었다. 조는 순식간에 나를 뒤쫓아 조금씩 따라잡기 시작했다. 하지만 나는 연못에서 달아나지 않고 그 주위를 빙빙 돌았다. 곧 조가 나를 붙잡아 쓰러뜨리더니, 내 팔뚝 위에 무릎을 꿇고 앉아 귀를 비틀기 시작했다. 조가 즐겨 사용하는 고문이자 내가 배겨내지 못하는 고문이었다. 이때 즈음 나는 울고 있었지만, 그래도 집에 가겠다는 말을 하지 않고 버텼다. 나는 그곳에 남아 블랙 핸드 패거리와 낚시를 하고 싶었다. 그런데 갑자기 다른 아이들이 내 편을 들면서, 조에게 나를 풀어주고 내가 원하면 남게 해주라고 말했다. 그래서 결국 나는 남게 되었다.

다른 아이들은 낚싯바늘과 낚싯줄, 찌, 해진 천으로 싼 떡밥 덩어리를 갖고 있었고, 우리 모두 연못 구석에 있는 버드나무에서 낭창낭창한 가지들을 꺾었다. 농가가 겨우 200미터 정도 떨어져 있었는데, 브루어 영감이 낚시를 몹시 싫어했기 때문에 들키지 않도록 조심해야 했다. 연못은 소에게 물을 먹이는 용도로만 쓰이고 있었으므로 낚시를 한다 해도 크게 달라질 것은 없었지만, 브루어 영감은 사내아이들을 싫어했다. 아이들은 여전히 날 경계하면서 방해하지 말라는 둥, 나는 아직 어려서 낚시에 대해 아무것도 모른다는 둥 자꾸 잔소리를 했다. 또, 내가 시끄럽게 해서 물고기들이 도망가고 있다고 했지만, 사실 내가 내는 소리는 그 애들이 내는 소리의 절반밖에 되지 않았다. 결국 아이들은 자기들 옆에 있지 말라며 나를 연못의 다른 곳으로 보내버렸다. 물이 더 얕고 그늘이 별로 없는 곳이었다. 나 같은 어린 꼬마는 계속 물을 첨벙거려서 물고기를 쫓아낸다나. 내가 쫓겨난 곳은 물이 썩어서 평소에 물고기들이 전혀 없었다. 나는 그 사실을 알았다. 어디에 물고기가 많을지 거의 본능적으로 알 것 같았다. 그래도, 마침내 나는 낚시를 하게 되었다. 연못가의 풀밭에 앉아 두 손으로 낚싯대를 쥐고 있었다. 주변에서 파리들이 윙윙거렸고, 야생 박하 향이 머리가 아찔해질 만큼 진하게 풍겼다. 초록빛 물에 뜬 붉은 찌를 지켜보고 있자니, 방랑자라도 된 것처럼 행복했다. 비록 내 얼굴에는 온통 눈물 자국과 먼지가 뒤섞여 있었지만.

그렇게 얼마나 오래 앉아 있었는지 모르겠다. 아침은 길게 이어졌고, 해는 점점 더 높아졌으며, 입질은 전혀 없었다. 바람 한 점 없이 무덥고, 낚시를 하기에는 너무 맑은 날씨였다. 찌들은 아무런 미동 없이 물 위에 떠 있었다. 물속 깊숙한 곳까지 보여서, 마치 진녹색 거울을 들여다보는 듯한 기분이었다. 연못 한복판에서 수면 바로 아래를 돌아다니며 햇볕을 쬐는 물고기들이 보였고, 가끔은 연못가 근처의 해초 속에서 도롱뇽 한 마리가 미끄러지듯 위로 올라와 해초에 발을 얹어놓고 코만 물 밖으로 삐죽 내밀곤 했다. 하지만 물고기들은 미끼를 물지 않았다. 아이들이 살짝 입질이 왔다고 계속 소리를 질러댔지만, 전부 거짓말이었다. 시간은 흘러만 가고, 날은 점점 더워지고, 파리들은 우리를 물어뜯고, 연못가의 야생 박하는 휠러 아주머니의 과자 가게 같은 냄새를 풍겼다. 나는 점점 더 허기가 졌다. 점심밥을 어디서 먹게 될지 확실히 알 수 없으니 더욱더 그랬다. 그래도 쥐 죽은 듯 가만히 앉아 찌에서 절대 눈을 떼지 않았다. 아이들이 내게 구슬만 한 떡밥 덩어리를 주면서 나한테는 그 정도로 충분할 거라고 말했었지만, 나는 한참이나 미끼를 갈지 못했다. 낚싯줄을 끌어 올릴 때마다 내가 내는 소음 때문에 10킬로미터 이내의 모든 물고기가 겁을 집어먹고 도망간다며 아이들이 트집을 잡았기 때문이다.

두 시간 정도 지났을까, 갑자기 내 찌가 살짝 떨렸다.

입질이라는 걸 난 알았다. 어떤 물고기가 우연히 지나가다가 내 미끼를 본 것이 틀림없었다. 진짜 입질인지 아닌지는 찌의 움직임을 보면 확실히 알 수 있다. 어쩌다 낚싯줄을 잡아당겼을 때와는 아주 다르게 움직인다. 다음 순간 찌가 크게 한 번 까딱이더니 가라앉기 시작했다. 난 더 이상 참지 못하고 다른 아이들에게 외쳤다.

"물었어!"

"지랄하네!" 시드 러브그로브가 곧장 소리쳤다.

하지만 다음 순간 명확해졌다. 찌가 쑥 들어갔다. 물속에 잠긴 칙칙한 붉은색의 찌가 여전히 보였고, 낚싯대가 팽팽해지는 느낌이 들었다. 와, 그 느낌이란! 끊어질 듯 거칠게 움직이는 낚싯줄과 저 반대쪽 끝의 물고기! 아이들은 내 낚싯대가 휘는 걸 보고는 자기들 낚싯대를 휙 던져버리고 내 쪽으로 우르르 몰려왔다. 내가 있는 힘을 다해 낚싯대를 잡아당기자 물고기—거대한 은빛 물고기—가 허공으로 날아올랐다. 바로 그 순간 우리 모두 안타까워하며 탄성을 질렀다. 물고기가 낚싯바늘에서 빠져나가 연못가의 야생 박하로 떨어지고 만 것이다. 하지만 얕은 물 속으로 빠지는 바람에 몸을 뒤집지 못해, 1초 정도 지나자 힘없이 모로 누웠다. 조가 우리 모두에게 물을 튀기며 물속으로 첨벙첨벙 뛰어 들어가 두 손으로 물고기를 붙잡았다. "잡았다!" 하고 조가 외쳤다. 그러더니 물고기를 풀밭으로 냅다 던졌고, 우리는 다 같이 물고기를 에워싼 채 무릎을 꿇고 앉았다. 얼마나 기쁘던지! 그 불쌍한 녀석은 죽어가며 몸을 파닥거렸고, 비늘은 무지갯빛으로 반짝였다. 길이가 적어도 18센티미터는 되고 무게는 100 그램이 넘을 큼직한 잉어였다. 우리는 녀석을 보며 환성을 질렀다! 하지만 다음 순간 우리 위로 그림자가 드리워지는 것 같았다. 올려다봤더니 브루어 영감이 옆에서 우리를 지켜보고 있었다. 실크해트와 중산모를 섞어놓은 것 같이 생긴 높다란 빌리콕 모자를 쓰고, 소가죽 각반을 차고, 굵은 개암나무 가지를 손에 쥔 모습으로.

우리는 매의 먹잇감이 된 자고새처럼 움찔하며 몸을 웅크렸다. 영감은 우리를 한 명씩 차례로 쳐다보았다. 흉물스럽고 늙은 입에는 치아가 단 하나도 없었으며, 턱수염을 밀어버린 뒤로 얼굴은 꼭 호두 까는 기구 같았다.

"여기서 뭣들 하는 거냐?" 영감이 물었다.

우리가 뭘 하고 있었는지는 누가 봐도 뻔했다. 다들 입을 꾹 다물고 있었다.

"내 연못에 낚시하러 왔지, 이놈들!" 영감이 버럭 고함을 지르더니, 나뭇가지를 마구 휘두르며 우리를 덮쳤다.

블랙 핸드는 뿔뿔이 흩어져 달아났다. 낚싯대와 물고기는 모두 남겨둔 채. 브루어 영감은 목초지의 절반까지 우리를 뒤쫓아 왔다. 영감은 다리가 뻣뻣해서 빨리 움직이진 못했지만, 우리에게 몇 대 제대로 날렸다. 우리는 들판 한복판까지 가서야 겨우 영감을 따돌렸다. 영감은

102

우리 이름을 다 알고 있으니 아버지들에게 이를 거라고 뒤에서 빽빽 소리를 질러댔다. 뒤로 처져서 도망치던 나는 영감에게 제일 많이 맞았다. 우리가 산울타리의 반대편까지 갔을 때 내 종아리는 벌겋게 부르터 있었다.

그날 내내 나는 블랙 핸드 패거리와 어울렸다. 그들은 나를 단원으로 받아들일지 말지 아직 결정하지 않았지만, 적어도 그날은 내치지 않았다. 거짓 핑계를 대고 아침 휴가를 냈던 심부름꾼 소년은 양조장으로 돌아가야 했다. 남은 우리는 정처 없이 오래도록 돌아다니며 먹을 것을 구했다. 사내아이들이 하루 종일 집 밖에 있을 때, 특히 부모의 허락 없이 나와 있을 때 할 법한 모험이었다. 그때 나는 진정한 소년의 모험이라는 것을 처음으로 경험했다. 케이티 시먼스와 함께했던 산책과는 사뭇 달랐다. 우리는 녹슨 깡통들과 야생 회향으로 가득 찬 마을 끝머리의 어느 메마른 도랑에서 점심을 먹었다. 아이들이 자기네 점심을 조금씩 내게 나눠 주었고, 시드 러브그로브가 갖고 있던 1페니로 누군가가 페니 몬스터를 사와서 다 함께 나누어 먹었다. 무척 더웠고, 회향 냄새가 짙게 풍겼으며, 페니 몬스터의 탄산가스 때문에 트림이 나왔다. 점심을 먹고 나서 우리는 먼지투성이인 허연 길을 따라 어퍼 빈필드까지 갔다. 나는 처음 가보는 길이었던 것 같다. 낙엽들이 카펫처럼 깔린 너도밤나무 숲으로 들어가니, 반들반들한 거목이 하늘 높이 치솟아 있어서

위쪽 가지에 앉은 새들이 점처럼 보였다. 그 시절엔 숲속을 마음대로 돌아다닐 수 있었다. 빈필드 하우스는 닫힌 채였고, 꿩을 지키는 사람들은 이제 없었다. 기껏해야 목재를 가득 실어 가는 짐마차꾼과 마주칠 뿐이었다. 나무한 그루가 톱으로 베인 채 쓰러져 있었는데, 나이테가 꼭과녁처럼 보여서 우리는 거기다 돌멩이를 던졌다. 그러고 나서 다른 아이들은 새들에게 새총을 쏘았고, 시드 러브그로브는 자기가 맞힌 되새가 두 나뭇가지 사이에 끼여 있다고 호기롭게 말했다. 조는 거짓말이라고 했고, 둘은 다투다가 드잡이까지 할 뻔했다. 그런 다음 우리는 낙엽이 잔뜩 쌓인 석회암 구덩이 속으로 들어가, 메아리를 들으려고 소리를 질렀다. 누군가가 야한 말을 외치자, 우리는 우리가 아는 모든 야한 말을 뱉었고, 다른 아이들은 나를 비웃었다. 나는 세 단어밖에 몰랐기 때문이다. 시드 러브그로브는 아기가 어떻게 태어나는지 안다면서, 아기가 여자 배꼽에서 나오는 것만 빼면 토끼와 똑같다고 했다. 해리 반스는 너도밤나무에다 상스러운 단어를 새기기 시작했지만, 첫 두 글자를 쓰고 나서는 벌써 싫증을 냈다. 그런 다음 우리는 빈필드 하우스의 관리실 쪽으로 빙 돌아갔다. 그 주변 어딘가의 연못에 대어가 있다는 소문이 돌았지만, 누구도 감히 발을 들여놓지 못했다. 관리실을 지키며 경비원 노릇을 하던 호지스 영감이 사내아이들을 '미워했기' 때문이다. 우리가 지나갈 때 영감은 관리실 옆의 채소밭을 갈고 있었다. 우리는 울타리 너머로 시건방진 말을 던지며 영감을 놀려먹다가 쫓겨나서는 월턴로로 가서 짐마차꾼들을 놀렸다. 그들이 휘두르는 채찍이 우리에게 닿지 않도록 산울타리를 사이에 두고서. 월턴로 옆에는 채석장에서 쓰레기 매립지로 바뀌었다가 결국엔 블랙베리 덤불로 뒤덮여 버린 곳이 있었다. 녹슬고 낡은 깡통과 자전거 뼈대, 구멍 난 냄비, 깨진 병 따위가 산처럼 높이 쌓여 있고, 그 위로 잡초가 무성하게 자라 있었다. 우리는 한 시간 가까이 쓰레기 더미를 뒤지며 철책 기둥을 찾느라 머리끝부터 발끝까지 더러워졌다. 해리 반스가 장담하기를, 로어 빈필드의 대장간에 고철 50킬로그램을 가져가면 6펜스를 받을 수 있다고 했기 때문이다. 그러던 중에 조가 블랙베리 덤불 속에서 최근에 지은 개똥지빠귀 둥지를 하나 발견했는데, 아직 날지 못하는 새끼 새들이 들어 있었다. 어떻게 할까 한참 실랑이를 벌이다, 우리는 새들을 둥지 밖으로 꺼낸 다음 돌멩이를 던져 깔아뭉개 버렸다. 네 마리였고, 한 명당 한 마리씩 깔아뭉갰다. 이제 티타임이 다가오고 있었다. 우리는 브루어 영감이 자기가 한 말을 반드시 지킬 테니 호된 매질이 우리를 기다리고 있으리라는 걸 알았지만, 너무 배가 고파서 더는 돌아다니기가 힘들었다. 마침내 우리는 집을 향해 느릿느릿 걷기 시작했는데, 가는 길에 또 한 번 사고를 쳤다. 시민 농장을 지나가다가 쥐 한 마리가 보이길래 나뭇가지를 들고 추격했다. 그러자 매일 밤 자신의 밭을 일구고 아주 자랑스러워하는 역장, 베닛 영감이 노발대발하면서 우리를 뒤쫓아 왔다. 우리가 영감의 양파밭을 짓밟았기 때문이다.

나는 15킬로미터 넘게 걸었는데도 힘들지 않았다. 하루 종일 블랙 핸드 패거리를 졸졸 따라다니면서 그 애들이 하는 건 전부 다 하려고 했고, 패거리 애들이 '코흘리개'라 부르며 최대한 나를 무시하려고 했는데도 그럭저럭 잘 버텼다. 내 안에서 근사한 감정, 느껴보지 않으면 모를 감정—하지만 남자라면 언젠가는 느낄 감정—이 싹트기 시작했다. 난 더 이상 내가 코흘리개가 아니라는 사실을 알았다. 드디어 소년이 된 것이다. 그리고 소년이 되어 어른들에게 붙잡히지 않을 곳으로 돌아다니고, 쥐를 쫓아다니고, 새를 죽이고, 돌멩이를 던지고, 짐마차꾼을 건방지게 놀려먹고, 상스러운 말을 외치는 건 근사한 일이었다. 그것은 강하고도 거친 감정이었다. 이 세상의 모든 것을 알고 있는 양 아무것도 두렵지 않았다. 그래서 규칙을 어기고 이것저것 죽였다. 먼지 자욱한 허연 길, 땀에 축축이 젖은 뜨거운 옷, 회향과 야생 박하 냄새, 상스러운 말, 쓰레기 더미의 시큼한 악취, 탄산이 든 레모네이드의 맛, 트림을 유발하는 가스, 새끼 새들을 깔아뭉개기, 물고기가 낚싯줄을 팽팽하게 당기는 느낌—이 모두가 그 일부였다. 내가 남자라서 천만다행이다, 여자라면 그런 감정을 평생 못 느낄 테니.

아니나 다를까, 브루어 영감은 우리와 있었던 일을 모두에게 일러바쳤다. 아버지는 아주 어두운 표정으로 가게에서 가죽끈을 하나 가져오더니, 조를 '때려죽이겠다'고 했다. 하지만 조가 몸을 버둥대면서 소리를 지르고 발길질을 해대자, 결국 두어 대밖에 때리지 못했다. 하지만 다음 날 조는 중등학교 교장에게 매를 맞았다. 나 역시 발버둥을 쳐봤지만 몸집이 워낙 작아서 어머니 무릎 위에 붙잡혀 가죽끈으로 엄한 벌을 받았다. 그리하여 그날 난 세 번 맞았다. 조에게 한 번, 브루어 영감에게 한 번, 그리고 어머니에게 한 번. 다음 날 블랙 핸드는 내가 아직은 정식 단원이 아니니 '시험'(아메리칸인디언의 이야기에서 따온 단어)을 거쳐야 한다는 결정을 내렸다. 벌레를 씹은 다음에 삼켜야 한다는 것이 그 애들의 엄격한 규율이었다. 그러고는 가장 어린 내가 유일하게 뭐라도 낚은 것이 눈꼴사나웠는지, 내가 잡은 물고기가 별로 크지 않았다고 우겨댔다. 사람들이 물고기 이야기를 할 때는 크기가 점점 부풀려지는 것이 보통이지만, 내가 잡은 물고기는 점점 작아지더니 급기야 피라미급으로 전락했다.

하지만 상관없었다. 난 낚시를 했다. 찌가 물속으로 쑥 빠지는 걸 보았고, 낚싯줄이 물고기에게 당겨지는 느낌을 맛보았다. 그 애들이 아무리 거짓말을 떠들어대도 그 사실을 내게서 앗아갈 순 없었다.

4

그 후 7년, 여덟 살부터 열다섯 살까지의 주된 기억은 낚시다.

다른 건 아무것도 하지 않았다고 생각하면 오산이다. 기나긴 세월을 되돌아보면, 특정한 몇몇 일이 다른 모든 기억을 가려버릴 정도로 크게 부풀려지는 것 같다. 나는 하울릿 부인의 학교를 떠나 중등학교에 다니기 시작하면서, 가죽 책가방을 메고 검은 바탕에 노란 줄무늬가 있는 모자를 썼다. 내 인생의 첫 자전거가 생겼고, 한참 뒤에는 처음으로 긴 바지도 입었다. 내 첫 자전거는 고정 기어식이었다―당시에 프리휠 자전거*는 아주 비쌌다. 내

※ 고정 기어식 자전거는 바퀴가 페달과 따로 움직이지 못하는 반면, 프리

리막길을 갈 때 두 발을 앞쪽 받침대에 얹어놓으면 페달이 윙윙거리며 돌아갔다. 1900년대 초반에나 볼 수 있었던 특이한 광경이었다—머리를 뒤로 젖히고 두 발을 위로 쳐든 채 내리막길을 달려가는 소년. 나는 두려움에 떨면서 중등학교로 갔다. 교장인 위스커스* 영감(이름은 윅시였다)에 대해 조에게서 들은 무시무시한 이야기들 때문이었다. 위스커스는 얼굴이 늑대를 빼닮은, 정말로 인상이 험악한 작은 남자였다. 회초리들이 들어 있는 유리 상자를 널찍한 교실 끝에 두고서, 가끔 회초리를 꺼내어 겁을 주듯 허공에 휘둘러댔다. 그런데 의외로 나는 학교 성적이 꽤 좋았다. 나보다 두 살 많고 걸음마를 시작한 뒤로 쭉 나를 괴롭혀온 조보다 내가 더 똑똑하리라는 생각은 한 번도 해본 적이 없었다. 그러나 사실 조는 지독한 열등생이어서 일주일에 한 번은 회초리로 맞았고, 열여섯 살이 될 때까지 하위권에 머물렀다. 두 번째 학기에 나는 산수 우등생이 되었고, 과학이라고는 하지만 납작하게 눌러서 말린 꽃과 관련 있던 어떤 이상한 과목에서도 상을 받았다. 내가 열네 살이 됐을 때 위스커스는 장학금과 레딩 대학을 입에 올리기 시작했다. 당시 조와 내게 큰 기대를 걸고 있던 아버지는 내가 '대학'에 진학하

휠 자전거는 페달을 움직이지 않아도 바퀴가 움직일 수 있다.
　＊ Whiskers. '구레나룻'이라는 뜻이다.

기를 간절히 원했다. 나는 교사가, 조는 경매인이 되면 어떨까 하는 막연한 생각이 있었던 것이다.

하지만 학교와 관련된 추억은 그리 많지 않다. 전쟁 동안 상류층 아이들과 어울리게 된 나는 그 애들이 사립학교에서 받은 무시무시한 교육을 영영 극복하지 못한다는 사실에 큰 충격을 받았다. 그 애들은 기가 팍 죽어 얼뜨기가 되거나, 아니면 남은 평생을 반항아로 살았다. 상인이나 농부의 아들들인 우리 계급의 사내아이들은 그렇지 않았다. 그저 프롤레타리아가 아니라는 걸 보여주기 위해 열여섯 살까지 중등학교를 쭉 다녔지만, 우리에게 본질적으로 학교란 벗어나고 싶은 곳이었다. 애교심도 없었고, 낡은 잿빛 석조 건물(울지 추기경*이 건립한 학교였으니, 아닌 게 아니라 정말 낡은 건물이었다)에 어떤 별스러운 감정도 들지 않았으며, 졸업생 넥타이나 하다못해 교가도 없었다. 우리는 하루 수업의 절반을 자체적으로 땡땡이쳤다. 체육은 의무가 아니어서 보통 빼먹었기 때문이다. 또 멜빵을 멘 채 축구를 했고, 크리켓을 할 때는 벨트를 매는 것이 정식으로 여겨졌지만 그냥 일반 셔츠와 바지를 입었다. 내게 정말 흥미로웠던 유일한 경기는 쉬는 시간에 자갈밭에서 하곤 했던 크리켓으로, 포장용 나무 상자로 만든 방망이와 고무공을 사용했다.

* 토머스 울지(1475?-1530). 영국의 추기경이자 정치가.

하지만 널따란 교실에서 풍기던 잉크와 먼지와 부츠 냄새, 승마용 발판이었다가 숫돌로 쓰이게 된 마당의 돌, 요즘의 첼시 번*보다 두 배는 큰 라디 버스터스라는 이름의 첼시 번을 반 페니에 팔던 학교 맞은편의 작은 빵집이 기억난다. 나는 아이들이 학교에서 하는 짓은 다 했다. 책상에 내 이름을 새겼다가 회초리를 맞았다. 들키면 무조건 맞았지만, 이름을 새겨두는 것이 불문율이었다. 그리고 손가락에 잉크를 묻히고, 손톱을 깨물고, 펜대로 다트를 하고, 마로니에 열매를 깨고,** 상스러운 이야기를 돌리고, 자위하는 법을 배우고, 늙은 영어 교사 블로어스를 무례하게 놀려먹고, 멍청해서 남이 하는 말은 무조건 곧이곧대로 믿는 장의사의 아들 윌리 시미언을 죽도록 괴롭혔다. 우리는 존재하지도 않는 물건을 사 오라며 윌리를 가게로 보내는 장난을 자주 쳤다. 반 페니짜리 우표, 고무 쇠망치, 왼손잡이용 드라이버, 줄무늬 페인트 같은 낡은 속임수에도 불쌍한 윌리는 항상 걸려들었다. 어느 날 오후에는 굉장한 장난도 쳤다. 녀석을 어떤 통에 집어넣어 놓고는 손잡이를 잡고 일어나 보라고 시킨 것이다. 녀석은 결국 정신병원에 들어갔다, 가여운 윌리. 하지만 정말 즐거운 때는 방학이었다.

※ 말린 과일이 들어 있는 작고 동그란 빵.
※※ 마로니에 열매를 실에 매달아 서로의 열매를 쳐서 깨는 놀이가 있다.

그 시절엔 재미난 놀거리가 있었다. 겨울이 되면 흰담비 두어 마리를 빌려―어머니는 흰담비를 '지저분하고 냄새나는 것들'이라 부르며 집에서 못 키우게 했다―농장들을 돌아다니며 쥐잡이를 하게 해달라고 부탁했다. 허락해주는 곳도 있고, 우리가 쥐보다 더 성가시다며 꺼지라고 하는 곳도 있었다. 늦겨울에는 탈곡기를 따라다니며, 낟가리를 타작하는 동안 쥐를 잡아 죽이기도 했다. 어느 해 겨울(아마 1908년이었을 것이다)에는 템스강이 흘러넘쳤다가 얼어붙은 덕에 몇 주 연속으로 스케이트를 탈 수 있었는데, 해리 반스는 그때 빙판에서 미끄러져 쇄골이 부러졌다. 이른 봄에는 짧은 막대기를 들고 다람쥐를 쫓아다니고, 늦봄에는 새집을 뒤졌다. 새들은 수를 셀줄 모르니 알을 하나만 남겨놓고 다 훔쳐도 괜찮다는 것이 우리 생각이었지만, 잔인한 작은 짐승들 같았던 우리는 가끔 둥지를 떨어뜨리고 알이나 새끼 새들을 짓밟아버리기도 했다. 두꺼비들이 알을 낳을 때 할 수 있는 놀이도 있었다. 우리는 두꺼비를 붙잡아 자전거펌프의 노즐을 놈의 엉덩이에 쑤셔 넣은 다음, 터져 죽을 때까지 바람을 넣었다. 이유는 모르겠지만, 사내아이들이란 원래 그렇다. 여름에는 자전거를 타고 버퍼드 위어*까지가서 수영을 했다. 시드의 어린 사촌인 월리 러브그로브

---

* 물을 막아 수위를 상승시키기 위해 하천을 가로질러 만든 구조물.

가 1906년에 익사했다. 윌리는 하천 바닥의 수초에 걸렸고, 견인용 고리로 시신을 끌어 올렸을 땐 얼굴이 시꺼멓게 변해 있었다.

하지만 낚시야말로 알짜였다. 우리는 브루어 영감의 연못에 여러 번 가서 작은 잉어를 잡았고, 한번은 엄청나게 큰 장어를 잡기도 했다. 다른 목축용 연못들에도 물고기가 살았고, 토요일 오후에 걸어갈 수 있는 거리에 있었다. 하지만 자전거가 생긴 다음으로는 버퍼드 위어 아래의 템스강에서 낚시를 하기 시작했다. 젖소들의 식수로 쓰이는 연못에서 하는 낚시보다는 더 어른스럽게 느껴졌다. 우리를 쫓아내는 농장주도 없는 데다, 템스강에는 대어들이 꽤 있다. 하지만 누군가 대어를 잡았다는 소문은 들은 적이 없다.

내가 낚시에 대해 가졌던—그리고 지금도 갖고 있는—감정은 참으로 묘하다. 나 자신을 낚시꾼이라 부를 순 없다. 평생 60센티미터짜리 물고기를 잡아본 적도 없고, 낚싯대를 손에서 놓은 지 30년이나 지났으니. 하지만 이제와 되돌아보면, 여덟 살부터 열다섯 살까지의 내 소년 시절 전체가 낚시를 중심으로 돌아갔던 것처럼 느껴진다. 낚시와 관련된 일이라면 빠짐없이 전부 기억 속에 생생히 남아 있다. 낚시를 했던 날들과 우리가 잡았던 물고기들이 하나하나 기억나고, 눈을 감으면 우리가 갔던 모든 연못과 저수지 풍경이 그려진다. 낚시 기술에 관해서라면 책도 한 권 쓸 수 있을 정도다. 어린 우리에게는 도구가 그리 많지 않았다. 너무 비싸서 구하기 어려웠고, 일주일 용돈인 3펜스(그 시절의 평균적인 용돈이었다)는 대부분 과자나 라디 버스터스를 사 먹는 데 썼다. 아주 어린 아이들은 대개 핀을 구부려서 낚싯바늘로 썼다. 그대로는 너무 뭉툭해서 별로 쓸모가 없지만, 바늘을 촛불에 달군 다음 펜치로 구부리면 꽤 훌륭한 낚싯바늘을 만들 수 있다(물론 미늘은 없겠지만). 농장 아이들은 말총을 꼬아서, 야잠사로 만든 것만큼이나 괜찮은 낚싯줄을 만들 줄 알았다. 단 한 올의 말 털로 작은 물고기 한 마리를 잡을 수 있다. 나중에는 2실링짜리 낚싯대와 릴 비슷한 것까지 손에 넣게 되었다. 맙소사, 월리스의 진열창을 몇 시간이나 들여다보고 있었던가! 나를 전율케 하는 것은 41구경 소총도, 사격장용 권총도 아닌 낚시 도구였다. 그리고 쓰레기 매립지인가 어딘가에서 주워 성경처럼 열심히 공부했던 가마지스*의 카탈로그! 지금도 나는 야잠사 대용품, 철사를 명주실로 감은 낚싯줄, 리머릭 낚싯바늘,** 잡은 물고기를 죽이는 데 쓰는 몽둥이, 물고기의 아가미에서 바늘을 빼는 기구, 노팅엄 릴*** 등등 수많

* Gamage's. 1878년부터 1972년까지 런던의 호번에서 영업했던 백화점. 장난감과 철물이 유명했다.
** 큰 물고기를 낚는 데 쓰는 단순한 모양의 기다란 낚싯바늘.
*** 18세기 후반 영국에서 사용되기 시작한 현대적 디자인의 릴.

은 낚시 도구에 대해 상세히 설명할 수 있다.

우리가 사용하는 미끼들도 정해져 있었다. 우리 가게에 항상 많은 거저리도 괜찮았지만, 아주 좋은 건 아니었다. 구더기가 더 나았다. 정육점의 그래빗 영감에게 구더기를 구걸해야 했는데, 가서 부탁할 사람을 정하기 위해 우리는 제비뽑기나 '누가 누가 할까요, 알아맞혀 봅시다' 게임을 했다. 그래빗이 기분 좋게 구더기를 내어주는 일이 별로 없었기 때문이다. 그 영감은 얼굴이 큼직하고 거칠거칠한 늙은 악당으로, 아이들에게 말할 때 으레 그러듯 마스티프가 짖는 것 같은 목소리로 호통을 쳤는데 그때마다 파란 앞치마에 매달린 모든 칼과 강철 도구가 쨍그렁거렸다. 우리는 빈 당밀 깡통을 들고 정육점에 들어가서, 손님이 다 갈 때까지 기다렸다가 비굴하게 말했다.

"그래빗 씨, 구더기 좀 얻을 수 있을까요?"

대개는 호통이 돌아왔다. "뭐! 구더기! 내 가게에 구더기라니! 몇 년 동안 한 마리도 구경 못 했다. 내 가게에 검정파리라도 날아다닐 것 같으냐?"

물론 정육점에는 파리가 있었다. 구석구석 어디에나. 그래빗 영감은 막대기 끝에 가죽끈을 매달아 저 멀리 날아다니는 파리를 후려쳐서 뭉개버렸다. 빈손으로 정육점을 나올 때도 있었지만, 보통은 우리가 떠나는 순간 영감이 우리 등에다 대고 소리를 질렀다.

"이봐! 뒷마당에 가서 한번 봐. 잘 보면 한두 마리 있을

지도 모르니까."

온 천지에 구더기들이 몇 마리씩 떼 지어 있었다. 그래 빗의 뒷마당에선 전장의 냄새가 났다. 그 시절 정육점에는 냉장고가 없었다. 구더기는 톱밥 속에 두면 더 오래 산다.

말벌 유충도 괜찮지만, 먼저 굽지 않으면 낚싯바늘에서 쉽게 떨어진다. 누군가가 말벌 둥지를 발견하면 우리는 밤에 나가서 둥지에 테레빈유를 붓고 진흙으로 구멍을 막아두었다. 다음 날 가보면 말벌이 모두 죽어 있어서, 둥지를 뒤져 유충들을 꺼낼 수 있었다. 한번은 구멍이 제대로 안 막혔는지 어쨌는지, 진흙을 떼어내고 나니 밤새 갇혀 있던 말벌들이 부웅 하며 한꺼번에 튀어나왔다. 심하게 쏘이지는 않았지만, 스톱워치로 우리의 달리기 기록을 재어줄 사람이 없다는 게 안타까울 정도였다. 메뚜기는 특히 처브를 잡을 때 거의 최고의 미끼라 할 수 있다. 낚싯바늘에 붙인 다음 멀리 던지지도 않고 그냥 수면 위로 이리저리 흔들기만 하면 된다―낚시 용어로는 '대핑(dapping)'이라고 한다. 하지만 메뚜기는 한꺼번에 두세 마리씩 잡히지 않는다. 역시 잡기가 지랄 맞게 힘든 금파리는 데이스가 가장 잘 무는 미끼다. 맑은 날에 특히 그렇다. 금파리는 산 채로 낚싯바늘에 꿰어서 꿈틀거리게 하는 것이 좋다. 처브는 말벌에 걸려들기도 하지만, 살아 있는 말벌을 낚싯바늘에 꿰기란 여간 골치 아픈 일이 아니다.

그 외에도 수많은 미끼가 있었다. 흰 빵을 낡은 천에 싸서 물기를 짜내어 만든 빵 반죽. 치즈 반죽과 꿀 반죽, 그리고 아니스 씨를 넣은 반죽도 있다. 끓인 밀은 로치에게 잘 통하는 편이다. 실지렁이는 거전을 잘 꾀어낸다. 일반 지렁이를 쓰면 퍼치가 잘 잡힌다.[※] 지렁이를 계속 팔팔하게 살려두려면 이끼 속에 두어야 한다. 흙 속에 두면 죽어버린다. 소똥에 잘 꼬이는 똥파리는 로치를 잡기에 좋다. 사람들 말로는 체리로 처브를 잡을 수 있다고 하며, 내가 목격한 바로는 롤빵에서 빼낸 건포도로 로치를 잡을 수 있다.

6월 16일(민물 잡어 낚시 시즌이 시작되는 날)부터 한겨울까지 내 주머니에는 거의 항상 벌레나 구더기가 깡통 하나에 들어 있었다. 이 문제로 어머니와 몇 번 싸웠지만, 결국 어머니는 못 이기는 척 낚시를 금지 항목에서 뺐고, 아버지는 1903년 크리스마스 선물로 2실링짜리 낚싯대를 사주기까지 했다. 조는 열다섯 살이 되기가 무섭게 여자들을 쫓아다니기 시작했고, 그 후로는 꼬마들이나 하는 놀이라며 좀처럼 낚시를 하지 않았다. 하지만 나만큼이나 낚시에 미친 아이가 여섯 명 정도 더 있었다.

[※] 처브, 데이스, 로치, 거전 모두 잉엇과의 민물고기이며, 퍼치는 농엇과의 민물고기다.

오, 낚시의 시절이여! 후텁지근한 오후 큼직한 교실에서 책상 위로 널브러져, 블로어스 영감이 서술어니 가정법이니 관계절이니 짜증 나게 떠들어대는 소리를 듣고 있었지만, 내 마음은 버퍼드 위어 근처의 저수지나 데이스들이 노니는 버드나무 아래의 초록빛 연못에 가 있었다. 티타임이 끝나면 자전거를 정신없이 몰아 챔퍼드 언덕을 오른 다음 강가로 내려가, 해가 지기 전 한 시간 동안 낚시를 즐겼다. 고요한 여름 저녁, 둑에 살짝 물이 튀는 소리, 물고기가 떠오를 때 수면에 이는 동그란 파문, 우리를 죽일 듯이 물어뜯는 각다귀들, 낚싯바늘 주위로 몰려들지만 결코 미끼를 물지 않는 데이스 떼. 나는 무리 지어 다니는 물고기들의 검은 등을 열심히 지켜보며, 너무 어두워지기 전에 한 마리라도 마음을 바꾸어 미끼를 물어주기를 기대하고 기도했다(그랬다, 실제로 기도를 읊조렸다). 항상 "5분만 더 하자", "5분만 더" 하다가 결국엔 자전거를 끌고 마을까지 걸어가야 했다. 경찰관인 톨러가 순찰을 돌고 있는데, 등을 켜지 않고 자전거를 타다가는 '고발당할' 수도 있었기 때문이다. 여름방학에는 삶은 달걀, 빵, 버터, 레모네이드를 챙겨서 놀러 나가, 낚시를 하고 수영을 하다가 또 낚시를 했고, 가끔은 뭔가를 잡기도 했다. 밤이 되어 집으로 돌아갈 땐 두 손이 지저분해져 있었고, 너무 허기가 져서 남은 떡밥을 먹었다. 냄새나는 데이스 서너 마리를 손수건에 싸서 가져가기도 했다. 어머니는 내가 잡은 물고기를 요리하지 않으려 했다. 송어와 연어 말고는 어떤 민물고기도 먹을거리로 인정하지 않았다. 어머니에게 민물고기는 '진흙투성이에 더러운 것들'이었다. 내 기억에 가장 선명히 남아 있는 물고기는 내가 잡지 못한 물고기들이다. 특히, 일요일 오후에 낚싯대 없이 강둑을 걷다가 봤던 거대한 물고기들. 템스강 보호 위원회가 허가를 해주지 않아 일요일에는 낚시를 할 수 없었다. 대신, 두툼한 정장에 목을 벨 듯한 이튼 칼라를 달고서 '즐거운 산책'이라는 것을 나갔다. 그러던 어느 일요일, 나는 강둑 옆의 얕은 물에 잠들어 있는 1미터쯤 되는 파이크*를 발견했고, 돌을 던져 거의 잡을 뻔했다. 그리고 가끔은 갈대숲 끝머리에 있는 초록빛 연못을 유유히 헤엄쳐 지나가는 무지막지한 송어가 보이기도 했다. 템스강의 송어들은 어마어마한 크기로 자라지만, 거의 잡히지 않는다. 템스강의 진정한 낚시꾼들, 그러니까 사시사철 오버코트로 몸을 꽁꽁 감싼 채 6미터짜리 로치 잡이용 낚싯대를 들고 접의자에 앉아 있는 주먹코 늙은이들은 템스강의 송어를 잡을 수만 있다면 인생의 1년 정도는 기꺼이 포기할 거라는 말이 있을 정도다. 그들을 탓할 일이 아니다. 나는 그 늙은이들의 마음을 완벽히 이해한다. 그땐 더 그랬다.

* 창꼬칫과의 민물고기.

물론 다른 일들도 벌어지고 있었다. 나는 1년 만에 거의 8센티미터가 자랐고, 긴바지가 생겼고, 몇몇 과목에서 상을 탔고, 견진 교리를 들었고, 음담패설을 했고, 책을 읽기 시작했으며, 흰쥐와 문양 세공과 우표에 홀딱 빠졌다. 하지만 기억나는 건 언제나 낚시뿐이다. 여름의 낮, 평평하게 펼쳐진 강가 목초지, 저 멀리 보이는 푸른 언덕들, 저수지 언저리의 버드나무들과 진녹색 유리 같은 연못들. 여름의 저녁, 물을 가르는 물고기들, 머리 위를 맴도는 쏙독새들, 비단향꽃무와 라타키아 담배 냄새. 내 이야기를 오해하지 마시길. 어린 시절의 일들을 시처럼 아름답게 전하려는 것이 아니다. 그런 건 전부 다 헛소리라는 걸 알고 있다. 포티어스(은퇴한 교사이자 내 친구인데, 그에 관해서는 나중에 더 이야기하겠다)는 시처럼 아름다운 어린 시절의 이야기들을 열심히 찾아다닌다. 가끔 책에서 찾은 내용을 내게 읽어주기도 한다. 워즈워스. 「루시 그레이」.* 한때 초원이니 숲이니 하는 것들이 있었느니.** 물론 그에게는 자식이 없다. 사실 아이들은 전혀 시적이지 않다. 그저 야만적인 새끼 짐승일 뿐. 오히려 짐승보다 네 배는 더 이기적이다. 사내아이는 초원이니

---

* 영국 시인 윌리엄 워즈워스의 시로, 폭풍우 치는 밤에 나갔다가 죽음을 맞는 어린 소녀 루시 그레이의 이야기를 담고 있다.
** 윌리엄 워즈워스의 시 「어린 시절의 회상으로부터 영원불멸을 깨닫는다」 중 한 구절을 변형한 것이다.

숲이니 하는 것에 관심이 없다. 풍경을 바라보지 않고, 꽃에는 눈곱만큼도 신경 쓰지 않으며, 먹을 수 있거나 어떤 식으로든 자기에게 영향을 미치는 식물이 아니라면 뭐가 뭔지 알아보지 못한다. 무언가를 죽이는 것—이야말로 소년에게는 가장 시적인 일이라 할 만하다. 그래도 어린 시절에는 기묘한 열정, 어른이 되면 갈망할 수 없는 것들에 대한 강렬한 갈망, 그리고 앞에 기나긴 시간이 펼쳐져 있으며 뭘 하든 영원히 계속할 수 있을 것 같은 느낌이 든다.

나는 버터 빛깔의 머리칼을 앞머리만 빼고 항상 빡빡 깎고 다니던, 못생기고 조그만 소년이었다. 나는 내 어린 시절을 마냥 아름답게만 보지 않으며, 많은 사람과 달리 다시 어려지고 싶은 마음도 없다. 내가 좋아했던 것 중에 대부분은 내 관심에서 멀어졌다. 크리켓 공을 다시는 못 본다 해도 상관없고, 과자를 한 트럭 준다 해도 땡전 한 푼 내놓을 생각이 없다. 하지만 낚시에 대해서만큼은 언제나 그랬듯 지금까지도 묘한 감정을 품고 있다. 바보 같은 소리로 들리겠지만, 교외의 집에서 두 아이를 키우는 마흔다섯 살의 뚱뚱한 아저씨가 된 지금도 낚시하러 가고 싶을 때가 있다. 왜냐고? 말하자면 내 어린 시절—나만의 특정한 어린 시절이 아니라, 내가 자란 환경이자 지금은 황혼기에 접어든 듯한 문명—을 생각하면 감상적인 기분이 들기 때문이다. 그리고 낚시는 그 문명의 상징이라 할 만하다. 낚시를 생각하는 순간, 현대 세계와는 거리가 먼 것들이 떠오른다. 고요한 연못가에서 버드나무 아래에 앉아 있는다는—그리고 앉아 있을 만한 고요한 연못가를 찾을 수 있다는—생각 자체가 전쟁과 라디오와 비행기와 히틀러 이전 시대에나 가능한 일이었다. 영국 민물고기들의 이름에서조차 일종의 평온함이 느껴진다. 로치, 러드, 데이스, 블리크, 바벌, 브림, 거전, 파이크, 처브, 카프, 텐치. 참으로 견실한 이름들 아닌가. 이런 이름을 지어낸 사람들은 기관총에 대해 들어본 적이 없다. 해고의 공포 속에 떨며 살지도 않았고, 아스피린을 먹거나 영화관에 가거나 강제수용소를 피할 방법을 궁리하며 시간을 보내지도 않았다.

요즘에 낚시하러 가는 사람들이 있을까? 런던 주변으로 150킬로미터 이내에 잡을 물고기는 한 마리도 남아 있지 않다. 몇몇 형편없는 낚시 클럽이 운하 둑에 줄줄이 앉아 있고, 백만장자들은 스코틀랜드의 호텔 주변에 있는 개인 소유의 강으로 송어 낚시를 가서 인조 파리로 양식 물고기를 잡는 속물적인 놀이를 즐긴다. 하지만 요즘 누가 물방앗간 근처의 개울이나 도랑못이나 목초지의 연못에서 낚시를 할까? 영국산 민물고기들은 다 어디로 갔을까? 내가 어렸을 땐 모든 연못과 개울에 물고기가 살았다. 지금의 연못들은 하나같이 메말랐고, 개울들은 공장에서 배출된 화학물질에 오염되었거나 아니면 녹슨 깡통들과 오토바이 타이어들로 가득 차 있다.

낚시와 관련해 가장 생생하게 남아 있는 추억을 꼽으라면 잡지 못한 물고기에 관한 기억이다. 아마 누구나 그럴 것이다.

내가 열네 살쯤 되었을 때 아버지가 빈필드 하우스의 관리인인 호지스 영감에게 어떤 호의를 베풀었다. 그게 뭐였는지는 기억나지 않는다―영감이 키우는 닭들에게 먹일 기생충 약을 줬던가? 호지스는 괴팍하고 못돼먹은 노인네였지만, 남에게 받은 호의는 잊지 않았다. 얼마 후 치킨 콘을 사러 가게에 온 영감이 문밖에서 나를 보더니 불퉁스럽게 나를 불러 세웠다. 얼굴은 나무뿌리를 조각한 것처럼 생겼고, 달랑 두 개 남은 치아는 진갈색에 아주 길었다.

"어이, 꼬마야! 너 낚시꾼이냐?"

"네."

"그럴 줄 알았다. 그럼 말이다, 낚싯대 가지고 빈필드 하우스 뒤에 있는 웅덩이에 가서 한번 해보거라. 거기에 브림이랑 파이크가 많거든. 나한테 들었다는 말은 아무한테도 하지 말고. 그리고 다른 애새끼들은 데려오지 마, 그랬다간 그놈들 살갗이 벗겨지도록 등을 패줄 테니."

그러더니 영감은 말을 너무 많이 했다 싶었는지, 자루를 어깨에 짊어지고는 절뚝거리며 떠났다. 그다음 주 토요일 오후, 나는 주머니 한가득 벌레와 구더기를 챙겨 자전거를 몰고 빈필드 하우스로 가서 관리실의 호지스 영감을 찾았다. 당시 빈필드 하우스는 이미 10-20년 가까이 비어 있었다. 주인인 패럴 씨는 그곳에 살 형편이 못되었는데, 못 한 건지 안 한 건지 몰라도 세를 놓지 않았다. 패럴 씨는 농장 임대료를 받아 런던에 살면서, 빈필드 하우스와 주변 땅은 나 몰라라 했다. 모든 울타리가 녹색빛을 띤 채 썩어가고 있었고, 넓은 집터는 쐐기풀 천지였으며, 조림지는 밀림 같았고, 정원조차 목초지로 되돌아가 마구 비틀린 늙은 장미 덤불만이 화단의 흔적으로 남아 있을 뿐이었다. 그래도 아주 아름다운 집이었다. 멀리서 바라보면 더더욱 그랬다. 줄기둥이 지붕을 떠받치고, 기다란 창문들이 달려 있는 흰 저택이었다. 아마도 앤 여왕 시대에 이탈리아로 여행을 다녀온 사람이 지었을 것이다. 지금 그곳에 가서 쓸쓸한 분위기 속을 배회하다 보면, 그곳에서 이어졌던 삶, 그리고 좋은 시절이 영원하리라 믿고 그런 곳을 지었던 사람들이 떠올라 어떤 쾌감이 느껴질지도 모르겠다. 하지만 어린 내게는 저택이든 그 주변 땅이든 눈에 들어오지 않았다. 그저 호지스 영감을 찾기에 바빴다. 이제 막 점심 식사를 마치고 조금 퉁명스러운 기색을 보이는 영감에게 나는 연못으로 가는 길을 가르쳐달라고 했다. 연못은 저택 뒤로 수백 미터 떨어져 너도밤나무 숲에 감쪽같이 숨어 있었지만, 폭이 150미터는 족히 되어, 호수만큼이나 넓었다. 레딩에서 20킬로미터, 런던에서 80킬로미터도 떨어지지 않은 곳에 이토록 한적한 외딴곳이 있다니, 어린 나이에도 무척 놀라웠다. 마치 아마존강 기슭에 있는 것처럼 외로웠다. 연못은 거대한 너도밤나무들에 완벽히 에워싸여 있었고, 한군데에서는 나무들이 연못가까지 내려와 수면에 비쳤다. 반대편의 움푹 파인 작은 풀밭에는 야생 박하가 깔려 있고, 연못의 한쪽 끝에는 나무로 지은 오래된 보트 창고가 골풀들 사이에서 썩어가고 있었다.

연못에는 10-15센티미터 정도 되는 작은 브림들이 넘쳐났다. 이따금 녀석들이 물속에서 몸을 반쯤 뒤집어 적갈색으로 빛나는 모습이 보이곤 했다. 파이크도 있었는데, 분명 큰 녀석들이었을 것이다. 눈에는 보이지 않았지만, 가끔 수초 사이에서 햇볕을 쪼이다 물속으로 첨벙 뛰어드는 녀석이 한 마리씩 있었다. 벽돌을 물에 던지는 듯한 소리가 났다. 아무리 기를 써도 파이크는 잡히지 않았지만, 나는 시도를 멈추지 않았다. 템스강에서 잡아 잼병에 넣어 살려둔 데이스와 피라미를 미끼로 써보기도 하고, 심지어는 깡통으로 스피너*까지 만들었다. 하지만 다른 물고기들로 배를 가득 채운 파이크는 미끼를 물지 않았다. 하긴 물었다 해도 내 낚싯대만 부러뜨려 놓았을 테지만. 연못에서 집으로 돌아갈 때는 항상 내 손에 작은

※ 물속에서 작은 물고기처럼 빙빙 도는 금속제 인조 미끼.

브림이 열 마리쯤 들려 있었다. 여름방학에는 가끔 낚싯대와 《첨스》나 《유니언 잭》* 같은 신문, 어머니가 싸준 치즈 바른 빵을 챙겨 가 온종일 그곳에서 죽치기도 했다. 몇 시간 동안 낚시를 한 다음 움푹 꺼진 풀밭에 드러누워 《유니언 잭》을 읽다가 떡밥 냄새가 코로 흘러들고 어딘가에서 물고기가 퐁당 하고 물속에서 뛰어오르는 소리가 들리면 다시 신이 나서 연못가로 돌아가 또 한판 낚시를 시작했다. 그렇게 여름의 하루가 지나갔다. 가장 좋은 점은, 도로가 겨우 400미터 떨어져 있는데도 혼자, 오롯이 혼자 있을 수 있다는 것이었다. 가끔은 혼자만의 시간을 가져야 한다는 것을 알 만한 나이가 된 것이다. 나무들에 둘러싸여 있으니 연못이 내 것인 양 느껴졌고, 물속을 노니는 물고기나 머리 위를 지나가는 비둘기 말고는 아무것도 움직이지 않았다. 하지만 빈필드 하우스의 연못으로 낚시를 다녔던 그 2년 동안 내가 실제로 그곳을 찾은 건 몇 번이나 될까? 열 번 남짓 될까 말까 하다. 집에서 그곳까지 가려면 자전거를 타고 5킬로미터 가까이 달려야 했고, 그러면 오후가 그냥 지나가 버렸다. 게다가 가끔은 다른 일들이 생겼고, 가끔은 가기로 마음먹었을 때 비가 내리기도 했다. 세상일이 원래 다 그렇지 않은가.

* 《첨스(Chums)》와 《유니언 잭(Union Jack)》 모두 1890년대부터 발행된 소년 주간지다.

126

어느 날 오후, 입질이 오지 않자 나는 빈필드 하우스에서 가장 멀리 떨어진 연못 끝으로 자리를 옮겨 그곳을 탐험하기 시작했다. 물이 조금 넘쳐흘러 땅이 질퍽거렸고, 무성하게 우거진 블랙베리 덤불과 나무에서 떨어져 썩은 가지들을 헤치고 나아가야 했다. 50미터 정도를 힘겹게 걷다 보니 갑자기 빈터가 나타났고, 있는지도 몰랐던 또 다른 연못이 보였다. 폭이 20미터도 되지 않는 작은 연못이었는데, 나뭇가지들이 드리운 그림자 때문에 조금 거무스름했다. 하지만 물은 아주 맑고 엄청나게 깊었다. 수심이 3-4미터는 되어 보였다. 나는 여느 소년처럼 연못 주변을 어슬렁거리며 그 축축함과 퀴퀴한 썩은 내를 즐겼다. 그러다가 무언가를 발견하고는 놀라서 펄쩍 뛰었다.

무시무시하게 큰 물고기였다. '무시무시하다'라는 말은 과장이 아니다. 거의 내 팔 전체 길이만 했다. 녀석은 수면 아래 깊숙한 곳을 미끄러지듯 지나가더니 그림자가 되어 반대편의 더 거뭇한 물속으로 사라져버렸다. 나는 검으로 몸을 꿰뚫린 듯한 느낌이었다. 살았든 죽었든 그렇게 큰 물고기는 난생처음 보았다. 숨도 못 쉬고 가만히 서 있는데, 다음 순간 거대하고 두툼한 물고기가 한 마리 더 유유히 물속을 헤엄쳐 갔고, 그러고 나서 또 한 마리가, 그다음엔 두 마리가 좀 더 가까이 붙은 채 지나갔다. 연못에는 그런 물고기들이 넘쳐났다. 아마 잉어였을 것이다. 브림이나 텐치였을 수도 있지만, 잉어였을 가능성이 더 크다. 브림이나 텐치는 그렇게까지 크게 자라지 않는다. 나는 무슨 일이 벌어진 건지 알았다. 과거에 이 연못은 다른 연못과 연결되어 있었는데, 둘 사이의 물줄기가 바싹 마르고 점차 주변으로 숲이 울창해지면서 그대로 잊혀버린 것이다. 가끔 일어나는 일이다. 어떤 이유로 연못이 방치되고, 수십 년이 지나도록 아무도 낚시를 하지 않으면, 물고기들이 괴물처럼 커진다. 내가 봤던 그 엄청난 녀석들은 100살이었을지도 모른다. 그리고 그 물고기들에 대해 아는 사람은 이 세상에 나 하나밖에 없었다. 어쩌면 내가 20년 만에 그 연못을 본 사람일지도 몰랐다. 호지스 영감과 패럴 씨의 토지 관리인조차 그 존재를 잊어버리지 않았을까.

내 심정이 어땠을지는 짐작이 갈 것이다. 잠시 후에는 지켜보는 것만으로도 애가 타서 견딜 수 없었다. 허겁지겁 다른 연못으로 돌아가 낚시 도구를 챙겼다. 내 장비가 그 거대한 괴물들을 상대할 수 있을 리 없었다. 놈들의 이빨에 머리카락처럼 싹둑 잘리고 말리라. 그렇다고 언제까지나 조그만 브림을 낚을 순 없는 노릇이었다. 큰 잉어를 보고 나니 구토라도 할 것처럼 속이 울렁거렸다. 나는 자전거를 몰고 언덕을 내려가 집으로 돌아갔다. 이렇게 소년에게는 근사한 비밀이 하나 생겼다. 숲속에 거무스름한 연못이 숨겨져 있고, 그곳을 괴물 같은 물고기들—한 번도 낚시꾼들에게 노려진 적이 없어 미끼가 보이면 당장에 물어버릴 물고기들—이 돌아다니고 있다. 놈들을 버틸 만큼 튼튼한 낚싯줄을 손에 넣을 수 있느냐가 관건이었다. 내 머릿속에는 이미 계획이 세워져 있었다. 가게 계산대에서 돈을 훔쳐 튼튼한 장비를 구하리라. 어떻게든 반 크라운*을 손에 넣어, 연어 잡이용 견사 낚싯줄, 철사를 명주실로 감은 낚싯줄이나 굵은 야잠사 낚싯줄, 엄청나게 큰 5번 낚싯바늘을 사고, 치즈와 구더기와 떡밥과 거저리와 줄지렁이와 메뚜기 등등 잉어가 쳐다볼 법한 모든 치명적인 미끼를 가져가야지. 바로 다음 주 토요일 오후에 돌아가서 놈들을 잡으리라.

하지만 결국 난 돌아가지 않았다. 인생이란 게 그렇지 않은가. 나는 계산대에서 돈을 훔치지도, 연어 잡이용 낚싯줄을 사지도, 그 잉어들을 잡으려 시도하지도 않았다. 그 직후에 어떤 일이 터지는 바람에 뜻대로 할 수 없었지만, 그 일이 없었더라도 또 다른 문제가 생겼을 것이다. 그것이 세상의 이치니까.

여러분은 내가 그 물고기들의 크기를 과장하고 있다고 생각할 것이다. 그저 중간 크기의 물고기(이를테면, 30센티미터 정도)인데 내 기억 속에서 점차 부풀려졌을 거라고 말이다. 하지만 그렇지 않다. 사람들은 자기가 잡은 물

※ 반 크라운은 2실링 6펜스의 가치를 지닌 영국의 옛날 주화로, 1971년에 폐지되었다.

고기에 대해 거짓말을 하고, 바늘에 걸렸다가 달아나버린 물고기를 두고 허풍을 친다. 나는 녀석들 중 한 마리도 잡지 못했고 잡으려는 시도도 하지 못했으니 거짓말을 할 이유가 없다. 내가 분명 말하는데, 어마어마하게 큰 놈들이었다.

5

낚시!

여기서 한 가지, 아니 두 가지 고백을 하고자 한다. 첫째, 솔직히 말하자면, 내 인생을 되돌아봤을 때 낚시만큼 내게 큰 쾌감을 안겨준 일은 없다. 다른 모든 일에서는 지지부진했다. 여자 문제도 그랬다. 여자에 무관심한 남자인 척하려는 것이 아니다. 여자들을 쫓아다니는 데 수많은 시간을 쏟아부었고, 지금도 기회만 있다면 그럴 마음이 있다. 하지만, **아무** 여자나 5킬로그램짜리 잉어 중에 하나를 고르라고 한다면, 나는 언제나 잉어를 선택할 것이다. 그리고 또 한 가지 고백하자면, 열여섯 살 이후로 다시는 낚시를 하지 않았다.

왜냐고? 그게 세상의 이치니까. 원하는 대로 하지 못

는 것이 우리네 인생—일반적인 인생이 아니라, 이 특정한 시대, 이 특정한 국가에서의 인생—이다. 항상 노동을 하고 있어서가 아니다. 농장 일꾼이나 유대인 재단사도 항상 일하지는 않는다. 우리가 하고 싶은 일을 하면서 살지 못하는 이유는, 끝없이 어리석은 짓을 부추기는 악마가 우리 안에 있기 때문이다. 우리는 가치 있는 일에 시간을 내지 못한다. 여러분이 진정으로 좋아하는 일을 떠올려보라. 그런 다음, 그 일에 투자한 시간의 파편들을 더해보라. 이번엔 면도를 하고, 버스를 타고, 기차 환승역에서 기다리고, 음담패설을 주고받고, 신문을 읽는 데 보낸 시간을 계산해보라.

나는 열여섯 살 이후로 다시는 낚시를 하지 않았다. 도무지 시간이 나질 않는 것 같았다. 일을 하고, 여자 꽁무니를 쫓아다니고, 난생처음 버튼 부츠를 신고 난생처음 높은 칼라(1909년에 칼라를 달려면 목이 기린같이 길어야 했다)를 달고, 영업 및 회계에 관한 통신강좌를 들으며 '지성을 갈고닦았다'. 빈필드 하우스 뒤편의 연못 속에서 대어들이 노닐고 있었다. 그 사실을 아는 사람은 나밖에 없었다. 나는 그 물고기들을 마음에 품고 있었다. 언젠가는, 아마 공휴일이 되면 돌아가서 그놈들을 잡으리라. 하지만 난 돌아가지 않았다. 낚시할 시간만은 도무지 나질 않았다. 신기하게도, 그때부터 지금까지 딱 한 번 낚시를 갈 뻔한 적이 있었는데, 전쟁이 벌어지고 있던 시기였다.

내가 부상을 당하기 직전, 1916년의 가을이었다. 우리는 참호에서 나가 전선 뒤의 어느 마을로 갔다. 이제 겨우 9월이었지만 머리끝부터 발끝까지 진흙을 뒤집어쓰고 있었다. 늘 그렇듯 그 마을에 얼마나 오래 머물지, 다음에는 어디로 갈지 정해진 것은 아무것도 없었다. 다행히도 기관지염인가 뭔가 때문에 몸이 별로 좋지 않았던 부대장은 전선에서 물러난 병사들의 사기를 북돋아 준답시고 열병식이나 복장 검사, 축구 시합 등으로 우리를 괴롭히는 짓은 하지 않았다. 첫날 우리는 임시 숙소로 쓰게 된 헛간에서 쌓여 더미 위에 큰대자로 뻗어 있다가 각반에 묻은 진흙을 긁어냈고, 저녁에 몇몇 녀석은 마을 끝의 어느 집에서 손님을 받고 있던 닳고 닳은 끔찍한 매춘부들을 찾아갔다. 아침이 됐을 때 나는 마을을 벗어나지 말라는 명령을 어기고 몰래 빠져나가, 한때는 들판이었던 으스스한 폐허를 어슬렁어슬렁 돌아다녔다. 공기가 축축하니 겨울처럼 쌀쌀한 아침이었다. 물론 전쟁으로 인해 온 사방이 엉망진창으로 망가져 있었다. 지독히도 불결하고 추악한 그 난장판은 시체들이 널려 있는 전장보다 더 심각했다. 가지가 떨어져 나간 나무들, 포탄을 맞아 파였다가 다시 조금 메워진 땅의 구덩이들, 양철 깡통들, 똥, 진흙, 잡초, 녹슨 철망 무더기 사이로 자란 잡초. 전선에서 물러나면 어떤 기분이 드는지 여러분도 알 것이다. 뼈마디 하나하나가 뻣뻣하게 굳는 느낌, 앞으로 다시는 어떤 것에도 정을 붙일 수 없을 것만 같은 공허함. 두려움과 피로감도 어느 정도 있었지만, 주된 감정은 권태였다. 당시에는 전쟁이 계속되지 않을 이유가 딱히 보이지 않았다. 오늘이든 내일이든 모레든 어차피 전선으로 돌아갈 테고, 어쩌면 바로 다음 주에 포탄을 맞아 양념 통조림 고기 같은 신세가 될지도 몰랐지만, 끝도 없이 이어지는 전쟁의 무시무시한 권태로움보다는 그 편이 차라리 나았다.

나는 산울타리를 따라 배회하다가 우리 중대의 한 녀석과 마주쳤다. 성(姓)은 기억나지 않지만, 별명은 노비*였다. 거뭇한 피부에 자세가 구부정하고 집시처럼 생긴 그 녀석은 군복을 입고 있어도 훔친 토끼 두 마리를 들고 있는 듯한 인상을 풍겼다. 런던 토박이에다 행상이었지만, 생계를 유지하기 위해 켄트주와 에식스주에서 홉을 따고 새를 잡고 밀렵을 하고 과일을 훔치기도 했다. 개와 흰담비, 새장에서 기르는 새, 싸움닭 등등에 관해서라면 모르는 것이 없었다. 녀석은 나를 보자마자 고개를 끄덕였다. 말투가 의뭉스럽고 간사했다.

"어이, 조지!"(아직은 조지라고 불릴 때였다. 그 시절엔 뚱뚱하지 않았으니까.) "조지! 들판 저쪽에 포플러 숲 있는 거 봤냐?"

---

* Nobby. '상류층의, 멋진'이라는 뜻이다.

"그래."

"음, 그 뒤편에 연못이 하나 있더라고. 끝내주게 큰 물고기들이 득시글거리던데."

"물고기? 헛소리는!"

"정말로 득시글득시글하다니까. 퍼치였어. 그렇게 실한 놈들은 처음 봤어. 가서 직접 봐보라고."

우리는 같이 진창을 터벅터벅 걸어갔다. 노비의 말대로였다. 과연 포플러 숲 뒤편에 더러워 보이는 연못이 하나 있었다. 모래 기슭을 보아하니, 원래 채석장이었던 곳을 물로 메운 것이 분명했다. 그리고 퍼치가 득시글거렸다. 어디로 눈을 돌리든 수면 바로 밑으로 미끄러지듯 지나가는 암청색 줄무늬가 난 등이 보였고, 그중 몇 마리는 400그램은 족히 넘어 보였다. 아마 2년의 전쟁 동안 아무런 방해도 받지 않고 여유롭게 번식할 수 있었으리라. 그 퍼치들이 내게 어떤 영향을 미쳤는지는 아무도 짐작하지 못할 것이다. 녀석들이 갑자기 나를 잠에서 깨운 것 같은 기분이었다. 물론 나와 노비의 머릿속에는 한 가지 생각밖에 없었다. 어떻게 낚싯대와 낚싯줄을 구할 것인가.

"젠장! 좀 잡아야겠는걸." 내가 말했다.

"그걸 말이라고. 마을로 돌아가서 장비나 좀 챙겨 오자고."

"좋아. 하지만 조심해야 돼. 중사한테 들키면 끝장이야."

"오, 망할 중사. 내 목을 매달고, 내장을 뽑고, 사지를 토막 내려면 그러라지. 어쨌든 난 저놈들을 잡아야겠어."

물고기를 잡고 싶은 우리의 마음이 얼마나 간절했는지 모른다. 전쟁에 참전해본 사람이라면 그 심정을 이해할 것이다. 전쟁의 광기 어린 권태로움에 찌들어 있다 보면, 어떤 종류의 오락에든 달려들고 싶어진다. 3펜스짜리 잡지의 반쪽을 두고 대피호에서 죽기 살기로 싸우는 두 녀석을 본 적도 있다. 하지만 단순한 심심풀이는 아니었다. 전쟁의 기운으로부터 하루라도 온전히 달아나고픈 마음. 중대로부터, 소음과 악취와 군복과 장교들과 경례와 중사의 목소리로부터 멀리 떨어져, 포플러 아래 앉아 퍼치를 낚는다! 낚시는 전쟁의 반의어다. 하지만 우리가 해낼 수 있으리라는 확신은 전혀 없었다. 바로 그런 생각 때문에 오히려 열병 같은 흥분에 빠졌다. 중사가 알게 된다면 틀림없이 우리를 막을 테고, 어떤 장교라도 그럴 터였다. 최악은 우리가 그 마을에 언제까지 머물지 알 수 없다는 것이었다. 일주일 동안 머물 수도 있고, 두 시간 후에 바로 떠날 수도 있었다. 그런데 우리에게는 어떤 종류의 낚시 도구도, 하다못해 핀이나 작은 끈도 없었다. 그리고 연못에는 물고기들이 득시글거리고 있었고! 제일 먼저 구해야 할 것은 낚싯대였다. 버드나무 가지가 최선이지만, 눈을 씻고 찾아봐도 주변에 버드나무가 없었다. 노비는 포플러를 타고 올라가 작은 가지를 하나 잘랐다. 그리 튼튼하지는 않았지만, 없는 것보다는 나았다. 노비는 나뭇가지를 주머니칼로 다듬어 낚싯대 비슷한 것을 만들었다. 우리는 연못가 근처의 수초 속에 그것을 감춘 다음, 들키지 않고 마을로 살금살금 돌아갔다.

그다음엔 낚싯바늘을 만들 바늘이 필요했다. 바늘을 가지고 있는 사람은 아무도 없었다. 한 녀석에게 짜깁기용 바늘이 있긴 했지만, 너무 굵은 데다 끝이 뭉툭했다. 혹시라도 중사의 귀에 들어갈까 두려워, 바늘을 무슨 용도로 쓸지 아무에게도 알려줄 수 없었다. 마침내 우리는 마을 끄트머리의 매춘부들을 떠올렸다. 그들은 분명 바늘을 갖고 있을 터였다. 그곳에 가봤더니―지저분한 뜰을 통해 뒷문으로 돌아가야 했다―집은 잠겨 있고 매춘부들은 밤에 일하느라 놓친 잠을 자고 있었다. 우리는 발을 구르고 소리를 지르며 문을 쾅쾅 두드렸다. 10분 정도 지나자 가운을 걸친 뚱뚱하고 못생긴 여자가 내려오더니 우리에게 프랑스어로 빽빽거리기 시작했다. 노비가 여자에게 소리쳤다.

"바늘! 바늘! 바늘 있어?"

물론 여자는 노비의 말을 알아듣지 못했다. 그러자 노비는 외국인이 이해할 법한 단순한 말로 설명했다.

"바늘 줘! 옷 만드는 거! 이렇게!"

노비는 바느질하는 시늉을 했다. 여자는 잘못 알아듣고는 문을 조금 더 열어 우리를 집 안으로 들였다. 결국 우리는 여자를 이해시켜 바늘을 얻어냈다. 그때가 점심 시간 무렵이었다.

점심 식사 후 중사는 우리의 임시 숙소인 헛간을 돌아다니며, 잡역을 시킬 사람들을 찾았다. 노비와 나는 결정적인 순간에 쌓여 더미 밑으로 숨어 그를 피했다. 중사가 나가자 우리는 촛불을 켜서 바늘을 시뻘겋게 달군 다음, 낚싯바늘 모양으로 구부렸다. 우리에게 있는 연장이라곤 주머니칼뿐이라, 손가락을 심하게 뎄다. 그다음은 낚싯줄이었다. 다들 굵은 줄밖에 없었지만, 바느질용 실을 한 타래 가진 사람을 드디어 찾아냈다. 실을 내놓지 않으려 해서 궐련 한 갑을 쥐여 주어야 했다. 노비는 너무 가느다란 그 실을 세 가닥으로 길게 잘라서 벽에 박힌 못에 묶은 다음 정성스레 꼬았다. 그사이에 나는 온 마을을 샅샅이 뒤져 코르크 마개를 하나 찾은 뒤 반으로 자르고 성냥개비를 찔러 넣어 찌를 만들었다. 어느덧 저녁이 되어 날이 점점 어두워지고 있었다.

이제 필수적인 장비들은 준비되었지만, 야잠사도 있으면 좋을 것 같았다. 거의 포기하고 있었는데, 위생병이 떠올랐다. 수술용 봉합사는 위생병이 꼭 갖추어야 할 물품은 아니었지만, 그래도 혹시나 하는 기대가 있었다. 아니나 다를까, 그에게 물었더니 잡낭에 수술용 봉합사가 한 타래 들어 있다고 했다. 이런저런 병원에서 보고 욕심이 나서 몰래 훔쳐온 것이었다. 우리는 궐련 한 갑을 주고 봉합사 열 가닥을 받았다. 15센티미터 정도 되는 가닥들은 썩어서 부석부석했다. 해가 진 뒤 노비는 실을 물에 흠뻑 적셔 유연하게 만든 다음 끝부분을 서로 연결했다. 이렇게 해서 우리는 모든 것을 구했다. 낚싯바늘, 낚싯대, 낚싯줄, 찌, 야잠사. 벌레는 어디든 파헤치면 나왔다. 그리고 물고기들이 득시글거리는 연못! 잡아달라며 아우성치는 거대한 줄무늬 퍼치들! 우리는 너무 설레어 군화도 벗지 않은 채 잠자리에 드러누웠다. 내일! 내일까지 무사히 살아 있다면! 전쟁이 단 하루만 우리를 잊어준다면! 우리는 점호가 끝나는 대로 연못으로 도망쳐 그곳에서 하루를 보내기로 했다. 돌아와서 야전 형벌 1호*를 받는다 해도 말이다.

뭐, 그 뒤의 일은 짐작이 갈 것이다. 점호 때 모든 짐을 챙겨 20분 안에 행군 준비를 마치라는 명령이 떨어졌다. 우리는 15킬로미터 가까이 행군한 다음 대형 트럭에 올라타 전선의 다른 구역으로 옮겨 갔다. 포플러 아래의 연못에 대해 말하자면, 다시는 보지도, 소식을 듣지도 못했다. 아무래도 나중에 머스터드 가스에 오염되지 않았을까 싶다.

그 후로 나는 한 번도 낚시를 하지 않았다. 그럴 기회가 없었다. 전쟁을 치러야 했고, 그다음엔 다른 사람들처

※ 1881년부터 1923년까지 영국군 내에서 시행되던 처벌로, 유죄판결을 받은 병사에게 족쇄와 수갑을 채워 하루에 두 시간씩 울타리 기둥 같은 곳에 묶어두었다.

럼 일자리를 구하기 위해 싸웠으며, 일자리를 구하고 나서는 일에 붙들려 살았다. 나는 보험회사의 전도유망한 청년 사원—클라크스 직업 학교의 광고 전단에 흔히 등장하는, 성공할 싹수가 보이는 야무지고 명민한 젊은 회사원—이었다가, 일주일에 5-10파운드를 받으며 혹사당하고 교외의 두 세대 주택에 사는 노동자가 되었다. 그런 사람들은 낚시를 하러 가지 않는다. 주식 중개인들이 앵초를 따러 나가지 않듯이. 이제 더 이상 그들에게 어울리지 않는 놀이인 것이다. 그들에게는 다른 오락거리가 제공된다.

물론 나는 여름마다 2주간의 휴가를 쓸 수 있다. 누구나 아는 그런 휴가 말이다. 마게이트, 야머스, 이스트본, 헤이스팅스, 본머스, 브라이턴. 그해의 경기에 따라 약간의 변화가 있다. 힐다 같은 여자는 휴가를 떠나면 숙소 주인이 얼마나 바가지를 씌우고 있는지 끊임없이 머릿속으로 계산하느라 바쁘다. 그리고 아이들에게는 "안 돼, 새 모래통은 못 사줘"라고 말한다. 몇 년 전 우리는 본머스로 휴가를 떠났다. 어느 맑은 오후에 부둣가를 1킬로미터 정도 걸었는데, 가는 길 내내 바다낚시를 하는 사람들이 눈에 띄었다. 그들은 끝에 작은 방울이 달린 뭉툭한 바다낚시용 낚싯대를 들고서 40미터가 훌쩍 넘는 낚싯줄을 바다로 드리우고 있었다. 따분한 낚시로, 한 마리도 낚지 못했다. 그래도 그들은 낚시를 하고 있었다. 아이들은 금세 지루해하면서 해변으로 돌아가자고 떼를 썼고, 힐다는 갯지렁이를 낚싯바늘에 꿰는 어느 낚시꾼을 보더니 속이 메스껍다고 했다. 하지만 나는 조금 더 그곳을 서성거렸다. 갑자기 방울 소리가 요란하게 울리고, 한 남자가 낚싯줄을 감기 시작했다. 모두가 동작을 멈추고 그 남자를 지켜보았다. 과연, 축축하게 젖은 낚싯줄과 납추에 이어 큼직한 가자미류 물고기(아마도 도다리) 한 마리가 끝에 매달려 올라오며 꿈틀거렸다. 부두의 나무 바닥에 내팽개쳐진 물고기는 축축하게 젖은 몸을 반짝이며 파닥거렸다. 그 울퉁불퉁한 잿빛 등과 흰 배와 신선하고 짭짜름한 바다 내음. 그때 내 안에서 무언가가 움직였다.

부두를 떠나면서 나는 힐다의 반응을 시험해볼 요량으로 무심한 듯 말했다.

"여기 있는 동안 낚시나 조금 해볼까."

"뭐! 당신이 낚시를? 어떻게 하는지도 모르잖아?"

"아니, 예전엔 나도 한가락 하는 낚시꾼이었다고."

힐다는 평소처럼 애매모호하게 반대하며, 내가 낚시를 한다면 그 징그럽고 미끌미끌한 것을 낚싯바늘에 꿰는 꼴을 보고 싶지 않으니 따라가지 않겠다고 할 뿐 가타부타 말이 없었다. 그러고는 갑자기, 내가 낚시를 하려면 낚싯대나 릴 같은 장비를 사는 데 1파운드는 들 거라는 사실을 지적하고 나섰다. 낚싯대 하나만 해도 10실링은 들 거라나. 그러더니 벌컥 화를 냈다. 10실링을 허비하는 애기가 나올 때 힐다가 어떤 반응을 보이는지 한번 보시라. 그녀는 내게 호통을 쳤다.

"그따위 물건에 돈을 쓸 생각을 하다니! 미쳤어! 그리고 시시한 낚싯대 하나에 어떻게 감히 10실링이나 받을 수 있어! 꼴사납게. 그리고 당신 나이에 낚시는 무슨 낚시야! 덩치가 산만 한 어른이. 아기처럼 굴지 좀 마, 조지."

그때 아이들이 끼어들었다. 로나가 쭈뼛쭈뼛 다가오더니 그 미련하고 건방진 말투로 물었다. "아빠, 아기야?" 그땐 말을 똑똑히 하지 못했던 어린 빌리는 세상 사람들에게 선언하듯 말했다. "빠빠는 아기." 그런 다음 갑자기 두 아이는 내 주위를 빙빙 돌면서 모래통을 달그락거리며 노래 불렀다.

"빠-빠는 아기! 빠-빠는 아기!"

불효막심한 것들!

6

낚시 말고도 독서가 있었다.

내가 오로지 낚시만 좋아했다는 인상을 풍겼다면, 내 얘기가 과장된 탓일 것이다. 물론 낚시가 제일이긴 했지만, 그에 버금갈 만큼 독서도 좋았다. 내가 무언가를 읽기—그러니까, 자발적으로 읽기—시작한 것은 열 살 아니면 열한 살부터였을 것이다. 그 나이에는 책을 읽으면서 새로운 세상을 발견해나간다. 지금도 나는 책을 많이 읽는 편이다. 한 주에 소설 두어 권은 읽는다. 전형적인 이동도서관 애용자라고나 할까, 항상 그때그때의 베스트셀러(『우정 극단(*The Good Companions*)』, 『어느 벵골 창기병의 삶(*The Lives of a Bengal Lancer*)』, 『모자 장수의 성(*Hatter's Castle*)』—나는 이 모든 작품에 홀딱 반했다)에 홀렸고, 1년 넘게 레프트 북 클럽*의 회원이었던 적도 있다. 그리고 스물다섯 살이 된 1918년, 이런저런 책들을 폭식하듯 마구 읽으면서 내 세계관에도 변화가 생겼다. 하지만 1페니짜리 주간지를 펼치기만 하면, 도둑들의 부엌과 중국의 아편굴과 폴리네시아 섬들과 브라질의 숲으로 곧장 뛰어들 수 있다는 사실을 갑자기 알게 된 첫 몇 년은 그야말로 신세계와도 같았다.

독서에 가장 열중했던 시기는 열한 살부터 열여섯 살즈음까지였다. 처음엔 소년 대상의 싸구려 주간지—얇은 종이에 엉성한 활자가 찍혀 있고, 표지에 세 가지 색의 삽화가 그려져 있었다—만 보다가, 조금 지나서 책들을 읽기 시작했다. 『셜록 홈스』, 『닥터 니콜라(Dr Nikola)』, 『철의 해적(The Iron Pirate)』, 『드라큘라』, 『래플스(Raffles)』. 냇 굴드와 레인저 걸, 그리고 이름은 기억나지 않지만 냇 굴드가 경마 이야기를 쓰는 것만큼이나 빠른 속도로 권투 이야기를 쓴 어떤 작가의 작품들도 읽었다. 우리 부모님이 좀 배운 분들이었다면 나도 디킨스나 새커리 같은 작가들의 '좋은' 책을 억지로 읽어야 했을지도 모른다. 실제로 학교에서는 『퀜틴 더워드(Quentin Durward)』**를 읽게 했고, 이지키얼 삼촌은 가끔 내게

---

* Left Book Club. 1936부터 1948년까지 좌파 성향의 책과 회보를 발행했던 영국의 단체이자 독서 클럽.
** 19세기 초 영국의 소설가이자 시인, 역사가인 월터 스콧의 역사소설.

러스킨과 칼라일을 읽으라고 권하기도 했다. 하지만 우리 집에는 책이 거의 없었다. 아버지는 성경과 스마일스의 『자조론(Self Help)』 말고는 책을 손에도 대지 않았고, 나는 한참 후에야 스스로 '좋은' 책을 찾아 읽기 시작했다. 그렇게 된 것이 애석하지는 않다. 나는 읽고 싶은 책을 읽었고, 그 책들을 통해 학교에서보다 더 많은 것을 배웠다.

내가 어렸을 때 싸구려 통속 소설들은 이미 내리막길을 걷고 있었지만, 당시 정기적으로 발간되던 소년 주간지들이 어렴풋이 기억나는데, 그중 일부는 아직도 존재하고 있다. 버펄로 빌* 이야기는 어느새 사라져버렸고, 냇 굴드는 이제 읽히지 않으며, 닉 카터**와 세스턴 블레이크***는 여전히 잘 팔리는 것 같다. 《젬(Gem)》과 《매그닛(Magnet)》은 내 기억이 정확하다면 1905년 즈음부터 발간되기 시작했다. 그 시절 《BOP》는 조금 엉망이었지만, 아마도 1903년 무렵 창간됐을 《첨스》는 아주 멋졌다. 그리고 찔끔찔끔 발행되던 백과사전—정확한 이름은 기억나지 않는다—이 하나 있었다. 굳이 살 가치가 없어 보였지만, 학교의 한 남자애가 가끔 과월호를 나누어주

---

* 미국 서부 개척사의 전설적 인물인 W. F. 코디(1846-1917)의 별명.
** 1886년에 삼류 소설의 탐정으로 탄생한 후 1세기가 넘는 세월 동안 다양한 매체에 등장한 허구의 인물.
*** 1893년부터 영국의 수많은 만화, 소설, 연극 등에 등장한 탐정 캐릭터.

곤 했다. 지금 내가 미시시피강의 길이나 문어와 오징어의 차이, 종청동의 정확한 혼합물 구성을 알고 있는 건 그 백과사전 덕분이다.

조는 책을 읽는 법이 없었다. 수년간 학교를 다닌 뒤에도 글 열 줄을 끊김 없이 읽을 줄 모르는 부류의 사내아이였던 것이다. 활자만 봐도 구역질이 날 것 같다고 했다. 조가 내 《첨스》를 한두 단락 읽다가, 썩은 건초 냄새를 맡은 말처럼 진저리 치며 고개를 돌려버리는 모습을 본 적이 있다. 조는 내가 책 읽는 것을 방해하려 했지만, 내가 '똑똑한 자식'이라는 결론을 내린 어머니와 아버지는 나를 격려해주었다. 이른바 '책으로 하는 공부'에 맛을 들인 내가 꽤 기특했던 것이다. 하지만 과연 그분들답게 《첨스》나 《유니언 잭》 따위를 읽는 나를 조금 못마땅해하고 내가 '유익한' 책을 읽어야 한다고 생각하면서도, 책에 대해 잘 몰라 '유익한' 책이 뭔지 확신하지 못했다. 결국 어머니는 『존 폭스의 기독교 순교사화(*Foxe's Book of Martyrs*)』를 중고본으로 한 권 구해주었고, 삽화가 나쁘지는 않았지만 나는 그 책을 읽지 않았다.

1905년 겨울에는 매주 《첨스》에 1페니를 썼다. 거기에 연재되고 있던 『불굴의 도노번(*Donovan the Dauntless*)』 때문이었다. 불굴의 도노번은 미국의 한 백만장자에게 고용되어 세계 곳곳의 진기한 보물을 찾아다니는 탐험가였다. 아프리카의 화산 분화구 속에서 골프공 크기의 다이

아몬드를, 시베리아의 꽁꽁 언 숲에서 매머드 엄니의 화석을, 페루의 사라진 도시들에서 땅에 묻힌 잉카제국의 보물들을 찾아냈다. 도노번은 주마다 새로운 여정을 떠났고, 항상 성공했다. 나는 뜰 뒤편의 창고에서 책 읽기를 좋아했다. 아버지가 새 곡물 자루를 꺼낼 때만 빼면 집에서 가장 조용한 곳이었다. 산같이 쌓인 자루 더미 위에 누워 책을 읽을 수 있었다. 공기 중에는 회반죽 냄새와 세인포인 냄새가 한데 뒤섞여 감돌았고, 구석구석에 거미줄이 쳐져 있었으며, 내가 누웠던 자리 바로 위의 천장에 구멍이 뚫려 회반죽에서 삐죽 튀어나온 윗가지가 보였다.

지금도 그 느낌이 생생하다. 가만히 누워 있으면 그런대로 버틸 만큼 따스한 겨울의 낮. 나는 《첨스》를 앞에 펼쳐놓고 엎드려 있다. 생쥐 한 마리가 태엽장치 장난감처럼 자루 가장자리를 달리다가 우뚝 멈춰 서더니 새까만 구슬 같은 쪼그만 눈으로 날 쳐다본다. 난 열두 살이지만, 불굴의 도노번이다. 아마존강을 3천 킬로미터 거슬러 올라와 이제 막 텐트를 쳤고, 100년에 한 번 꽃을 피우는 신비로운 난초의 뿌리가 간이침대 밑의 양철 상자에 고이 모셔져 있다. 주변을 에워싼 숲에서는 치아를 진홍빛으로 칠하고 백인의 살갗을 산 채로 벗기는 호피호피 인디언들이 전쟁을 알리는 북을 두드리고 있다. 나는 생쥐를 쳐다보고, 생쥐는 나를 쳐다본다. 먼지와 세인포인과 차가운 회반죽 냄새가 난다. 그리고 난 아마존강에 있다. 이것이 행복이다, 더할 나위 없는 행복.

7

정말이지 이게 전부다.

　광고 전단에서 조그왕의 이름을 봤을 때 문득 떠올랐던 세상, 전쟁 전의 세상에 대해 들려주고 싶었지만, 어쩌면 부질없는 짓이었을지도 모르겠다. 누군가는 전쟁 전의 시절을 기억해서 굳이 내 애기를 듣지 않아도 될 테고, 누군가는 그 시절을 기억 못 해서 들어봐야 무슨 소린지 모를 테니 말이다. 지금까지는 내가 열여섯 살이 되기 전의 일들을 이야기했다. 그때까지만 해도 우리 가족은 별문제 없이 잘 지내고 있었다. 내 열여섯 번째 생일을 조금 앞두고서 사람들이 말하는 '현실', 그러니까 불쾌한 사정들이 어렴풋이 보이기 시작했다.

　빈필드 하우스에서 커다란 잉어를 본 뒤로 사흘쯤 지

낮을 때, 아버지가 근심 가득한 표정으로 차를 마시러 왔다. 평소보다 훨씬 더 창백하고 푸석한 얼굴이었다. 아버지는 침통하게 차만 마실 뿐 말이 별로 없었다. 그 무렵 아버지는 뭔가를 먹을 때 딴생각에 빠진 듯한 모습을 자주 보였다. 어금니가 거의 다 빠진 탓에 음식을 오물거릴 때마다 콧수염이 비스듬히 위아래로 움직였다. 내가 식탁에서 일어서는데 아버지가 나를 불러 앉혔다.

"잠깐만, 조지. 너한테 할 말이 있으니까 잠깐 앉아봐. 여보, 당신한테는 어젯밤에 얘기했지."

어머니는 큼직한 갈색 찻주전자 뒤에서 무릎 위로 두 손을 깍지 낀 채 침통한 표정을 지었다. 아버지는 아주 진지하게 말을 이었지만, 몇 안 남은 어금니에 낀 음식 부스러기를 빼려고 애쓰는 모습이 조금 우스꽝스러워 보였다.

"조지야, 너한테 할 말이 있다. 곰곰이 생각을 해봤는데, 이제 네가 학교를 그만둬야겠구나. 미안하지만, 이제부터 너도 돈벌이를 시작해서 네 엄마한테 생활비를 갖다 줘야 할 거야. 어젯밤에 윅시 선생한테 편지를 썼다, 네가 학교를 그만둘 거라고."

물론 선례에 따른 일이었다. 나한테 말하기 전에 윅시 교장에게 편지를 쓴 것 말이다. 당시의 부모들은 뭐든 아이들의 의사와 상관없이 결정해버리는 걸 당연하게 여겼다.

아버지는 근심 가득한 해명을 중얼거렸다. "요즘 장사

가 신통찮아서" 형편이 "조금 어려워졌으니" 조와 내가 직접 밥벌이를 해야 한다는 것이었다. 그때 나는 진짜 장사가 신통찮은지 어떤지 알지도 못했고, 크게 신경을 쓰지도 않았다. 왜 형편이 '어려워졌는지' 이유를 알아챌 만한 장사꾼의 본능도 없었다. 사실 아버지는 경쟁에서 나가떨어진 것이었다. 런던 인근의 여러 주에 지점을 갖고 있는 대형 종자 소매상 새러진이 로어 빈필드에까지 손을 뻗쳤다. 여섯 달 전 새러진은 장터의 한 가게를 임대해 화려하게 치장했다. 밝은 녹색 페인트, 금박 글자, 빨간색과 녹색으로 칠한 원예 도구들, 거대한 스위트피 광고는 100미터 떨어진 곳에서도 눈에 확 띄었다. 새러진은 꽃씨만 파는 것이 아니라 '가금류 및 가축 만물상'을 자처하면서 밀과 귀리 같은 곡물 외에도 특허받은 가금류 혼합 사료, 예쁜 통으로 포장한 새 모이, 각양각색의 개 먹이용 비스킷, 약품, 도포제, 동물용 분말 영양제를 취급했다. 그뿐 아니라 업종을 확장하여 쥐덫, 개 목줄, 부화기, 위생란, 방조망(防鳥網), 알뿌리, 제초제, 살충제도 취급했고, 심지어 어떤 지점에서는 이른바 '가축 코너'를 만들어 토끼와 햇병아리까지 팔았다. 먼지투성이의 오래된 가게에서 팔던 것만 계속 파는 아버지는 그런 거대 업체와 경쟁이 되지 않았고, 경쟁을 원하지도 않았다. 마차를 끄는 말이 있는 상인들이나 종자 소매상과 거래하는 농부들은 새러진을 피했지만, 여섯 달 만에 지역의 소지주들이 새러진의 편에 섰다. 그 시절의 소지주들은 사륜마차나 이륜마차를, 그래서 당연히 말도 갖고 있었다. 아버지와 곡물상 윙클은 큰 손실을 볼 수밖에 없었다. 당시에 난 이런 상황을 전혀 이해하지 못했다. 여느 소년들과 다를 바 없었다. 장사에는 눈곱만큼도 관심이 없었다. 나는 가게 일을 거든 적이 거의 없었고, 어쩌다 아버지가 내게 심부름을 시키려 하거나, 복충 창고에 곡물 자루를 올리거나 다시 내릴 때 내 손을 빌리려 하면 꼭 꽁무니를 뺐다. 우리 계층의 남자애들은 사립학교 아이들만큼 철부지는 아니어서, 싫어도 일을 해서 돈을 벌어야 한다는 것쯤은 알고 있다. 하지만 아버지의 일을 따분하게 여기는 것이 아이답지 않은가. 그때까지만 해도 내게는 어른들의 세상에서 벌어지는 일들보다는 낚싯대, 자전거, 거품이 톡톡 튀는 레모네이드 같은 것이 훨씬 더 현실적으로 느껴졌다.

아버지는 식료품상인 그리밋 영감에게 이미 말을 해두었다고 했다. 똑똑한 사내아이를 구하고 있던 영감은 당장이라도 나를 받아주려 했다. 정작 아버지는 심부름꾼을 해고하고, 조를 집으로 불러 정식 일자리를 구하기 전까지 가게 일을 거들게 할 생각이었다. 조는 얼마 전에 학교를 그만두고 쭉 빈둥거리고 있었다. 가끔 아버지는 조를 양조장의 경리부에 '들여보낼' 거라는 말을 했고, 그보다 더 전에는 조를 경매인으로 만들 생각까지 했었다. 양쪽 모두 전혀 가망 없는 바람이었다. 조는 열일곱 살이 돼서도 촌뜨기처럼 글씨를 썼고 구구단을 외우지 못했다. 그때는 월턴 외곽의 대형 자전거 가게에서 '장사를 배우기로' 되어 있었다. 자전거 수리는 머리가 모자란 사람들이 대부분 그렇듯 기계를 다루는 데 약간의 소질이 있던 조에게 어울리는 일이었지만, 끈덕진 구석이 없는 조는 기름때가 덕지덕지 묻은 작업복 차림으로 빈둥거리면서 우드바인 담배를 피우고, 싸움에 휘말리고, 술을 마시고(진작 마시기 시작했다), 숱한 여자들과 '염문'을 뿌리고, 아버지에게 돈을 달라고 졸랐다. 아버지는 걱정하고, 곤혹스러워하고, 조금은 분개했다. 아버지의 모습이 아직도 눈에 선하다. 곡물 가루가 묻은 대머리, 귀위에 조금 난 흰머리, 안경, 희끗희끗한 콧수염. 아버지는 자신에게 무슨 일이 일어나고 있는지 이해하지 못했다. 수년 동안 수입은 완만하면서도 꾸준하게 올랐었다. 올해는 10파운드, 이듬해는 20파운드 이런 식으로. 그런데 갑자기 곤두박질치고 말았다. 아버지로서는 이해할수 없는 일이었다. 가게를 물려받아 정직하게 장사를 하고, 열심히 일하고, 좋은 물건을 팔고, 누구에게도 사기를 치지 않았다. 그런데 수입이 줄어들고 있었다. 아버지는 음식 찌꺼기를 빼내려고 이를 쪽쪽 빨며 여러 번 말했다. 경기가 아주 안 좋고, 장사가 신통찮고, 사람들이 뭐에 씌었는지 모르겠고, 말들 먹성은 여전하다고. 아무래도 저 자동차들이 문제야, 라고 마침내 아버지는 결론 내렸다.

"냄새나는 고약한 것들!" 어머니가 끼어들었다. 어머니는 조금 염려하고 있었고, 더 그래야 한다는 것도 알고 있었다. 나는 아버지가 말하는 동안 어머니가 멍한 눈빛으로 입술을 달싹거리는 걸 한두 번 보았다. 어머니는 내일 소고기와 당근을 준비할지, 아니면 한 번 더 양 다리 고기를 준비할지 고민하는 중이었다. 어떤 리넨이나 냄비를 사느냐 하는 문제처럼 어머니 딴에는 신중하게 고려해야 할 일이 없는 이상, 어머니의 머릿속은 항상 내일의 끼니로 가득 차 있었다. 가게 일이 잘 안 풀리고 있고, 그래서 아버지가 걱정하고 있다—어머니는 이 정도까지만 이해했다. 무슨 일이 벌어지고 있는지 간파한 사람은 우리 중 아무도 없었다. 아버지는 힘든 한 해를 보내고 돈을 잃었다. 하지만 정말 미래를 걱정하고 있었을까? 아닐 것이다. 그때가 1909년이었음을 잊지 마시길. 아버지는 무슨 일이 벌어지고 있는지 알지 못했다. 새러진 사람들이 우리 가게보다 싼 값에 물건을 팔아 아버지를 파멸시키고 집어삼키리라는 걸 내다보지 못했다. 어떻게 그럴 수 있었겠는가? 아버지의 젊은 시절과는 완전히 다른 세상이었다. 아버지가 아는 사실이라곤 경기가 안 좋고, 장사가 아주 '신통찮고' 아주 '부진하다'(아버지는 이 단어들을 연거푸 썼다)는 것, 하지만 '곧 사정이 나아지리라는' 것뿐이었다.

이렇듯 힘든 시기에 내가 아버지에게 큰 도움이 되었고, 갑자기 남자다운 능력을 입증해 보이며 아무도 몰랐던 내 안의 자질을 발휘하기 시작했다고 말할 수 있다면 얼마나 좋을까—30년 전의 희망 가득한 소설들에 등장하던 내용처럼 말이다. 아니면, 지식과 교양을 열망하는 어린 마음에 퇴학을 분해하고 어른들이 내게 강요한 시시하고 기계적인 일에 진저리를 쳤다고 기록할 수 있다면—요즘의 희망 가득한 소설들에 등장하는 내용처럼 말이다. 하지만 어느 쪽이든 완전한 헛소리일 뿐이다. 사실 난 일하러 나간다는 생각에 마냥 기쁘고 들떴다. 그리밋 영감에게 주당 12실링이라는 진짜 임금을 받아, 그중 4실링을 내 주머니에 챙길 수 있다니. 지난 사흘 동안 내 마음을 가득 채웠던 빈필드 하우스의 커다란 잉어는 곧장 사라져버렸다. 몇 학기 일찍 학교를 떠나는 데 아무런 불만도 없었다. 우리 학교에서는 흔한 일이었다. 레딩 대학에 진학하거나 엔지니어 공부를 하거나 런던에서 '일자리를 구하거나' 바다로 도망칠 '예정이라던' 아이가 뜬금없이 이틀 전 통고와 함께 학교에서 사라져버리고는, 2주 후에 자전거를 타고 채소를 배달하는 모습이 목격되는 것이다. 학교를 그만두어야 한다는 얘기를 아버지에게서 듣고 5분도 채 지나지 않아 내 머릿속에 떠오른 생각은, 일하러 갈 때 어떤 새 정장을 입고 갈까 하는 것이었다. 나는 당시 유행하던 '컷어웨이'*라는 코트와 함께 '성인용 정장'을 구해달라고 곧장 요구하기 시작했다. 물론 어머니와 아버지 모두 아연실색하며 "그런 건 들어보지도 못했다"라고 말했다. 내가 알 수 없는 모종의 이유로, 그 시절의 부모들은 웬만하면 자식들에게 어른용 옷을 입히지 않으려 했다. 어느 가정에서든 남자애가 난생처음 높은 옷깃을 달려고 하거나 여자애가 머리를 틀어 올리려 할 때마다 격한 다툼이 일었다.

그래서 우리의 대화는 아버지의 장사 문제에서 벗어나 성가시고 기나긴 언쟁으로 변하고 말았다. 아버지는 점점 화를 내며 "그건 안 돼. 그냥 안 된다고 알고 있거라"라는 말만 몇 번이고 되풀이했다—화가 나면 으레 그러듯 거친 말투로. 그래서 나는 '컷어웨이'를 갖지 못했지만, 넓적한 옷깃이 달린 검은색 기성복 정장을 입고 첫 출근을 했다. 작은 옷을 억지로 끼워 입은 촌뜨기 같은 모습으로. 내가 그 일체의 사건에서 진짜 괴로웠던 일을 꼽으라면 바로 그 옷이었다. 조는 훨씬 더 이기적으로 굴었다. 자전거 가게를 그만두라고 하자 펄쩍 뛰었고, 잠깐 동안은 집에서 빈둥거리기만 하며 말썽을 피우고 아버지를 전혀 도와주지 않았다.

나는 그리밋 영감의 가게에서 거의 6년간 일했다. 그리

---

* cutaway. 앞자락을 비스듬히 재단한 모닝코트.

밋은 흰 구레나룻이 인상적인 반듯하고 정직한 노인네였다. 이지키얼 삼촌이 뚱뚱해지면 그런 모습이 아닐까 싶었는데, 이지키얼 삼촌처럼 영감도 충실한 자유당원이었다. 하지만 삼촌보다 덜 극성스러웠고, 마을에서 더 존경받았다. 그리밋 영감은 보어전쟁 동안 바뀐 정세에 잘 적응했고, 노동조합을 철천지원수로 여긴 터라 키어 하디*의 사진을 갖고 있다는 이유로 직원을 해고한 적도 있었다. 우리 가족은 '국교회 회당'을 다니고 이지키얼 삼촌은 비신자였던 반면, 그리밋 영감은 '비국교회 예배당'을 다녔다─영감은 지역에서 '양철 교회'라 불린 침례교 예배당에서 큰소리 떵떵 치던 거물이었다. 그리밋 영감은 시의회 의원이자 지역 자유당 관리였다. 흰 구레나룻을 기르고, 양심의 자유와 원로**에 대해 점잔 빼며 이야기하고, 양철 교회를 지날 때 가끔 즉석 기도를 읊조리던 영감은 이야기─여러분도 들어봤을 법한 이야기─에 등장하는 전설적인 비국교도 식료품상과 조금 비슷했다.

"제임스!"

"네, 사장님!"

"설탕에다 모래를 뿌렸나?"

* 스코틀랜드의 사회주의자이자 노동운동 지도자로, 영국 의회에 선출된 초대 독립노동당 국회의원이었다.
** Grand Old Man. 영국 역사에서 자유당을 대표하는 정치인인 윌리엄 글래드스턴(1809-1898)의 별명.

"네, 사장님!"

"당밀에다 물을 뿌렸나?"

"네, 사장님!"

"그럼 이제 기도를 올리도록 하지."

가게에서 얼마나 자주 소곤소곤 들리던 이야기였던가. 실제로 우리는 가게 문을 열기 전에 기도로 하루를 시작했다. 그리밋 영감이 설탕에 모래를 뿌린 건 아니다. 그래 봐야 이득 볼 게 없다는 걸 영감도 알고 있었다. 하지만 빠릿빠릿한 장사꾼이었던 영감은 로어 빈필드와 주변 시골의 알짜 거래를 전부 꽉 쥐고 있었으며, 심부름꾼과 화물차 운전사, 계산원 역할을 맡은 자신의 딸(영감은 홀아비였다) 말고도 세 명의 점원을 데리고 있었다. 나는 첫 여섯 달 동안 심부름꾼으로 일했다. 그러다가 점원 한 명이 레딩에 '개업하기' 위해 떠나자, 처음으로 흰 앞치마를 두르고 가게 안에서 일하기 시작했다. 소포를 끈으로 묶고, 건포도를 싸고, 커피를 갈고, 베이컨을 기계로 얇게 썰고, 햄을 저미고, 칼을 갈고, 바닥을 쓸고, 달걀에 쌓인 먼지를 살살 털어내고, 질 떨어지는 물건을 좋은 물건으로 속여 팔고, 창문을 닦고, 눈대중으로 500그램의 치즈를 덜어내고, 들어온 물건들을 풀고, 버터 조각을 후려쳐 모양을 잡고, 어떤 물건이 어디에 있는지 외워두었다—이 부분이 가장 어려웠다. 낚시에 대한 기억만큼 세세하진 않지만, 식료품점에 얽힌 기억도 꽤 많이 남아 있다. 지금도 손가락으로 줄을 끊을 줄 안다. 만약 내 앞에 베이컨 써는 기계가 있다면, 타자기보다 더 능숙하게 다룰 수 있을 것이다. 그리고 도자기 찻잔의 등급, 마가린의 구성 성분, 종이봉투 천 장당 가격에 대한 꽤 상세한 정보들을 그럴듯하게 떠들 수 있다.

5년이 넘도록 나는 그런 일상을 보냈다. 둥글고 통통한 분홍빛 얼굴에 머리칼이 버터 빛깔인(이제는 빡빡 깎지 않고 정성스레 기름을 발라 미끈하게 뒤로 넘겨 두피에 딱 붙였다) 똘똘한 젊은이였던 나는 흰 앞치마를 두르고 귀 뒤에 연필을 꽂은 채 진열대 뒤를 부산스레 돌아다니고, 전광석화처럼 커피 봉지를 묶고, 런던 토박이의 억양이 묻어나는 목소리로 "네, 부인! 그럼요, 부인! 또 오세요, 부인!"이라고 말하며 손님을 능글맞게 대했다. 그리밋 영감은 우리를 아주 심하게 부려먹었다. 목요일과 일요일을 제외하고는 하루에 열한 시간을 일해야 했고, 크리스마스 주간은 그야말로 악몽 같았다. 하지만 되돌아보면 좋은 시절이었다. 내게 아무런 포부도 없었다고 생각하지 마시길. 그저 '장사를 배우고' 있을 뿐, 내가 평생 식료품점의 점원으로 남지는 않으리라는 걸 알고 있었다. 언젠가 어떻게든 내 가게를 '개업할' 돈이 모이리라. 그 시절엔 다들 그런 생각으로 살았다. 다시 한번 말하지만, 전쟁이 일어나기 전이었다. 불황과 실업수당의 시대 전이었다. 세상은 모든 이들을 품

159

을 수 있을 만큼 거대했다. 누구든 '장사를 시작할' 수 있었고, 또 다른 가게가 들어설 자리가 항상 남아 있었다. 세월은 계속 흘렀다. 1909년, 1910년, 1911년. 에드워드왕이 죽고, 신문들은 가장자리에 검은 테두리를 둘렀다. 월턴에 영화관 두 곳이 문을 열었다. 도로에 다니는 차가 더 많아졌고, 시외버스가 운행되기 시작했다. 비행기—한복판의 의자 같은 곳에 어떤 남자가 앉아 있는 조잡하고 위태위태해 보이는 물건—한 대가 로어 빈필드 위를 날아가자 온 마을 사람들이 집에서 뛰쳐나와 소리를 질러댔다. 독일 황제가 점점 거만해지고 있으니 '그것(독일과의 전쟁)'이 '언젠가 터질' 것이라는 소문이 막연히 떠돌기 시작했다. 내 임금은 서서히 올라, 전쟁 직전에는 마침내 주당 28실링까지 받게 되었다. 나는 내 식비로 일주일에 10실링씩, 나중에 경기가 안 좋아졌을 때는 15실링씩 어머니에게 주었지만, 그래도 더 부자가 된 느낌이었다. 나는 2.5센티미터 정도 자랐고, 콧수염이 돋기 시작했으며, 버튼 부츠를 신고 거의 8센티미터에 가까운 옷깃을 세우고 다녔다. 일요일에 말쑥한 진회색 정장을 입고 교회에 가서 중산모와 검은색 개가죽 장갑을 신도석에 내려놓고 있으면 완벽한 신사로 보였고, 어머니는 그런 나에 대한 자부심을 숨기지 않았다. 목요일에는 일과 '파업' 사이를 오가며 옷과 여자를 생각하다가 느닷없이 야망에 불타올라, 윌리엄 레버

나 윌리엄 와이틀리* 같은 대사업가가 된 내 모습을 그리기도 했다. 열여섯 살부터 열여덟 살 사이에는 '지성을 갈고닦아' 사업가가 될 준비를 하는 데 각고의 노력을 기울였다. 저급한 발음을 고치고, 런던 사투리**를 대부분 없앴다.(템스강 주변 지역에서는 시골 방언이 사라져가고 있었다. 농장 사람들을 빼고는, 1890년 이후 태어난 사람들은 거의 다 런던 사투리를 썼다.) 리틀번스 상업학교의 통신강좌를 듣고, 『영업의 기술』이라는 무시무시하게 따분한 책을 진지하게 통독했으며, 산술 실력뿐만 아니라 글씨까지 개선했다. 열일곱 살 무렵에는, 밤늦게까지 침대 옆 테이블에 작은 석유램프를 켜놓고 혀를 쏙 내밀고 앉아 카퍼플레이트***를 연습했다. 가끔 범죄소설과 모험담을 엄청나게 많이 읽기도 하고, 때로는 가게의 남자 점원들 사이에 은밀히 돌아다니던 '화끈한' 종이 표지 책들을 읽기도 했다.(모파상과 폴 드 콕의 소설을 번역한 책들이 있었다.) 하지만 열여덟 살에 갑자기 고급 취향으로 돌아서서는 카운티 도서관의 표를 끊어, 마리 코

* 윌리엄 레버(1851-1925)는 영국의 기업가이자 자선 사업가, 정치가다. 아버지의 도매 잡화점에서 일하기 시작한 후로 가업을 확장하여 럭스와 라이프보이 같은 유명 브랜드를 설립했다. 윌리엄 와이틀리(1831-1907)는 '윌리엄 와이틀리사'라는 소매업체를 설립한 기업가다.

** 런던 토박이, 특히 동부의 노동자 계층이 주로 사용하던 'Cockney'를 말한다.

*** 동판 인쇄처럼 가늘고 깨끗한 초서체.

렐리와 홀 케인, 앤서니 호프의 작품들을 탐욕스럽게 읽어나가기 시작했다. 바로 이즈음 교구 신부가 운영하는 로어 빈필드 독서회에 가입하여 일주일에 한 번씩 저녁에 열리는 '문학 토론'에 겨울 내내 참여했다. 신부의 압박에 못 이겨 『참깨와 백합(Sesame and Lilies)』*을 조금 읽고, 브라우닝에도 손을 댔다.

그렇게 또 세월은 흘러가고 있었다. 1910년, 1911년, 1912년. 아버지의 사업은 내리막길을 걸었다─갑자기 시궁창으로 곤두박질친 것이 아니라, 서서히 내려가는 중이었다. 조가 가출한 뒤로는 아버지도 어머니도 예전같지 않았다. 내가 그리밋 영감의 가게에 나가기 시작한 후 얼마 지나지 않아 벌어진 사건이었다.

열여덟 살인 조는 질 나쁜 깡패가 되어 있었다. 가족 중에 단연 덩치가 컸던 조는 어깨가 떡 벌어지고, 머리가 큼직하고, 뚱하고 험악한 얼굴에는 이미 콧수염이 거뭇거뭇하게 자란 거구의 사내였다. 툭하면 조지 호텔로 내뺐는데, 그런 때가 아니면 주머니에 두 손을 쑤셔 넣은 채 가게 문간에서 빈둥거리며 지나가는 사람들(여자인 경우는 제외였다)에게 금방이라도 덤벼들 듯 인상을 팍팍 썼다. 누가 가게로 들어오면, 그 사람이 지나갈 수 있을 만큼만 살짝 비켜선 뒤 주머니에서 손을 빼지도 않고 어

---

* 영국의 평론가 존 러스킨(1819-1900)의 연설문집.

깨 너머로 "아-빠! 손님요!"라고 외쳤다. 조가 가게에서 하는 일은 이 정도가 전부였다. 아버지와 어머니는 "조를 어떻게 해야 할지 모르겠다"라고 절망적으로 말했고, 조의 음주와 끝없는 흡연으로 돈이 줄줄 새어 나가고 있었다. 조는 어느 늦은 밤 집을 나간 뒤 연락을 끊었다. 현금 서랍을 억지로 뜯어 그 안에 들어 있던 돈을 몽땅 가져가 버렸다. 다행히도 8파운드 정도밖에 되지 않았다. 미국행 3등 선실에 올라타기에는 충분한 금액이었다. 조는 언제나 미국에 가고 싶어 했으니, 확실히는 알 수 없지만 아마도 그렇게 했을 것이다. 그 사건은 마을의 작은 스캔들이 되었다. 조가 어떤 여자를 임신시키고 달아났다는 이야기가 정설처럼 떠돌아다녔다. 같은 거리의 시먼스네에 사는 샐리 치버스라는 여자가 출산을 앞두고 있었는데, 조가 그 여자와 사귄 건 사실이지만 그 여자에게는 다른 남자도 여남은 명은 있었으니 아기의 아버지가 누구인지는 아무도 모르는 일이었다. 어머니와 아버지는 임신설을 받아들임으로써 8파운드를 훔쳐 달아난 '가여운 아들'을 용서했다. 부모님은 조가 작은 시골 마을에서의 점잖고 착실한 생활을 견디지 못하고, 싸움과 여자가 넘쳐나는 한량의 삶을 원해서 떠났다는 사실을 이해하지 못했다. 우리는 조의 소식을 다시는 듣지 못했다. 어쩌면 조는 완전히 나쁜 길로 빠졌을지도 모르고, 전쟁에서 죽었을지도 모르고, 아니면 그저 귀찮아서 편지를 쓰지 않았는지도 모른다. 다행히 아기가 사산되어 복잡한 문제는 생기지 않았다. 어머니와 아버지는 조가 8파운드를 훔친 사실에 관해서는 세상을 떠날 때까지 비밀에 부쳤다. 두 분의 생각에는 그것이 샐리 치버스의 아기보다 훨씬 더 망신스러운 일이었다.

조 때문에 마음고생이 심했는지 아버지는 폭삭 늙어버렸다. 조가 사라지면서 오히려 손실이 줄었지만, 아버지는 상처를 입고 수치심에 휩싸였다. 그 후로 아버지의 콧수염은 훨씬 더 희끗희끗해졌고 몸집은 훨씬 더 쪼그라든 듯했다. 내가 기억하는 아버지의 모습, 둥글고 주름지고 근심 어린 얼굴에 먼지 낀 안경을 쓴 몸집이 작은 노인은 아마도 그때의 모습일 것이다. 날이 갈수록 아버지는 점점 더 돈 걱정에 치여서 다른 것들에는 관심을 기울이지 못했다. 정치와 일요판 신문에 관한 얘기 대신, 장사가 안 된다는 한탄이 늘어났다. 어머니 역시 조금 위축된 것처럼 보였다. 어린 시절 내가 알던 어머니는 노란 머리에 환하게 웃는 얼굴, 풍만한 가슴이 돋보이는 담대하고 활기 넘치는 사람이었다. 전함의 선수상처럼 화려하고 거대한 존재. 그런 어머니도 이제 많이 야위었고, 근심 어린 얼굴은 제 나이보다 늙어 보였다. 부엌의 위풍당당한 주인으로서의 기세는 어느덧 사라지고, 양의 목살을 요리하는 일이 잦아졌고, 석탄값을 걱정했으며, 예전엔 절대 집에 들여놓지 않았던 마가린을 사용하기 시작했다. 조가 떠난 뒤 아버지는 다시 심부름꾼을 쓸 수밖에 없었지만, 무거운 짐을 들지 못하는 아주 어린 아이들을 고용해 1-2년만 데리고 있었다. 나는 집에 있을 때 가끔 아버지를 도왔다. 자주 그러기에는 너무 이기적인 아이였다. 어마어마한 자루에 파묻히다시피 몸을 잔뜩 구부린 채 집을 짊어진 달팽이처럼 느릿느릿 마당을 가로지르는 아버지의 모습이 아직도 눈에 선하다. 70킬로그램에 가까운 무게로 아버지의 목과 어깨를 땅에 닿도록 눌러대던 무지막지한 자루, 그 자루 밑에서 근심스레 위를 올려다보는 안경 낀 얼굴. 1911년에 아버지는 장기가 파열되어 몇 주 동안 병원 신세를 지면서 임시 관리자를 고용하여 가게를 맡겨야 했다. 이렇게 또 돈이 새어 나갔다. 내리막길을 걷는 작은 가게 주인은 곁에서 지켜보기가 괴롭지만, 해고를 당하자마자 곧장 실업수당을 받는 노동자처럼 급작스럽고 명백한 운명을 겪지는 않는다. 이번엔 몇 실링 잃었다가 다음엔 6펜스 버는 식으로 작은 기복을 겪으며 조금씩 조금씩 무너져 내려갈 뿐이다. 수년간 거래해오던 사람이 갑자기 발을 끊고 새러진으로 가버린다. 다른 누군가는 암탉을 열 마리 남짓 사고 우리 가게에 매주 모이를 주문한다. 이런 식으로 가게는 계속 굴러간다. 본전을 뽑지 못하니 걱정이 조금 많아지고 더 구차해질 뿐, 그래도 아직은 '자기 가게의 주인'인 것이다. 이런 식으로 몇 년은, 운이 좋으면 평생 버틸 수 있다. 이지키얼 삼촌이 1911년에 세상을 떠나면서 남긴 120파운드는 아버지에게 큰 힘이 되었을 것이다. 1913년이 되자 결국 아버지는 생명보험 증권을 담보로 대출을 받아야 했다. 나는 당시에 그런 얘기를 못 들었지만, 들었다면 그 의미를 이해했을 것이다. 기껏해야 아버지 일이 '잘 안 풀리고 있구나', 장사가 '신통찮구나', 내 가게를 '개업할' 돈을 마련하려면 한참 더 기다려야겠구나 하는 정도였겠지만. 아버지처럼 나도 가게가 영원하리라 믿었고, 경영을 더 잘하지 못하는 아버지를 조금 원망했다. 아버지가 서서히 망가지고 있다는 걸, 아버지의 사업이 다시 회복되지 못하리라는 걸, 아버지가 일흔까지 산다면 결국 구빈원에 들어가게 되리라는 걸 나는 물론이고 아버지도 다른 누구도 내다보지 못했다. 장터에서 새러진 상점을 여러 번 지나갔는데, 그때마다 아버지의 낡고 칙칙한 가게보다 새러진의 번드르르한 진열창이 훨씬 더 멋지다는 생각밖에 들지 않았다. 우리 가게 창문에 흰 글씨로 붙였던 'S. 볼링'은 여기저기 떨어져 나가 읽기도 힘들었고, 새 모이통은 빛깔이 바랬다. 새러진이 촌충처럼 아버지를 산 채로 갉아먹고 있다는 생각은 하지도 못했다. 가끔 나는 통신강좌 교재에서 영업과 현대적 방식에 관해 읽었던 내용을 아버지에게 몇 번이고 들려주곤 했다. 아버지는 귀담아듣지 않았다. 아버지는 오래된 가게를 물려받아 항상 열심히 일했고, 공정한 거래를 했으며, 좋은 물건을 들였다. 그러니까 곧 상황이 좋아지겠거니 했다. 그 시기에 실제로 구빈원 신세를 진 상인들이거의 없었던 건 사실이다. 운이 좋으면 몇 파운드를 남기고 죽었다. 죽음과 파산 간의 경쟁에서, 천만다행으로 죽음이 먼저 아버지를 데려갔고, 어머니도 마찬가지였다.

1911년, 1912년, 1913년. 좋은 시절이었다. 1912년 말, 나는 신부의 독서회에서 엘시 워터스를 처음 만났다. 마을의 다른 사내아이들처럼 나도 여자애들을 찾아 나섰고 가끔 이런저런 여자애와 눈이 맞아 일요일 오후에 몇 번 '어울려' 놀았지만, 그때까지 진짜 여자친구는 한 번도 없었다. 열여섯 살 정도 되어서 여자를 쫓아다니는 건 기묘한 일이었다. 마을의 유명한 몇몇 장소에서 남자애들이 둘씩 짝지어 어슬렁어슬렁 돌아다니며 여자애들을 지켜봤고, 여자애들은 둘씩 짝지어 거닐며 남자애들을 못본 척했다. 그러다 순식간에 서로 눈이 맞고, 둘이 아닌 넷이서 아무런 말 없이 느릿느릿 걸었다. 이런 산책의 주된 특징은 어떤 종류의 대화도 전혀 나눌 수 없다는 것이었다—여자와 단둘이 만나는 두 번째 산책은 더 심각했다. 하지만 엘시 워터스는 다른 것 같았다. 사실은 내가 어른이 되어가고 있었던 것이다.

나와 엘시 워터스의 이야기는 하고 싶지 않다. 설령 이야기라 할 만한 것이 있다 해도. 그녀는 전체 그림의 일부, '전쟁 전'의 일부일 뿐이다. 전쟁 전은 늘 여름이었다—앞서 말했듯이 나의 망상에 불과하지만, 어쨌든 내 기억으로는 그렇다. 밤나무들 사이로 쭉 뻗은 먼지투성이 허연 길, 비단향꽃무 냄새, 버드나무들 아래의 초록빛 연못, 버퍼드 위어에서 물이 첨벙거리는 소리—눈을 감고 '전쟁 전'을 생각하면 떠오르는 것들인데, 그 끄트머리에 엘시 워터스가 있다.

지금의 기준으로 보면 엘시가 미인인지 아닌지 모르겠다. 그땐 미인이었다. 키는 나와 비슷해서 여자치고는 큰 편이었다. 옅은 색의 숱진 금발을 요령 있게 잘 땋아서 여러 겹으로 감아올렸고, 섬세한 얼굴에서는 묘한 온화함이 풍겼다. 그녀는 검은 옷, 특히 포목점 직원들이 자주 입는 수수한 검은색 원피스가 잘 어울리는 여자였다—엘시는 릴리화이트 포목점에서 일했지만, 런던 출신이었다. 아마 나보다 두 살 위였을 것이다.

나는 엘시에게 고마운 마음을 갖고 있다. 여자를 소중히 여겨야 한다는 걸 처음으로 가르쳐준 사람이기 때문이다. 일반적인 여자들이 아니라, 한 여자를 말이다. 독서회에서 만났을 때 그녀가 눈에 잘 띄지 않았는데, 어느 날 근무시간에 릴리화이트 포목점에 간 적이 있었다. 평소에는 그럴 수 없었지만, 마침 버터 포장용 모슬린 천이 떨어지는 바람에 그리밋 영감이 사 오라며 나를 보냈다. 포목점의 분위기가 어떤지는 여러분도 알 것이다. 유별나게 여성스럽다. 고요한 느낌, 은은한 불빛, 차가운 천 냄새, 거스름돈이 든 나무 공들이 레일을 굴러다니며 약하게 윙윙거리는 소리.* 엘시는 진열대에 기대어 큼직한 가위로 천을 자르고 있었다. 그녀의 검은 원피스, 그리고 진열대에 맞닿은 가슴의 곡선에 무언가가 있었다―뭐라 꼭 집어 설명할 수는 없다. 신기하리만치 부드럽고, 신기하리만치 여성스러운 무언가였다. 남자들은 그녀를 보는 순간 품에 안고 자기가 원하는 대로 할 수 있으리라 생각했다. 엘시는 지극히 여성스러웠고, 아주 온화했으며, 아주 순종적이었다. 언제나 남자의 말을 따를 여자. 하지만 작거나 약하지 않았다. 어리석지도 않았다. 그저 말이 없을 뿐이었고 가끔은 무서울 만큼 고상했다. 하지만 그 시절엔 나도 꽤 고상했다.

우리는 1년 정도 동거를 했다. 물론 로어 빈필드 같은 마을에서는 비유적인 의미의 동거만 가능했다. 공식적으로 우리는 함께 '산책하는' 사이였다. 그것이 용인된 관습으로, 약혼과는 조금 달랐다. 어퍼 빈필드로 가는 길에서 갈라져 나와 언덕 가장자리 밑으로 쭉 이어진 길이 하나 있었다. 1.5킬로미터가 넘는 그 기나긴 길은 직선으로 뻗어 있고 거대한 마로니에나무가 양쪽으로 늘어서 있

※ 상점의 판매대와 계산대를 연결하는 나무 레일을 위에 매달아 손님에게 받은 돈을 계산대로 보내는 장치. 19세기 말에 만들어져 1900년대 초에 사용되었으며, 계산원은 속이 빈 나무 공에 잔돈을 넣어 판매대로 다시 굴려 보냈다.

었으며, 길가의 풀밭에는 연인의 산책길이라는 오솔길이 나뭇가지들 아래 있었다. 우리는 마로니에 꽃이 피는 5월의 저녁에 그곳을 찾곤 했다. 그러다 점점 밤이 짧아졌고, 우리가 가게를 나선 뒤에도 몇 시간 동안은 밝았다. 6월 저녁의 느낌을 여러분도 알 것이다. 계속 이어지는 푸른 황혼, 그리고 비단처럼 얼굴을 스쳐 지나가는 산들바람. 가끔은 일요일 오후에 챔퍼드 언덕을 넘어, 템스강을 따라 이어진 목초지로 내려가기도 했다. 1913년! 맙소사! 1913년! 그 고요함, 초록빛 물, 둑을 부딪는 빠른 물살! 다시 또 오지 않으리라. 1913년이 다시 오지 않으리라는 뜻이 아니다. 내 안의 그 느낌, 급할 것도 두려울 것도 없던 그 느낌. 경험해본 사람이라면 굳이 설명을 듣지 않아도 알 테고, 경험해보지 못한 사람이라면 알 길이 없는 그 느낌.

늦여름이 돼서야 우리는 이른바 동거를 시작했다. 나는 너무 수줍고 서툴러서 선뜻 손을 내밀지 못했고, 너무 무지한 나머지 나보다 앞선 경험자들이 있다는 사실을 미처 깨닫지 못했다. 어느 일요일 오후, 우리는 어퍼 빈필드 주변의 너도밤나무 숲으로 갔다. 그곳에서는 언제나 둘만의 시간을 보낼 수 있었다. 나는 그녀를 간절히 원했고, 내가 먼저 손을 내밀어 주기를 그녀가 기다리고 있다는 것도 잘 알고 있었다. 왠지 모르겠지만, 빈필드 하우스로 가야겠다는 생각이 들었다. 일흔이 넘어 성질이 더 더러워진 호지스 영감이 우리를 쫓아낼 수도 있었지만, 일요일 오후라면 아마 잠들어 있을 터였다. 우리는 울타리에 난 구멍을 빠져나간 뒤 너도밤나무들 사이의 오솔길을 지나 큰 연못으로 갔다. 이곳에 온 것도 4년여 만이었다. 변한 건 아무것도 없었다. 완전한 호젓함도, 사방을 에워싼 거대한 나무들 속에 숨겨진 느낌도, 부들 사이에서 썩고 있는 낡은 보트 창고도 그대로였다. 우리는 움푹 꺼진 작은 풀밭으로 내려가 야생 박하 옆에 누웠다. 중앙아프리카에라도 와 있는 것처럼 우리 말고는 아무도 없었다. 내가 그녀에게 얼마나 많은 키스를 했던가. 그러고는 일어나서 또 주위를 어슬렁거렸다. 나는 그녀를 간절히 원했고, 그런 마음을 실행에 옮기고 싶었지만, 일면 두렵기도 했다. 그리고 묘하게도 동시에 또 다른 생각이 들었다. 수년 전부터 이곳으로 돌아올 운명이었는데 오지 않았다는 생각 말이다. 지금 이렇게 가까이 있는데, 나만 알고 있는 또 다른 연못에 가서 커다란 잉어를 보지 않으면 아까울 것 같았다. 이 기회를 놓치면 나중에 나 자신에게 화가 날 듯싶었다. 사실, 왜 진작 와보지 않았는지 의아할 정도였다. 그 잉어들은 내 마음속에 간직되어 있었다. 나 말고는 아무도 모르는 그놈들을 언젠가는 내 손으로 잡을 작정이었다. 놈들은 내 잉어나 마찬가지였다. 나는 연못가를 따라 그쪽으로 어슬렁어슬렁 움직이기 시작해서 10미터쯤 갔을 때 몸을 다시 돌렸다. 거기서부터는 밀림처럼 우거진 검은딸기나무들과 썩은 삭 정이들을 뚫고 나가야 하는데, 난 멋진 차림으로 쫙 빼입 고 있었다. 진회색 정장, 중산모, 버튼 부츠, 귀를 벨 듯 이 높은 옷깃. 그 시절 사람들은 일요일 오후 산책을 위 해 이렇게 차려입었다. 그리고 엘시를 간절히 원했다. 나 는 돌아가 그녀 옆에 잠시 서 있었다. 그녀는 팔로 얼굴 을 가린 채 풀밭에 누워 있었고, 내가 오는 소리를 듣고 도 움직이지 않았다. 검은 원피스를 입은 엘시는 왠지 모 르게 보드랍고 고분고분해 보였다. 마치 몸이 말랑말랑 해서 내 마음대로 할 수 있을 것처럼. 그녀는 나의 것이 었고, 내가 원하기만 하면 곧장 가질 수 있었다. 갑자기 두려움이 사라졌다. 모자를 풀밭에 훅 던지고(모자가 튀 어 올랐던 기억이 난다), 무릎을 꿇고 앉아 그녀를 안았다. 그때 그 야생 박하 냄새가 아직도 생생하다. 나는 처음이 었지만 엘시는 처음이 아니었기에, 예상대로 우리는 그 럭저럭 잘 해냈다. 그것으로 끝이었다. 커다란 잉어는 다 시 내 머릿속에서 사라졌고, 그 후 여러 해 동안 거의 생 각나지도 않았다.

1913년. 1914년. 1914년 봄. 제일 처음엔 야생자두나무 에, 그다음엔 산사나무와 밤나무에 차례로 꽃이 피었다. 강가의 배 끄는 길을 산책하던 토요일 오후, 바람이 불면 잔물결을 일으키며 굵다란 덩어리째로 흔들려 꼭 여자 머리칼처럼 보였던 골풀들. 끝이 보이지 않는 6월의 저

172

녁, 밤나무 아래의 오솔길, 어딘가에서 우는 올빼미, 내게 닿아 있는 엘시의 몸. 그해 7월은 무더웠다. 가게에서 어찌나 땀이 많이 나고, 치즈와 커피 가루 냄새가 어찌나 지독하던지! 그러다 저녁에 밖으로 나가면 시원했다. 시민 농장 뒤편의 골목길에 풍기던 파이프 담배와 비단향꽃무 냄새, 발밑에 밟히던 부드러운 먼지, 왕풍뎅이를 덮치는 쏙독새들.

이런! '전쟁 전'의 시절을 두고 감상에 빠지지 말라고들 하지만 부질없다. 나는 전쟁 전을 생각할 때마다 감상적인 기분에 젖고 만다. 그 시절을 기억하는 사람은 다들 그럴 것이다. 어느 특별한 시기를 되돌아보면 즐거운 기억들만 떠오르는 게 사실이다. 전쟁이라고 다를 건 없다. 하지만 지금의 우리에게는 없는 무언가를 당시의 사람들이 갖고 있었던 것 또한 사실이다.

그게 뭐냐고? 간단히 말해 그들은 미래를 두려움의 대상으로 보지 않았다. 당시의 삶이 지금보다 더 녹록했던 건 아니다. 오히려 더 가혹했다. 사람들은 전반적으로 더 열심히 일하고, 덜 안락한 생활을 했으며, 더 고통스럽게 죽었다. 농장 노동자들은 일주일에 14실링을 벌기 위해 뼈가 빠지도록 일하다가 지쳐빠진 불구자가 되어 5실링의 노령연금과 어쩌다 한번씩 교구에서 나오는 반 크라운을 받았다. '고상한' 가난은 훨씬 더 심각했다. 하이 스트리트의 반대편 끝에서 작은 포목점을 운영하던 왓슨

173

은 몇 년의 고투 끝에 '파산했을' 때 남은 재산이 2파운드 9실링 6펜스였고, '위장병'이라는 것 때문에 거의 바로 세상을 떠났지만, 의사는 아사라고 밝혔다. 그래도 왓슨은 프록코트만은 끝까지 지켰다. 시계 기술자의 조수였던 크림프 영감은 어릴 적부터 50년 동안 일한 숙련공이었는데, 백내장에 걸려 구빈원에 들어가야 했다. 영감이 끌려갈 때 손주들이 길거리에서 울부짖었다. 아내는 품팔이를 나가 힘들게 번 돈으로 남편에게 일주일에 1실링의 용돈을 보냈다. 가끔은 섬뜩한 일들이 눈앞에서 벌어졌다. 내리막길로 미끄러지는 작은 가게들, 점점 파산자로 망가져가는 견실한 장사꾼들, 암과 간 질환으로 서서히 죽어가는 사람들, 월요일마다 각서를 쓰고 토요일마다 맹세를 깨버리는 주정뱅이 남편들, 사생아를 낳아 인생을 망치는 여자들. 집에는 욕실이 없었고, 겨울 아침에는 세면대에 낀 얼음을 깨야 했으며, 무더운 날씨에는 뒷골목에서 지독한 악취가 풍겼고, 마을 한복판에 있는 교회 묘지는 날마다 우리의 최후를 잔인하게 상기시켰다. 그래도 그 시절 사람들에게 있었던 건 뭘까? 그들은 안전하지 않을 때조차 안정감을 느꼈다. 좀 더 정확히 말하자면, 현재 상태가 지속되리라는 느낌이었다. 언젠가는 자기가 죽으리라는 사실을 모두 알고 있었고, 몇몇은 파산을 예감하기까지 했지만, 그들이 몰랐던 건 세상의 질서가 바뀔 수도 있다는 점이었다. 그들에게 무슨 일이 생기건 간에 그들이 아는 세상은 계속되리라 믿었다. 당시에도 여전히 만연해 있던 종교적 믿음이라는 것 때문은 아닐 것이다. 거의 모든 사람이 교회에 나간 건 사실이다. 어쨌든 시골에서는 그랬다—엘시와 나는 신부가 알았다면 죄악이라 불렀을 동거를 하는 와중에도 당연한 듯이 교회를 다녔다. 사람들에게 사후 세계를 믿느냐고 물어보면, 대개는 믿는다는 답이 돌아왔다. 하지만 내세를 진정으로 믿는 것처럼 보이는 사람을 만나본 적은 없다. 사람들이 내세니 뭐니 하는 것들을 믿는 건 아이들이 산타클로스를 믿는 것과 똑같은 이치가 아닐까 싶다. 하지만 문명이 코끼리처럼 네 발로 서 있는 듯 안정된 시기에는 내세가 있든 말든 중요치 않다. 소중한 것들이 계속된다면 죽음이 그리 힘들지 않다. 살 만큼 살았고 이제 지쳤으니 땅속으로 들어갈 시간이 된 것이다—사람들은 이런 식으로 생각했었다. 그들 각각의 삶은 끝나지만, 삶의 방식은 계속 이어지리라. 그들이 믿는 선과 악은 선과 악으로 남으리라. 그들은 자신들이 딛고 선 땅이 움직이고 있음을 알아채지 못했다.

아버지는 파산을 향해 가고 있었지만, 그 사실을 알지 못했다. 그저 경기가 아주 안 좋고, 거래가 서서히 줄어들고, 생활비를 대기가 점점 더 빠듯해지고 있을 뿐이었다. 다행히 아버지는 자신이 망했다는 사실을 알지도 못했고, 실제로 파산까지 가지도 않았다. 1915년이 시작되자마자 아주 급작스럽게 돌아가셨기 때문이다(독감이 폐렴을 악화시켰다). 아버지는 검소하고 부지런하고 정직한 장사꾼은 잘못될 리 없다는 믿음을 끝까지 버리지 않았다. 파산한 뒤 죽음을 맞는 침대에서도, 심지어는 구빈원에 들어가서도 그 믿음을 고수하는 소상인이 많았을 것이다. 마구를 만들어 팔던 러브그로브조차 자동차와 화물차들을 자기 눈으로 직접 보면서도 자신이 코뿔소만큼 시대에 뒤처져 있다는 사실을 깨닫지 못했다. 어머니 역시 마찬가지였다. 훌륭한 빅토리아 여왕의 치세에 품위 있고 독실한 상인의 딸이자 품위 있고 독실한 상인의 아내로서 어머니가 누렸던 삶이 영원히 끝났다는 사실을 알기 전에 돌아가셨다. 아버지는 경기가 안 좋고 장사가 안 된다며 걱정했고 이것저것 '악화되고' 있었지만, 우리는 평소와 다를 바 없이 생활해나갔다. 영국에서 오래전부터 이어져 내려온 삶의 질서가 변할 리 없었다. 품위 있고 독실한 여자들은 앞으로도 계속 큼직한 석탄 스토브로 요크셔 푸딩과 사과 덤플링을 요리하고, 모직 속옷을 입은 채 깃털 요 위에서 자고, 7월에는 자두 잼을, 10월에는 피클을 만들고, 오후에는 윙윙거리는 파리 소리를 들으며《힐다스 홈 컴패니언》을 읽으리라. 너무 진하게 끓인 차와 성하지 못한 다리, 행복한 결말이 있는 아늑하고 작은 지하 세계라 할 만했다. 아버지와 어머니가 끝까지 한결같았다는 말은 아니다. 두 분은 약간 동요

했고, 가끔은 꽤 낙심하기도 했다. 하지만 적어도 자신들이 믿었던 모든 것이 한낱 헛소리에 지나지 않는다는 사실을 알기 전에 세상을 떠났다. 두 분은 한 시대의 끄트머리, 모든 것이 무섭도록 빠르게 변하기 시작한 때에 살면서 정세를 읽지 못했다. 모든 것이 영원하리라 믿었다. 그들을 탓할 순 없다. 그땐 정말 그렇게 느껴졌으니까.

7월 말이 되자 로어 빈필드 사람들도 뭔가 달라지고 있음을 깨닫기 시작했다. 며칠 동안 격렬하면서도 막연한 흥분이 감돌고, 아버지는 끝도 없이 사설이 실리는 신문들을 가게에서 가져와 어머니에게 읽어주었다. 그러다 갑자기 벽보들이 온 사방에 나붙기 시작했다.

독일의 최후통첩, 프랑스의 전시 동원

영국 전체가 침묵하며 귀를 쫑긋 세우고 있는 듯, 폭풍 전야의 고요함 같은 기묘하고 숨 막히는 분위기가 여러 날(나흘이었나? 정확한 날짜는 기억나지 않는다) 이어졌다. 아주 무더웠던 것이 기억난다. 가게에서는 일이 손에 잡히지 않았다. 5실링의 여윳돈이 있는 동네 사람들은 벌써부터 가게로 몰려와 통조림과 밀가루와 오트밀을 많이 사 갔지만 말이다. 일을 하기 어려울 정도로 들뜬 상태에서 우리는 그저 땀을 흘리며 기다렸다. 저녁마다 사람들은 기차역으로 가서, 런던 기차편으로 도착하는 석간을 손에 넣으려 서로 죽일 듯이 다투었다. 그러던 어느 날 오후에 한 소년이 신문을 한 아름 안고 와서는 하이 스트리트를 급하게 달렸고, 사람들은 문간에서 길거리에 대고 소리를 질렀다. 모두들 이렇게 외치고 있었다. "우리도 끼어들었어! 우리도 끼어들었다고!" 소년은 짐 꾸러미에서 벽보를 한 장 빼내어 맞은편의 가게 정면에다 붙였다.

영국,
독일에 선전포고

우리 세 점원은 인도로 달려 나가 환호성을 질렀다. 모두가 환호성을 지르고 있었다. 그랬다, 환호성이었다. 하지만 전쟁의 위협 덕분에 이미 큰 이득을 본 그리밋 영감은 여전히 자유당의 입장을 고수하며 전쟁에 '찬성하지 않았고', 수지 안 맞는 장사가 될 거라고 말했다.

두 달 후 나는 군에 입대했다. 일곱 달 후에는 프랑스에 있었다.

8

내가 부상을 입은 건 1916년 말이었다.

이제 막 참호에서 나온 우리는 전방에서 1.5킬로미터 정도 떨어진 길을 행군하고 있었다. 안전해야 마땅했지만, 그보다 조금 앞서 독일군이 그 거리까지도 사정권을 확보한 모양이었다. 갑자기 포탄이 날아들기 시작했다―묵직한 고폭탄으로, 1분에 한 발씩만 떨어졌다. 평소처럼 슈욱! 하는 소리가 들리더니, 오른편 어딘가의 들판에서 쾅! 내가 맞은 건 세 번째 포탄이었던 것 같다. 그것이 날아오는 소리를 듣는 순간 내 차례가 왔음을 알았다. 사람들이 말하듯 차례가 오면 알 수 있다. 그것은 평범한 포탄과 달랐다. 마치 이렇게 말하는 듯했다. "널 잡으러 왔다, 이 새끼야, 너, 이 새끼, 너 말이다!"―약 3초

안에 벌어진 일이었다. 그리고 마지막 너에서 포탄이 터졌다.

공기로 만든 거대한 손이 나를 휙 쓸고 지나가는 느낌이었다. 이내 나는 파열되고 갈가리 찢기는 듯한 느낌과 함께 땅으로 떨어졌다. 내 주위로 낡은 깡통들, 나무 부스러기들, 녹슨 철망, 똥, 텅 빈 탄약통들, 길가 도랑의 오물들이 널브러져 있었다. 나를 끌어 올려 몸을 닦아준 전우들은 내 부상이 그리 심하지 않다는 걸 알았다. 엉덩이 한쪽과 다리 뒤편에 작은 포탄 파편이 여럿 박혔을 뿐이었다. 하지만 운 좋게도 떨어지면서 갈비뼈가 한 대 부러졌고, 그 정도 부상이면 영국으로 귀환할 수 있었다. 나는 이스트본 근처의 구릉지대에 있는 군 병원에서 그해 겨울을 보냈다.

전시의 군 병원이 어땠는지 기억하는가? 사방에서 바람이 불어닥치는 듯한 지독히 추운 구릉지대—사람들이 '남해안'이라 불렀는데, 나는 대체 북해안은 어떻길래 하는 생각이 들었다—의 꼭대기에 나무 오두막들이 닭장처럼 기다랗게 줄줄이 이어져 있었다. 그리고 담청색 플란넬 옷에 붉은 넥타이를 맨 부상병들이 바람을 피할 곳을 찾아 떼 지어 어슬렁거렸지만, 부질없는 짓이었다. 가끔은 이스트본의 일급 남학교 아이들이 교사의 지도에 따라 2열 종대로 걸어 다니며 '부상당한 토미*'에게 궐련과 박하 크림 과자를 나누어주기도 했다. 여덟 살 정도 된 얼굴이 발그레한 아이가 풀밭에 앉아 있는 부상병 무리에게 다가와 우드바인 한 갑을 열고는, 동물원의 원숭이에게 먹이를 주듯이 한 명 한 명에게 한 개비씩 엄숙하게 건넸다. 웬만큼 기운을 차린 사람은 여자를 만날 수 있지 않을까 싶어 구릉을 넘어 몇 킬로미터씩 돌아다니곤 했다. 하지만 여자는 항상 모자랐다. 병원 아래의 골짜기에 작은 숲이 하나 있었는데, 해가 지기 한참 전부터 모든 나무에 남녀 한 쌍이, 굵은 나무라면 양쪽에 한 쌍씩 찰싹 달라붙어 있었다. 그 시기를 생각하면, 뼛속까지 시린 바람을 맞으며 가시금작화 덤불에 기대앉아 있던 기억이 주로 떠오른다. 꽁꽁 얼어붙어 잘 구부러지지도 않던 손가락들, 입안에 맴돌던 박하 과자 맛. 전형적인 병사의 기억이다. 하지만 나는 일반 병사의 삶에서 멀어지고 있었다. 내가 부상당하기 얼마 전 부대장이 장교직에 내 이름을 제출했었다. 이 무렵 영국군에는 장교가 절실히 필요했기 때문에, 읽고 쓸 줄 아는 사람이라면 누구나 장교가 될 수 있었다. 나는 병원에서 콜체스터 근처의 장교 훈련소로 곧장 옮겨 갔다.

전쟁이 사람들에게 미치는 영향이란 참으로 묘하다. 3년 전만 해도 나는 흰 앞치마를 두르고 진열대 위로 몸을 구부리며 "네, 부인! 그럼요, 부인! 또 오세요, 부인!"

＊ Tommy. 영국 육군의 일반 병사를 뜻하는 은어이다.

이라고 말하는 야무지고 어린 점원이었다. 내 앞에 식료품상의 삶이 기다리고 있었고, 장교가 된다는 건 기사 작위를 받는 것만큼이나 내게는 비현실적인 일이었다. 그랬던 내가 어느새 빌어먹을 군모를 쓰고 노란 옷깃을 단 채 으스대며 돌아다니고, 다른 임시 장교들과 몇몇 정식 장교 사이에서 그런대로 잘 버티고 있었다. 그리고—이 점이 정말 중요한데—그 안에 있는 것이 전혀 이상하게 느껴지지 않았다. 그 시절에는 그 무엇도 이상해 보이지 않았다.

마치 거대한 기계가 우리를 붙잡고 있는 듯했다. 자유 의지로 움직이는 감각이 전혀 없는데도 저항해야겠다는 생각이 눈곱만큼도 들지 않았다. 사람들이 이런 식으로 느끼지 않는다면 어떤 전쟁도 석 달을 넘기지 못할 것이다. 병사들은 짐을 챙겨서 고향으로 돌아갈 것이다. 내가 어쩌자고 입대했을까? 징병을 하기도 전에 입대한 수많은 다른 멍청이들은 왜 그랬을까? 절반은 장난으로, 절반은 '영국, 나의 영국'*이나 '영국인들은 결코 결코'**하는 것들에 넘어가서였다. 하지만 그 효력이 얼마나 갔

던가? 내가 아는 녀석들은 대부분 프랑스에 닿기도 전에 그 모든 걸 잊어버렸다. 참호 속의 남자들은 애국자도 아니었고, 독일 황제를 미워하지도 않았으며, 용맹하고 작은 벨기에가 어떻게 되든, 독일군이 브뤼셀 거리의 테이블 위(그래야 더 나빠 보이는지 항상 '테이블 위'라고 했다)에서 수녀들을 강간하든 말든 아무런 관심도 없었다. 그러면서도 달아날 생각은 전혀 하지 않았다. 우리를 마음대로 주무를 수 있는 기계에 붙들려 있었던 것이다. 그 기계는 우리를 들어 올렸다가, 우리가 꿈도 꾸지 못했던 장소들과 물건들 사이로 툭 떨어뜨렸다. 그곳이 달의 표면이었다 해도 딱히 이상해 보이지 않았을 것이다. 내가 입대한 그날 예전의 삶은 끝나버렸다. 이제는 나와 전혀 무관한 세상처럼 보였다. 그 후로 내가 로어 빈필드에 딱 한 번 찾아갔다면, 그것도 어머니의 장례식 때문이었다면 여러분은 믿을 수 있겠는가? 지금은 믿기 힘든 얘기처럼 들리지만, 그땐 아주 자연스럽게 느껴졌다. 실토하자면, 엘시 때문이기도 했다. 입대하고 두세 달 뒤부터 나는 그녀에게 편지를 쓰지 않았다. 틀림없이 엘시는 다른 남자와 사귀기 시작했을 테지만, 나는 그녀를 만나고 싶지 않았다. 엘시만 아니었다면, 휴가를 얻었을 때 내려가서 어머니를 보곤 했을 것이다. 내가 입대했을 때 어머니는 졸도라도 할 듯이 크게 화를 냈지만, 군복 입은 아들을 봤다면 자랑스러워했을 테니까.

아버지는 1915년에 돌아가셨다. 그때 난 프랑스에 있었다. 과장이 아니라, 아버지의 죽음으로 인한 슬픔은 그때보다 지금이 더 크다. 당시엔 작은 비보에 불과했던 그 소식을 거의 무심히 받아들였다. 참호에서는 무슨 일이 벌어지든 멍한 머리로 무신경하게 받아들였다. 편지를 읽으려고 그나마 밝은 대피호 문간으로 기어갔던 기억이 난다. 편지에 남아 있던 어머니의 눈물 자국, 무릎에 느껴지던 뻐근한 통증 그리고 진흙 냄새가 기억난다. 생명보험금은 대부분 담보로 잡혀 있었지만, 은행에 돈이 조금 있었고, 새러진이 재고품을 다 사들일 뿐만 아니라, 우리 가게가 이제껏 쌓아 올린 신용도에도 약간의 보상금을 지불하겠다고 했다. 어쨌든 어머니에게는 가구 외에도 200파운드가 조금 넘는 돈이 있었다. 어머니는 당분간 사촌에게 신세를 지기로 했다. 그 사촌은 월턴에서 몇 킬로미터 떨어진 독슬리 근처에서 전쟁 덕을 쏠쏠히 보고 있던 어느 소농의 아내였다. 그저 '당분간'이었다. 그땐 무슨 일이든 일시적인 것으로 느껴졌다. 그 모든 일이 1년 전에 벌어졌다면 섬뜩한 재앙으로 보였을 것이다. 아버지는 죽고, 가게는 처분되고, 어머니에게는 전 재산 200파운드만 남았다. 어느 극빈자의 장례식으로 끝나는 15막짜리 비극이 우리 앞에 기다리고 있는 것처럼 느껴졌을 터다. 하지만 그땐 전쟁 중이었고, 모두가 다른 무언가에 질질 끌려가듯 살아가고 있었다. 사람들의 머

릿속에 더 이상 파산이나 구빈원 따위는 없었다. 전쟁에
대해 아주 어렴풋하게만 알고 있던 어머니마저 그랬다.
게다가, 우리 둘 다 몰랐지만, 어머니는 이미 죽어가고
있었다.

어머니는 이스트본의 군 병원까지 나를 보러 왔다. 2년
만에 보는 어머니의 모습은 조금 충격적이었다. 쇠약해
지고 왠지 몸이 쪼그라든 것 같았다. 이때쯤엔 나도 많은
곳을 다녀본 어른이라 모든 것이 더 작아 보였던 탓도 있
겠지만, 어머니가 더 야위고 누렇게 뜬 건 분명한 사실이
었다. 어머니는 마사 이모(어머니가 같이 지내고 있던 사
촌), 전쟁 이후 로어 빈필드에 일어난 변화, '떠난'(그러니
까, 입대한) 남자아이들, '악화되고' 있는 어머니의 소화
불량, 그리고 가여운 아버지의 묘비와 단정했던 시신에
대해 예전처럼 횡설수설했다. 수년 동안 들어왔던 케케
묵은 이야기였다. 어쩐 일인지 유령이 말하고 있는 것처
럼 들려서, 아무런 관심도 생기지 않았다. 내가 알고 있
던 어머니는 배의 선수상처럼, 알을 품고 싶어 하는 암탉
처럼 대단하고 멋진 보호자였지만, 결국엔 어머니도 검
은 원피스를 입은 자그마한 노파에 불과해졌다. 모든 것
이 변하고 시들어가고 있었다. 그때 본 어머니가 생전 마
지막 모습이었다. 나는 콜체스터에서 훈련을 받고 있을
때 어머니가 위독하다는 전보를 받고 일주일의 긴급 휴
가를 받았다. 하지만 너무 늦었다. 독슬리에 도착했을 즈

음 어머니는 이미 숨이 끊어져 있었다. 어머니와 다른 모든 이가 소화불량이라고 생각했던 것이 실은 일종의 종양이었고, 갑자기 배 속에 한기가 들면서 그렇게 끝이 나버린 것이다. 의사는 '착한' 종양이었다며 나를 위로하려 애썼지만, 어머니를 죽인 놈을 그렇게 부르는 건 이상하지 않은가.

어쨌든 우리는 어머니를 아버지 곁에 묻었고, 이것이 나의 마지막 로어 빈필드 방문이었다. 3년 만에 참 많이도 변했다. 어떤 가게들은 문을 닫았고, 어떤 가게들은 이름이 바뀌었다. 어린 시절 알았던 남자들은 거의 다 떠났고, 그중 몇몇은 죽었다. 시드 러브그로브는 솜강 전투에서 전사했다. 수년 전 블랙 핸드의 일원으로 토끼를 산 채로 잡곤 했던 농장 아이 진저 왓슨은 이집트에서 죽었다. 그리밋 영감의 가게에서 나와 함께 일했던 남자 중 한 명은 두 다리를 잃었다. 러브그로브 영감은 가게를 닫고, 월턴 근처의 작은 집에서 아주 적은 연금으로 살아가고 있었다. 반면 그리밋 영감은 전쟁 덕을 쏠쏠히 보면서 애국자로 변신하여, 양심적 병역 거부자들을 재판하는 지역 위원회의 위원이 되었다. 마을이 허전하고 황량하게 느껴진 건 무엇보다 남은 말이 거의 없어서였다. 괜찮은 말들은 오래전에 모두 징발당했다. 기차역의 전세 마차가 여전히 존재했지만, 그것을 끄는 말들은 끌채가 없으면 일어서지도 못했다. 장례식이 열리기 전에 한 시간 정도 나는 마을을 돌아다니며 사람들에게 인사를 건네고 내 군복을 뽐냈다. 다행히도 엘시와는 마주치지 않았다. 마을의 온갖 변화가 보였지만, 눈에 잘 들어오지는 않았다. 내 마음은 딴 곳에 가 있었다. 특히 검은색 완장(카키색 군복에 두르면 꽤 멋져 보인다)을 차고 새 능직 반바지를 입은 소위 제복 차림을 사람들에게 보여주는 쾌감이 아주 컸다. 무덤 옆에 서 있을 때도 여전히 그 능직 반바지를 생각했던 기억이 똑똑히 난다. 그러다 관 위로 흙이 뿌려지자 땅속 2미터 아래에 누워 있어야 할 어머니가 갑자기 떠올라 눈과 코가 시큰해졌지만, 그때조차 능직 반바지를 머릿속에서 완전히 떨쳐내지 못했다.

내가 어머니의 죽음을 슬퍼하지 않았다고 생각하지는 마시길. 슬펐다. 참호 밖으로 나와 있으니 죽음을 슬퍼할 수 있었다. 하지만 내가 전혀 신경 쓰지도, 눈치채지도 못했던 것은 내가 알고 있던 예전의 삶이 끝났다는 사실이었다. 장례식이 끝난 후 마사 이모는 버스를 타고 독슬리로 돌아갔다. '진짜 장교'를 조카로 둔 것을 자랑스러워한 이모는 내가 말리지 않았다면 요란한 장례식을 준비했을 것이다. 나는 런던을 거쳐 콜체스터로 가는 기차를 타기 위해 마차를 빌려 기차역으로 갔다. 마차는 가게를 지나갔다. 아버지가 돌아가신 뒤로 가게는 주인을 만나지 못했다. 문이 닫혀 있고, 진열창은 먼지가 끼어 시커멓고, 간판의 'S. 볼링'이라는 글자는 용접 불로 태워져 있었다. 그리고 내 유년기와 소년기, 청년기를 보낸 집이 있었다. 부엌 바닥을 기어 다니며 세인포인 냄새를 맡고 『불굴의 도노번』을 읽던 곳, 중등학교 숙제를 하고, 떡밥을 만들고, 펑크 난 자전거를 고치고, 난생처음 높은 칼라를 달아봤던 곳. 내게는 피라미드만큼이나 영원했던 곳이었건만, 이제는 우연이 아니라면 발을 들여놓을 일도 없으리라. 아버지, 어머니, 조, 심부름꾼 소년들, 늙은 테리어 네일러, 네일러 다음에 온 스폿, 멋쟁이새 재키, 고양이들, 창고의 생쥐들—이 모든 것이 사라지고, 먼지만 남았다. 그리고 난 조금도 개의치 않았다. 어머니가 돌아가신 것이 안타깝고, 아버지가 돌아가신 것도 안타까웠지만, 늘 내 마음은 딴 곳에 가 있었다. 익숙지 않던 마차를 타고 가는 나 자신이 뿌듯했고, 새 능직 반바지의 맵시, 일반 병사들의 까끌까끌한 각반과는 아주 다르게 매끄럽고 멋스러운 장교용 각반, 그리고 콜체스터의 동료들, 어머니가 남겨준 60파운드, 그 돈으로 열 파티를 생각하고 있었다. 또, 엘시와 마주치지 않은 것을 신에게 감사했다.

전쟁이 일어나자 사람들에게 기묘한 일들이 생겼다. 전쟁은 사람을 죽이는 것보다 더 기묘한 방식으로 사람을 살렸다. 마치 대홍수가 밀려와 사람을 죽음으로 휩쓸고 가다가, 갑자기 위로 쏘아 올려 어느 후미진 곳에 떨어뜨려 놓는 것과 같았다. 그곳에서 사람들은 황당무계

하고 의미 없는 일을 하며 추가 수입까지 올렸다. 사막에 쓸데없는 도로를 짓는 잡역 부대, 수년 전 가라앉은 독일군 군함을 찾겠답시고 대양의 섬들에 남은 병사들, 제 기능을 다한 지 여러 해가 지났는데도 타성에 젖어 수많은 사무원과 타자수를 거느린 채 존속하는 이런저런 정부 부처들. 사람들은 무의미한 직업들로 떠밀렸다가, 수년간 당국에게 잊혔다. 바로 그런 일이 내게 벌어졌고, 그러지 않았다면 지금 난 여기 없을 것이다. 사건들은 꽤 흥미롭게 전개되었다.

장교로 임관하고 나서 얼마 후, 육군 병참단 장교를 뽑는다는 소식이 들려왔다. 훈련소 지휘관은 내가 식료품 장사에 대해 어느 정도 알고 있다는(진열대 뒤에 있었다는 사실은 털어놓지 않았다) 얘기를 듣자마자 내게 지원하라고 했다. 일이 잘 풀렸고, 나는 잉글랜드 중부의 육군 병참단 장교 훈련소로 떠날 참이었다. 식료품 거래에 대해 아는 젊은 장교가 필요한 그곳에서, 육군 병참단의 거물인 조지프 침 경의 비서 노릇을 하기 위해서였다. 왜 뽑혔는지는 알 길이 없지만, 어쨌든 내가 뽑혔다. 그때부터 쭉 드는 생각인데, 어쩌면 내 이름을 다른 누군가의 이름과 헷갈린 게 아닐까 싶다. 사흘 뒤 나는 조지프 경의 사무실에서 거수경례를 하고 있었다. 그는 마른 몸에 자세가 꼿꼿하고 꽤 잘생긴 노인으로, 희끗희끗한 머리와 근엄하게 생긴 코가 아주 인상적이었다. 무공훈장과 기사 작위를 받은 완벽한 직업군인처럼 보였고, 데 레슈케*의 공연 광고에 나오는 사내의 쌍둥이 형제일지도 몰랐다. 하지만 사생활에 대해 말하자면, 대형 식료품점 체인의 회장으로 '침 감봉 시스템'이라는 것을 만들어 세계적인 명성을 떨치고 있었다. 내가 들어가자 조지프 경은 쓰던 것을 멈추고 나를 바라보았다.

"자네는 상류층 신사인가?"

"아닙니다."

"좋아. 그럼 같이 일할 만하겠군."

단 3분 만에 그는 내가 비서로 일한 경험이 전혀 없으며, 속기를 모르고, 타자기를 사용하지 못하고, 식료품점에서 일주일에 28실링을 받고 점원으로 일했었다는 사실을 교묘히 캐냈다. 하지만 괜찮다고 했다. 이 빌어먹을 군대에는 신사들이 너무 많다며, 10 이상 숫자를 셀 수 있는 사람을 찾고 있었다고 했다. 나는 그가 마음에 들었고 그의 부하로 일하는 것이 기대됐지만, 바로 그 순간 전쟁을 지휘하고 있던 알 수 없는 권력자들이 우리를 갈라놓고 말았다. '서해안 방위군'이라는 것이 조직되던, 아니 논의되던 중에, 해안의 여러 지점에다 배급품이나 기타 비품을 쌓아둘 집적소를 짓자는 막연한 얘기가 나온 것이다. 조지프 경은 잉글랜드 서남쪽 구석의 집적

※ 얀 데 레슈케(1850-1925). 폴란드의 테너이자 오페라 스타였다.

소를 맡게 되었다. 나는 그의 사무실에 합류한 바로 다음 날 콘월 북부 해안에 있는 '12마일 집적소'의 비축 물자를 확인하는 일을 맡았다. 더 정확히 말하자면, 비축 물자가 있기나 한지 알아보는 일이었다. 있다고 확신하는 사람은 아무도 없는 듯했다. 내가 막 그곳에 도착해 비축량이 쇠고기 통조림 열한 개뿐이라는 사실을 발견했을 때 육군성으로부터 전보가 왔다. 다른 통보가 있기 전까지 12마일 집적소를 관리하면서 그곳에 남아 있으라는 내용이었다. 나는 '12마일 집적소에 비축 물자 없음'이라는 답신을 보냈다. 너무 늦었다. 다음 날, 내가 12마일 집적소의 담당관임을 알리는 공문서가 날아왔다. 그것으로 이야기는 끝이었다. 나는 전쟁이 끝날 때까지 12마일 집적소 담당관으로 남아 있었다.

뭐가 어찌 된 일인지는 알 길이 없다. 도대체 서해안 방위군이 뭐냐고, 혹은 그 역할이 뭐냐고 내게 물어도 소용없다. 당시에도 아는 척하는 사람 한 명 없었다. 어쨌든 그것은 존재하지 않았다. 그저 누군가의 머릿속을 떠돌던—아마도, 독일군이 아일랜드를 통해 잉글랜드를 침공할 것이라는 막연한 소문 때문이었으리라—계획에 불과했으며, 해안에 있다던 식량 창고 역시 가상의 존재였다. 그 모든 건 흡사 거품처럼 사흘 정도 존재하다가 잊히고 말았고, 그와 함께 나 역시 잊혔다. 소고기 통조림 열한 캔은 모종의 임무를 띠고 그곳에 왔던 장교들이 남겨두고 간 것이었다. 그들은 리지버드 이등병이라는 귀가 먼 노인도 남겨놓고 떠났다. 리지버드가 그곳에서 맡은 임무가 뭔지는 끝까지 알아내지 못했다. 내가 1917년 중반부터 1919년 초까지 그 소고기 통조림 열한 개를 지키고 있었다면 믿으실지? 믿기지 않겠지만, 사실이다. 당시엔 딱히 이상하게 느껴지지도 않았다. 1918년 무렵에는 상황이 합리적으로 굴러가기를 기대하는 사람은 아무도 없었다.

한 달에 한 번 큼직한 공문서가 날아왔다. 내가 관리 중인 곡괭이, 야전삽, 철망, 담요, 방수포, 구급 용품, 골함석, 자두잼과 사과잼의 개수와 상태를 적어 보내라는 것이었다. 나는 모든 항목에 '없음'이라고 기입하고 문서를 돌려보냈다. 아무 일도 벌어지지 않았다. 런던에서 누군가가 조용히 문서를 정리하고, 더 많은 문서를 발송하고, 또 그것들을 정리하고…… 이런 식이었다. 전쟁을 진행하고 있던 미지의 고관들은 내 존재를 잊어버렸다. 나는 그들의 기억을 굳이 되살리지 않았다. 나는 어디로도 이어지지 않는 후미진 곳에 있었고, 프랑스에서 2년을 보내고 나니 애국심도 많이 사그라들어 벗어나고픈 마음이 없었다.

그곳은 전쟁 중이라는 얘기도 듣지 못한 몇몇 촌뜨기 말고는 사람 구경도 하기 힘든 호젓한 해안이었다. 작은 언덕을 400미터 정도 내려가면 바닷물이 우렁찬 소리와 함께 거대한 모래밭으로 밀려들었다. 1년에 아홉 달은 비가 내렸고, 나머지 석 달은 대서양에서 성난 바람이 불어왔다. 리지버드 이등병과 나, 임시 막사 두 채—그중 방 두 개짜리의 그런대로 괜찮은 막사는 내가 썼다—그리고 소고기 통조림 열한 개 말고는 아무것도 없었다. 리지버드는 퉁명스럽고 늙은 악마였고, 입대하기 전에 채소를 키워 팔았다는 사실 외에는 자신에 대해 별로 알려주지 않았다. 아주 빠르게 예전 상태로 돌아가는 리지버드를 지켜보는 것이 흥미로웠다. 내가 12마일 집적소에 도착하기도 전에 이미 그는 한 막사 주변의 땅을 파서 감자를 심기 시작했고, 가을에는 또 땅을 파서 2천 제곱미터의 경작지를 만들었으며, 1918년 초에 키우기 시작한 암탉은 여름이 끝날 무렵 그 수가 꽤 늘어났다. 그해 말에는 난데없이 돼지 한 마리까지 나타났다. 우리가 거기서 대체 뭘 하고 있는 건지, 서해안 방위군의 정체는 무엇이고 실제로 존재하기는 하는지, 이런 생각 따위는 리지버드의 머릿속에 전혀 떠오르지 않았을 것이다. 12마일 집적소가 있었던 곳에서 아직도 그가 돼지와 감자를 키우고 있다 해도 별로 놀랄 일은 아니다. 그게 사실이면 좋겠다. 그에게 행운이 깃들기를.

그사이에 나는 본격적으로 매달려본 적이 없는 일을 하고 있었다. 바로 독서였다.

전에 있던 장교들이 책을 몇 권 남겨두고 갔는데, 주

로 7펜스짜리 판본들이었고, 이언 헤이와 새퍼 같은 작가들의 소설이나 탐정 크레이그 케네디 시리즈처럼 당시 인기를 끌던 졸작이 대부분이었다. 하지만 언젠가 그곳을 거쳐 간 누군가는 읽을 가치가 있는 책과 그렇지 않은 책을 구분할 줄 알았던 모양이었다. 당시의 내게는 완전히 낯선 문제였다. 내가 자발적으로 읽은 책이라곤 추리소설뿐이었고, 더러 음란한 포르노를 보기도 했다. 지금도 난 교양인인 척 굴지 않지만, 그때 누군가 내게 '좋은' 책을 대보라고 했다면 『당신이 내게 준 여자(*The Woman Thou Gavest Me*)』*나 (신부를 기리는 뜻에서) 『참깨와 백합』이라고 답했을 것이다. 어쨌든 '좋은' 책이란, 읽을 생각이 없는 책이었다. 하지만 그때의 난 할 일이 전혀 없었다. 바닷물은 우렁찬 소리를 울리며 해변으로 밀려들고 빗물은 창유리를 따라 흘러내리는데, 누군가가 막사 벽에 대충 만들어놓은 임시 책장에서 책 한 줄이 나를 노려보고 있었다. 그러니 자연스레 그 책들을 끝에서 끝까지 읽기 시작했고, 처음엔 좋은 책과 나쁜 책을 분별할 생각도 없었다. 쓰레기통을 마구 뒤지는 돼지처럼 말이다.

하지만 그중 서너 권은 나머지 책과 달랐다. 아니, 오해는 하지 마시길! 별안간 마르셀 프루스트나 헨리 제임스

---

* 영국 작가 홀 케인이 1913년에 발표한 베스트셀러로, 가톨릭교도인 여자가 잘못된 결혼으로 힘겹게 살아가는 내용을 담고 있다. 간통, 사생아, 이혼 등을 다루었다는 이유로 큰 비난을 받았다.

같은 작가를 발견했다는 뜻이 아니다. 설령 그 작가들의 책이 있었다 해도 읽지 않았을 것이다. 내가 말하는 책들은 교양과는 거리가 멀었다. 하지만 때때로 현재의 내 정신 수준에 딱 맞는 책을 발견하면, 마치 그 책이 나만을 위해 쓰인 것 같은 느낌이 들지 않는가. 그중 하나가 H. G. 웰스의 『폴리 씨의 역사(*The History of Mr Polly*)』였는데, 너덜너덜한 싸구려 판본이었다. 시골에서 상인의 아들로 자란 내가 그런 책을 만났을 때 얼마나 큰 감명을 받았을지, 여러분이 상상이나 할 수 있을까 모르겠다. 또 다른 책은 콤프턴 매켄지의 『사악한 거리(*Sinister Street*)』였다. 몇 해 전 한창 입방아에 올랐던 소설로, 로어 빈필드에서도 어렴풋이 소문이 돌았었다. 콘래드의 『승리(*Victory*)』도 있었는데, 따분한 부분들이 있긴 하지만 생각을 하게 하는 작품이었다. 그리고 표지가 파란색인 어떤 잡지 과월호에 D. H. 로런스의 단편소설이 실려 있었다. 제목은 기억나지 않는다. 중대 선임 상사를 요새 너머로 밀어버린 뒤 달아났다가 애인의 방에서 붙잡히는 어느 독일 징집병의 이야기였다. 꽤 혼란스러운 작품이었다. 대체 뭘 말하려는 건지 이해할 수 없었지만, 그런 유의 책을 더 읽고 싶다는 막연한 기분이 들었다.

몇 달 동안 나는 책에 목이 말라 있었다. 딕 도노번을 읽던 시절 이후로 그렇게 독서에 흠뻑 빠진 건 처음이었다. 처음엔 책을 어떻게 구할지 막막했다. 내가 아는 유일한 방법은 직접 구입하는 것뿐이었다. 참 흥미롭지 않은가. 출신 배경에 따라 이렇게 달라지니 말이다. 중산층, 그러니까 1년에 500파운드를 버는 중산층의 아이들은 어릴 적부터 무디스*와 타임스 북 클럽을 알았다. 얼마 후 대출 도서관의 존재를 알게 된 나는 무디스와 브리스틀의 한 도서관에 회원으로 가입했다. 그리고 그다음 한 해 동안 어떤 책들을 읽었던가! 웰스, 콘래드, 키플링, 골즈워디, 배리 페인, W. W. 제이컵스, 펫 리지, 올리버 어니언스, 콤프턴 매켄지, H. 시턴 메리먼, 모리스 베어링, 스티븐 매케나, 메이 싱클레어, 아널드 베넷, 앤서니 호프, 엘리너 글린, O. 헨리, 스티븐 리콕, 거기다 사일러스 호킹과 진 스트래턴 포터까지. 여러분은 이 작가들 가운데 몇 명이나 아실런지? 그 시절 사람들이 진지하게 읽던 책들의 절반은 이제 아무도 기억하지 못한다. 하지만 처음에 난 새우 떼 사이에 있는 고래처럼 그 책들을 전부 집어삼키다시피 했다. 그저 독서가 즐거웠다. 물론 시간이 지나 조금씩 교양이 쌓이기 시작하면서 졸작과 걸작을 구분하기 시작했다. 로런스의 『아들과 연인』은 그런대로 괜찮았고, 오스카 와일드의 『도리언 그레이의 초상』과 스티븐슨의 『신(新) 아라비안나이트』는 썩 재미있었다. 가장 인상 깊은 작가는 웰스였다. 조지 무어

＊ Mudie's. 출판업자인 찰스 에드워드 무디가 세운 대출 도서관.

의 『에스더 워터스』도 마음에 들었고, 하디의 소설은 여러 권 시도해봤지만 항상 중간쯤에서 막혔다. 입센의 희곡까지 읽어봤는데, 노르웨이에는 항상 비가 내리는구나 하는 막연한 인상만 남았다.

참으로 묘했다. 당시에도 묘하다는 생각이 들었다. 나는 런던 사투리를 거의 쓰지 않는 소위였고, 아널드 베넷과 엘리너 글린을 구분할 줄 알았지만, 겨우 4년 전에는 흰 앞치마를 두르고 치즈를 자르며 식료품점 주인이 될 날만 고대하고 있었다. 계산을 해보면 나는 전쟁으로 손해뿐만 아니라 이득도 본 셈이다. 어쨌든 소설들을 읽은 그해가 내게는 공부다운 공부, '책으로 하는 공부'를 할 수 있던 유일한 시간이었다. 그 공부로 인해 내 마음에는 확실히 변화가 찾아왔다. 지적 호기심이 강해졌다고 할까. 평범하고 실용적인 인생을 살았다면 불가능한 일이었을 것이다. 하지만—여러분이 과연 이해할 수 있을까?—나를 진정으로 바꾸어놓은 것, 내게 큰 인상을 남긴 것은 책들보다는 내 삶의 지독한 무의미함이었다.

1918년의 내 삶이란 정말이지 이루 말할 수 없을 정도로 무의미했다. 나는 임시 막사의 난로 옆에 앉아 소설을 읽고 있는데, 수백 킬로미터 떨어진 프랑스에서는 총성이 울려 퍼지고, 무서워서 오줌을 지리는 불쌍한 아이들을 화로에 작은 골탄 던져 넣듯 기관총 포화 속으로 밀어 넣고 있었다. 나는 운 좋은 사람 중 한 명이었다. 상관

197

들은 내게서 눈을 뗀 상태였고, 나는 아늑하고 조그만 도피처에서 존재하지도 않는 일을 한 대가로 돈을 받고 있었다. 가끔은 공황 상태에 빠져서, 그들이 나를 기억하고 끌어내지 않을까 하는 생각이 들기도 했지만, 그런 일은 벌어지지 않았다. 한 달에 한 번 까끌까끌한 회색 종이로 공문서가 내려오면 문서를 채워 보내고, 문서가 더 내려오면 다시 채워 보내고…… 이런 식이었다. 미치광이의 꿈만큼이나 황당한 상황이었다. 여기에 내가 읽고 있던 책들까지 더해지면서 나는 모든 것을 불신하는 지경에까지 이르렀다.

나만 그런 것이 아니다. 전쟁이 터지면, 확실히 매듭지어지지 않는 일들이나 사람들의 기억에서 잊히는 곳들이 수도 없이 생겨난다. 이 무렵 말 그대로 수백만 명의 사람이 이런저런 후미진 곳에 처박혀 있었다. 이름조차 사람들의 기억에서 사라진 전선들에서 수많은 부대가 썩어가고 있었다. 거대한 정부 부처들의 사무원들과 타자수들은 종이 쪼가리를 쌓는 일을 하며 일주일에 2파운드 이상 벌고 있었다. 게다가 그들은 자기들이 하는 일이라곤 종이 쪼가리를 쌓는 것뿐이라는 사실을 완벽히 알았다. 독일군의 만행이나 용맹하고 작은 벨기에에 관한 이야기를 믿는 사람은 이제 아무도 없었다. 병사들은 독일군을 좋은 친구로 생각하고, 프랑스군을 지독히 미워했다. 모든 하급 장교는 일반 참모를 정신병자로 보았다.

영국 전체에 퍼져나가고 있던 불신의 물결이 12마일 집적소에까지 밀려왔다. 전쟁이 사람들을 교양인으로 바꿔놓았다고 말하면 과장이겠지만, 얼마 동안은 다들 허무주의자가 되었다. 정상적인 상황에서는 스스로를 슈에트 푸딩*으로 생각하며 살아갈 사람들이 고작 전쟁 하나 때문에 과격주의자가 되었다. 전쟁이 아니었다면 난 지금 어떻게 되어 있을까? 모르긴 해도, 지금의 나와는 다른 사람일 것이다. 전쟁으로 죽지 않은 사람들은 생각이란 것을 시작하기 마련이다. 말도 못 하게 우스꽝스러운 난장판을 겪고 나면 더는 이 사회가 피라미드처럼 영원하고 완벽한 존재로 보이지 않는다. 그저 엉망진창이라는 걸 알게 되는 것이다.

※ 다진 소고기 지방과 밀가루에 건포도 등을 섞어 쪄서 만드는 푸딩.

9

전쟁은 내가 알던 세상에서 나를 끌어냈지만, 그 후의 기묘한 시간 동안 나는 그 사실을 거의 잊고 말았다.

어떤 의미에서 보자면, 우리는 절대 그 무엇도 잊지 못한다. 13년 전 도랑에서 봤던 오렌지 껍질도, 기차역 대합실에서 언뜻 한번 봤던 토키*의 컬러 포스터도 우리의 기억 속에 남아 있다. 하지만 내가 말하는 기억은 조금 다르다. 어떤 의미에서 나는 로어 빈필드에서의 옛 시절을 잊지 않고 있었다. 낚싯대, 세인포인 냄새, 갈색 찻주전자 뒤의 어머니, 멋쟁이새 재키, 장터의 말구유를 기억하고 있었다. 하지만 그중 내 마음속에 살아 있는 건 아

※ 잉글랜드 데번셔주 남부의 해변 휴양지.

무엇도 없었다. 그 세상은 저 멀리 있는, 이젠 나와 상관 없는 무언가였다.

전쟁 후의 몇 년은 전쟁 자체보다 더 기묘한 시간이었다. 사람들은 그리 생생하게 기억 못 하지만 말이다. 형태는 조금 달라졌지만, 모든 것에 대한 불신이 그 어느 때보다 강했다. 갑자기 군대에서 쫓겨난 남자 수백만 명은 그들이 지키려 애썼던 국가로부터 외면당하고, 로이드 조지*와 그의 친구들은 여전히 남아 있던 몇몇 환상에 의존하고 있었다. 퇴역 군인들은 모금함을 달그락거리며 행군하듯 이리저리 돌아다니고, 가면을 쓴 여자들은 거리에서 노래를 부르고, 장교용 제복 상의를 입은 남자들은 손풍금 손잡이를 돌리고 있었다. 영국의 모든 이가 앞다투어 일자리를 구하고 있는 듯했고, 나 역시 마찬가지였다. 하지만 나는 대부분의 사람들보다 운이 좋았다. 소액의 부상병 급여금을 받았고 전쟁 마지막 해에 모아둔(돈을 쓸 기회가 별로 없었다) 돈도 약간 있어서, 군대를 나올 때는 수중에 350파운드나 있었다. 여기서 내가 보인 반응이 꽤 흥미롭다. 어릴 때부터 배웠고 수년 동안 꿈꿔 왔던 일―그러니까, 가게를 여는 것―을 할 수 있을 만큼의 돈이 내게 있었다. 자금은 충분했다. 때를 기다리며 눈을 부릅뜨고 있으면, 350파운드로 작고 괜찮은

---

* 1916년부터 1922년까지 수상을 지낸 영국의 정치가.

가게를 찾을 수 있었다. 그런데 믿을지 모르겠지만, 그런 생각은 내 머릿속에 떠오르지 않았다. 나는 개업을 위한 어떤 행동도 취하지 않았고, 수년 후인 1925년 즈음에야 가게를 열 수도 있었겠구나 하는 생각을 했다. 사실나는 상인의 인생행로에서 이미 벗어나 있었다. 전쟁의영향이었다. 전쟁은 나를 가짜 신사로 변모시키고, 언제든 어딘가에서 돈이 조금 생길 거라는 고정관념을 내 머릿속에 심어놓았다. 1919년 당시 누군가 내게 외딴 시골마을에 담배 가게나 과자 가게 혹은 만물상을 열라고 제안했다면 나는 웃었을 것이다. 내 어깨의 견장에는 별이달려 있었고, 내 사회적 지위도 올라갔다. 하지만 대부분의 전직 장교들과 달리, 핑크 진 칵테일을 마시며 여생을보낼 수 있으리라는 망상에 젖지는 않았다. 나는 일자리를 구해야 한다는 걸 알고 있었다. 그리고 물론 그 일자리는 '사무직'—어떤 유의 직업이든 뭔가 수준 높고 중요한 일, 자동차와 전화기가 필요하고 가능하면 파마한 비서를 거느릴 수 있는 일—이어야 했다. 전쟁의 마지막 해즈음엔 많은 이가 그런 포부를 지니고 있었다. 매장 감독이었던 사람은 자신을 외판원으로, 외판원이었던 사람은자신을 경영자로 보았다. 군 생활의 여파였다. 견장을 달고, 수표책을 갖고, 저녁 끼니를 정찬이라 부르던 생활의여파. 군에서 나가면 군인 봉급만큼은 벌 수 있는 일자리가 기다리고 있으리라, 다들 그렇게 생각했다—장교들뿐만 아니라 사병들도 그랬다. 물론 그런 생각이 없다면, 이 세상에 전쟁 따위는 벌어지지 않을 것이다.

결국 나는 그런 일자리를 구하지 못했다. 최신식 사무실 가구 속에 앉아 백금색 머리의 여자에게 편지를 받아쓰게 하는 일로 내게 연봉 2천 파운드를 줄 회사는 한 군데도 없는 듯했다. 전직 장교들의 4분의 3이 깨닫고 있던 사실을 나도 깨달아가고 있었다. 금전적으로 보자면 군대에 있었을 때가 우리 인생의 최고 황금기였다는 사실을. 우리는 국왕 폐하에게 직책을 임명받은 신사에서 어느 날 갑자기 아무도 원치 않는 비참한 실직자로 전락했다. 내 목표는 연봉 2천 파운드에서 주급 3-4파운드로 내려갔다. 하지만 주급 3-4파운드의 일자리조차 존재하지 않는 듯했다. 일자리란 일자리는 이미 다 채워져 있었다. 몇 살 많아서 싸우지 못한 늙은이들이나 몇 달 어려서 전장에 나가지 못한 젊은이들이 그 자리를 꿰찼다. 공교롭게도 1890년에서 1900년 사이에 태어난 불쌍한 인간들은 찬밥 취급을 당했다. 그런 상황에서도 나는 식료품 장사로 돌아갈 생각을 하지 못했다. 마음만 먹었다면 식료품점의 점원으로 취직할 수도 있었을 것이다. 그리밋 영감이 아직 살아 있고 아직 가게를 하고 있었다면(나는 로어 빈필드 사람들과 연락을 끊어서 그곳 사정을 몰랐다) 추천서를 잘 써주었을 테니까. 하지만 난 상인의 세계와는 전혀 다른 궤도에 있었다. 설령 내 사회적 인식이 높아지지 않았다 하더라도, 가게 진열대 뒤의 케케묵고 안전한 삶으로 돌아가는 건 상상조차 하지 못했을 것이다. 보고 배운 것이 있으니. 나는 출장을 다니며 큰돈을 벌고 싶었다. 더 정확히 말하면, 외판원이 되고 싶었고, 내게 잘 어울릴 듯했다.

그렇지만 외판원 일자리—그러니까, 임금을 받는 자리—는 없었다. 실적에 따라 수수료를 받을 수는 있었다. 이런 사기극이 이제 막 큰 규모로 시작되고 있었다. 위험을 감수하지 않고도 매출을 높이고 상품을 광고할 수 있는 아주 단순한 방식으로 경기가 안 좋을 때마다 번성한다. 외판원들은 3개월 안에 유급직 자리가 빌지도 모른다는 은근한 유혹의 말에 넘어가 일을 그만두지 못한다. 일에 진력이 난 외판원이 있다 한들, 당장이라도 그를 대신할 불쌍한 인간들이 언제나 대기 중이다. 자연스레 곧 수탁판매를 시작한 나는 잇따라 여러 제품을 맡았다. 진공청소기나 사전을 팔러 다니는 수준까지 떨어지지 않은 건 그나마 다행이었다. 하지만 날붙이류, 가루비누, 코르크 마개 따는 기구나 통조림 따개 같은 특허품들을 거쳐 마지막에는 사무실 비품—종이 클립, 카본지, 타자기 리본 등등—을 취급했다. 실적은 그리 나쁘지 않았다. 나는 수수료를 받고 물건을 팔 **수 있는** 부류의 사람이다. 기질도 있고, 예의도 지킬 줄 안다. 하지만 풍족한 삶의 근처에도 가본 적이 없었다. 이런 일을 하면서는 불가능하다.

어림도 없다.

　나는 1년 정도 그 일을 했다. 참으로 기묘한 시간이었다. 전국 각지로의 여행, 무심코 닿게 되는 사악한 장소들, 생전 들어보지도 못한 중부 지방의 교외 마을들. 이불에서 항상 오물 냄새가 약하게 풍기고, 노른자 색깔이 레몬보다 더 연한 달걀 프라이가 아침으로 나오는 으스스한 분위기의 여관들. 항상 마주치게 되는 다른 가여운 외판원들은 좀먹은 외투에 중산모를 쓴 중년의 가장들로, 이 고비를 곧 넘기고 일주일에 5파운드까지 수입이 올라갈 거라고 진심으로 믿고 있었다. 이 가게에서 저 가게로 터벅터벅 돌아다니며, 말을 안 들어주는 가게 주인들과 다투다가 손님이 들어오면 뒤로 물러서서 몸을 움츠려야 하는 신세가 내게는 딱히 괴롭게 느껴지지 않았다. 하지만 어떤 사람들에게 그런 삶은 고문이나 마찬가지다. 가게로 들어가 샘플 가방을 여는 단순한 일도, 참호에서 뛰쳐나가 공격하는 각오로 임해야 하는 사람들이 있다. 하지만 난 그렇지 않다. 나는 억척스럽고, 사람들을 구슬려 원하지도 않는 물건을 사게 할 수 있다. 가게 주인들이 내 면전에 대고 문을 쾅 닫아도 상관없다. 수탁판매는 돈벌이가 조금 되기만 한다면 마음에 드는 일이다. 그 1년 동안 배운 것이 많은지 어떤지는 모르겠지만, 머릿속에 있던 것들이 상당 부분 비워진 건 사실이다. 군대에서 물들었던 터무니없는 생각이 사라지고, 빈둥거리며 소설을 읽으면서 생겼던 관념들이 머리 뒤편으로 밀려났다. 물건들을 팔러 다니며 이동 중일 때 추리소설 말고는 책이라곤 한 권도 읽지 않았던 것 같다. 난 더 이상 교양인이 아니었다. 현대사회의 현실에 찌들어 있었다. 그럼 현대사회의 현실이란 뭘까? 음, 한 가지만 꼽으라면, 물건을 팔려는 끝없고 광적인 몸부림이다. 대부분의 경우 그것은 바로 자기 자신을 파는 형태를 띤다―말하자면 일자리를 구하고 지키는 것이다. 전쟁이 끝난 뒤로는 직업을 불문하고 언제나 일자리보다 구직자가 더 많았다. 이는 우리의 삶에 기묘하고도 무시무시한 느낌을 불러일으켰다. 침몰하는 배에 남은 사람이 열아홉 명인데 구명조끼는 열네 개밖에 없는 느낌이랄까. 하지만 여기에 딱히 현대적인 면이 있을까? 전쟁과 상관이 있을까? 음, 그랬던 것 같다. 끝도 없이 부산을 떨며 싸워야 할 것 같은 느낌, 남의 것을 빼앗지 않으면 아무것도 손에 넣지 못할 것 같은 느낌, 항상 누군가가 내 일자리를 노리는 듯한 느낌, 다음 달이나 그다음 달 회사가 인원 감축을 단행하고 바로 내가 잘릴 것만 같은 느낌―맹세컨대, 전쟁 전에는 존재하지 않았다.

그렇다고 해서 내 형편이 어려웠던 건 아니다. 버는 돈도 조금 있었고, 200파운드에 가까운 큰돈이 은행에 있었다. 그래서 미래가 걱정되지 않았다. 머지않아 일정한 직업을 갖게 되리라는 걸 알았다. 과연 1년 후쯤 뜻밖의 행운이 찾아왔다. 행운이라고 했지만, 사실 난 오뚝이 같은 사람이다. 가만히 앉아서 굶을 사람이 아니다. 내게 구빈원이란 상원만큼이나 먼 곳이다. 나는 일종의 자연법칙에 의해 주급 5파운드 수준의 생활로 자연히 끌리는 어중간한 인간인 것이다. 이 세상에 일자리가 있는 한 어떻게든 하나는 손아귀에 거머쥘 것이다.

그 일은 내가 종이 클립과 타자기 리본을 팔러 다닐 때 벌어졌다. 플리트 거리의 한 거대한 사무실 건물에 슬쩍 들어간 적이 있었다. 사실 잡상인의 출입이 금지된 건물이었는데, 용케도 엘리베이터 안내원에게 내 샘플 가방이 서류 가방이라는 인상을 준 것이다. 한번 문을 두드려 보라고 추천받았던 작은 치약 회사를 찾아 복도를 걷고 있을 때, 아주 높은 양반이 맞은편에서 이쪽으로 오고 있었다. 보자마자 높은 양반이라는 걸 알았다. 거물 사업가들이 어떤지 잘 알잖는가. 보통 사람보다 더 많은 자리를 차지하고 더 시끄럽게 걸어 다니는 것 같고, 50미터 정도 떨어져서도 그들에게서 발산되는 돈의 파장 같은 것이 느껴진다. 가까워지자 나는 그 사람이 조지프 침 경이라는 걸 알았다. 물론 민간인 복장을 하고 있었지만, 단번에 그를 알아보았다. 사업상 회의 같은 것 때문에 그곳을 찾은 듯했다. 사무원인지 비서인지 모를 사람 두 명이 그를 뒤따라오고 있었다. 왕을 모시듯 옷자락을 들어주고 있는 건 아니었지만, 뭘 하고 있는지는 바로 느낄 수 있었다. 물론 나는 곧장 옆으로 비켜섰다. 그런데 신기하게도 조지프 침 경이 나를 알아보았다. 수년 동안 보지 못했는데도. 그가 걸음을 멈추더니 내게 말을 걸어 깜짝 놀랐다.

"어이, 자네! 전에 어디선가 본 적이 있는데. 이름이 뭐지? 기억이 날 듯 말 듯 한데."

"볼링입니다. 육군 병참단에 있었습니다."

"그렇지. 신사가 아니라던. 여긴 무슨 일인가?"

타자기 리본을 팔러 왔다고 사실대로 말했다면 그것으로 끝났을 것이다. 하지만 가끔 찾아드는 영감이 이때 퍼뜩 떠올랐다―잘만 하면 뭔가 얻어낼 수 있겠구나 하는 느낌. 그래서 난 이렇게 답했다.

"실은 일자리를 찾고 있습니다."

"일자리를? 흠. 요즘은 쉽지 않지."

그는 잠깐 아래위로 나를 훑어보았다. 두 수행원은 어느새 조금 멀리 떨어져 있었다. 조지프 침 경이 나를 뜯어보는 동안, 그 잘생긴 노인의 희끗희끗하고 숱진 눈썹과 지적으로 보이는 코를 지켜보던 나는 그가 나를 돕기로 결심했음을 깨달았다. 이런 부자들의 힘이란 참으로 기묘하다. 아랫사람들을 거느리고 위풍당당하게 지나가다가 무슨 변덕인지 옆을 돌아보는 것이다. 갑자기 거지에게 동전을 휙 던져주는 황제처럼.

"그래서 일자리를 구한다고? 무슨 내세울 만한 재주라도?"

또 한 번 영감이 번득였다. 나 같은 인간이 나만의 장점을 떠들어봐야 득이 될 게 없다. 그저 사실대로 말하는 편이 낫다. 그래서 난 이렇게 말했다. "할 줄 아는 건 별로 없습니다만, 외판원으로 일하고 싶습니다."

"외판원? 흠. 지금 당장 자네한테 마땅한 자리가 있을지 모르겠군. 어디 보자."

그는 입술을 오므렸다. 1분도 안 되었을 잠깐의 시간 동안 꽤 깊은 생각에 빠졌다. 신기했다. 당시에도 신기하다는 생각을 했던 기억이 난다. 적어도 50만 파운드는 되는 재산을 가졌을 이 지체 높은 영감이 나를 위해 고민이라는 걸 하고 있다니. 나는 그의 갈 길을 방해하고 시간을 3분 넘게 빼앗고 있었다. 수년 전 우연히 던진 말 한마디 때문에. 나는 경의 기억 속에 또렷이 새겨졌고, 그래서 그는 내게 일자리를 구해주고자 성가심을 조금 무릅쓰고 있었다. 바로 그날 스무 명의 직원을 해고했을지도 모를 사람. 마침내 그가 말했다.

"보험회사는 어떤가? 항상 안정적인 편이니 말일세. 사람들은 밥을 꼭 먹어야 하듯이 보험을 꼭 들어야 하거든."

물론 나는 그 제안을 덥석 물었다. 조지프 경은 플라잉 샐러맨더에 '이해관계'가 있었다. 그가 얼마나 많은 회사에 '이해관계'가 있는지는 알 길이 없다. 그의 수행원 하나가 수첩을 들고 앞으로 나오자, 조지프 경은 곧장 조끼 주머니에서 황금빛 철필을 꺼내더니 플라잉 샐러맨더의 어느 임원 앞으로 메모를 휘갈겨 썼다. 내게 감사 인사를 받은 그는 가던 길을 갔고, 나는 반대 방향으로 슬그머니 빠져나갔다. 그 후로 다시는 그를 보지 못했다.

이렇게 해서 나는 일자리를 얻었고, 앞서 말했듯 그러고 나서는 일에 붙들려 살았다. 내가 플라잉 샐러맨더에서 일한 지도 어언 18년이 다 되어간다. 사무실에서 일을 시작했지만, 지금은 조사관이다. 좀 더 깊은 인상을 남겨야 하는 자리에서는 대표라는 직함을 쓴다. 일주일에 이틀 정도는 지점 사무실에서 일하고, 나머지는 밖을 돌아다니며 지방 대리점들이 알려준 의뢰인을 만나고, 상점이나 부동산을 평가하고, 가끔은 개인적인 거래를 트기도 한다. 이렇게 일해서 일주일에 버는 돈이 7파운드 정도 된다. 그리고 정확히 말하자면 내 이야기는 여기서 끝이다.

돌이켜보면, 내게 활동적인 삶이라는 게 있었다 해도 열여섯 살에 끝이 난 것 같다. 내게 정말 중요한 사건들은 모두 그날 전에 일어났다. 하지만 내가 플라잉 샐러맨더에 취직할 때까지만 해도 이런저런 일들—이를테면 전쟁이라든가—이 여전히 벌어지고 있었다. 그 후로는…… 음, 행복한 사람은 역사가 없다는 말이 있지만, 보험업계에서 일하는 사람들도 마찬가지다. 그날 이후로 내 인생에는 사건이라 부를 만한 일이 없었다. 2년 반 뒤인 1923년 초에 결혼한 것만 빼면 말이다.

10

나는 일링의 하숙집에서 살고 있었다. 시간은 데굴데굴 아니 스멀스멀 기어가고 있었다. 로어 빈필드는 내 기억에서 거의 다 지워져버렸다. 나는 8시 15분 기차에 허겁지겁 올라타고 남의 일을 빼앗으려 계략을 꾸미는, 도시의 평범한 청년 직장인이었다. 나는 회사에서 꽤 좋은 평가를 받으며, 내 삶에 그런대로 만족하고 있었다. 전후(戰後)의 성공이라는 마약에 나도 어느 정도 취해 있던 것이다. 한창 유행하던 모토들을 여러분도 기억할 것이다. 활력, 패기, 근성, 불굴의 의지. 성공 아니면 실패뿐. 꼭대기에는 넉넉한 자리가 남아 있다. 열심히 노력하는 자는 아무도 막지 못한다. 그리고 상사가 부하 직원의 어깨를 토닥이며 격려하고, 큰돈을 벌어들이는 턱이 날

카로운 기업 임원이 자신의 성공을 아무개 통신강좌의 공으로 돌리는 내용의 잡지 광고들. 우습게도 모든 사람이 그렇게 곧이곧대로 믿었다. 아무런 상관도 없는 나 같은 인간들까지. 난 성공에 목을 맨 야심가도 아니고, 생계가 막연한 빈털터리도 아니다. 천성적으로 양쪽 어디에도 낄 수 없는 사람이다. 하지만 당시의 시대정신이 그랬다. 성공하라! 부자가 돼라! 쓰러진 사람을 발견하면, 다시 일어서기 전에 짓밟아라. 물론 때는 전쟁의 여파가 사라지고 아직은 불황이 닥치지 않은 1920년대 초반이었다.

나는 부츠 애서가 도서관의 A급 회원이었고, 반 크라운짜리 무도회에 다녔으며, 지역 테니스 클럽에도 가입했다. 고풍스러운 교외에서 흔히 볼 수 있는 테니스 클럽이었다. 작은 목조 별관이 있고, 높은 철망을 둘러놓은 경기장에서 엉성하게 재단된 플란넬 바지를 입은 젊은이들이 껑충껑충 뛰어다니며 상류층 억양을 그런대로 흉내내어 "피프틴 포티!", "밴티지 올!"이라고 외쳐댔다. 나는 테니스를 배웠고, 춤 실력이 나쁘지 않았으며, 여자들과 잘 지냈다. 서른 살 즈음엔 외모도 썩 괜찮았다. 붉은 얼굴에 버터 빛깔의 머리칼이 보기 좋았고, 당시만 해도 참전 경험이 유리하게 작용했다. 그때든 그 후로든 신사처럼 보이는 데는 성공하지 못했지만, 나를 시골 소상인의 아들로 보는 사람도 없었다. 일링처럼 사무원 계층이 이류 전문직 종사자 계층과 겹치는 혼합 사회에서도 나는 기가 꺾이지 않고 꿋꿋이 버텼다. 내가 힐다를 처음 만난 곳은 테니스 클럽이었다.

당시 힐다는 스물네 살이었다. 검은 머리에 움직임이 아름다우며 큼직한 눈이 토끼를 꼭 닮은, 작고 날씬하고 약간은 소심한 여자였다. 말수가 많지는 않아도 모든 대화의 변두리를 맴돌며 귀 기울여 듣는 듯한 인상을 풍겼다. 그녀가 입을 연다 해도 보통은 마지막으로 말한 사람의 의견에 동의하는 말이었다. "아, 그래요, **나도** 그렇게 생각해요." 테니스를 칠 때는 아주 우아하게 깡충깡충 뛰어다녔고 실력도 나쁘지 않았지만, 왠지 모르게 무력하고 아이 같은 느낌이 있었다. 그녀의 성은 빈센트였다.

결혼을 하고 나면 "내가 왜 망할 결혼을 했지?"라고 혼자 중얼거리게 될 때가 있다. 나 역시 자주 그랬다. 15년이 지난 지금 그때를 돌이켜보면, 내가 대체 왜 힐다와 결혼했을까 하는 생각이 드는 것이다.

물론, 그녀가 젊고 보기에 따라선 아주 예뻤다는 것도 한 가지 이유가 될 것이다. 다른 이유를 꼽아보라면, 나와는 출신이 아예 다른 그녀의 본색을 나로서는 간파하기가 아주 어려웠다고 말할 수밖에 없다. 나는 힐다와 결혼한 뒤부터 그녀에 대해 하나씩 알아나가야 했다. 상대가 엘시 워터스였다면 내가 어떤 사람과 결혼하는지는 알았을 것이다. 힐다는 말로만 듣던, 가난에 찌든 관리

계급 출신이었다. 지난 몇 세대 동안 집안사람들은 군인, 선원, 성직자, 인도 거주 영국인 관리 등을 지냈다. 그들은 큰돈을 만져본 적이 없었고, 일이라 인정받을 만한 것을 해본 적도 없었다. 오후 늦게나 티타임을 즐길 수 있는 저교회파＊의 독실한 상인 집안에 태어난 나 같은 사람은 그들에게 속물적인 매력을 느낄 수밖에 없다. 지금이야 전혀 그렇지 않지만 그땐 그녀의 집안이 아주 인상적이었다. 내 말을 오해하진 마시길. 내가 사회적 신분 상승을 노리고, 한때 손님으로 상대했던 계층에 속한 힐다와 결혼했다는 뜻이 아니다. 그저 그녀를 이해할 수 없었고, 그래서 바보처럼 빠져들 수 있었다는 말을 하고 싶을 뿐이다. 그리고 내가 미처 몰랐던 사실 하나는, 이런 빈털터리 중산층 가정의 여자들은 집을 떠나기 위한 구실로 아무 남자와 결혼한다는 것이었다.

사귄 지 얼마 되지 않아 힐다는 나를 집으로 데려가 가족에게 소개해주었다. 나는 인도에서 살다 돌아온 사람들이 일링에 그렇게 큰 정착촌을 형성하고 있다는 사실을 그때 처음 알았다. 정말이지 신세계를 발견한 기분이었다! 경이롭기까지 했다.

그런 가족들이 어떤 줄 아는가? 그들의 집에 들어가는

＊ 영국 국교회(성공회)에서 성직위나 성찬보다는 신앙 자체와 복음을 강조하는 분파.

순간, 바깥 거리가 20세기의 영국임을 잊다시피 하고 만다. 현관문 안에 발을 들여놓는 순간 1880년대의 인도로 돌아가게 된다. 어떤 분위기인지 다들 알 것이다. 잘 조각된 티크 가구, 놋쇠 쟁반, 벽에 걸린 먼지투성이 호랑이 두개골, 인도산 엽궐련, 시뻘건 피클, 토피*를 쓴 남자들의 누런 사진들, 다들 알겠거니 하고 버젓이 써놓은 힌두스타니어, 호랑이 사냥에 관한 끝도 없는 일화들, 1887년 푸나에서 스미스가 존스에게 했던 말. 그것은 그들이 일종의 물혹처럼 만들어낸 그들만의 작은 세계였다. 물론 내게는 전혀 새로웠고, 어떤 면에서는 흥미롭기도 했다. 힐다의 아버지는 인도뿐만 아니라 훨씬 더 색다른 곳에서 지낸 적도 있었다. 보르네오섬이었는지 사라왁이었는지 기억나지 않는다. 그는 완전한 대머리에 콧수염이 얼굴을 거의 뒤덮을 정도로 풍성하게 자란 평범한 외모의 노인으로, 코브라와 카마르밴드,** 그리고 1893년에 인도 지방 행정관이 했던 말 등등 이야깃거리가 넘쳐났다. 힐다의 어머니는 벽에 걸린 색 바랜 사진과 구분이 안 될 정도로 안색이 파리했다. 실론섬에서 관리로 일하는 해럴드라는 아들도 있었는데, 내가 처음 힐다를 만났을 때 휴가차 집에 와 있었다. 그들 가족은 일링

---

* 열대지방에서 강한 햇볕을 차단하기 위해 쓰는 가벼운 헬멧 같은 모자.
** 인도 남자가 정장 상의 안에 장식으로 매는 비단 허리띠.

에 흔히 숨겨져 있는 뒷골목의 작고 거무스름한 집에서 살고 있었다. 인도산 엽궐련 냄새가 끊임없이 풍겼고, 입으로 부는 화살 총, 창, 놋쇠 장식물, 야생동물의 머리로 집 안이 가득 차 발 디딜 틈이 거의 없었다.

힐다의 아버지는 1910년에 은퇴한 뒤로 아내와 함께 한 쌍의 조개처럼 정신적으로나 육체적으로나 무기력한 생활을 이어가고 있었다. 하지만 당시에 나는 소령과 대령, 심지어는 제독까지 한 명 배출한 그 집안이 조금 대단하게 느껴졌다. 빈센트 가족과 내가 서로를 대했던 태도를 생각하면 사람이 자신의 분야를 벗어나면 얼마나 멍청해지는지 알 수 있다. 실업가들—기업의 중역이든 외판원이든—사이에 있으면 나도 사람 보는 눈이 꽤 정확한 편이다. 하지만 관리-불로소득자-성직자를 상대해 본 경험이 없는 나는 이 썩은 인간들 앞에만 서면 약해지는 경향이 있었다. 나는 그들이 사회적으로도 지적으로도 나보다 우월하다고 생각했고, 그들은 나를 곧 큰돈을 벌어들일 전도유망한 젊은 사업가로 오해했다. 그런 사람들에게 '사업'이란 해상보험이든 땅콩 장사든 그저 어두컴컴한 미스터리일 뿐이다. 그들이 아는 사실이라곤, 사업이라는 조금 상스러운 수단을 통해 돈을 벌 수 있다는 것뿐이다. 힐다의 아버지는 내가 '사업'을 하는 것이 대단한 양 말하곤 했는데—한번은 실수로 '장사'라고 말했던 기억이 난다—고용되어 일하는 것과 자기 사업을 하는 것의 차이를 모르는 것이 분명했다. 그는 내가 플라잉 샐러맨더'에서' 일하고 있으니 승진 과정을 거쳐 조만간 꼭대기까지 올라가리라 막연히 생각했다. 어쩌면 가까운 미래에 내게서 5파운드짜리 지폐를 우려낼 수 있지 않을까 상상했을지도 모른다. 해럴드는 확실히 그런 생각을 품고 있었다. 눈빛을 보고 알았다. 사실, 지금의 수입으로도 해럴드에게 당장 돈을 빌려줄 수 있을 것이다. 그가 살아 있다면 말이다. 다행히 해럴드는 힐다와 내가 결혼하고 몇 년 뒤 장 질환인지 뭔지 때문에 죽었고, 힐다의 부모님 역시 세상을 떠났다.

뭐랄까, 힐다와 나의 결혼은 처음부터 실패작이었다. 왜 그녀와 결혼했느냐고 내게 물을지도 모르겠다. 하지만 그런 여러분은 왜 지금의 배우자와 결혼했는가? 세상일이란 게 다 그렇다. 믿거나 말거나, 첫 2-3년 동안은 힐다를 죽여버릴까 진지하게 고민하기까지 했다. 물론 실제로 그런 일을 벌이지는 않는다. 그저 생각하며 즐기는 일종의 공상이다. 게다가 마누라를 죽인 인간은 반드시 붙잡힌다. 아무리 영악하게 알리바이를 꾸며도 경찰은 범인을 완벽하게 알아내고 어떻게든 잡아들인다. 어떤 여자가 살해되면 첫 용의자는 항상 남편이다—결혼에 대한 사람들의 진심을 살짝 엿볼 수 있는 대목이다.

시간이 흐르면 무엇에든 익숙해지기 마련이다. 1-2년 뒤에는 힐다를 죽이고 싶다는 생각은 사라지고 그녀에 대해 궁금해지기 시작했다. 가끔은 일요일 오후나 회사에서 집으로 돌아온 저녁에 신발만 벗고 몇 시간씩 침대에 누워 여자들에 대해 이런저런 생각을 하곤 했다. 여자들은 왜 이러는 걸까? 왜 그러는 걸까? 일부러 그러는 걸까? 여자들이 결혼 후 갑작스레 망가지는 것만큼 무서운 일도 없다. 오직 결혼 하나에만 목을 매달고 있다가 결혼하자마자 씨앗을 퍼뜨린 꽃처럼 시들어버리는 것 같다. 정말 우울한 건, 삶에 대한 태도가 삭막해진다는 것이다. 결혼이 노골적인 사기극이라면—여자가 남자를 결혼이라는 함정에 빠뜨린 다음 휙 돌아보며 "이 자식아, 이제 나한테 붙잡혔으니 내가 재미를 보는 동안 나를 위해 일하도록 해!"라고 말한다면—차라리 괜찮다. 오히려 그렇지 않아서 문제다. 여자들은 재미를 보기는커녕 최대한 빨리 중년으로 떨어지고 싶어 한다. 남자를 제단으로 데려가는 무시무시한 전투를 끝낸 여자는 긴장을 풀고, 하룻밤 새에 청춘과 외모, 활력, 삶의 환희 모두 사라져버린다. 힐다의 경우엔 그랬다. 예쁘고 섬세하며 내 눈에는 나보다 더 고상해 보였던—처음 만났을 땐 정말 **고상했다**—그녀가 겨우 3년 만에 우울하고 매가리 없고 유행에 뒤처진 아줌마가 되어버렸다. 내가 그 원인 중 하나라는 걸 부정하지는 않겠다. 하지만 그녀가 누구와 결혼했든 결과는 달라지지 않았을 것이다.

내가 결혼 일주일 만에 발견한 힐다의 결점은 인생을

즐길 줄 모른다는 것, 그 어떤 일에도 관심이 없다는 것이다. 즐거워서 무언가를 한다는 개념을 그녀는 절대 이해하지 못한다. 나는 힐다를 통해서 썩은 중산층 가족들의 본색을 처음으로 알았다. 그들에 관한 본질적 사실은 가난 때문에 모든 활력을 빼앗기고 만다는 것이다. 보잘것없는 연금—말인즉슨, 늘어나는 법은 절대 없고 대개는 점점 줄어드는 수입—으로 살아가는 그런 가족은 여느 농장 노동자 가족보다 가난에 더 민감하고 더 억척스러우며 6펜스 한 닢도 쉽게 쓰지 못한다. 우리 가족은 비할 바가 못 된다. 힐다는 돈이 없어서 그 무엇도 할 수 없었던 끔찍한 기분이 인생의 첫 기억이라는 말을 자주 했다. 물론 그런 가족의 돈 문제는 아이들이 학교에 갈 나이가 될 때 가장 심각해진다. 그래서 아이들, 특히 여자아이들은 인간이란 언제나 가난에 쪼들리며 그것을 비참해하는 것이 의무라는 고정관념을 갖고 자란다.

결혼 초반에 우리는 비좁은 복층 주택에 살면서 내 봉급으로 그럭저럭 버텨나갔다. 나중에 내가 블레츨리 지점으로 옮겼을 때 형편은 더 나아졌지만, 힐다의 태도는 바뀌지 않았다. 항상 어두운 얼굴로 지독하게 돈 걱정을 하고 있었다. 우윳값은 어쩌지! 석탄값은! 집세는! 수업료는! 우리 생활의 밑바탕에는 언제나 '다음 주엔 구빈원 신세를 질지도 모른다'는 불안이 깔려 있었다. 힐다가 일반적으로 말하는 못된 사람은 아니다. 이기적인 사람은 더더욱 아니다. 어쩌다 여윳돈이 생겨서 괜찮은 옷을 사입으라고 설득해도 도통 말을 듣지 않는다. 힐다는 끊임없이 돈 걱정을 하며 마음 졸이는 것이 **마땅한** 일이라고 생각한다. 그래서 의무라도 되는 양 애써 우울한 분위기를 자아낸다. 난 그렇지 않다. 돈에 대해 좀 더 프롤레타리아적인 생각을 갖고 있다. 인생이란 즐겁게 살아야 한다. 다음 주에 상황이 어려워진다 한들 어떠랴, 다음 주가 오려면 한참 멀었는데. 힐다는 내가 걱정을 거부한다는 사실에 정말 큰 충격을 받고, 그런 나를 항상 비난한다. "조지! 당신이 뭘 **모르는** 모양인데! 우린 돈이 없다니까! 정말 **심각하다고**!" 그녀는 이런저런 일이 '심각하다'는 이유로 야단법석 떨기를 즐긴다. 그리고 최근에는 무슨 걱정이라도 있으면 어깨를 구부리고 가슴 앞으로 팔짱을 끼는 버릇이 생겼다. 하루 종일 힐다가 하는 말들을 쭉 적어보면 다음의 세 문장이 가장 많이 등장한다. "우린 그럴 형편이 못 돼", "그럼 엄청 아낄 수 있어", "어디서 돈이 나오냔 말이야". 그녀는 어떻게든 부정적인 이유를 찾아낸다. 케이크를 만들 때는 케이크를 생각하는 것이 아니라, 어떻게 하면 버터와 달걀을 아낄 수 있을까 고민한다. 나와 동침할 때 그녀의 머릿속에는 어떻게 하면 임신을 피할 수 있을까 하는 생각뿐이다. 영화관에 가면 좌석 가격에 화를 내며 계속 몸을 비틀어댄다. '절대 남기지 않고' '임시변통으로 때우는' 힐다의 살림 방식을 내 어머니가 본다면 아마 기함을 할 것이다. 반면 힐다에게 속물근성은 눈곱만큼도 없다. 상류층 신사가 아니라는 이유로 나를 깔본 적은 한 번도 없었다. 오히려 내 생활 습관이 너무 귀족적이라고 생각한다. 찻집에서 식사라도 한 끼 하면, 내가 종업원에게 팁을 과하게 준다며 속삭이는 목소리로 무섭게 따지고 든다. 지난 몇 년 사이에 생각이나 외모까지 그녀가 나보다 훨씬 더 확실한 하위 중산층 사람이 된 건 참으로 신기한 일이다. 물론 '절약'한다고 야단을 떨어서 큰 성과를 얻은 적은 없었다. 절대 그럴 수가 없다. 우리는 엘즈미어로의 다른 사람들과 똑같은 수준으로 잘살거나 혹은 못살고 있다. 그래도 가스비와 우윳값과 끔찍한 버터값과 아이들의 부츠와 수업료에 대한 걱정은 계속 이어진다. 그건 힐다에게 일종의 게임이다.

우리는 1929년에 웨스트 블레츨리로 이사하고 이듬해 빌리가 태어나기 직전 엘즈미어로에 집을 구했다. 나는 조사관이 된 뒤로 집에서 멀리 떠나 있는 시간이 많아졌고, 그러다 보니 여자들과 어울릴 기회도 더 많아졌다. 물론 바람을 피웠다―늘 그런 건 아니고 기회가 생길 때마다. 신기하게도 힐다가 질투를 했다. 그녀는 그런 일에 큰 의미를 두지 않으니 내가 바람을 피우든 말든 신경 쓰지 않을 줄 알았다. 가끔 그녀에게 들킬 때면 텔레파시라는 게 정말 있나 싶은 생각이 들기도 하지만, 캥길 것이 없을 때도 의심받는 경우가 많았다. 거의 항상 의심을 받고 있는데, 지난 몇 년은—어쨌든 5년 동안은—꽤 떳떳하게 지냈다. 나처럼 뚱뚱한 인간은 어쩔 수 없다.

전반적으로 보자면 힐다와 나의 관계는 엘즈미어로의 부부들 가운데 중간 정도는 되는 것 같다. 별거나 이혼을 생각한 적도 몇 번 있지만, 우리 계층과는 어울리지 않는 일이다. 그럴 여유가 없다. 그렇게 시간은 흐르고, 저항의 몸부림을 어느 정도 포기하게 된다. 한 여자와 15년 살다 보면, 그녀 없는 인생을 상상하기 어려워진다. 그녀는 자연 순리의 일부가 된다. 태양과 달이 마음에 안 들 수는 있지만, 그렇다고 정말 그것들을 바꾸고 싶은가? 게다가 아이들이 있다. 아이는 부부를 이어주는 '연결 고리' 혹은 '끈'이라는 말도 있잖은가. 쇠공이 달린 족쇄까지는 아니더라도 말이다.

최근 몇 년 사이 힐다는 휠러 부인과 민스 양이라는 좋은 친구들을 사귀었다. 휠러 부인은 과부인데, 아무래도 남자를 몹시 싫어하는 듯하다. 내가 방에 들어가기만 해도 못마땅해하며 몸을 부들부들 떠는 것이 느껴진다. 작은 몸집에 빛이 바랜 부인은 온몸이 똑같은 색깔, 그러니까 잿빛 도는 탁한 다갈색으로 뒤덮인 듯한 묘한 인상을 풍기면서도, 활력이 넘친다. 그녀 역시 '절약'과 '임시변통으로 때우기'에 열성적이어서 힐다에게 나쁜 영향을 미치고 있다. 하지만 그 방식은 조금 다르다. 그녀는 돈을 쓰지 않고도 즐거운 시간을 보낼 수 있다는 생각을 갖고 있다. 떨이로 파는 물건들과 돈이 들지 않는 오락거리를 항상 찾아다닌다. 그런 사람들에게는 그 물건이 정말 필요한지 어떤지는 전혀 중요치 않다. 싼값에 얻을 수 있느냐가 문제일 뿐이다. 큰 가게들이 떨이 판매를 할 때 휠러 부인은 항상 줄의 맨 앞에 서 있으며, 하루 종일 매대에서 힘겨운 몸싸움을 벌인 뒤 아무것도 사지 않고 나오는 것을 최고의 자랑거리로 여긴다. 민스 양은 완전히 다른 부류의 사람이다. 정말이지 딱한 여자다, 가여운 민스 양. 나이는 서른여덟 살 정도 되었고 키가 크고 말랐으며, 머리칼은 에나멜가죽처럼 시커멓고 얼굴은 의심이라는 걸 모르는 것처럼 아주 **선하게** 생겼다. 연금인지 뭔지 모를 작은 고정 수입으로 살아가고 있는데, 교외가 성장하기 전에 작은 시골 마을이었던 옛 웨스트 블레즐리의 잔재물 같은 존재라 할 수 있다. 얼굴만 봐도, 아버지가 성직자였고 살아생전에 그녀를 심하게 억압했음을 단번에 알 수 있다. 집에서 달아나기도 전에 쭈그렁 할망구가 되어버리는 이런 여자들은 중산층 특유의 부산물이다. 주름이 자글자글한 가여운 민스 양은 그래도 아이처럼 보인다. 그녀에게는 교회에 나가지 않는 것이 여전히 엄청난 모험이다. 그녀는 툭하면 '현대사회의 진보'와 '여성운동'에 대해 떠들어대면서, '마음을 갈고닦을' 무언가를 하고픈 막연한 열망을 품고 있지만 어디서부터 시작해야 할지 모른다. 처음엔 그저 외로워서 힐다와 휠러 부인에게 접근했던 것 같은데, 이제 두 사람은 어딜 가든 민스 양을 데리고 다닌다.

세 사람이 함께 보내는 시간이란! 가끔은 그들이 부럽기까지 했다. 휠러 부인이 무리의 대장 격이다. 그녀는 시간이 있을 때마다 나머지 두 명을 바보 같은 짓에 끌어들였다. 신지학에서부터 실뜨기 놀이까지, 싼값에 할 수 있는 일이라면 뭐든 다. 몇 달 동안 그들은 음식을 가지고 괴짜 같은 짓을 벌이기도 했다. 휠러 부인은 상추처럼 싼 음식만 먹고도 살아갈 수 있다는 사실을 증명한『복사 에너지』라는 책을 중고로 구했다. 아니나 다를까 힐다는 혹했고 곧장 굶기 시작했다. 나와 아이들에게까지 시험해보려 했지만, 나는 고집을 꺾지 않았다. 다음으로 그들이 시도한 건 신앙 요법이었다. 그다음엔 펠먼식 기억법*에 도전할 생각이었지만, 여러 번의 서신 왕래 끝에 휠러 부인의 생각과는 달리 교재를 공짜로 얻을 수 없다는 사실을 알게 되었다. 그다음은 건초 상자 요리법이었다. 그다음은 물로 만들어서 돈이 한 푼도 안 든다는 더러운 꿀벌 와인이었다. 그들은 꿀벌 와인이 암을 유발한다는 신문 기사를 읽고는 계획을 중단했다. 그러고 나서

  ＊ 영국의 교육기관 펠먼 연구소가 개발하여 통신강좌를 통해 가르친 기억 훈련법으로 20세기 전반 영국에서 인기를 끌었다.

는 안내자와 함께 공장을 구경 다니는 어떤 여성 클럽에 가입할 뻔했지만, 이런저런 계산을 해본 휠러 부인이 공장에서 내주는 공짜 차보다 회원비가 비싸다는 결론을 내렸다. 그 후 휠러 부인은 어떤 극단이 만든 연극의 공짜 표를 나누어주는 사람과 힘겹게 친분을 텄다. 세 여자는 대사를 한 마디도 이해할 수 없는 수준 높은 연극—나중엔 연극의 제목조차 말하지 못했다—을 몇 시간이나 앉아서 봐야 했지만, 무언가를 거저 얻었다는 만족감을 만끽했다. 한번은 심령술에까지 손을 댔다. 휠러 부인이 18펜스에 교령회를 열어주겠다는 어느 절박한 빈털터리 영매를 우연히 만난 것이다. 그래서 세 여자는 한 번에 6펜스씩 내고 저승을 살짝 엿볼 수 있었다. 나는 교령회를 열기 위해 우리 집에 찾아온 그 영매를 한 번 본 적이 있다. 인상 더러운 노인네로, 지독한 진전 섬망증을 앓고 있는 것이 분명했다. 온몸을 심하게 떠는 모양새가 딱 그랬다. 현관에서 외투를 벗다가 갑자기 경련을 일으키더니 바짓가랑이 밑으로 면포를 떨어뜨렸다. 여자들이 보기 전에 내가 얼른 천을 그의 바지 속으로 밀어 넣어주었다. 듣기로 영매들은 이런 면포로 혼령체를 만든다고 한다. 그는 나중에 다른 곳에서 또 교령회를 열 계획이었을 것이다. 18펜스로는 유령을 부를 수 없다. 요 몇 년 사이 휠러 부인이 올린 가장 큰 성과는 레프트 북 클럽을 발견한 것이다. 레프트 북 클럽에 대한 소식이 웨스트 블레츨리에까지 닿은 건 1936년이었던 것 같다. 나는 곧 가입했고, 힐다의 반대 없이 돈을 쓸 수 있었던 거의 유일한 때가 아니었나 싶다. 그녀가 보기에 제값의 3분의 1로 책을 사는 건 합리적인 소비였던 것이다. 나는 이 여자들의 태도를 도통 이해할 수가 없다. 민스 양은 한두 권 정도 읽어보려 시도라도 했지만, 나머지 두 명은 그런 생각조차 하지 못했다. 그들에게는 레프트 북 클럽도, 그 클럽이 전하고자 하는 이념도 그저 딴 세상 이야기였다—휠러 부인은 그 클럽이 기차 안에 남겨진 책들을 싸게 판다고 생각했을지도 모른다.* 하지만 7실링 6펜스짜리 책을 반 크라운에 살 수 있기에 '참 좋은 클럽'인 것이다. 때때로 레프트 북 클럽 지점이 모임을 열어 강연자들을 초대하면, 휠러 부인이 꼭 다른 두 명을 데려간다. 그녀는 어떤 유의 공개 모임이든 열성적으로 참여한다. 단, 실내 행사에 입장료는 공짜여야 한다. 세 여자는 푸딩 덩어리들처럼 거기 앉아 있다. 그 모임이 왜 열리는지 모르고 관심도 없지만, 왠지 모르게 똑똑해지는 기분이 들고(특히 민스 양) 한 푼도 들지 않는다.

자, 이게 바로 힐다의 본모습이다. 그녀가 어떤 사람인지 이제 여러분도 알 것이다. 대체로 보자면, 그녀가 나보다 더 나쁠 것도 없다. 결혼 초기엔 가끔 목을 조르고

---

* 레프트 북 클럽의 '레프트(Left)'에는 '남겨진'이라는 뜻도 있다.

싶을 때도 있었지만, 나중엔 그저 무관심해졌다. 그러다 난 뚱뚱해졌고 그녀와의 결혼 생활에 안주하게 되었다. 내가 뚱뚱해진 건 틀림없이 1930년이었을 것이다. 너무도 갑작스러운 일이라, 마치 포탄이 날아와 내 안에 박히기라도 한 것 같았다. 그 느낌을 다들 알 것이다. 여전히 젊은 기분으로 다른 여자들을 생각하며 잠자리에 드는데, 다음 날 아침 깨어나 보니 아이들 부츠를 사기 위해 뼈 빠지게 일하다 죽어야 하는 가엽고 뚱뚱한 아저씨가 되어 있는 것이다.

그리고 지금은 1938년이다. 세계의 모든 조선소는 또 다른 전쟁을 위해 전함을 손질하고 있으며, 전단에서 우연히 본 이름 하나가 오랜 세월 내 안에 묻혀 있던 수많은 기억을 휘저어 놓았다.

제3부

1

그날 저녁 집에 돌아왔을 때, 나는 17파운드를 어떻게 쓸지 여전히 고민 중이었다.

힐다는 레프트 북 클럽 모임에 나갈 거라고 했다. 런던에서 어떤 강연자가 오는 모양이었지만, 당연히 힐다는 강연의 주제도 몰랐다. 나는 같이 가겠다고 했다. 평소에 강연을 즐겨 듣는 편은 아니지만, 그날 아침 기차 위로 날아가던 폭격기부터 시작해 전쟁의 기운을 느꼈던 터라 왠지 생각이 많아졌다. 여느 때처럼 한 차례 옥신각신 다툰 뒤 우리는 아이들을 일찍 재우고, 8시로 홍보된 강연에 늦지 않게 출발했다.

안개가 자욱한 저녁이었고, 강연장은 쌀쌀한 데다 조명도 그리 밝지 않았다. 양철 지붕이 덮인 작은 목조 홀인데, 어느 비국교도파의 소유지로 10실링에 빌릴 수 있다. 늘 모이는 열 댓 명이 자리에 앉아 있었다. 강단 앞에는 강연의 주제가 '파시즘의 위협'임을 알리는 노란 현수막이 걸려 있었다. 전혀 놀랍지 않았다. 이런 모임의 주최자로 사적으로는 건축 사무소에서 일하고 있는 위트쳇 씨가 강연자를 데리고 홀을 돌아다니며 모두에게 '유명한 반파시스트' 아무개 씨(이름은 기억나지 않는다)로 소개하고 있었다. 마치 '유명한 피아니스트'를 소개하듯이. 검은 정장 차림의 강연자는 마흔 살 정도 된 작은 남자로, 민둥민둥한 머리를 얼마 안 남은 머리카락으로 감춰 보려 한 것 같았지만 그리 성공적이지는 않았다.

이런 유의 강연은 제시간에 시작하는 법이 없다. 기다리면 사람이 더 많이 올 것처럼 한동안 꾸물댄다. 8시 25분 즈음 위트쳇이 테이블을 톡톡 두드리더니 자신이 할 일을 했다. 위트쳇은 아기 엉덩이 같은 분홍빛 얼굴로 항상 미소를 짓고 있는, 인상이 순한 남자다. 아마 자유당 지부의 서기일 것이고, 교구회에도 소속되어 있으며, 어머니 연합회를 위한 환등기 강연의 사회도 맡고 있다. 타고난 사회자라 해도 손색이 없다. 오늘 저녁 아무개 씨를 모셔서 정말 기쁘다는 그의 말은 항상 진심으로 느껴진다. 그를 볼 때마다 동정이 아닐까 하는 생각이 든다. 몸집이 작은 강연자가 주로 신문 기사들로 이루어진 원고 뭉치를 꺼내어 물 잔으로 눌러놓았다. 그러고 나서 입술을 재빨리 한 번 훑더니 말을 쏟아내기 시작했다.

강연회나 공개 모임 같은 곳에 가본 적이 있는가?

나는 그런 곳에 갈 때마다 똑같은 생각을 하게 되는 순간이 있다. 우린 대체 왜 이런 짓을 하고 있을까? 왜 사람들은 이런 걸 보자고 겨울밤에 나와 있을까? 나는 홀을 둘러보았다. 나는 뒷줄에 앉아 있었다. 어떤 공개 모임에 참석하든 되도록이면 뒷자리에 앉는다. 힐다와 나머지 여자들은 평소처럼 앞줄에 진을 치고 있었다. 약간 어둑한 작은 홀이었다. 그런 곳이 어떤지 잘 알지 않는가. 리기다소나무 벽, 골함석 지붕, 외투를 못 벗게 만드는 심한 외풍. 몇 안 되는 청중이 강단 주변의 불빛 속에 앉아 있고, 우리 뒤로 의자가 서른 줄 정도 비었다. 그리고 모든 의자는 먼지를 뒤집어썼다. 강단에 선 강연자 뒤로는 큼직한 사각형 물체가 먼지막이 커버에 가려져 있었다. 마치 천에 덮인 거대한 관 같았는데, 사실 피아노였다.

강연 초반에 난 대충 흘려듣고 있었다. 강연자는 험상궂게 생긴 작은 남자였지만, 말솜씨는 좋았다. 흰 얼굴, 아주 잘 움직이는 입술, 쉴 새 없이 말하다 보니 조금 쉬어버린 목소리. 물론 그는 히틀러와 나치를 격렬히 비난하고 있었다. 난 딱히 그의 말에 귀를 기울이지 않았다. 매일 아침 《뉴스 크로니클》에서 똑같은 얘기를 읽고 있으니까. 하지만 윙윙-윙윙-윙윙 울려대는 목소리에서 이따금 한 구절씩 툭툭 튀어나와 내 주의를 사로잡았다.

"금수와 같은 만행······ 사디즘의 추악한 발로······ 고무 경찰봉······ 강제수용소······ 부당한 유대인 박해······ 암흑시대로 회귀······ 유럽 문명······ 너무 늦기 전에 행동해야······ 올곧은 사람이라면 누구나 분개······ 민주국가들의 동맹······ 결연한 저항······ 민주주의의 수호······ 민주주의······ 파시즘······ 민주주의······ 파시즘······ 민주주의·······."

이런 식으로 진행되는 연설은 뻔하잖은가. 이런 작자들은 몇 시간이고 떠들어댈 수 있다. 축음기처럼. 손잡이를 돌리고 버튼을 누르면 소리가 나오기 시작한다. 민주주의, 파시즘, 민주주의. 하지만 왠지 그를 지켜보는 것이 재미있었다. 흰 얼굴에 대머리로 강단에 서서 슬로건을 외치는, 인상이 험상궂은 작은 남자. 그는 뭘 하고 있는 걸까? 다분히 의도적으로, 다분히 노골적으로 증오를 불러일으키고 있다. 파시스트라는 어떤 외국인들을 증오하게 하려고 최선을 다하고 있다. '유명한 반파시스트 아무개 씨'라는 칭호가 이상하다는 생각이 들었다. 반파시즘이라니, 이상한 직업 아닌가. 이 남자는 히틀러를 비난하는 책들을 써서 생계를 유지하고 있을 것이다. 하지만 히틀러가 등장하기 전에는 무슨 일을 했을까? 그리고 히틀러가 사라지면 무엇을 할까? 의사, 형사, 쥐잡이꾼 등등에게도 똑같이 적용되는 질문이다. 하지만 쉰 목소리는 계속 이어졌고, 내 머릿속에 또 다른 생각이 떠올랐다. 그는 **진심**이다. 전혀 가장이 아니다—자신이 뱉는 말한 마디 한 마디를 통감하고 있다. 그는 청중에게 증오를 부추기려 애쓰고 있지만, 그 자신이 느끼는 증오가 훨씬 더 중요하다. 그에게 모든 슬로건은 복음서의 진리나 마찬가지다. 그의 몸을 열어보면 그 안에는 민주주의-파시즘-민주주의밖에 없을 것이다. 저런 사람을 개인적으로 알면 재미있지 않을까. 하지만 저 사람에게 사생활이라는 게 있기는 할까? 그저 강단을 전전하며 증오를 부추기고 다니지 않을까? 어쩌면 꿈에서조차 슬로건을 외치고 있을지도.

뒷줄에 앉아 있으니 청중도 잘 보였다. 생각해보면, 겨울밤에 레프트 북 클럽 강연을 듣겠다고 외풍 심한 홀에 앉아 있는 우리(이번엔 자발적으로 왔으니 나도 '우리' 중 한 명일 것이다)도 보통내기가 아니다. 우리는 웨스트 블레슬리의 혁명가들이다. 언뜻 보면 그리 희망적이지는 않다. 강연자가 30분 넘게 히틀러와 나치를 맹비난하고 있는데도, 그의 말을 제대로 이해한 청중은 대여섯 명밖에 되지 않았다. 이런 유의 강연은 항상 그렇다. 청중의 절반은 아무것도 이해하지 못한 채 강연장을 떠난다. 테이블 옆의 의자에 앉은 위트쳇은 분홍빛 제라늄 같은 얼굴로 즐거운 미소를 지으며 강연자를 지켜보고 있었다. 강연자가 자리에 앉자마자 위트쳇이 어떤 연설을 할지는 뻔했다—멜라네시아인들에게 바지를 원조하기 위한 환등기 강연회가 끝날 때도 똑같은 연설을 한다. "감사의 뜻을 전하는 바입니다—우리 모두의 의견을 표명해주시고—너무도 흥미로운 강연을 해주시고—우리 모두에게 생각할 거리를 주시고—너무도 고무적인 저녁을 선사해주셨습니다!" 앞줄의 민스 양은 아주 꼿꼿이 앉아서, 새처럼 머리를 한쪽으로 약간 갸웃하고 있었다. 강연자는 물 잔 밑에서 종이 한 장을 빼내어 독일의 자살률 통계를 읽고 있었다. 민스 양의 길고 가느다란 목이 옆으로 비틀려 있는 걸 보아하니, 기분이 별로인 모양이었다. 이 강연을 듣는다고 더 똑똑해질까? 무슨 소린지 알아들을 수만 있다면! 나머지 두 여자는 푸딩 덩어리처럼 앉아 있었다. 그들 옆에 앉은 붉은 머리의 작은 여자는 스웨터를 뜨고 있었다. 겉뜨기 한 코, 안뜨기 한 코, 한 코 빼고, 두 코 한꺼번에 뜨기. 강연자는 나치가 반역죄를 뒤집어씌워 사람들의 머리를 자르는데, 가끔은 사형집행인이 단번에 성공하지 못할 때도 있다고 설명했다. 청중 가운데에는 공립학교 교사인 검은 머리의 여자도 있었다. 나머지 사람들과 달리 강연에 흠뻑 취한 여자는 큼직하고 둥근 눈을 강연자에게 고정하고 입을 약간 벌린 채 몸을 앞으로 기울이고 있었다.

그 바로 뒤에는 노동당 지부에서 나온 늙은이 두 명이 앉아 있었다. 한 명은 희끗희끗한 머리를 바싹 깎았고, 한 명은 대머리에 축 처진 콧수염을 길렀다. 둘 모두 외투를 입고 있었다. 뻔한 타입이었다. 먼 옛날부터 노동당에 몸담아 온 사람들. 노동운동에 자기 한 몸 바치는 사람들. 고용주들의 블랙리스트에 올라가 있던 세월이 20년, 빈민가에 이런저런 조치를 취하라며 시의회를 괴롭히며 보낸 세월이 10년. 갑자기 모든 것이 변했고, 노동당의 옛 기치는 더 이상 중요치 않다. 그들은 국외 정치—히틀러, 스탈린, 폭탄, 기관총, 고무 경찰봉, 추축국,* 인민전선, 방공(防共)협정**—와 억지로 엮여 도통 갈피를 못 잡고 있다. 내 바로 앞줄에는 공산당 지부 사람들이 앉아 있었다. 세 명 모두 아주 젊었다. 그중 한 명은 헤스페리데스 주택 개발 회사에 한자리를 차지하고 있는 부유한 청년인데, 아무래도 크럼의 조카인 것 같았다. 또 다른 한 명은 은행원이었다. 가끔 내 수표를 현금으로 바꿔준다. 동그랗고 아주 앳되고 진지한 얼굴, 아기 같은 파란 눈동자, 과산화수소수로 탈색했나 싶을 만큼 옅은 금발을 한 그는 괜찮은 청년이다. 얼굴만 보면 열일곱 살처럼 보이지만, 아마 스무 살 정도 됐을 것이다. 파란색 싸구려 정장을 입고, 머리 빛깔과 어울리는 짙푸른 넥타이를 맸다. 이들 세 청년 옆에 또 다른 공산당 당원이 앉아 있었다. 하

---

* 제2차 세계대전에서 미국, 영국, 프랑스 등의 연합국에 대립하여 일본, 독일, 이탈리아의 삼국동맹을 지지한 국가들.
** 공산당의 국제조직인 코민테른에 대항하기 위하여 1936년에 일본, 독일, 이탈리아 간에 체결된 협정.

지만 진짜배기가 아닌 다른 부류의 공산주의자 같았다. 소위 트로츠키주의자이기 때문이다. 나머지 당원들은 그를 마뜩잖게 여겼다. 그는 훨씬 더 어리고, 비쩍 말랐고, 까무잡잡하며, 긴장된 표정으로 다녔다. 영리해 보이는 얼굴. 역시 유대인이다. 이들 네 명은 나머지 청중과는 완전히 다른 태도로 강연을 듣고 있었다. 질문 시간이 시작되자마자 벌떡 일어설 기세로, 벌써부터 몸을 씰룩거렸다. 어린 트로츠키주의자는 제일 먼저 질문하려는 욕심에 초조하게 몸을 좌우로 흔들어댔다.

이제 강연 내용은 귀에 들어오지 않았다. 하지만 강연을 듣는 방법에는 여러 가지가 있다. 나는 잠깐 눈을 감았다. 신기한 효과가 있었다. 목소리만 들리니 그 사람이 훨씬 더 잘 보이는 듯했다.

멈추지 않고 2주 동안 계속 이어질 것만 같은 목소리였다. 몇 시간이고 정치 선전을 쏟아내는 인간 손풍금이라니, 섬뜩하지 않은가. 그것도 똑같은 말만 되풀이한다. 증오, 증오, 증오. 우리 모두 똘똘 뭉쳐 열심히 증오합시다. 또, 또. 마치 무언가가 머릿속에 들어와 뇌를 탕탕 두드리고 있는 듯한 느낌이다. 하지만 나는 잠깐 눈을 감고서 그에게 역습을 가했다. **그의** 머릿속으로 들어간 것이다. 묘한 감각이었다. 1초 정도 나는 그의 안에 있었다. 내가 바로 **그였다**고 말할 수도 있을 것이다. 어쨌든, 나는 그가 느끼는 대로 느끼고 있었다.

나는 그가 보고 있는 광경을 보았다. 말로 표현할 수 있는 광경이 아니었다. 그가 **말하고** 있는 건, 히틀러가 우리를 잡으러 오고 있으니 우리 모두 똘똘 뭉쳐 열심히 증오하자는 것뿐이다. 상세히 설명하지 않는다. 흉측한 얘기는 쏙 **빼버린다.** 하지만 그가 **보고** 있는 건 사뭇 다르다. 그 자신이 스패너로 사람들의 얼굴을 후려갈기고 있는 모습이다. 물론 파시스트들의 얼굴이다. 나는 그가 그런 광경을 보고 있음을 **알 수 있다.** 그의 머릿속에 있던 1-2초 동안 내가 직접 보았으니. 팍! 얼굴 한가운데를! 뼈가 달걀 껍질처럼 부서지고, 방금 전만 해도 얼굴이었던 것이 딸기 잼 덩어리처럼 뭉개져 버린다. 팍! 한 방 더! 자나 깨나 그는 이 생각뿐이고, 생각할수록 점점 더 **빠져든다.** 박살 난 얼굴은 파시스트들의 얼굴이니 아무 문제 없다. 그의 목소리에 이 모든 생각이 배어 있다.

그런데 대체 이유가 뭘까? 가장 그럴듯한 설명은, 그가 겁에 질려 있다는 것이다. 요즘의 지식인들은 하나같이 공포에 떨고 있다. 이 강연자는 앞을 내다볼 줄 알기에 남들보다 조금 더 겁을 집어먹었을 뿐이다. 히틀러가 우리를 잡으러 오고 있다! 빨리! 우리 모두 스패너를 쥐고 똘똘 뭉쳐 얼굴들을 박살 내자. 그러면 놈들이 우리 얼굴을 박살 내지 못할 테니. 단결하여 우리의 대장을 뽑자. 히틀러는 흑, 스탈린은 백. 하지만 그 반대여도 상관없다. 이 작은 남자의 머릿속에서는 히틀러나 스탈린이

나 똑같으니까. 둘 다 스패너로 후려쳐 박살 내야 할 작자다.

전쟁! 나는 다시 전쟁을 생각하기 시작했다. 전쟁이 머지않은 건 분명한 사실이다. 하지만 누가 전쟁을 두려워하는가? 그러니까, 누가 폭탄과 기관총을 두려워하는가? "당신"이라고 여러분은 말할 것이다. 그렇다, 나는 두렵다. 그걸 직접 목격한 적이 있는 사람이라면 누구나 그럴 것이다. 하지만 전쟁이 아니라 전쟁 후가 문제다. 우리는 증오의 세계, 슬로건의 세계로 빠져든다. 셔츠단,* 철조망, 고무 경찰봉. 밤낮으로 전깃불이 켜져 있는 밀실, 잠든 우리를 감시하는 형사들. 행진, 큼지막한 얼굴이 그려진 포스터, 지도자에게 환호하는 수백만 명의 사람. 환호 소리에 귀가 먹은 그들은 자신들이 진심으로 숭배한다고 생각하지만, 속으로는 구역질이 날 만큼 그를 증오한다. 이 모든 일이 벌어질 것이다. 아니려나? 어떤 날은 설마 싶다가도, 어떤 날은 불가피한 일이라는 생각이 든다. 어쨌든 그날 밤에 난 그런 세계가 곧 닥치리라는 걸 알았다. 그 작은 강연자의 목소리에서 느낄 수 있었다.

그러니, 이런 강연을 듣겠다고 겨울밤에 집 밖으로 나온 몇 안 되는 청중을 우습게 볼 수는 없다. 적어도, 강연

---

* 이탈리아의 무솔리니가 1919년에 만든 정치폭력조직은 검은 셔츠를 제복으로 삼았기 때문에 '검은 셔츠단'이라 불렸으며, 나치 돌격대는 갈색 셔츠나 갈색 제복을 만들어 입고 다녀 '갈색 셔츠단'이라 불렸다.

을 이해한 대여섯 명은 말이다. 그들은 거대한 군대의 전초기지들이나 마찬가지다. 배가 침몰하고 있음을 제일 먼저 알아채는 쥐들처럼 그들에게는 선견지명이 있다. 빨리, 서둘러! 파시스트들이 몰려오고 있어! 스패너를 준비하도록, 소년들이여! 놈들을 박살 내, 그러지 않으면 놈들이 너희를 박살 낼 거야. 우리는 미래를 두려워하며 당장에 스패너를 집어 든다. 보아뱀의 목구멍으로 뛰어드는 토끼처럼.

파시즘이 영국으로 들어오면 나 같은 인간은 어떻게 될까? 사실 아무것도 달라지지 않을 것이다. 하지만 강연자나 청중 속의 네 공산당원은 사정이 다르다. 어느 쪽이 이기느냐에 따라, 남의 얼굴을 박살 내거나 아니면 자신들의 얼굴이 박살 날 것이다. 나처럼 평범하고 어중간한 인간들은 평소와 똑같이 생활하고 있겠지만. 그래도 난 두렵다, 정말이다. 이유가 궁금해지기 시작했을 때 강연자가 말을 멈추고 자리에 앉았다.

청중이 열 댓 명밖에 안 될 때 울릴 법한 허허롭고 작은 박수 소리에 이어 위트쳇이 할 말을 끝내기가 무섭게 네 공산당원이 다 함께 벌떡 일어섰다. 그들은 변증법적 유물론, 프롤레타리아의 운명, 레닌이 1918년에 한 말 따위의 다른 사람들은 이해하지 못할 온갖 얘기로 10분이나 격론을 벌였다. 그러자 강연자는 물을 한 모금 마시고 일어나서 요점을 간단히 설명했다. 트로츠키주의자는 의자에 앉은 채 몸을 꿈틀거렸지만, 나머지 세 명은 만족했고, 그들만의 격론이 비공식적으로 조금 더 이어졌다. 나머지 청중은 아무 말도 없었다. 힐다 일행은 강연이 끝나는 순간 나가버리고 없었다. 홀 대관비를 모금하기라도 할까 봐 두려웠던 모양이다. 붉은 머리의 작은 여자는 남아서 뜨개질을 마무리하고 있었다. 논쟁이 벌어지는 동안 여자가 바늘코를 세며 중얼거리는 소리가 들렸다. 위트쳇은 공산당원들의 토론을 환한 미소로 흥미롭게 들으며 머릿속에 새겨 넣고 있었다. 검은 머리 여자는 입을 조금 벌린 채 그들을 번갈아 쳐다보았고, 축 처진 콧수염과 귀까지 올려 입은 외투 때문에 물개처럼 보이는 노동당 늙은이는 앉아서 공산당 청년들을 올려다보며 이게 대체 무슨 소린가 궁금해하고 있었다. 마침내 나는 일어나서 외투를 입기 시작했다.

공산당원들의 격론은 어린 트로츠키주의자와 금발 청년 사이의 개인적인 다툼으로 변해 있었다. 그들은 전쟁이 터지면 입대해야 하는가를 두고 다투는 중이었다. 내가 의자 줄을 따라 조금씩 조금씩 빠져나가고 있는데, 금발 청년이 나를 불러 세웠다.

"볼링 씨! 여기 좀 보세요. 전쟁이 터지면 파시즘을 완전히 박살 내버릴 기회가 생기는데, 그래도 안 싸우시겠어요? 그러니까, 젊으시다면요."

나를 예순 살 된 노인으로 생각하는 모양이었다.

"나라면 안 싸우겠어. 지난번에 싸울 만큼 싸웠으니까."

"하지만 파시즘을 박살 내야죠!"

"오, 망할 놈의 파시즘! 박살 내는 거라면 이미 충분히 한 것 같은데."

어린 트로츠키주의자가 사회주의적 애국주의와 노동자들의 배신에 대해 떠들며 끼어들려 하자 다른 청년이 그의 말을 잘라버렸다.

"그건 1914년 얘기죠. 그땐 그저 평범한 제국주의 전쟁이었잖아요. 이번엔 다릅니다. 좀 보세요. 독일에서 어떤 일이 벌어지고 있는지 들으셨을 거 아닙니까. 강제수용소니, 고무 경찰봉으로 사람들을 두들겨 패고 유대인들이 서로의 얼굴에 침을 뱉게 만드는 나치들이니 하는 것들 말입니다. 피가 끓어오르지 않아요?"

피가 끓어오른다는 얘기는 꼭 빠지지 않는다. 전쟁 동안에도 똑같은 말을 들은 기억이 난다.

"끓어오르던 피도 1916년에 꽉 식어버렸지." 내가 그에게 말했다. "그리고 참호 냄새가 어떤지 알면 자네도 그럴걸."

그리고 갑자기 청년의 얼굴이 보이기 시작했다. 그 순간이 되기 전까지는 제대로 쳐다보지 않았던 것처럼 말이다.

눈동자가 파랗고 머리칼이 담황색인, 잘생긴 학생처럼 보이는 아주 앳되고 진지한 얼굴이 내 얼굴을 가만히 응시하고 있었다. 순간 그의 두 눈에 정말로 눈물이 고였다! 독일계 유대인들에게 그토록 강렬한 감정을 품고 있다니! 하지만 사실 나는 그의 감정이 뭔지 잘 알고 있었다. 체격이 우람한 청년은 아마 은행의 럭비 선수로 뛰고 있을 것이다. 머리도 좋다. 하지만 불경한 교외 마을에서 흐릿한 창문 뒤에 앉아 장부에 숫자를 기입하고, 지폐를 세고, 지점장에게 알랑거리는 은행원에 불과하다. 인생이 썩어가는 듯한 느낌일 것이다. 그러는 내내 유럽 전역에서는 큰일이 벌어지고 있다. 참호 위로 터지는 포탄, 자욱한 연기를 뚫고 돌진하며 파도처럼 밀려드는 보병들. 어쩌면 그의 친구 몇 명은 스페인에서 싸우고 있을지도 모른다. 물론 이 청년은 전쟁을 갈망하고 있다. 어떻게 그를 탓할 수 있겠는가? 순간 그가 내 아들이라도 된 듯한 기묘한 느낌이 들었다. 나이로 치면 불가능한 일도 아니었다. 그리고 신문팔이 소년이 **영국, 독일에 선전포고**라고 적힌 벽보를 붙이고 우리 모두 흰 앞치마를 두른 채 거리로 우르르 몰려나가 환호성을 질렀던 8월의 그 무더웠던 날이 떠올랐다.

"이봐, 잘 들어. 자넨 완전히 잘못 알고 있어. 1914년에 **우린** 전쟁이 영광스러운 일이 될 줄 알았지. 하지만 그렇지 않았어. 그냥 빌어먹을 난장판이었지. 또 전쟁이 일어난다면 무조건 피하도록 해. 왜 자네 몸을 총알받이로 쓰려고 하나? 여자를 위해 잘 간수하라고. 전쟁에 나가면

영웅이 돼서 훈장이라도 받을 줄 아는 모양인데, 그렇지가 않다니까. 요즘엔 돌격 같은 건 안 하고, 한다 해도 자네가 상상하는 것과는 다르지. 영웅이 된 느낌 따윈 없네. 사흘 동안 잠도 못 자고, 몸에서 긴털족제비같이 지독한 악취가 풍기고, 무서워서 바지에 오줌을 지리고, 손이 꽁꽁 얼어붙어서 소총을 들기도 어려워. 하지만 그것도 별거 아니야. 그 후에 일어나는 일들이 정말 문제지."

물론 씨알도 먹히지 않는다. 그들은 그저 나를 구닥다리로 볼 뿐이다. 매음굴 앞에서 정치 팸플릿을 나눠주는 꼴이다.

사람들이 자리를 뜨기 시작했다. 위트쳇은 강연자를 집에 데려다줄 모양이었다. 세 공산당원과 어린 유대인은 함께 거리로 나가면서, 프롤레타리아의 결속, 변증법의 변증법, 1917년에 트로츠키가 한 발언 따위로 또다시 격론을 벌이고 있었다. 사실 다 똑같은 녀석들이다. 축축하고 고요하며 아주 컴컴한 밤이었다. 램프들은 별들처럼 어둠 속에 걸려 있을 뿐 거리를 밝히지는 못했다. 저 멀리 하이 스트리트를 지나가는 전차들의 우렁찬 소리가 들렸다. 나는 한잔하고 싶었지만, 거의 10시가 다 됐고 가장 가까운 퍼브는 800미터 정도 떨어져 있었다. 게다가 퍼브에서 할 수 없는 이야기를 누군가와 나누고 싶었다. 온종일 내 뇌는 신기하리만치 분주했다. 물론 출근하지 않아서이기도 했고, 새 틀니 덕분에 기분이 조금은 산뜻해진 까닭이기도 했다. 하루 종일 나는 미래와 과거를 곰곰이 생각했다. 곧 닥칠지 모를 역경의 시대에 대해, 슬로건과 셔츠단, 그리고 옛 영국을 능률적으로 때려 눕힐 동유럽의 유선형 인간들에 대해 대화하고 싶었다. 힐다와는 말이 통하지 않을 것이 뻔했다. 그때 문득 늦게 자고 늦게 일어나는 내 친구 포티어스를 찾아가 볼까 하는 생각이 들었다.

포티어스는 은퇴한 사립학교 교사로, 구시가의 교회 근처에 있는 셋집에서 운 좋게도 아래층을 쓰고 있다. 물론 독신남이다. 그런 남자에게 결혼은 어울리지 않는다. 책과 담배 파이프를 끼고 혼자 살면서, 여자를 고용해 살림을 맡긴다. 그는 그리스어, 라틴어, 시 따위를 잘 아는 박식한 사람이다. 레프트 북 클럽이 진보를 대변한다면, 포티어스는 교양을 상징하는 인물이라 할 수 있다. 둘 모두 웨스트 블레츨리에서는 도통 힘을 못 쓰고 있지만 말이다.

포티어스가 밤새도록 앉아서 책을 읽는 작은 방에 불이 켜져 있었다. 현관문을 톡톡 두드리자 그는 파이프를 입에 물고 읽던 책에 손가락을 끼운 채 평소처럼 어슬렁어슬렁 나왔다. 훤칠한 키하며 곱슬곱슬한 잿빛 머리칼하며, 외모가 꽤 인상적이다. 꿈을 꾸는 듯한 표정의 여윈 얼굴은 조금 퇴색하긴 했어도 소년미가 있다. 실제 나이는 예순이 다 됐겠지만 말이다. 묘하게도 사립학교 교사나 대학교수 가운데에는 죽는 날까지 소년의 모습을 잃지 않는 이들이 종종 있다. 움직임 때문일지도 모른다. 포티어스가 잿빛 머리칼이 곱슬곱슬한 잘생긴 얼굴을 약간 뒤로 젖힌 채 이리저리 서성이는 모습을 보고 있으면, 주변 일은 모두 잊고 어떤 시를 꿈꾸고 있구나 하는 생각이 든다. 얼굴만 봐도 어떤 인생을 살아왔는지 단번에 알 수 있다. 사립학교를 거쳐 옥스퍼드 대학을 나온 다음 모교에 교사로 돌아갔다. 평생을 라틴어와 그리스어와 크리켓 속에 파묻혀 지냈다. 그는 온갖 기이한 버릇을 갖고 있다. 낡은 해리스 트위드 재킷에 낡은 회색 플란넬 바지를 항상 입고 다니면서 '꼴사납다'는 남들의 핀잔을 오히려 즐기고, 파이프 담배를 피우면서 궐련을 무시한다. 밤의 절반을 깨어 있으면서도 틀림없이 매일 아침 찬물로 목욕할 것이다. 아마 그의 눈에는 내가 천한 상놈으로 보이지 않을까 싶다. 난 사립학교에 다니지 않았고, 라틴어를 전혀 모르는 데다 알고 싶은 마음도 없다. 가끔 포티어스는 내가 '아름다움에 무감각한' 것이 안타깝다고 말하는데, 내가 못 배웠다는 걸 정중하게 돌려 말하는 표현일 것이다. 그래도 나는 그가 마음에 든다. 그는 손님을 제대로 환대할 줄 아는 사람이다. 언제든 거리낌 없이 방문자를 집 안으로 들여 대화를 나누고, 항상 술을 준비해둔다. 여자들과 아이들이 우글거리는 우리 집 같은 곳에 살다 보면, 가끔은 책과 파이프 담배와 난롯불이 어우러진 독신남의 공간으로 달아나는 것도 도움이 된다. 옥스퍼드에 와 있는 듯한 그 세련된 분위기에서는 책과 시와 그리스 조각상들 말고는 아무것도 중요치 않으며, 고트족이 로마를 약탈한 후의 인류 역사는 입에 올릴 가치도 없다. 가끔은 이런 것도 위안이 된다.

포티어스는 난롯가의 낡은 가죽 안락의자에 나를 앉히고는 위스키소다를 한 잔 건넸다. 담배 연기가 자욱하게 끼지 않은 그의 거실은 한 번도 본 적이 없다. 천장은 거의 시커멓다. 자그마한 방인데 문과 창문, 벽난로 위의 공간을 빼면 사방의 모든 벽이 바닥부터 천장까지 책으로 뒤덮였다. 벽난로 선반에는 누구나 예상할 법한 물건들이 놓여 있다. 한 줄로 늘어선 낡고 지저분한 브라이어 파이프들, 지독히 더러운 그리스 은화 몇 닢, 포티어스가 다닌 대학의 문장이 새겨진 담뱃잎 병, 시칠리아섬의 어느 산에서 발굴했다는 작은 도기 램프. 선반 위에는 그리스 조각상의 사진들이 걸려 있다. 한가운데의 큰 사진 속 여자는 날개가 달렸고 머리가 없는데, 버스를 잡아타려고 사진 밖으로 걸어 나오는 것 같은 동작을 취하고 있다. 처음 그 사진을 본 내가 아무것도 모르고 왜 머리를 붙이지 않았느냐고 물었을 때 포티어스가 얼마나 충격을 받았었는지 기억난다.

포티어스는 벽난로 선반에 있는 병에서 담뱃잎을 꺼내어 파이프를 다시 채우기 시작했다.

"그 가당찮은 위층 여자가 라디오를 샀지 뭐요." 그가 말했다. "그런 소리는 안 듣고 여생을 보내고 싶었는데. 내가 뭘 어쩌겠소? 법적으로 어떻게 할 수 없을까?"

나는 할 수 있는 게 없다고 답했다. '가당찮은'이라는 옥스퍼드식 어투가 마음에 들었고, 1938년에 집 안에 라디오를 두는 데 반대하는 사람이 있다는 사실이 흥미로웠다. 포티어스는 코트 주머니에 두 손을 찔러 넣고 파이프를 입에 문 채 평소처럼 꿈꾸는 듯한 표정으로 이리저리 서성였다. 그러다가 갑자기 페리클레스 시대에 아테네에서 통과됐던 악기 금지법에 대해 말하기 시작했다. 항상 이런 식이다. 그의 이야깃거리는 모두 몇 세기 전에 일어난 일들이다. 어떻게 시작되든 간에 이야기는 늘 조각상과 시와 그리스와 로마로 되돌아간다. '퀸 메리호'*를 언급하면, 포티어스는 페니키아의 트리에레스선**에 대해 이야기하기 시작한다. 그는 요즘 책은 절대 읽지 않고 제목조차 알기를 거부하며, 신문은 《타임스》를 빼고는 쳐다보지도 않고, 영화관에 한 번도 가본 적이 없는 걸 자랑으로 여긴다. 포티어스가 생각하기에 키츠나 워즈워스 같은 몇몇 시인이나 쓸 만할 뿐, 현대 세계─그의 관점에서 현대 세계란 지난 2000년을 의미한다─는 생

* 1934년부터 항해를 시작한 영국의 호화 여객선으로, 1936년과 1938년에 북대서양 횡단 신기록을 수립했다.
** 노가 3단으로 된 군용선.

겨나지 말았어야 했다.

　나는 현대 세계에 속한 인간이지만, 포티어스의 이야기를 듣는 것을 좋아한다. 그는 책장 근처를 서성이다 이런저런 책을 꺼내어, 담배를 뻐끔뻐끔 피우는 사이에 일부를 읽어주기도 한다. 대개는 라틴어나 다른 외국어를 번역해서. 무척이나 평화롭고 느긋하다. 교사에게 수업을 듣는 것 같은 기분이지만 그래도 왠지 마음이 편해진다. 포티어스의 이야기를 듣는 동안에는 전차와 가스비와 보험회사가 없는 세상으로 달아날 수 있다. 온통 신전과 올리브나무, 공작새, 코끼리, 그물과 삼지창을 가지고 원형경기장에서 싸우는 사내들, 날개 달린 사자, 환관, 갤리선, 투석기, 놋쇠 갑옷 차림으로 말을 타고 질주하며 병사들의 방패를 뛰어넘는 장군들뿐이다. 포티어스가 나 같은 인간과 친해진 것도 이상한 일이다. 하지만 어느 집단에든 자연스럽게 끼어들 수 있다는 것이 뚱뚱한 사람의 이점 중 하나다. 거기다 우리는 음담패설을 좋아한다는 공통점이 있다. 현대의 산물 중 그의 관심 대상을 하나 꼽으라면 음담패설이지만, 그는 늘 내게 음담패설이 현대적이지 않다고 말한다. 그리고 노처녀처럼 깐깐하고 은근한 방식으로 이야기를 들려준다. 가끔 라틴 시인 한 명을 골라 외설스러운 시를 번역해주며 많은 부분을 내 상상에 맡기거나, 로마 황제들의 사생활과 아스다롯의 신전에서 벌어졌던 일들을 넌지시 알려주었다. 그 그리스인들과 로마인들은 몹쓸 인간들이었던 모양이다. 이탈리아 어딘가의 벽화들을 찍은 사진이 포티어스에게 있는데, 볼 때마다 머리털이 쭈뼛 선다.

일과 가정생활에 진력이 날 때 포티어스를 찾아가 대화를 나누면 큰 도움이 될 때가 많다. 하지만 그날 밤은 그렇지 않았다. 하루 종일 뒤숭숭했던 마음이 좀처럼 풀리지 않았다. 레프트 북 클럽 강연회에서 그랬던 것처럼, 포티어스의 목소리만 들을 뿐 내용에는 귀를 기울일 수 없었다. 하지만 강연자의 목소리가 거슬렸던 반면, 포티어스의 목소리는 그렇지 않았다. 너무 평화로웠고, 꼭 옥스퍼드에 와 있는 듯했다. 나는 기어이 그의 말을 끊고 끼어들었다.

"저기 말입니다, 포티어스, 히틀러를 어떻게 생각해요?"

호리호리한 몸을 우아하게 앞으로 기울여 팔꿈치로 벽난로 선반을 짚고 한 발을 난로 망에 얹고 있던 그는 깜짝 놀라며 파이프를 입 밖으로 뺐다시피 했다.

"히틀러? 그 독일 사람? 이보게! 난 그 사람 생각은 하지 않는다네."

"하지만 그 작자가 끝장나기 전까지는 생각을 안 할 수가 없으니 지랄 같은 겁니다."

'지랄'이라는 단어를 싫어하는 포티어스는 약간 움찔했지만, 충격을 받지 않는 것이 그의 기본적인 태도였다. 그는 다시 이리저리 서성이며 담배를 뻐끔뻐끔 피워댔다.

"그자에게 관심을 가져야 할 이유를 모르겠군. 한낱 모험가에 불과하지 않은가. 늘 나타났다 사라지는 자들이지. 무상하고 또 무상한 자들."

'무상하다'라는 단어의 뜻이 뭔지는 확실히 알 수 없었지만, 나는 내 입장을 고수했다.

"선생께서 잘못 알고 계시는군요. 히틀러는 다릅니다. 이오시프 스탈린도 그렇고요. 그저 재미로 사람들을 십자가에 못 박고 머리를 자르던 옛날 악당들하고는 다르단 말입니다. 이 작자들은 완전히 새로운 무언가, 전에 들어보지 못한 무언가를 추구하고 있다고요."

"이보게! 태양 아래 새로운 건 없다네."

포티어스가 즐겨 하는 말이다. 그는 새로운 무언가에 대해서는 무조건 귀를 막아버린다. 요즘 벌어지고 있는 일을 얘기해주면 아무개 왕의 치세에도 정확히 똑같은 일이 있었다고 말한다. 심지어 비행기 같은 것을 들먹여도, 크레타섬이나 미케네에 비행기가 있었을 거라는 답이 돌아온다. 나는 강연을 들으며 느꼈던 감정과, 환영처럼 보였던 미래의 곤경에 대해 설명하려 애썼지만, 그는 귀담아듣지 않았다. 태양 아래 새로운 건 없다는 말을 되풀이할 뿐이었다. 결국 그는 책장에서 책을 한 권 빼내더니, 히틀러의 쌍둥이라 해도 손색이 없을 기원전의 어떤 그리스 폭군에 관한 글을 읽어주었다.

논쟁이 조금 이어졌다. 이 문제를 누군가와 얘기하

고 싶어 하루 종일 애가 탔었다. 이상한 일이다. 난 바보도 아니지만 그렇다고 교양인도 아니다. 일주일에 7파운드를 벌고 두 아이를 키우는 중년 남자가 관심을 둘 법한 일에만 신경을 쓰며 살아왔다. 하지만 우리가 익숙해져 있던 옛 세계가 뿌리부터 잘려나가고 있음을 알아챌 만큼의 감각은 있다. 어떤 일이 벌어지고 있는지 느껴진다. 곧 닥쳐올 전쟁과 전쟁 후의 배급 행렬, 비밀경찰, 우리가 뭘 생각해야 할지 알려주는 확성기들이 눈에 보인다. 나만 그런 것이 아니다. 나 같은 사람이 수백만 명은 있다. 여기저기서 만나는 평범한 사람들, 퍼브에서 마주치는 사람들, 버스 기사들, 철물 회사의 외판원들은 세상에 문제가 생겼음을 느끼고 있다. 세상에 금이 가고 발밑이 무너져 내리고 있음을 느낀다. 그런데 평생 책을 끼고 살면서 역사에 미친 듯 몰두해왔던 이 박식한 남자는 세상이 변하고 있다는 사실조차 보지 못하고 있다. 히틀러를 대수롭지 않게 생각한다. 또 한 번의 전쟁이 닥치리라는 걸 믿으려 하지 않는다. 어쨌든 지난 전쟁에 참전하지 않은 그는 전쟁이 또 일어나든 말든 관심이 없다—그에게 현대의 전쟁이란 트로이 함락에 비하면 형편없는 쇼에 불과하다. 슬로건이나 확성기나 셔츠단 따위에 왜 신경을 써야 하는지 포티어스는 이해하지 못한다. "그런 일에 신경 쓸 지식인이 어디 있나?" 그가 항상 하는 말이다. 히틀러와 스탈린은 언젠가 세상에서 사라질 테지만, 포티어스가 말하는 '영구불변의 진리'는 사라지지 않을 것이다. 이는 물론 그가 아는 세상이 언제까지나 지속되리라는 뜻이다. 옥스퍼드 출신의 교양 있는 인간들은 책으로 가득 찬 서재를 돌아다니며 라틴어 속담을 인용하고, 문장이 새겨진 병에서 질 좋은 담배를 꺼내 피울 것이다. 앞으로도 영원히. 정말이지 벽에 대고 이야기하는 기분이었다. 차라리 담황색 머리칼의 청년에게서 얻은 것이 더 많았다. 언제나 그렇듯, 점차 대화는 기원전의 사건들로 흘러갔다. 그다음엔 시로 방향을 틀었다. 이윽고 포티어스는 책장에서 또 다른 책을 꺼내어 키츠의 「나이팅게일에게 부치는 송가」(나이팅게일이 아니라 종달새였는지도 모른다―기억이 나질 않는다)를 읽기 시작했다.

내 경우엔 작은 시 한 편에 큰 위로를 얻기도 한다. 하지만 내가 포티어스의 시 낭송을 좋아한다는 건 신기한 사실이다. 그의 낭송 솜씨가 훌륭하긴 하다. 교사로서 아이들에게 읽어준 경험 때문에 익숙하게 낭송을 한다. 그는 파이프를 입에 물고 작은 연기를 뿜으며 무언가에 느긋하게 기대어 서서, 엄숙한 목소리를 높였다 낮추었다 하며 시구를 읽어나간다. 시가 그의 마음을 움직이는 것이 내 눈에도 보인다. 나는 시가 뭔지, 또는 어떠해야 하는지 모른다. 음악처럼 사람들의 신경을 건드리는 걸까? 포티어스가 시를 읽을 때 나는 귀 기울여 듣지는 않는다. 그러니까, 단어들을 하나하나 흡수하지는 않는다는 뜻이다. 하지만 그 소리가 내 마음에 평화로운 느낌을 불러일으킬 때가 있다. 그래서 나는 대체로 그의 시 낭송을 좋아하는 편이다. 하지만 그날 밤엔 왠지 효과가 없었다. 마치 차가운 외풍이 방 안으로 불어닥친 듯했다. 그 모든 것이 헛소리처럼 들렸다. 시라니! 그게 뭐란 말인가? 그저 하나의 목소리, 허공에 이는 작은 소용돌이에 불과하다. 그리고 맙소사! 기관총에 상대가 되냔 말이다.

나는 책장에 기대어 선 포티어스를 지켜보았다. 사립학교 교사들이란 참 묘하다. 평생을 학생으로 살아간다. 인생 전체가 옛 학교, 그리고 라틴어와 그리스어와 시의 단편들을 중심으로 돌아간다. 그런데 문득, 내가 처음 포티어스의 집에 찾아왔을 때도 그가 똑같은 시를 읽어줬었다는 사실이 떠올랐다. 그의 낭송은 그때와 정확히 똑같았고, 똑같은 대목―마법의 창인가 뭔가에 대한 대목―에서 목소리가 떨렸다. 그러자 이상한 생각이 떠올랐다. **그는 죽었다.** 그는 유령이다. 그런 사람들은 살아 있는 것이 아니다.

길거리를 돌아다니는 사람 중 많은 수가 죽은 자일지도 모른다는 생각이 들었다. 우리는 누군가의 심장이 멈추면 그가 죽었다고 말한다. 그건 좀 임의적인 방식인 것 같다. 작동을 멈추지 않는 신체 부위도 있으니까. 예를 들어, 머리카락은 수년 동안 계속 자란다. 진정한 죽음이란 뇌가 멈추고 새로운 생각을 받아들일 능력을 잃어버릴 때가 아닌가 싶다. 바로 포티어스처럼. 놀랍도록 박식하고, 놀랍도록 취향이 고상한데도 그는 변화를 받아들일 능력이 없다. 그저 똑같은 말을 되풀이하고, 똑같은 생각만 할 뿐이다. 그런 사람들이 아주 많다. 정신이 죽고 멈춰버린 사람들. 짧은 길 위를 앞뒤로 왔다 갔다 하다가 유령들처럼 점점 빛을 잃어간다.

아마도 포티어스의 정신은 러일전쟁 즈음 작동을 멈추었을 것이다. 섬뜩한 사실은, 스패너로 적들의 얼굴을 박살 내기를 원치 **않는** 올곧은 사람들이 거의 다 그렇다는 것이다. 품위가 넘치지만, 정신이 멈추어버렸다. 그들은 자신들에게 닥쳐올 위기에 대비해 스스로를 지키지 못한다. 바로 코앞에 닥친 위기도 보지 못하기 때문이다. 그들은 영국이 영원히 변치 않으리라, 영국이 곧 우주라 생각한다. 폭탄이 우연히 빗나간 덕에 남겨진 조그만 모퉁이가 영국이라는 사실을 깨닫지 못한다. 하지만 슬로건으로 생각하고 총알로 말하며 효율적으로 움직이는 동유럽의 새로운 인간들은 어떠한가? 그들이 우리를 뒤쫓아 오고 있다. 머지않아 따라잡으리라. 복싱의 기본 룰 따위는 그 자식들에게 통하지 않는다. 그리고 올곧은 사람들은 하나같이 마비되어 있다. 죽은 사람들과 살아 있는 고릴라들. 그 사이에는 아무것도 없는 것 같다.

나는 30분쯤 지나 자리를 떴다. 히틀러에게 주목해야 한다고 포티어스를 설득하는 데는 완전히 실패하고 말았다. 집으로 가는 길, 쌀쌀한 거리를 걷는 내내 머릿속에서는 여전히 같은 생각이 맴돌고 있었다. 전차는 운행을 멈추었다. 집은 칠흑 같은 어둠에 잠겼고 힐다는 잠들어 있었다. 나는 욕실로 들어가 물컵에 틀니를 넣어놓고 잠옷으로 갈아입은 뒤 힐다를 침대 반대편으로 밀었다. 힐다는 깨지 않은 채 옆으로 굴러갔고, 어깨 사이에 혹처럼 튀어나온 부분이 내 쪽으로 향해 있었다. 이상한 일이지만, 늦은 밤 지독하게 우울해질 때가 가끔 있다. 그 순간엔 집세나 아이들의 수업료나 내일 해야 할 일 따위보다 유럽의 운명이 더 중요하게 느껴졌다. 밥벌이를 해야 하는 사람이 그런 생각을 하는 건 그저 미련한 짓이다. 하지만 그 생각이 도통 머리를 떠나지 않았다. 셔츠단들과 요란하게 탄알을 뿜어대는 기관총들이 여전히 환영처럼 보였다. 나 같은 인간이 대체 왜 그런 걱정을 할까 궁금해하며 잠들었던 기억이 난다.

2

프림로즈가 이미 피기 시작했다. 아마 3월의 어느 날이
었던 것 같다.

나는 차를 몰고 웨스터햄을 지나 퍼들리로 가고 있었
다. 어느 철물점의 자산 상태를 평가한 다음, 생명보험
가입을 망설이고 있는 사람을 만나 면담을 할 계획이었
다. 우리 지역 대리점을 통해 보험에 가입하려 했던 그
사람은 마지막 순간에 겁을 집어먹고 자신이 보험료를
감당할 수 있을지 의심하기 시작했다. 나는 사람들을 설
득하는 데 아주 능숙하다. 뚱뚱한 몸 덕분에 분위기가 화
기애애해지고, 사람들은 아주 기꺼운 마음으로 수표에
서명한다. 물론 상대에 따라 다른 방식으로 접근해야 한
다. 어떤 이들에게는 온갖 경품을 강조하는 것이 좋고,

어떤 이들에게는 보험도 들지 않고 죽을 경우 아내에게 벌어질 일들을 암시하며 은근히 겁을 주는 전략이 잘 먹힌다.

내 낡은 차가 구불구불한 작은 언덕들을 오르락내리락했다. 정말이지 끝내주는 날이었다! 3월의 어느 때 겨울이 갑자기 싸움을 포기한 것처럼 느껴지는 날이 오지 않는가. 지난 며칠간 하늘은 차갑고 짙은 푸른색에 바람은 무딘 면도날처럼 얼굴을 긁어대는, 기분 나쁘게 '청명한' 날씨가 이어졌다. 그런데 갑자기 바람이 잠잠해지고 이때다 싶게 태양이 환하게 빛나기 시작했다. 바로 그런 날이었다. 햇살은 연노란색으로 빛나고, 이파리들이 살랑거리지도 않고, 저 멀리 엷게 긴 안개 사이로 산비탈에 분필처럼 흩어져 있는 양들이 보이는 날. 골짜기 밑에선 불이 타오르고 있고, 그 연기가 느릿느릿 공기를 휘감듯 위로 올라가 안개 속으로 녹아들었다. 나는 도로를 독차지하고 있었다. 너무 포근해서 옷을 벗어 던져도 될 것 같았다.

도롯가의 어느 풀밭에 프림로즈가 빽빽이 피어 있었다. 점토질 흙 때문인 것 같았다. 20미터 정도 더 달리다가 속도를 늦추고 차를 멈추었다. 그냥 지나치기에는 너무 좋은 날씨였다. 차에서 내려 봄 공기의 냄새를 맡고, 주위에 아무도 없으면 프림로즈도 몇 송이 따야지 싶었다. 한 다발 꺾어서 힐다에게 줄까 하는 생각까지 조금 들었다.

시동을 끄고 밖으로 나갔다. 이 낡은 차는 공회전 상태로 두지 않는 편이 좋다. 그랬다간 흙받기라도 떨어져 나갈지 모른다. 1927년형 모델인 이 차는 어마어마한 주행 거리를 쌓았다. 보닛을 들어 올려 엔진을 들여다보면, 부품들이 끈으로 한데 묶인 채 그럭저럭 잘 굴러가고 있는 모습이 꼭 옛날 오스트리아 제국이 떠오른다. 기계가 한번에 그렇게 많은 방향으로 진동할 수 있다니, 믿기 어려울 정도다. 땅 같다고나 할까. 땅의 흔들림에 스물두 가지 유형이 있다고 읽은 기억이 난다. 공회전 상태의 차를 뒤에서 보면 꼭 훌라댄스를 추는 하와이 소녀 같다.

도롯가에 다섯 가로장 대문이 있었다. 나는 어슬렁어슬렁 가서 그 너머로 몸을 구부렸다. 사람은 한 명도 보이지 않았다. 나는 모자를 살짝 뒤로 당겨 이마로 훈훈한 공기를 느꼈다. 산울타리 밑의 풀밭은 프림로즈로 가득했다. 대문 바로 안쪽에는 부랑자인지 아닌지 모를 누군가가 모닥불의 흔적을 남겨놓았다. 조그맣게 쌓인 흰 잉걸불에서 아직도 연기가 조금씩 피어올랐다. 조금 더 떨어진 곳에는 개구리밥으로 뒤덮인 작은 연못이 있었다. 밭에는 가을밀이 심겨 있었다. 밭은 가파른 오르막으로 이어졌고, 그 끝에는 석회암 벼랑과 작은 너도밤나무 숲이 있었다. 나무들에는 어린잎이 이슬처럼 맺혔다. 그리고 온 사방이 완전한 정적에 잠긴 상태였다. 바람 한 점

없어 모닥불 재도 날리지 않았다. 어딘가에서 지저귀는 종달새 말고는 아무 소리도 들리지 않았다. 심지어는 비행기 소리조차.

나는 대문에 몸을 기댄 채 잠깐 그곳에 머물렀다. 나 혼자, 오롯이 혼자였다. 나는 밭을 바라보고, 밭도 나를 바라보고 있었다. 그때 내가 느낀 건─과연 여러분이 이해할 수 있을까?

그때 난 요즘 시대에 너무도 드물어 어리석게 들릴 만한 감정을 느꼈다. **행복.** 영원히 살지는 못하겠지만, 왠지 그럴 수 있을 것만 같았다. 그저 봄의 첫날이라 그랬던 거라 말해도 좋다. 계절은 생식선 같은 것에 영향을 미치니까. 하지만 그뿐만이 아니었다. 신기하게도, 인생이란 살 만한 가치가 있다고 갑자기 나를 설득시킨 건 프림로즈도 산울타리의 어린싹들도 아닌 대문 옆의 작은 모닥불이었다. 바람 한 점 없는 날 나무로 불을 피우면 어떻게 되는지 다들 알 것이다. 나뭇가지들은 새하얗게 변하고 나서도 모양을 그대로 유지하고, 재 밑으로 시뻘건 색이 들여다보인다. 붉은 잉걸불이 다른 어떤 생명체보다 더 생기 넘쳐 보이고, 삶의 활력을 느끼게 해준다는 건 기묘한 일이다. 거기에는 일종의 강렬함이랄까 떨림 같은 것이 있다─정확한 단어가 생각나지 않는다. 어쨌든 잉걸불은 내가 살아 있음을 알게 해준다. 그림에 찍힌 점 하나 때문에 다른 모든 것이 눈에 들어올 때가 있다. 잉걸불은 바로 그런 점과도 같다.

나는 프림로즈를 꺾으려 몸을 숙였다. 손이 닿질 않았다. 심하게 찐 뱃살 때문이었다. 결국 웅크리고 앉아 프림로즈를 조금 꺾었다. 다행히 보는 사람은 아무도 없었다. 이파리들은 약간 쪼글쪼글하고 토끼 귀를 닮았다. 나는 일어나 프림로즈 다발을 문기둥에 얹어놓았다. 그런 다음 충동적으로 틀니를 빼내어 살펴보았다.

거울이 있었다면 내 전신을 비추어 보았을 것이다. 내가 어떻게 생겼는지는 이미 잘 알고 있었지만 말이다. 조금 낡은 회색 헤링본 무늬 정장에 중산모를 쓴 마흔다섯 살 된 뚱뚱한 남자. 교외에서 아내와 함께 두 아이를 키우고 있는 남자라고 얼굴에 다 쓰여 있다. 붉은 얼굴과 흐리멍덩한 파란 눈동자. 누가 말해주지 않아도 잘 알고 있다. 하지만 틀니를 다시 입속에 끼워 넣기 전에 한 번 더 보면서 든 생각은 **상관없**다는 것이었다. 틀니를 해도 상관없다. 그래, 난 뚱뚱하다. 그래, 난 마권업자의 못난 동생처럼 생겼다. 돈을 주지 않는 이상 나와 잠자리를 할 여자는 한 명도 없을 것이다. 나도 다 알고 있다. 하지만 상관없다. 여자도 필요 없고, 다시 젊어지고 싶은 마음도 없다. 그저 살고 싶을 뿐이다. 그리고 프림로즈와 산울타리 밑의 붉은 잉걸불을 바라보며 서 있던 순간 난 살아 있었다. 내 안은 평화로우면서도 불길이 타오르는 듯 격렬하기도 했다.

산울타리에서 더 내려간 곳에는 개구리밥에 뒤덮인 연못이 있었다. 꼭 카펫이 깔린 것 같아서, 개구리밥이라는 걸 모르면 단단한 바닥인 줄 알고 밟아버리게 될 것 같다. 왜 우린 이토록 지독하게 어리석을까? 왜 사람들은 바보 같은 짓에 시간을 허비하는 대신 주변을 **둘러보며** 거닐지 않을까? 저 연못을 예로 들자면, 그 안을 들여다보는 것이다. 도롱뇽, 물달팽이, 수생 곤충들, 날도래, 거머리…… 거기다 현미경으로만 보이는 수많은 것. 물속에서의 신비로운 삶. 한평생 연못만 들여다보며 살 수도 있다. 그렇게 열 번의 생을 거듭한다 해도 연못의 끝까지 못 닿을지도 모른다. 그러는 내내 느껴지는 경이로움과 우리 안에서 타오르는 기묘한 불길. 그런데 그 귀한 것을 우리는 원치 않는다.

하지만 난 원한다. 적어도 그 순간엔 그렇게 생각했다. 내 말을 오해하지 마시길. 우선, 대부분의 런던 토박이들과 달리 난 '시골'에 애틋한 감정을 갖고 있지 않다. 자랄 때 시골과 너무 가까웠던 탓이다. 도시나 교외에서 살겠다는 사람을 말리고 싶진 않다. 자기가 원하는 곳에서 살면 그만이다. 그리고 인류 전체가 어슬렁어슬렁 돌아다니며 프림로즈를 꺾는 일 따위로 평생을 보내야 한다는 말도 아니다. 일을 해야 한다는 걸 나도 잘 알고 있다. 탄광 속에서 콜록거리느라, 타자기를 두드리느라 꽃 꺾을 시간 같은 건 없다. 게다가 따뜻한 집에서 배부르게 먹을 수 있는 사람이 아니라면 꽃을 꺾고 싶은 마음이 들 리도 없다. 하지만 내가 말하고자 하는 건 그게 아니다. 자주는 아니지만 이따금 내 안에 생겨나는 이런 느낌. 얼마나 기분 좋은지 모른다. 누구나, 거의 누구나 그 사실을 알고 있다. 그 느낌은 늘 우리 곁에 있으며, 우리 모두 그 존재를 알고 있다. 기관총을 내려놓자! 무엇을 뒤쫓고 있든 그만두자! 마음을 가라앉히고, 숨을 돌리고, 뼛속까지 평화가 깃들게 하자. 부질없다. 우리는 그렇게 하지 않는다. 그저 지금까지처럼 어리석은 짓만 계속 이어갈 뿐.

그리고 다음 전쟁이 점점 가시화되고 있었다. 사람들 말로는 1941년일 거라고 했다. 지구가 태양 주위를 세 바퀴 더 돌고 나면 우리도 곧장 전쟁 속으로 뛰어들게 되는 것이다. 검은 시가 같은 폭탄이 마구 떨어지고, 브렌 기관총에서 유선형의 총탄들이 쏟아져 나온다. 이런 것들은 딱히 내 걱정거리가 아니다. 난 전장에 나가 싸우기에는 너무 늙었다. 물론 공습도 있겠지만, 모두가 당하는 건 아니다. 그리고 설사 그런 위험이 있다 해도 미리 실감하지는 못한다. 이미 여러 번 말했다시피, 난 전쟁 자체가 아니라 그 후가 두렵다. 내가 개인적으로 당할 피해는 없겠지만 말이다. 누가 나 같은 인간을 신경이나 쓰겠는가? 요주의 인물이 되기에는 너무 뚱뚱하다. 살해당하거나 고무 경찰봉으로 두들겨 맞을 위험은 전혀 없다. 나는 경찰이 비키라고 하면 비키는 평범하고 어중간한 인간이다. 힐다와 아이들은 차이를 알아채지도 못하리라. 그래도 난 두렵다. 철조망! 슬로건! 큼지막한 얼굴들! 온 벽에 코르크 마개들을 붙여놓은 지하실에서 죄수의 뒤통수를 쏘는 사형집행인! 이런 문제라면, 지적 수준이 나보다 한참 떨어지는 자들도 두려움을 느낄 것이다. 이유가 뭘까? 내가 지금껏 말한, 우리 안의 특별한 느낌과 작별해야 하기 때문이다. 원한다면 평화라 불러도 좋다. 하지만 내가 말하는 평화란 전쟁의 부재가 아니라, 우리의 뼛속까지 스며든 느낌이다. 그리고 고무 경찰봉을 든 청년들에게 붙잡히는 순간 그 느낌은 영원히 사라져버린다.

나는 프림로즈 다발을 집어 들어 향기를 맡아보았다. 로어 빈필드가 떠올랐다. 20년 가까이 잊고 살았건만, 이상하게도 지난 두 달 동안 가끔 생각이 났다. 바로 이때 차 한 대가 굉음을 내며 달려오는 소리가 들렸다.

나는 움찔 놀랐다. 내가 무슨 짓을 하고 있었는지 퍼뜩 깨달았다. 퍼들리의 철물점에서 재고 조사를 하고 있어야 할 시간에 어슬렁거리며 프림로즈나 따고 있었던 것이다. 거기다, 저 차에 탄 사람들의 눈에는 내 꼴이 어때 보이겠는가. 중산모를 쓰고 프림로즈 다발을 들고 있는 뚱뚱한 남자라니! 전혀 엉뚱한 풍경이었다. 뚱뚱한 남자는 프림로즈를 꺾어서는 안 된다, 적어도 사람들 앞에서는. 나는 차가 보이기 직전 아슬아슬하게 프림로즈 다발을 산울타리 너머로 휙 던졌다. 그러기를 정말 잘했다는

265

생각이 들었다. 차에는 스무 살 정도 된 어린 멍청이들이 가득 타고 있었다. 아까의 나를 봤다면 얼마나 킬킬거렸을까! 그들 모두 나를 쳐다보고 있었다—차에 탄 사람들이 바깥의 행인을 어떻게 쳐다보는지는 모두 알 것이다. 그런데 문득, 지금도 그들은 내가 뭘 하고 있었는지 이런저런 짐작을 하지 않을까 하는 생각이 들었다. 그들이 착각하게 해야 했다. 남자가 차를 시골길 옆에 세워두고 밖에 나와 있을 이유가 무엇이겠는가? 뻔하잖은가! 차가 지나갈 때 나는 바지 앞섶 단추를 채우는 척했다.

크랭크를 돌리고(자동 시동기는 더 이상 작동하지 않는다) 차에 올라탔다. 기묘하게도, 바지 앞섶의 단추를 채우던 바로 그 순간, 다른 차에 타고 있던 멍청한 젊은이들로 머릿속이 4분의 3 정도 차 있었을 때, 근사한 생각이 하나 떠올랐다.

로어 빈필드로 돌아가자!

안 될 게 뭐 있어? 나는 최고속 기어를 넣으며 생각했다. 왜 안 되겠어? 날 막을 건 아무것도 없는데? 왜 진작 생각 못 했을까? 로어 빈필드에서의 조용한 휴일—그야말로 내가 원하는 것이었다.

로어 빈필드로 돌아가 살 생각을 한 건 절대 아니다. 힐다와 아이들을 버리고 다른 이름으로 새 인생을 시작할 계획 같은 건 없었다. 그런 일은 소설 속에서나 일어난다. 하지만 로어 빈필드로 내려가서 오롯이 혼자 은밀한 일주일을 보내겠다는데, 누가 나를 막을 수 있겠는가?

머릿속에서 이미 모든 계획이 세워진 듯했다. 비용은 문제없었다. 아무도 모르는 돈 12파운드가 아직 남아 있었고, 12파운드면 아주 편안한 한 주를 보낼 수 있다. 나는 보통 8월이나 9월에 2주의 휴가를 받는다. 하지만 그럴듯한 이야기를 지어내면—불치병으로 죽어가는 친척이라든가—휴가를 두 번으로 쪼개어 쓸 수 있을지도 몰랐다. 그러면 힐다가 진상을 알아채기 전에 혼자만의 일주일을 보낼 수 있을 터였다. 이를테면 산사나무 꽃이 활짝 피는 5월에. 힐다도, 아이들도, 플라잉 샐러맨더도, 엘즈미어로도, 할부금에 대한 언쟁도, 사람을 멍하게 만드는 교통 소음도 없는 로어 빈필드에서의 일주일—빈둥거리며 고요함에 귀를 기울이는 일주일!

그런데 왜 나는 로어 빈필드로 돌아가고 싶었을까? 왜 하필 로어 빈필드였을까? 그곳에 가서 뭘 할 작정이었을까?

딱히 무언가를 할 작정은 아니었다. 그것이 중요한 점이었다. 나는 평화와 고요를 원했다. 평화! 한때 로어 빈필드에서 평화를 누렸었다. 전쟁 전 그곳에서의 옛 삶에 대해서 이미 이야기했지만, 완벽했다는 거짓말은 하지 않겠다. 오히려 따분하고 나른하고 단조로운 삶이었다. 순무처럼 살았다고 말해도 좋을 정도다. 하지만 순무들은 상관을 두려워하지도 않고, 다음 불황이나 다음 전쟁을 걱정하며 잠 못 들지도 않는다. 우리 안에는 평화가 있었다. 물론 로어 빈필드에 있을 때도 삶이 변할지 모른다는 사실을 알았다. 하지만 그곳 자체는 변할 리 없었다. 빈필드 하우스 주변의 너도밤나무 숲, 버퍼드 위어 옆의 배 끄는 길, 장터의 말구유는 여전하리라. 나는 그곳으로 돌아가 단 일주일만 보내며 그 느낌에 흠뻑 젖어 들고 싶었다. 사막에 은둔하는 동방의 현자처럼. 그리고 돌아가는 상황을 생각해보면, 다음 몇 년 동안 사막에 은둔하는 사람들이 많이 생길 것 같았다. 포티어스에게 들은 이야기로는, 고대 로마에는 은둔자들이 워낙 많아 동굴마다 대기자 명단이 있었다는데, 그때처럼 되지 않을까.

그렇다고 명상을 하고 싶었던 건 아니다. 역경의 시대가 닥치기 전에 담력을 되찾고 싶었을 뿐이다. 머리가 텅 빈 사람이 아닌 이상, 역경의 시대가 다가오고 있다는 사실에 의문을 품을 수 있을까? 그 역경이 뭔지는 몰라도, 어쨌든 곧 닥치리라는 걸 우리는 알고 있다. 전쟁일 수도 있고, 불황일 수도 있다. 알 수는 없지만, 분명 나쁜 일일 것이다. 우리가 어디로 향하고 있건 간에, 아래로 내려가고 있는 건 확실하다. 무덤인지 오물 구덩이인지는 알 수 없지만, 그런 일을 마주하려면 오롯한 느낌을 우리 안에 갖고 있어야 한다. 전쟁 후 20년 동안 우리에게서 사라져버린 무언가가 있다. 한 방울도 남김없이 짜내어 써버린 생의 활력. 얼마나 정신없이 뛰어다녔던가! 푼돈을 두고 벌이는 끝없는 다툼. 버스, 폭탄, 라디오, 전화기의 그치지 않는 소음. 기진맥진 너덜너덜해진 신경, 골수가 빠지고 텅 비어버린 뼈.

나는 액셀러레이터를 꾹 밟았다. 로어 빈필드로 돌아갈 생각을 하니 벌써부터 기분이 좋아졌다. 여러분도 그 느낌을 알 것이다. 숨 쉬러 나오는 느낌! 수면으로 헤엄쳐 올라와, 코를 밖으로 삐죽 내밀고 숨을 크게 한 번 삼켜 폐를 가득 채우고는 다시 해초들과 문어들 사이로 가라앉는 바다거북처럼. 우리 모두 쓰레기통 바닥에서 숨도 제대로 못 쉬고 있지만, 나는 위로 올라갈 수 있는 길을 찾았다. 로어 빈필드로 돌아가는 것이다! 나는 액셀러레이터를 계속 밟아 시속 65킬로미터에 가까운 최고 속도까지 올렸다. 낡은 차가 도자기 그릇을 가득 담은 양철 쟁반처럼 달그락거리자, 그 소음을 틈타 노래까지 흥얼거릴 뻔했다.

물론 문제는 힐다였다. 그 생각을 하니 흥이 깨졌다. 나는 시속 30킬로미터로 속도를 늦추고 머리를 굴려보았다.

언젠가는 힐다에게 들킬 것이 뻔했다. 8월에 딱 일주일의 휴가만 받는 문제에 관해서는 무난히 넘어갈 수 있을 것이다. 올해는 휴가가 일주일밖에 안 된다고 말하면 그만이다. 힐다는 따져 묻지 않을 것이다. 휴가 비용을 줄일 수 있는 절호의 기회니까. 아이들이야 어차피 8월 한 달은 항상 해변에서 보낸다. 문제는 어떤 핑계를 대고 혼자만의 5월 휴가를 떠나느냐 하는 것이었다. 예고도 없이 그냥 사라져버릴 수는 없는 노릇이다. 특별한 업무 때문에 노팅엄이나 더비나 브리스틀처럼 아주 먼 곳으로 출장을 가야 한다고 일찌감치 말해두는 것이 최선책이었다. 두 달 전에 말하면, 내가 뭔가를 숨기고 있다는 의심은 하지 않겠지.

하지만 조만간 그녀는 알아내리라. 힐다가 어떤 사람인가! 처음엔 믿는 척하다가, 내가 노팅엄이나 더비나 브리스틀에 가지 않았다는 사실을 조용하고 끈질기게 밝혀낼 것이다. 그 실력이 어찌나 대단한지. 그 인내심이란! 알리바이의 허점을 모두 찾아낼 때까지 몸을 낮추고 있다가, 내가 경솔한 말 한마디로 실수를 하기만 하면 곧장 공격을 개시해 꼬치꼬치 따지고 든다. "토요일 밤에 어디 있었어? 거짓말! 어떤 여자랑 있었잖아. 당신 조끼를 털다가 이 머리카락을 발견했다고. 이것 좀 봐! 내 머리카락이 이런 색깔이야?" 그때부터 소란이 벌어지기 시작한다. 이런 일이 얼마나 많았는지. 여자에 관한 힐다의 의심은 맞을 때도 있고 틀릴 때도 있지만, 그 여파는 항상 똑같다. 몇 주 동안 끝없이 이어지는 잔소리! 끼니때마다 벌어지는 언쟁—아이들은 대체 무슨 일인지 이해하지 못한다. 제일 막막한 일은, 내가 어디서 일주일을 보냈고, 왜 그랬는지 힐다에게 말해야 한다는 것이었다. 최후의 심판이 벌어지는 날까지 설명해도 그녀는 믿지 않을 텐데.

젠장! 알 게 뭐람? 아직 시간도 많은데. 이런 일들은 전과 후가 아주 달라 보이는 법이다. 나는 다시 액셀러레이터를 세게 밟았다. 처음보다 더 거창한 계획이 떠올랐다. 5월이 아닌 6월 하반기에 떠나리라. 민물 잡어 낚시 시즌이 시작되는 그때 낚시를 하러 가야지!

그러지 못할 이유가 없지 않은가. 난 평화를 원하고, 낚시는 곧 평화다. 그러다 갑자기 기가 막힌 계획이 떠올라 하마터면 도로 밖으로 벗어날 뻔했다.

빈필드 하우스의 연못에 가서 그 커다란 잉어를 잡아야지!

안 될 이유가 뭐지? 하지 못한 일을 아쉬워하며 평생을 보내는 건 이상하지 않은가. 그 잉어들을 잡아서는 안 될 이유라도 있나? 하지만 그 계획을 입에 올리는 순간, 뭔가 불가능한 일, 일어날 수 없는 일처럼 들리지 않는가? 그때 내게는 그렇게 느껴졌다. 영화배우와 동침한다거나 헤비급 챔피언이 된다거나 하는 것처럼, 이루지 못할 꿈. 하지만 불가능한 일이 아니었다. 실현 가능성은 충분했다. 낚시터도 돈을 내고 빌릴 수 있다. 빈필드 하우스의 주인이 누구건 간에 충분한 돈을 쥐여 주면 연못을 내줄 터였다. 말해 무엇하리! 그 연못에서 하루 동안 낚시를 할 수 있다면 5파운드도 아깝지 않다. 사실 그 집은 여전히 비어 있고 연못의 존재를 아무도 모르고 있을 가능성이 높았다.

나는 오랜 세월 나무들 속의 어두컴컴한 곳에서 나를 기다리고 있었을 그 연못을 생각했다. 그리고 여전히 그곳을 빙빙 돌고 있을 큼직한 검은 물고기들을. 맙소사! 30년 전에 그 크기였다면 지금은 어떨까?

3

민물 잡어 낚시 시즌 이틀째인 6월 17일 금요일.

회사와는 별문제 없이 일이 진행되었다. 힐다에게는 아주 깔끔하고 빈틈없는 이야기를 꾸며냈다. 나는 알리바이를 위해 버밍엄을 선택했고, 막판에는 로보텀 패밀리 앤드 커머셜에 묵을 거라며 호텔 이름까지 알려주었다. 몇 년 전에 묵었던 터라 주소를 알고 있었다. 그런데 내가 일주일 동안 집을 비우면 힐다가 버밍엄으로 편지를 쓰지나 않을까 걱정이었다. 고민 끝에 나는 글리소 바닥 광택제를 팔러 다니는 젊은 외판원 손더스를 끌어들였다. 그가 마침 6월 18일에 버밍엄을 지나간다기에, 로보텀 호텔 주소로 힐다에게 편지를 부쳐달라고 부탁했다. 일 때문에 나가 있을 테니 편지를 쓰지 말라는 내용으로. 손더스는 내 부탁을 이해했다, 아니 자기 멋대로 이해했다. 한쪽 눈을 찡긋하더니, 내 나이에도 이럴 수 있다니 멋지다고 말했다. 힐다 문제는 이렇게 해결되었다. 힐다는 아무것도 묻지 않았고, 설령 나중에 의심을 품게 되더라도 그런 알리바이를 깨려면 시간이 좀 걸릴 것이다.

나는 차를 몰고 웨스터햄을 달렸다. 근사한 6월 아침이었다. 살랑살랑 미풍이 불고, 느릅나무 우듬지는 햇볕 속에 흔들리고, 흰 구름 조각들이 양떼처럼 줄지어 하늘을 가로지르고, 들판에선 그림자들이 서로를 뒤쫓고 있었다. 웨스터햄을 벗어났을 때, 뺨이 사과처럼 붉은 월스 아이스크림 직원이 자전거를 타고 내 쪽으로 쌩쌩 달려오며 시원하게 휘파람을 불었다. 그 소리에 내가 심부름꾼이었던 시절(그땐 프리 휠 자전거가 없었지만)이 갑자기 떠올라 그를 멈춰 세우고 아이스크림을 살 뻔했다. 곳곳에서 건초를 베고 있지만, 아직 걷지는 않은 모양이었다. 반짝거리는 기다란 줄들로 펼쳐진 채 햇볕에 말라가는 건초 냄새가 도로를 흘러 들어와 휘발유 냄새와 뒤섞였다.

나는 시속 15킬로미터 정도를 유지하며 천천히 달렸다. 그날 아침에는 평화롭고 몽환적인 느낌이 있었다. 연못에 떠다니는 오리들은 안 먹어도 배부르다 할 만큼 더없이 행복해 보였다. 웨스터햄 너머의 마을인 네틀필드에서는 반백의 머리에 희끗희끗한 콧수염을 무성하게 기른 한 작은 남자가 흰 앞치마를 두른 채 풀밭을 쏜살같이 달려와 길 한복판에 우뚝 서고는, 내 주의를 끌려는 듯 이런저런 몸짓을 하기 시작했다. 물론 내 차는 달려오는 내내 시끄러운 소리로 존재를 알렸다. 나는 차를 세웠다. 누군가 했더니, 잡화점을 운영하는 위버 씨였다. 그는 자기 생명이나 가게에 보험을 들고 싶은 것이 아니다. 그저 잔돈이 떨어져, 내게 1파운드어치의 은화가 있는지 알고 싶을 뿐이다. 네틀필드는 퍼브에서조차 잔돈이 모자란다.

나는 계속 달렸다. 밀이 사람의 허리 높이까지 자라 있었다. 언덕을 따라 굽이지며 거대한 초록빛 양탄자처럼 깔린 밀밭에 바람이 불어 잔물결이 일면, 비단결 같은 숱진 머리칼이 흔들리는 것처럼 보였다. 꼭 여자 같구나, 하고 나는 생각했다. 그 위에 눕고 싶어졌다. 조금 앞에 갈림길을 알리는 표지판이 보였다. 오른쪽 길로 가면 퍼들리, 왼쪽 길로 가면 옥스퍼드였다.

나는 회사가 내 '구역'이라 부르는 곳의 경계 안에서 움직이고 있었다. 서쪽으로 가고 있으니, 억스브리지로를 따라 런던을 떠나는 것이 자연스러웠다. 하지만 본능적으로 평소의 경로를 따랐다. 사실 난 이 모든 일에 죄책감을 느끼고 있었다. 옥스퍼드셔에 가기 전에 시간을 끌고 싶었다. 깔끔하게 일을 처리해 힐다와 회사를 걱정할 필요가 없는데도, 게다가 내 지갑에는 12파운드가, 차 뒷좌석에는 여행 가방이 있는데도, 교차로에 가까워지자 모든 걸 그만두고픈 유혹—거기에 넘어가지 않으리라는 건 알았지만 어쨌든 유혹이었다—을 느꼈다. 내 구역을 벗어나지 않는 한 아직은 법의 테두리 안에 있는 느낌이었다. 아직 늦지 않았어, 하고 나는 생각했다. 지금이라도 이 경망한 짓을 그만둘 수 있어. 이를테면 퍼들리로 가서 바클레이스 은행 지점장(우리 회사의 대리인이다)을 만나 새 거래가 있었는지 알아볼 수도 있었다. 심지어는 차를 돌려 힐다에게 돌아가 내 음모를 낱낱이 털어놓을 수도 있으리라.

모퉁이에 이르러 속도를 늦추었다. 그만둘까 말까? 순간 정말 그만두고픈 유혹이 들었다. 하지만 안 될 말이다! 나는 경적을 빵 울리고 차를 서쪽으로 휙 돌려 옥스퍼드로로 들어갔다.

이렇게 일을 저지르고 말았다. 나는 금단의 땅에 있었다. 사실 10킬로미터를 달린 뒤에도 마음만 먹으면 다시 왼쪽으로 꺾어 웨스터햄으로 돌아갈 수 있었다. 하지만 어쨌든 그 순간은 서쪽으로 향하고 있었다. 엄밀히 말하면, 달아나고 있었다. 이상하게도, 옥스퍼드로에 접어들자마자 그들이 모든 걸 알고 있다는 확신이 들었다. 그들이란, 이런 여행을 못마땅하게 여기고 할 수만 있다면 나를 말렸을 모든 사람—아마도 거의 모두가 그러지 않았을까 싶다—을 의미한다.

그뿐 아니라, 그들이 이미 나를 뒤쫓고 있는 듯한 느낌이 들었다. 그들 모두가! 왜 틀니를 낀 중년 남자가 어린 시절 추억의 장소로 슬그머니 달아나 조용한 일주일을 보내려 하는지 이해하지 못하는 모든 인간. 그리고 너무나 잘 이해하면서도 무슨 수를 써서라도 막으려는 못돼먹은 작자들. 그들 모두가 나를 쫓아오고 있었다. 내 뒤로 거대한 군대가 도로를 따라 행군하고 있는 듯했다. 그모습이 머릿속에 그려졌다. 물론 선두에 선 사람은 아이들을 꼬리처럼 달고 나온 힐다였다. 그리고 앙심을 품은 듯 험상궂은 표정으로 힐다를 앞으로 몰아대는 휠러 부인과, 뒤에서 괴로운 표정으로 급하게 따라오는 민스 양. 코안경이 밑으로 흘러 내려와 있는 그녀는 남들에게 뒤처져 베이컨 껍질을 놓치고 마는 암탉 같다. 그리고 롤스로이스와 이스파노 수이자를 탄 허버트 크럼 경과 플라잉 샐러맨더의 임원들. 그리고 모든 회사 동료와, 엘즈미어로와 그 비슷한 거리들에 사는 혹사당하는 가난한 사무원들. 그중 일부는 유아차와 풀 베는 기계, 정원용 콘크리트 롤러를 끌고 있고, 어떤 이들은 오스틴 세븐※을 느릿느릿 몰고 따라온다. 그리고 영혼의 구원자들과 참견쟁이들, 만난 적은 한 번도 없지만 내 운명을 지배하는 자들, 내무 장관, 런던 경찰국, 금주 동맹, 잉글랜드 은행,

---

※ 영국에서 1920년대부터 제조되기 시작한 저렴하고 실용적인 소형차.
1939년에 생산이 중단되었다.

비버브룩 경,* 2인용 자전거에 함께 탄 히틀러와 스탈린, 대주교와 교구장 주교들, 무솔리니, 교황—이들 모두가 나를 뒤쫓고 있었다. 그들의 외침이 들려오는 듯했다.

"자기가 달아날 수 있을 거라 생각하는 녀석이 있다! 자기는 유선형 인간이 되지 않을 거라 말하는 녀석이 있다! 그 녀석이 로어 빈필드로 돌아가려 한다! 쫓아가라! 그 녀석을 막아라!"

기묘했다. 그 인상이 어찌나 강렬한지, 나는 뒤쫓아 오는 사람이 없다는 걸 확인하기 위해 실제로 작은 뒤창을 내다보았다. 아마도 양심의 가책 때문이었으리라. 하지만 아무도 없었다. 그저 먼지투성이의 허연 길이 뻗어 있고, 길게 줄지어 선 느릅나무들이 내 뒤로 점점 작아질 뿐이었다.

내가 액셀러레이터를 밟자 낡은 차는 덜커덩거리며 시속 50킬로미터로 달리기 시작했다. 몇 분 뒤 웨스터햄 분기점을 지나갔다. 그것으로 끝이었다. 이젠 돌이킬 수 없었다. 새 틀니를 끼운 날 머릿속에 어렴풋이 싹트기 시작한 이 계획을.

＊ 비버브룩 경(1879-1964). 영국의 언론인이자 정치가로 이름은 윌리엄 맥스웰 에이트킨이다.

제4부

1

나는 챔퍼드 언덕을 넘어 로어 빈필드로 향했다. 로어 빈필드로 진입하는 도로는 네 개가 있는데, 월턴을 통과하면 좀 더 빨리 갈 수 있다. 하지만 어린 시절 템스강에서 낚시를 하다 자전거를 몰고 집으로 돌아갈 때 그랬던 것처럼, 챔퍼드 언덕을 넘어가기로 했다. 언덕 정상을 지나가기만 하면 나무들이 눈에 들어오고, 저 아래 골짜기에 로어 빈필드가 펼쳐진다.

20년 동안 보지 못한 시골을 지나가는 건 묘한 경험이다. 낱낱이 기억나기는 하는데, 전부 잘못된 기억인 것이다. 거리감이 다르고, 이정표로 삼았던 지형지물들은 딴 곳으로 옮겨 간 것처럼 보인다. 분명 이 언덕은 훨씬 더 가팔랐었는데? 저 갈림길은 반대편에 있었는데? 계속 이런 느낌이 든다. 다른 한편으로는, 더할 나위 없이 정확하지만 어느 특정한 순간에만 속한 기억이 있다. 이를테면 습한 겨울날 들판 한구석에 자란 파란색에 가까운 초록빛 풀들, 이끼로 뒤덮인 썩은 문기둥, 풀밭에 서서 나를 바라보던 암소. 그런데 20년 만에 돌아가보면, 그 암소가 똑같은 곳에 서서 똑같은 표정으로 나를 쳐다보고 있지 않아 깜짝 놀라게 된다.

챔퍼드 언덕을 오르면서, 내 머릿속에 그려진 그림이 거의 다 상상이었음을 깨달았다. 하지만 어떤 것들은 확실히 달라져 있었다. 옛날의 쇄석 도로(자전거를 타고 달릴 때 밑이 울퉁불퉁했던 느낌이 기억난다)는 이제 타맥으로 포장되어 있고, 훨씬 넓어진 것 같았다. 나무는 훨씬 줄어들었다. 옛날엔 도롯가에 거대한 너도밤나무들이 울타리처럼 쭉 늘어서서, 도로를 가로질러 서로 만난 나뭇가지들이 터널을 만들기도 했다. 이제는 전부 사라져버렸다. 언덕 꼭대기에 거의 닿았을 때 도로 오른편으로 전혀 새로운 무언가가 눈에 띄었다. 돌출된 처마와 장미 아치 따위로 고풍스러운 분위기를 흉내 낸 집들이 아주 많이 지어져 있었다. 워낙 고급 주택이라 한 줄로 서 있을 수는 없으니 사유 도로를 끼고 띄엄띄엄 흩어진 채 일종의 부락을 이루고 있었다. 한 사유 도로 입구에는 큼직한 흰 판자에 이렇게 적혀 있었다.

개 사육장

순종 실리엄테리어 새끼들
개를 맡아드립니다

저건 확실히 없었는데?

잠깐 생각해보았다. 그래, 기억났다! 저 집들이 지어진 곳은 원래 작은 오크 농장이었다. 엄청 높고 가느다란 나무들이 **빽빽**이 자랐고, 봄에는 나무들 밑의 땅이 아네모네로 뒤덮였었다. 시내에서 이렇게 멀리 떨어진 곳에 집은 한 채도 없었다.

언덕 꼭대기에 다다랐다. 이제 조금 뒤면 로어 빈필드가 보일 터였다. 로어 빈필드! 흥분된 마음을 굳이 숨기고 싶지 않았다. 그곳을 다시 본다고 생각하니, 배 속에서 시작된 기묘한 느낌이 스멀스멀 심장까지 기어 올라왔다. 5초 후면 그곳을 보게 된다. 드디어, 왔구나! 나는 클러치를 풀고 브레이크를 밟았다. 맙소사!

어떤 일이 닥칠지 **여러분**은 알았을 것이다. 하지만 **난** 몰랐다. 예상 못 한 내가 바보라고 말해도 좋다. 정말 바보였으니까. 하지만 그런 일이 벌어지리라고는 생각도 못 했다.

제일 처음 든 의문은, '로어 빈필드가 어디 **있지**?'였다.

철거라도 됐다는 뜻이 아니다. 그저 다른 것에 삼켜져 버렸을 뿐이다. 내가 내려다보고 있는 건 꽤 넓은 공업 도시였다. 챔퍼드 언덕 꼭대기에서 내려다보는 로어 빈 필드가 어떤 모습이었는지 난 기억하고 있다—정말로 기억하고 있다! 이 경우엔 내 기억이 크게 어긋나지 않을 것이다. 하이 스트리트가 400미터 정도 뻗어 있었고, 외진 곳에 지어진 집 몇 채를 빼면 마을은 대강 십자가 형태를 띠고 있었다. 주된 표지물은 교회 탑과 양조장 굴뚝이었다. 이젠 둘 모두 알아볼 수 없었다. 눈에 보이는 거라곤, 큰 강의 물줄기처럼 계곡을 따라 양방향으로 쭉 이어져 양편 언덕의 중턱까지 올라온 최신식 주택들뿐이었다. 오른편에는 똑같이 생긴 새빨간 지붕들이 드넓게 펼쳐져 있었다. 보아하니 대규모의 공영주택 단지 같았다.

그건 그렇고 로어 빈필드는 어디에 있지? 내가 알던 그 마을은 어디로 간 걸까? 어디든 될 수 있었다. 내가 아는 건, 저 벽돌의 바다 속 어딘가에 묻혀 있다는 사실뿐이었다. 눈에 띄는 대여섯 개의 공장 굴뚝 가운데 어느 것이 양조장인지 짐작조차 되지 않았다. 마을의 동쪽 끝에는 유리와 콘크리트로 지은 거대한 공장 두 동이 있었다. 현실을 받아들이기 시작한 나는 마을이 발전한 거지, 하고 생각했다. 이제 이곳의 인구는 2만 5,000명은 족히 될 것 같았다(옛날엔 2,000명 정도였다). 변하지 않은 건 빈필드 하우스뿐이려나. 그 거리에서는 그저 점 하나로 보였지만, 반대편 언덕 비탈의 너도밤나무 숲 속에 그 집이 있었고, 마을은 그 높이까지는 뻗어가지 않았다. 그때 검은 폭격기 한 무리가 언덕 위로 날아오더니 쌩하고 마을을 가로질러 갔다.

나는 클러치를 밟고 천천히 언덕을 내려가기 시작했다. 중턱까지 집들이 올라와 있었다. 언덕 비탈에 한 줄로 쭉 지어놓은 아주 값싸고 작은 집들. 똑같이 생긴 지붕들이 층층이 이어져 꼭 계단처럼 보였다. 하지만 그 집들에 닿기 조금 전 나는 다시 한번 차를 세웠다. 도로 왼편에도 전혀 새로운 무언가가 있었다. 공동묘지. 나는 지붕 달린 문 반대편에 차를 세워놓고 묘지를 살펴보았다.

8만 제곱미터는 되어 보일 정도로 어마어마한 면적이었다. 새 공동묘지에는 항상 과시적이고 조금 불편한 느낌이 감돈다. 갓 깔린 자갈길과 고르지 못한 초록빛 잔디, 웨딩 케이크에서 떼어 온 것처럼 생긴 공장제 대리석 천사들 때문이리라. 하지만 그 순간 제일 먼저 든 생각은 '옛날엔 이런 데가 없었는데'였다. 그땐 교회 경내의 묘지뿐, 개별적인 공동묘지가 없었다. 여기 이 땅의 주인이었던 농부가 어렴풋이 기억났다─이름이 블래킷인 낙농업자였다. 갓 조성된 공동묘지를 보면서, 세상이 정말 많이 변했구나 하고 새삼 실감했다. 시신을 처리하는 데 8만 제곱미터의 땅이 필요할 만큼 커져버린 마을의 규모 때문만은 아니었다. 공동묘지가 마을 끝자락에 내몰려 있다는 사실이 놀라웠다. 요즘은 다들 이런 식이라는 걸 눈치채셨는지? 새로 조성되는 마을들은 하나같이 공동묘지를 변두리로 몰아낸다. 눈에 띄지 않게 밀어내는 것이다! 죽음을 상기시키는 건 참을 수 없으니까. 묘비들도 마찬가지다. 그 밑에 있는 사람이 '죽었다'라는 말은 절대 쓰지 않는다. 항상 '세상을 떠났다'거나 '고이 잠들었다'라고 말한다. 옛 시절엔 그렇지 않았다. 마을 한가운데에 교회 묘지가 있었고, 매일 그곳을 지나가면서 할아버지가 누워 계시고 언젠가 내가 눕게 될 곳을 보았다. 거리낌 없이 망자를 바라보았다. 무더운 날씨에는 송장 냄새까지 풍겼다. 가족 지하 납골당 중에 밀폐가 잘 안 된 곳이 있었기 때문이다.

나는 언덕을 느릿느릿 내려갔다. 참으로 기묘했다! 여러분은 상상도 못 할 만큼! 언덕을 내려가는 내내 유령들이 보였다. 대부분 산울타리와 나무와 암소의 유령들이었다. 두 세계를 동시에 보는 듯한 느낌이었다. 얇은 거품 속에서 옛 시절이 반짝거리는 것처럼. 진저 왓슨이 황소에게 쫓기던 들판이 저기 있다! 그리고 저곳에는 말버섯이 자랐었지! 하지만 이제 들판도 황소도 버섯도 없었다. 집, 온통 집들뿐이었다. 작고 조잡한 붉은 집들은 꾀죄죄한 커튼을 달았고, 지저분한 뒷마당에는 풀이 무성하거나 잡초들 사이에 미나리아재비 몇 포기만 제멋대로 자라 있을 뿐 다른 건 아무것도 없었다. 그리고 이리저리 돌아다니는 남자들, 매트를 터는 여자들, 콧물 범벅으로 인도에서 놀고 있는 아이들. 모두 낯선 이들뿐이었다! 내가 등을 돌리면 그사이에 우르르 몰려들어 공격 태세를 취할 인간들. 하지만 그들 눈에는 내가 이방인이었다. 예전의 로어 빈필드에 대해 아무것도 모르니 말이다. 그들은 슈터와 웨더럴, 그리밋 씨와 이지키얼 삼촌에 대해 들어본 적도 없고 관심도 없었다.

사람의 적응력이란 참으로 놀랍다. 로어 빈필드를 다시 볼 생각에 가슴 벅차 하며 언덕 꼭대기에 멈춰 선 지 5분밖에 지나지 않았다. 그런데 이미 로어 빈필드가 페루의 옛 도시들처럼 땅속에 묻혀 사라져버렸다는 생각에 익숙해졌다. 나는 마음을 가다듬고 현실을 받아들였다. 따지고 보면 놀랄 일도 아니었다. 마을은 커지기 마련이고, 사람들도 살 곳이 있어야 하지 않은가. 그리고 옛 마을은 소멸하지 않았다. 들판이 아닌 집들에 둘러싸여 있을 뿐 어딘가에 아직 존재했다. 몇 분 지나면 마을이 다시 보이리라. 교회, 양조장 굴뚝, 아버지의 가게, 장터의 말구유. 언덕을 다 내려가자 길이 갈라졌다. 나는 왼쪽으로 차를 돌렸고, 1분 후 길을 잃었다.

아무것도 기억나지 않았다. 그 부근이 마을의 초입인지 아닌지도 기억나지 않았다. 내가 아는 거라곤 옛날엔 이 거리가 없었다는 사실뿐. 집들이 곧장 인도에 면해 있고 여기저기 구멍가게들이나 우중충하고 작은 퍼브들이 보이는, 다소 누추하고 황폐한 거리였다. 거리를 몇백 미터 정도 달려봤지만, 대체 어디가 어딘지 알아볼 수 없었다. 결국 더러운 앞치마를 두르고 모자도 쓰지 않고 인도를 걷고 있는 어떤 여자 옆에 차를 세우고 차창 밖으로 고개를 내밀었다.

"길 좀 물읍시다. 장터로 가려면 어느 쪽으로 가야 됩니까?"

여자는 "몰라요"라고 답했다. 툭툭 끊어지는 억양이었다. 랭커셔. 이젠 잉글랜드 남부에 그쪽 사람들이 많이 내려와 있었다. 빈민 지역에서 넘쳐흐른 사람들. 그때 작업복 차림으로 연장 가방을 들고 오는 남자가 보여 다시 시도해보았다. 그 남자는 런던 사투리를 썼지만, 곧장 대답을 해주지는 못했다.

"장터? 장터라. 어디 보자. 아, 재래시장 말씀이신가?"

그곳인 것 같았다.

"아, 그럼, 오른쪽으로 돈 다음⋯⋯."

먼 길이었다. 실제로는 2킬로미터도 안 되는 거리였지만, 몇 킬로미터째 달리고 있는 것처럼 느껴졌다. 집과 가게, 영화관, 예배당, 축구장들―모두 낯설었다. 등 뒤에서 적들의 침공이 일어나고 있는 듯한 느낌이 또다시 찾아들었다. 랭커셔와 런던 교외에서 몰려와 지독히 어수선한 이곳에 자리 잡고서, 마을을 대표하는 중요한 장소들의 이름도 알려 하지 않는 인간들. 하지만 우리가 장터라 부르던 곳이 어쩌다 재래시장이 됐는지 이젠 알 것 같았다. 새 마을의 한복판에 큰 광장(일정한 형태가 없어

광장이라 부르기도 뭣했지만)이 있었다. 신호등도 있고, 사자가 독수리를 물고 있는 모습의 거대한 동상―전쟁 기념비인 듯했다―도 서 있었다. 전부 다 새것이었다! 그 생경하고 엉성한 외관이란! 헤이스, 슬라우, 대거넘 등등 지난 몇 년 사이 풍선처럼 갑자기 부풀어 오른 이런 재개발 지역들의 볼썽사나운 꼴을 알고 계시는지? 공기 중에 감도는 냉기, 눈만 돌리면 보이는 새빨간 벽돌, 곧 폐업할 듯 싸구려 초콜릿과 라디오 부품으로 가득 찬 진열창들. 여기가 바로 그랬다. 그런데 방향을 바꾸어 들어 간 거리에 갑자기 오래된 집들이 나타났다. 맙소사! 하이 스트리트였다!

결국 내 기억이 틀리지 않았다. 난 그곳을 낱낱이 알고 있었다. 이제 200미터 정도만 더 달리면 장터가 나올 터였다. 하이 스트리트의 반대편 끝에 우리 옛 가게가 있었다. 숙소로 정한 조지 호텔에서 점심을 먹은 다음 들러보리라. 구석구석 기억 안 나는 곳이 없었다! 이름이 전부 바뀌고 취급하는 상품도 거의 다 바뀌었지만, 모두 내가 아는 가게들이었다. 저기 러브그로브네 가게가 있다! 저 긴 토드네! 그리고 대들보와 지붕창이 보이는 크고 어두컴컴한 가게. 엘시가 일한 릴리화이트 포목점이 있던 자리였다. 그리고 그리밋 영감의 가게! 여전히 식료품점인 듯했다. 이제 장터의 말구유가 나올 텐데. 내 앞에 있는 차 때문에 보이지 않았다.

장터로 들어가자 앞차가 옆으로 비켜났다. 말구유는 사라지고 없었다.

말구유가 있던 곳에는 AA* 직원이 서서 교통정리를 하고 있었다. 남자는 차를 힐끔 보더니 AA 표시가 없는 걸 알고는 경례를 하지 않았다.

나는 모퉁이를 돌아 조지 호텔로 향했다. 말구유가 없어진 사실에 충격을 받아, 양조장 굴뚝이 여전히 제자리를 지키고 있는지 살펴볼 생각도 하지 못했다. 조지 호텔역시 이름만 빼고 싹 변해 있었다. 앞면을 강변 호텔처럼 꾸몄고, 간판도 달랐다. 그 순간 전까지는 20년 동안한 번도 그곳을 생각한 적이 없는데, 신기하게도 갑자기옛 간판이 생생히 떠올랐다. 내 인생의 첫 기억에도 존재하는 그 간판은 비쩍 마른 말에 올라타 아주 뚱뚱한 용을 짓밟고 있는 성 조지를 묘사한 조금은 투박한 그림이었다. 그리고 구석에 '화가 겸 목수 윌리엄 샌드퍼드'라는 갈라지고 색 바랜 서명이 있었다. 새 간판은 꽤 예술적이었다. 진짜 화가가 그린 것이 분명했다. 성 조지는 완전히 동성애자처럼 보였다. 농부들이 이륜마차를 세워두고 토요일 밤마다 취객들이 속을 게워냈던 자갈 깔린 마당은 세 배 더 커지고, 콘크리트로 덮이고, 차고들에 둘러싸여 있었다. 나는 차를 후진해 한 차고에 세워둔 다음

---

* Automobile Association. 1905년 영국에 설립된 자동차 서비스 협회.

밖으로 나갔다.

내가 인간의 마음에 대해 깨달은 사실이 한 가지 있다면, 변덕스럽다는 것이다. 언제까지나 우리 안에 머무는 감정은 없다. 지난 15분여 동안 나는 충격이라 할 만한 감정에 휩싸여 있었다. 챔퍼드 언덕 꼭대기에서 로어 빈필드가 사라졌다는 걸 갑자기 깨달았을 때 배를 한 방 세게 얻어맞은 듯한 느낌이었고, 말구유가 없어졌다는 걸 알았을 때도 살짝 가슴이 저려왔다. 그래서 우울하고 슬픈 감정으로 거리를 달렸다. 하지만 차에서 내려 중절모를 위로 끌어당겨 쓰는 순간, 아무럼 어때 하는 심정이 되었다. 아주 아름답고 화창한 날이었고 녹색 통에 심은 꽃 따위로 꾸며진 호텔 마당에는 여름 분위기가 물씬 풍겼다. 게다가 허기가 져서 얼른 점심 식사를 하고 싶었다.

나는 조금 거드름을 피우며 호텔 안으로 어슬렁어슬렁 들어갔다. 나를 맞으러 잽싸게 나온 구두닦이가 여행 가방을 들고 따라왔다. 부자가 된 느낌이었고, 남들 눈에도 아마 그렇게 보였을 것이다. 내 차를 보지만 않았다면, 견실한 사업가로 볼 만했다. 내게 잘 어울리는 새 정장을 입고 와서 다행이다 싶었다. 흰색 줄무늬가 가늘게 쳐진 파란색 플란넬 정장으로, 재단사들이 말하는 '축소 효과'가 있었다. 그날은 증권 중개인이라 해도 사람들이 믿었을 것이다. 그리고 창가 화단의 분홍빛 제라늄이 햇빛에 반짝이는 6월의 낮, 양고기 구이와 민트 소스를 먹으러 멋진 시골 호텔로 들어가는 건 누가 뭐래도 즐거운 일이다. 호텔이라면 진력이 난 나로서는 호텔에 묵는 것이 딱히 즐겁지는 않다. 백 번에 아흔아홉 번은 '가족 및 외판원'을 위한 허름한 호텔에 묵는다. 내가 묵기로 되어 있던 로보텀 호텔 같은 곳으로, 5실링에 하룻밤 숙박과 아침 식사를 해결할 수 있으며, 이불은 항상 눅눅하고 욕조 수도꼭지는 제대로 작동하는 법이 없다. 조지 호텔은 못 알아볼 정도로 근사하게 변해 있었다. 옛날에는 방 한두 개를 빌려주고 장날에 농부들의 점심 식사(소고기 구이와 요크셔 푸딩, 수에트 덤플링, 스틸턴 치즈)를 차려주기도 했지만, 호텔보다는 퍼브에 가까웠다. 그때와는 완전히 달라졌지만, 지나가면서 언뜻 보니 퍼블릭 바*는 여전했다. 통로에는 푹신한 카펫이 깔려 있고, 사냥 그림이나 구리 난상기** 같은 잡동사니들이 벽에 걸려 있었다. 예전의 통로가 어렴풋이 기억났다. 발밑에 밟히던 움푹 파인 판석, 맥주 냄새와 뒤섞인 회반죽 냄새. 곱슬곱슬한 머리에 검은 원피스를 입은 똑똑한 인상의 젊은 여자가 사무실에서 내 이름을 물었다.

"방을 원하신다고요? 알았습니다, 손님. 성함이 어떻게 되시죠?"

＊ public bar. 영국의 호텔이나 퍼브에서 시설이 간소하고 술이 저렴한 바.
＊＊ 과거 겨울에 침대의 한기를 없애는 데 쓰던 숯다리미 비슷한 기구.

나는 멈칫했다. 내게는 아주 중요한 순간이었다. 직원은 분명 내 이름을 알 터였다. 흔치 않은 이름인 데다 교회 묘지에 우리 가족이 많이 묻혀 있다. 우리는 로어 빈필드의 유서 깊은 가문 중 하나였다. 로어 빈필드의 볼링가. 여자가 알아보면 조금 골치 아프긴 하겠지만, 한편으로는 기대가 되기도 했다.

　"볼링요." 나는 아주 또렷한 발음으로 말했다. "조지 볼링입니다."

　"볼링이시라고요, 손님. B-O-A, 아! B-O-W인가요? 그렇군요, 손님. 런던에서 오셨나요?"

　아무런 반응이 없다. 전혀 알아보지 못했다. 내 이름을 들어본 적이 없는 것이다. 새뮤얼 볼링―30년이 넘는 세월 동안 토요일마다 이 퍼브에서 맥주를 마셨던 새뮤얼 볼링―의 아들 조지 볼링을 모르다니.

2

식당 역시 변했다.

거기서 식사를 해본 적은 한 번도 없지만 옛 모습이 기억났다. 갈색 벽난로 선반, 청동빛 도는 노란색 벽지―원래 그런 색깔이었는지, 아니면 세월과 담배 연기 탓에 그렇게 된 건지는 알 수 없었다―그리고 역시 화가 겸 목수인 윌리엄 샌드퍼드가 텔엘케비르 전투를 그린 유화. 지금은 중세 스타일로 꾸며져 있었다. 양쪽에 아늑한 앉을 자리가 마련되어 있는 벽돌 벽난로, 천장을 가로지르는 거대한 대들보, 벽에 덧댄 오크 널빤지. 50미터 떨어져서 봐도 전부 다 가짜라는 걸 알아챌 수 있었다. 대들보는 어떤 낡은 범선에서 떼어 왔을 법한 진짜 오크였지만, 아무것도 떠받치고 있지 않았다. 벽널은 눈에 띄자마자 의심스러웠다. 테이블에 앉으니, 외모가 매끈한 젊은 웨이터가 냅킨을 만지작거리며 다가왔다. 나는 내 뒤의 벽을 톡톡 두드려보았다. 그럼 그렇지! 그럴 줄 알았어! 심지어 나무도 아니었다. 모조품을 붙여놓고 페인트를 칠한 것이었다.

하지만 점심 식사는 나쁘지 않았다. 양고기에 민트 소스를 곁들여 먹고, 프랑스 이름의 어떤 화이트 와인을 한 병 마셨는데, 트림이 올라왔지만 기분은 좋았다. 그곳에서 점심을 먹고 있는 또 다른 한 명은 서른 살 정도 된 금발 여자로, 과부처럼 보였다. 그녀도 이 호텔에 묵을까? 나는 그녀에게 어떻게 수작을 걸지 막연한 계획을 세워보았다. 이렇듯 여러 감정이 한데 뒤섞일 수 있다는 것이 재미있다. 대부분의 시간 동안 나는 유령들을 보고 있었다. 과거가 자꾸 현재를 침범해 들어왔다. 장날, 기다란 테이블 밑으로 다리를 아무렇게나 뻗은 채 구두 징으로 돌바닥을 긁어대고 인간의 몸에 다 담을 수 있나 싶을 정도로 많은 양의 소고기와 덤플링을 우적우적 먹어대는 체구가 우람하고 건장한 농부들. 그러다가 반짝이는 흰 천이 깔리고 와인 잔과 접은 냅킨이 놓인 작은 테이블들, 모조 장식들, 전반적으로 사치스러운 분위기가 다시 과거를 지워버렸다. 이런 생각이 들었다. '나한텐 12파운드와 새 정장이 있어. 나 조지 볼링이 내 자동차를 몰고 로어 빈필드로 돌아올 거라고 누가 생각이나 했겠어?' 따스한 술기운이 올라오자 나는 금발의 여자에게로 눈을 돌려 머릿속으로 그녀의 옷을 벗기기 시작했다.

오후에 라운지─이곳 역시 가짜 중세 분위기를 풍겼지만, 유선형의 가죽 안락의자와 유리를 씌운 테이블이 있었다─에서 브랜디를 마시고 시가를 피우며 빈둥거렸을 때도 마찬가지였다. 유령들이 보였지만, 전반적으로는 즐거운 시간이었다. 술을 꽤 많이 마신 나는 금발 여자가 오면 인사를 나눌 수 있지 않을까 기대하고 있었다. 하지만 그녀는 나타나지 않았다. 나는 티타임이 다 되어서야 호텔을 나섰다.

어슬렁어슬렁 장터까지 가서 왼쪽으로 방향을 틀었다. 우리 가게로 가는 거야! 신기했다. 21년 전 어머니 장례식 날, 마차를 빌려 타고 가게를 지나가면서, 먼지가 잔뜩 낀 채 문이 닫혀 있고, 간판이 용접 불로 태워져 있는 꼴을 봤을 땐 아무렇지도 않았었다. 그런데 그때보다 훨씬 더 가게와 멀어진 지금, 가게에 대한 기억이 조금 희미해진 지금, 그곳을 다시 볼 생각을 하니 가슴이 설렜다. 나는 이발소를 지나갔다. 이름은 달라졌지만 여전히 이발소였다. 따스한 아몬드 향과 비누 냄새가 문밖으로 새어 나왔다. 옛날의 베이럼과 라타키아 냄새만큼 좋지는 않았다. 가게, 우리 가게는 20미터 정도 떨어져 있다. 아!

허세 가득한 간판─조지 호텔의 간판을 그린 사람의

작품이라 해도 놀랍지 않을 정도였다―이 인도 위에 걸려 있었다.

웬디 찻집
모닝커피
수제 케이크

찻집이라니!

정육점이든 철물점이든 다른 어떤 가게든, 종자 가게가 아니라면 난 똑같이 충격을 받았을 것이다. 어떤 집에 태어났다고 해서 평생 그 집의 주인인 양 느끼는 건 터무니없는 일이지만, 어쩔 수가 없다. 찻집은 이름값을 제대로 하고 있었다. 창에는 파란 커튼이 쳐져 있고, 윗면에 호두알 하나가 삐죽 튀어나온 초콜릿 케이크 한두 개가 진열되어 있었다. 안으로 들어갔다. 차를 마시고 싶은 마음은 전혀 없었지만, 가게 안을 봐야 했다.

가게와 응접실이었던 곳이 전부 차 마시는 공간으로 바뀌었다. 쓰레기통과 아버지의 작은 잡초 밭이 있던 뒷마당은 포장되어 녹슨 테이블과 수국 같은 것들로 꾸며져 있었다. 나는 응접실이 있던 곳으로 들어갔다. 또 유령들이 보였다! 피아노, 벽에 붙은 성경 구절들, 그리고 어머니와 아버지가 일요일 오후마다 난롯가의 양편에서 《피플》과 《뉴스 오브 더 월드》를 읽을 때 앉았던 낡고 울퉁불퉁한 붉은색 안락의자 두 개! 이제는 접이식 테이블과 연철 샹들리에, 벽에 걸린 백랍 접시 따위로 조지 호텔보다 훨씬 더 고풍스럽게 꾸며져 있었다. 이런 겉멋 든 찻집들이 항상 어둑하다는 사실을 눈치채셨는지? 고풍스러운 분위기를 내려면 어쩔 수 없는 모양이다. 그리고 평범한 종업원 대신 날염된 래퍼*를 입은 젊은 여자가 뚱한 표정으로 나를 맞았다. 차를 주문하자 10분 만에 나왔다. 너무 싱거워서 우유를 넣지 않으면 그냥 물로 느껴질 법한 중국 차였다. 나는 아버지의 안락의자가 있던 자리와 엇비슷한 곳에 앉아 있었다. 고래에 삼켜진 사람이나 새 비행 기계에 관한《피플》'기사 조각'을 읽어주던 아버지의 목소리가 귓가에 맴도는 듯했다. 그러자 내 정체를 들키는 순간 사기죄로 쫓겨날 것만 같은 묘한 기분이 들었다. 하지만 동시에 내가 여기서 태어났고 이 집에 살았노라고, 아니 이 집의 주인이었노라고(진심으로 그렇게 느껴졌다) 누군가를 붙들고 말하고 싶은 심정이었다. 다른 손님은 한 명도 없었다. 날염된 래퍼를 입은 여자는 창가를 서성이고 있었다. 모르긴 몰라도 나만 없었다면 이를 쑤셨을 것이다. 나는 여자가 가져다주었던 케이크를 한 조각 먹어보았다. 수제 케이크! 확실히 그랬다. 마가린과 대체 달걀로 만든 수제 케이크. 하지만 난 결국

※ 몸에 휘감아서 입는 가운이나 치마.

참지 못하고 말해버렸다.

"로어 빈필드에서 얼마나 살았어요?"

여자는 깜짝 놀란 표정으로 움찔하더니 대답하지 않았다. 나는 그대로 물러나지 않았다.

"오래전에 내가 로어 빈필드에서 살았었거든요."

이번에도 답이 없었다. 아니면 내가 듣지 못했거나. 여자는 냉랭한 표정으로 나를 쳐다보다가 다시 창밖으로 시선을 돌렸다. 나는 무슨 상황인지 알아차렸다. 워낙 교양 넘치는 여성이라 손님에게 말대꾸하기가 부담스러운 것이다. 게다가 내가 자기에게 수작을 걸고 있다고 생각했을지도 모른다. 이 집에서 태어났다는 말을 해봐야 무슨 소용인가. 설사 그 말을 믿는다 해도 그녀의 관심사는 아닐 터였다. 곡물 및 종자 상인 새뮤얼 볼링은 들어본 적도 없을 테니. 나는 계산을 하고 가게에서 나왔다.

어슬렁어슬렁 교회로 가보았다. 내가 알던 사람들이 나를 알아볼까 봐 두렵기도 하고 기대가 되기도 했다. 하지만 괜한 걱정이었다. 길거리에는 아는 얼굴이 하나도 없었다. 마을 사람 전체가 바뀌기라도 한 것 같았다.

교회에 도착한 나는 새 공동묘지를 지을 수밖에 없었던 이유를 알게 되었다. 교회 묘지에 빈자리가 없었고, 묘비의 절반에는 내가 모르는 이름들이 새겨져 있었다. 하지만 내가 아는 이름들을 찾기는 쉬웠다. 나는 무덤들 사이를 돌아다녔다. 교회 관리인이 이제 막 풀을 베어놓

앉고, 그곳에서조차 여름 냄새가 풍겼다. 내가 알았던 어른들은 전부 다 세상을 떠났다. 정육점 주인 그래빗, 또 다른 종자 상인 윙클, 조지 호텔을 운영했던 트루, 과자 가게의 휠러 부인―모두 그곳에 묻혀 있었다. 슈터와 웨더럴은 여전히 교회 통로 양편에 앉아 노래를 부르는 것처럼, 길 양쪽에서 서로를 마주 보고 있었다. 웨더럴은 결국 100살까지 살지 못했다. 1843년에 태어나 1928년에 '세상을 떠났다'. 하지만 늘 그랬듯 슈터를 이겼다. 슈터는 1926년에 죽었다. 노래의 적수가 없었던 마지막 2년 동안 웨더럴은 얼마나 쓸쓸했을까! 송아지 고기 햄 파이처럼 생긴 거대한 대리석 밑에는 그리밋 영감이 묻혀 있고, 둘레에 철 난간이 세워져 있었다. 구석의 작은 싸구려 십자가들 밑은 시먼스 가족의 자리였다. 그들 모두 먼지가 되었다. 담배 때문에 치아가 거뭇했던 호지스 영감, 갈색 수염을 덥수룩하게 길렀던 러브그로브, 마부와 호랑이를 거느리고 다녔던 램플링 부인, 의안을 꼈던 해리 반스의 고모, 견과를 조각한 듯 험상궂고 늙은 얼굴을 하고 있던 밀 농장의 브루어―모두 떠나고 석판 한 장과 그 밑의 무언가만 남았다.

  나는 나란히 있는 어머니와 아버지의 묘를 찾았다. 둘 모두 잘 손질되어 있었다. 관리인이 풀을 깔끔하게 깎아놓았다. 이지키얼 삼촌의 묘는 조금 떨어져 있었다. 오래된 무덤들은 평평하게 골라져 있고, 묘비에 침대 틀처럼 붙어 있던 낡은 목조 장식은 떼어지고 없었다. 20년 만에 부모님의 무덤을 보는 기분이 어떨까? 어떤 기분이어야 하는지 모르겠지만, 솔직히 말하자면 아무렇지도 않았다. 마음속에서 아버지와 어머니가 희미해진 적은 단한 번도 없었다. 두 분은 영원토록 어딘가에 존재하는 것같다. 갈색 찻주전자 뒤의 어머니, 대머리에 곡물 가루를묻힌 채 안경을 끼고 희끗희끗한 콧수염을 기른 아버지가 사진 속 사람들처럼 영원히 변치 않는 모습으로 살아있다. 땅속의 관은 두 분과 무관한 물건 같았다. 그런데그곳에 서 있자니 이런 궁금증이 생겼다. 땅속에 묻히면어떤 느낌일까? 불안할까? 얼마나 빨리 체념하게 될까?그때 갑자기 짙은 그림자가 땅을 휩쓸고 지나가 흠칫 놀랐다.

어깨 너머로 뒤를 돌아보았다. 폭격기 한 대가 나와 태양 사이로 날아간 것뿐이었다. 마치 묘지가 폭격기들을두려워하며 살금살금 기고 있는 것만 같았다.

나는 교회 안으로 느릿느릿 들어갔다. 로어 빈필드로돌아오고 나서 거의 처음으로 유령을 보는 듯한 느낌이사라졌다. 아니, 형태만 다를 뿐 그 느낌은 여전했다. 전혀 달라지지 않은 교회의 모습 때문이었다. 사람들이 전부 사라졌다는 것만 빼면, 그대로였다. 하다못해 무릎 방석까지 똑같아 보였다. 퀴퀴하고 달짝지근한 송장 냄새도 여전했다. 맙소사! 창에 뚫린 구멍까지. 저녁이라 태양이 반대편에 있어서 햇살이 통로를 따라 스멀스멀 기어오르고 있지는 않았지만. 기다란 신도석도 1인용 의자로 바뀌지 않고 그대로였다. 우리가 앉았던 자리, 웨더럴이 슈터와 노래 대결을 벌였던 자리도 보였다. 아모리인의 왕 시혼과 바산의 왕 오그! 그리고 밑에 묻힌 사람의 묘비명이 아직 희미하게 남아 있는 통로의 닳아빠진 판석들. 나는 웅크리고 앉아 우리 자리의 맞은편에 있는 묘비명을 보았다. 읽을 수 있는 부분은 아직도 외우고 있었다. 그 형태마저 기억 속에 박혀 있다시피 했다. 설교 시간에 얼마나 자주 그 글귀들을 읽었던가.

여기…… 아들, 이 교구의 신사…… 그의 올곧은 성정…… 그의…… 수없이 선행을 베풀고 근면 성실하게…… 사랑하는 아내 아멜리아와…… 일곱 딸을 얻어……

어릴 적에 기다란 'S'가 'F'처럼 보여서 헷갈렸던 기억이 났다. 옛날 사람들은 'S'를 'F'로 발음했는지, 그랬다면 이유가 뭔지 궁금해하곤 했었다.

뒤에서 발소리가 들렸다. 고개를 들어보니 카속*을 입은 남자가 나를 내려다보고 있었다. 신부였다.

* 성직자 등이 입는 검은색의 평상복.

바로 그 신부 말이다! 옛 시절—내 기억이 시작된 시기부터는 아니고 1904년 즈음부터—의 교구 신부였던 베터턴이었다. 머리가 하얗게 셌지만 나는 단번에 그를 알아보았다.

그는 나를 알아보지 못했다. 그의 눈에 난 그저 파란색 정장을 입고 교회를 구경하고 있는 뚱뚱한 관광객에 불과했다. 베터턴은 인사를 건네고는 곧장 단골 대사를 읊기 시작했다. 건축에 관심이 있으십니까? 이 유서 깊고 훌륭한 건물은 색슨족 시대에 토대를 놓기 시작해서…… 그리고 곧 비틀비틀 걸으며 교회의 볼거리로 나를 안내해주었다. 제의실로 이어지는 노르만 양식의 아치 길, 뉴베리 전투에서 전사한 로더릭 본 경의 황동 조각상 등등. 나는 중년의 회사원이 교회나 미술관을 안내받을 때 항상 그러듯 매 맞은 개 같은 꼴로 신부를 따라다녔다. 하지만 이미 다 알고 있다고 신부에게 말했을까? 내가 새뮤얼 볼링—설령 나를 기억 못 한다 해도 아버지는 기억할 터였다—의 아들 조지 볼링이며, 10년 동안 그의 설교와 견진 교리를 들었을 뿐만 아니라 로어 빈필드 독서회에 가입하여 그저 그의 기분을 맞춰주려고 『참깨와 백합』까지 읽었다고 말했을까? 아니, 말하지 않았다. 그저 신부를 졸졸 따라다니며, 이런저런 것이 500년 됐다는 설명에 그렇게 안 보인다는 답 말고는 딱히 할 말이 없는 사람처럼 웅얼거렸다. 신부를 본 순간, 나를 이방인으로 생각하게 내버려 두자 마음먹었었다. 기회를 엿보다가 실례가 안 되겠다 싶을 때 얼른 헌금함에 6펜스를 넣고는 달아났다.

왜 그랬을까? 드디어 아는 사람을 만났는데 왜 인사를 건네지 않았을까?

20년 사이 변한 신부의 외모에 겁을 집어먹은 탓이었다. 더 늙어 보였다는 의미로 들리겠지만, 그렇지 않았다! 그는 **더 젊어** 보였다. 그리고 문득 나는 세월의 흐름에 대해 무언가를 깨달았다.

베터틴은 내가 처음 봤을 때 마흔다섯 살―현재의 내 나이―이었으니 이제 예순다섯 살 정도일 것이다. 어머니를 묻은 날에 면도솔처럼 반백이었던 머리는 이제 하얗게 세었다. 그래도 그를 본 순간 제일 처음 떠오른 생각은 더 젊어 보인다는 것이었다. 그를 상늙은이로 생각하고 있었는데, 그렇게 늙지 않았다. 어린 시절의 내게 마흔 살이 넘은 사람들은 서로 구분도 잘 되지 않는 똑같은 늙다리들이었다. 그때 내 눈에 비친 마흔다섯 살의 남자는 지금의 이 비틀거리는 예순다섯 살 노인보다 더 늙어 보였었다. 젠장! 그런데 이제 내가 마흔다섯이라니. 두려웠다.

스무 살짜리 아이들한텐 내가 그렇게 보이겠군, 무덤들 사이로 빠져나가며 나는 생각했다. 덩치 큰 딱한 늙다리. 끝장난 인생. 신기했다. 평소에 나는 내 나이를 전혀 신경 쓰지 않는다. 왜 그래야 하는가? 난 뚱뚱하지만 튼튼하고 건강하다. 원하는 건 뭐든 할 수 있다. 스무 살 때 맡았던 장미 향이 지금도 똑같이 느껴진다. 아, 그런데 장미에게도 내 냄새가 변함없을까? 이 의문에 답이라도 하듯, 열여덟 살 정도 된 여자애가 교회 묘지 길을 따라 이쪽으로 다가오고 있었다. 여자애가 날 스쳐 지나갈 때 우리 사이의 거리는 1-2미터가 채 되지 않았다. 나는 여자애가 순간적으로 내게 던지는 시선을 보았다. 거기에 담긴 건 두려움이 아니라 반감이었다. 야생동물의 눈처럼 사납고 쌀쌀맞았다. 내가 로어 빈필드를 떠나 있던 20년 사이에 그 여자애는 태어나고 자랐다. 내 모든 기억은 그 아이에게 아무런 의미도 없을 터였다. 나와는 다른 세상에서 동물처럼 살았으니.

나는 조지 호텔로 돌아갔다. 한잔하고 싶었지만, 바가 여는 시간까지는 30분이 남아 있었다. 1년 묵은 잡지《스포팅 앤드 드러매틱(Sporting and Dramatic)》을 읽으며 잠깐 빈둥거리고 있는데, 과부라고 생각했던 금발 여자가 곧 들어왔다. 갑자기 여자에게 치근덕거리고 싶어 몸을 근질거렸다. 비록 틀니를 끼긴 했지만 아직 쓸 만한 남자라는 걸 나 자신에게 증명해 보이고 싶었다. 어쨌든 저 여자는 서른, 나는 마흔다섯이니, 안 될 것도 없다는 생각이 들었다. 나는 여름 낮에 엉덩이를 녹일 일이라도 있는 것처럼 괜히 텅 빈 벽난로 앞에 서 있었다. 파란 정장

차림의 나는 썩 괜찮아 보였다. 물론 조금 뚱뚱하긴 해도 기품이 있었다. 세상 물정에 훤한 남자. 주식 중개인으로 보일지도 몰랐다. 나는 최대한 멋진 억양으로 무심한 듯 말했다.

"정말 근사한 6월 날씨군요."

참으로 무해한 말 아닌가? '전에 어디서 만난 적 있지 않아요?' 따위와는 비교도 되지 않는다.

하지만 성공적이지 못했다. 여자는 대답은 하지 않고, 읽고 있던 신문을 잠깐 내려놓더니 창문도 깨뜨릴 만한 시선으로 나를 쳐다보았다. 끔찍했다. 총알처럼 사람을 후벼 파는 파란 눈동자. 그 찰나의 순간 나는 완전히 그녀를 오해했음을 깨달았다. 그녀는 댄스홀로 데려가면 좋아할, 염색한 머리의 과부가 아닌 것이다. 어쩌면 제독의 딸로 하키를 가르치는 좋은 학교에 다녔을지도 모를 상류층이었다. 그리고 나는 나 자신도 오해했다. 새 정장을 입든 헌 정장을 입든 난 주식 중개인으로 보일 수 있는 인간이 **아니었다**. 어쩌다 약간의 돈을 손에 넣은 외판원으로 보일 뿐. 나는 저녁 식사 전에 맥주를 한두 잔 마시기 위해 슬그머니 라운지 바로 갔다.

맥주는 예전 같지 않았다. 옛 시절의 템스 밸리 맥주는 석회질 물로 만들어서 나름의 풍미가 있었다. 나는 여자 바텐더에게 물었다.

"베서머 가족이 아직도 양조장을 하고 있습니까?"

"베서머요? 오, 아니요, 손님! 그 사람들은 떠났어요. 어, 몇 년 전에요. 우리가 오기 한참 전에."

여자는 누나 타입의 친절한 바텐더였다. 서른다섯 살 정도에, 얼굴은 순하게 생겼고, 맥주 통 손잡이를 많이 다루는 팔은 굵직했다. 여자는 양조장을 인수한 대형 체인의 이름을 말해주었다. 맥주 맛으로 짐작할 만했다. 둥 그렇게 자리 잡은 서로 다른 바들 사이사이에 칸막이 방들이 있었다. 건너편의 퍼블릭 바에서는 두 남자가 다트 게임을 하고 있고, 저그 앤드 보틀(Jug and Bottle)에서는 눈에 보이지 않는 한 남자가 가끔 음침한 목소리로 한마디씩 툭툭 던졌다. 바텐더는 굵직한 팔꿈치를 카운터에 얹고는 나와 대화를 나누었다. 나는 내가 알았던 사람들의 이름을 줄줄이 읊었지만, 여자는 한 명도 알지 못했다. 로어 빈필드에 온 지 5년밖에 되지 않았다고 했다. 조지 호텔의 옛 주인인 트루 영감조차 알지 못했다.

"나는 로어 빈필드에 살았었답니다." 나는 그녀에게 말했다. "꽤 오래전이었죠, 전쟁 전이었으니까."

"전쟁 전요? 와! 그렇게 나이 들어 보이시지 않는데."

"그럼 마을이 변한 게 보이겠구려." 저그 앤드 보틀의 남자가 말했다.

"커졌어요. 아무래도 공장 때문이겠지만." 내가 답했다.

"그야 뭐, 마을 사람 대부분이 공장에서 일하긴 하죠. 축음기도 만들고, 트루핏 스타킹도 있고. 당연히 요즘은

307

폭탄을 만들고요."

그게 왜 당연한 일인지 이해할 수 없었지만, 바텐더가 말하기를 트루핏 공장에서 일하는 젊은 남자가 가끔 조지 호텔에 오는데, 자기들이 스타킹뿐만 아니라 폭탄도 만든다고 귀띔하더라고 했다. 모종의 이유로 그 둘을 같이 만들기가 수월하다나. 바텐더는 월턴 근처에 대규모 군용 비행장이 있다는 얘기도 해주었다. 이곳에서 폭격기가 자꾸 보이는 이유를 알 것 같았다. 그런 다음 우리의 대화는 자연스레 전쟁으로 넘어갔다. 우스웠다. 전쟁에 대한 생각에서 달아나려 이곳에 왔건만, 어쩌겠는가? 우리가 숨 쉬는 공기 속에 전운이 감돌고 있는데.

나는 1941년에 전쟁이 터질 거라고 말했다. 저그 앤드 보틀의 남자는 손해 보는 장사라고 했다. 바텐더는 섬뜩하다고 말했다.

"이러니저러니 해도 좋을 게 별로 없잖아요? 가끔 밤에 깼다가 그 큼지막한 것들이 위로 날아가는 소리가 들리면 이런 생각이 든다니까요. '잠깐, 내 바로 위로 폭탄을 떨어뜨리면 어떡하지!' 공습경보도 울릴 테고, 대피 지도원인 토저스 양의 말로는 창문을 신문으로 막아놓고 침착하게만 대응하면 괜찮다고 하고, 타운홀 밑에 대피소도 팔 거라지만, 말이 쉽지 어떻게 아기한테 방독면을 씌우겠어요?"

저그 앤드 보틀의 남자는 공습이 끝날 때까지 뜨거운

목욕물 속에 있어야 한다는 신문 기사를 읽었다고 말했다. 퍼블릭 바의 사내들이 이 말을 우연히 듣고는, 한 욕조에 몇 명이나 들어갈 수 있을까 옥신각신하더니 바텐더에게 욕조를 같이 쓸 수 있느냐고 물었다. 바텐더는 지저분한 소리 하지 말라며 카운터의 반대편 끝으로 가서, 올드 앤드 마일드*를 그들에게 몇 잔 더 날라주었다. 나는 내 맥주를 한 모금 들이켰다. 맛이 없었다. 사람들이 '비터'라 부르는 맥주였다. 이름대로 쌉쌀했지만, 유황 맛이 날 정도로 너무 썼다. 화학물질처럼. 요즘 영국에서 나는 홉은 맥주가 아니라 화학물질을 만드는 데 쓰인다고 한다. 그렇게 만들어진 화학물질로 맥주를 만드는 것이다. 나도 모르게 이지키얼 삼촌이 떠올랐다. 이런 맥주를 보면 삼촌은 뭐라 말할까, 공습경보에 대해, 테르밋 소이탄의 불길을 잡는 데 써야 한다는 모래에 대해 뭐라 말할까. 바텐더가 내 쪽으로 돌아오자 내가 물었다.

"그나저나 지금은 홀 주인이 누굽니까?"

우리는 빈필드 하우스를 항상 홀이라 불렀었다. 순간 바텐더는 내 말을 알아듣지 못한 듯했다.

"홀요?"

"빈필드 하우스 말이구먼." 저그 앤드 보틀의 남자가 말했다.

---

* old and mild. 독한 흑맥주와 쌉쌀한 맛이 적고 부드러운 맥주를 섞은 맥주.

"아, 빈필드 하우스! 난 또 메모리얼 홀 말씀하시는 줄 알고. 지금 빈필드 하우스 주인은 메럴이라는 의사예요."

"메럴?"

"네. 거기 환자가 60명이 넘는다고 하더라고요."

"환자? 병원이 된 건가요?"

"음, 평범한 병원은 아니에요. 요양원이랄까. 사실, 정신병자들이에요. 정신병원이나 마찬가지죠."

정신병원이라니!

하긴, 그리 놀랄 일도 아니다.

3

나는 침대에서 기어 나갔다. 입안이 쓰고 뼈가 우두둑거렸다.

전날 과음한 탓이었다. 점심과 저녁에 와인 한 병씩, 그사이에 맥주 여러 잔, 거기다 브랜디까지 한두 잔 마셨으니. 나는 몇 분 동안 카펫 한복판에 서서 멍하니 허공만바라보았다. 녹초가 돼서 움직일 수가 없었다. 가끔 이른아침에 드는 그 지독한 느낌 있지 않은가. 대개 다리로찾아오는 그 느낌은 어떤 말보다 명확히 내게 호통을 친다. "이런 꼴로 계속 살아봐야 뭐 해? 그만둬, 노인네야!가스 오븐에 머리나 처박아."

나는 틀니를 끼고 창가로 갔다. 역시나 아름다운 6월의 아침이었다. 이제 막 지붕 위로 기울기 시작한 햇살이

거리 맞은편의 집들을 비추었다. 창가 화분의 분홍빛 제라늄은 그런대로 보기 좋았다. 이제 겨우 8시 반이고 장터에서 떨어진 골목인데도 길거리를 오가는 사람이 꽤 많았다. 사무원처럼 생긴 남자들이 검은 정장에 서류 가방을 들고서 일제히 같은 방향으로 서둘러 가는 모습을 보니, 런던 교외에서 지하철역으로 달려가는 직장인들을 보는 듯한 기분이었다. 어린 학생들은 두세 명씩 짝을 지어 띄엄띄엄 장터로 향하고 있었다. 전날 챔퍼드 언덕을 밀림처럼 집어삼킨 붉은 집들을 봤을 때 느꼈던 감정이 되돌아왔다. 빌어먹을 침입자들! 내 이름도 모르는 2만 명의 불청객들. 이들의 새로운 삶이 요동치고 있는 이곳에서, 틀니를 낀 이 딱한 늙다리 뚱보는 창밖을 내다보며 아무도 듣고 싶어 하지 않는 30-40년 전의 일이나 중얼거리고 있다니. 젠장! 내가 유령을 보고 있다는 생각은 잘못이었다. 바로 나 자신이 유령이다. 난 죽었고, 그들은 살아 있다.

하지만 아침 식사─해덕대구, 콩팥 구이, 마멀레이드를 바른 토스트, 커피 한 주전자─를 하고 나니 기분이 풀렸다. 쌀쌀맞은 귀부인은 식당에 보이지 않았고, 공기 중에 감도는 여름 냄새가 기분 좋았다. 그리고 아무리 생각해봐도, 파란 플란넬 정장을 입은 내 모습에 아주 조금은 기품이 흘렀다. 에라! 내가 유령이라면, 유령이 되어야지! 여기저기 걸어 다니며, 오래된 장소에 출몰하고.

내 고향을 훔쳐 간 자식들에게 흑마술이라도 부려볼까.

　호텔을 나섰지만, 겨우 장터까지 갔을 때 예상치 못한 광경에 멈추어 섰다. 50여 명의 학생들이 4열 종대로 거리를 행진하고 있고—꼭 군대 행렬 같았다—인상이 엄숙한 여자가 중대 선임 상사처럼 그들과 나란히 걷고 있었다. 앞장선 네 학생이 들고 있는 빨간색·흰색·파란색 테두리의 현수막에는 **영국인들이여 준비하라**라고 큼지막한 글씨로 쓰여 있었다. 모퉁이의 이발사가 가게 문간으로 나와 행렬을 지켜보았다. 나는 이발사에게 말을 걸었다. 검은 머리칼은 반들반들 윤이 나고, 얼굴은 둔해 보였다.

　"저 아이들은 뭘 하고 있는 겁니까?"

　"공습 훈련이라나." 이발사가 모호하게 답했다. "공습에 대비하는 훈련 같은 거. 저이는 토저스 양이라오."

　과연, 이라는 생각이 들었다. 눈빛부터 달랐다. 머리가 희끗희끗하고 얼굴은 훈제한 듯한 여자는 걸가이드* 파견대나 YWCA 숙소 따위의 감독관에 어울리는 억척스러운 인상의 할머니였다. 제복처럼 보이는 코트와 치마를 입고 있었고, 샘 브라운 벨트**를 차고 있지 않은데도

　＊　1909년 영국의 베이든 파월이 소녀들의 수양과 교육을 위해 창설한 단체로 이후 미국에서 걸스카우트로 발전했다.
　＊＊　어깨에서 대각선으로 걸치는 띠가 붙어 있는 허리띠. 영국의 장성인 새뮤얼 제임스 브라운이 왼팔을 잃게 되자 검을 지탱하기 위해 고안하였다.

차고 있는 듯한 착각을 불러일으켰다. 나는 이런 부류의 여자를 잘 알았다. 전쟁 때 WAAC(육군 여성 보조 부대)에 입대한 후로 인생의 재미를 맛보지 못한 여자. 그런 여자에게 공습 대비 훈련은 그나마 흥을 낼 수 있는 일이었다. 아이들이 힘차게 지나갈 때 여자가 진짜 군인처럼 호통치는 소리가 들렸다. "모니카! 발을 높이 들어!" 뒤쪽의 네 아이도 빨간색·흰색·파란색 테두리의 현수막을 들고 있었는데, 그 한복판에 다음과 같이 적혀 있었다.

우리는 준비됐습니다. 여러분은?

"뭣 때문에 아이들한테 행진을 시키는 겁니까?" 내가 이발사에게 물었다.

"글쎄올시다. 뭐, 선전 같은 거겠지."

난 물론 이유를 알고 있었다. 아이들에게 전쟁에 대한 흥미를 불러일으키려는 것이다. 전쟁은 피할 길 없고, 크리스마스가 오듯 폭격기도 날아올 테니, 따지지 말고 지하실로 내려가라고 우리 모두에게 경고하는 것이다. 윌턴에서 온 거대한 검은 비행기 두 대가 마을의 동쪽 끝을 붕 날아가고 있었다. 맙소사! 언제든 전쟁이 터져도 그저 소나기를 만난 기분이겠구나. 벌써부터 우리는 첫 폭탄이 언제 떨어질까, 귀를 기울이고 있다. 이발사는 토저스 양의 노력 덕분에 학생들에게 이미 방독면이 지급됐다고 말했다.

이제 나는 마을을 둘러보기 시작했다. 이틀 동안은 내가 알아볼 수 있는 옛 명소들만 돌아다녔다. 도중에 날 아는 사람은 단 한 명도 만나지 못했다. 난 유령이었다. 투명인간이라도 된 듯한 느낌이었다.

그 기분이 어찌나 묘한지 말로 표현하기 어려울 정도였다. 동시에 두 장소에 존재하는 사내—사실 그는 집 안에 있지만, 바다 밑바닥에 있다는 환각에 빠진다—에 관한 H. G. 웰스의 소설을 읽어본 적 있는가? 방 안을 돌아다니는 동안 그의 눈에 보이는 건 테이블이나 의자가 아니라 물결에 흔들리는 수초와 그를 잡으려 드는 거대한 게와 오징어다. 꼭 그런 기분이었다. 나는 존재하지 않는 세상을 몇 시간이나 걸어 다녔다. 인도를 걸으면서 걸음 수를 세고 이런 생각을 하곤 했다. '그래, 여기서부터 아무개의 밭이 시작되잖아. 산울타리가 거리를 가로질러 저 집을 뚫고 지나가지. 저 급유 펌프는 사실 느릅나무야. 그리고 여기는 시민 농장의 끝머리. 이 길(내 기억으로는, 두 세대 주택들이 짧게 이어져 있는 음침한 컴벌레지로였다)은 케이티 시먼스와 산책하던 곳이고, 딱딱한 열매가 달린 덤불이 양쪽에서 자라고 있었지.' 당연히 거리에는 착오가 있겠지만, 전반적인 방향은 옳았다. 여기서 태어나지 않은 사람이라면, 이 길들이 20년 전만 해도 밭이었다는 사실을 믿지 못할 터였다. 변두리에서 화산이라도 터졌는지, 시골은 완전히 묻혀버린 듯했다. 브루어 영감의 땅이었던 곳은 거의 다 공영 주택단지에 삼켜지고 말았다. 밀 농장은 사라졌고, 내가 첫 물고기를 낚았던 목축용 연못은 물을 빼고 흙으로 메운 다음 그 위에 건물을 지어놔서 이제 그 정확한 위치도 알 수 없었다. 온통 집, 집들뿐이었다. 똑같이 쥐똥나무 산울타리를 두르고 똑같이 현관문까지 아스팔트 길을 깔아놓은, 작고 붉은 정육면체 집들. 공영주택 단지 너머로는 집들이 점점 줄어들었지만, 악덕 건축업자들이 열심히 날림 공사를 하고 있었다. 돈으로 살 수 있는 모든 터에 대충 지은 듯한 집이 옹기종기 모여 있고, 그 집들까지 임시 도로가 이어져 있었다. 텅 빈 부지에는 건축 회사의 게시판이 서 있고, 폐허가 된 밭은 엉겅퀴와 깡통으로 뒤덮여 있었다.

하지만 마을의 중심은 건물만 따지자면 큰 변화가 없었다. 많은 가게가 이름은 바뀌었어도 업종은 그대로였다. 릴리화이트는 여전히 포목점이었지만, 장사가 영 신통치 않은 모양이었다. 그래빗의 정육점은 라디오 부품을 파는 가게로 바뀌었다. 휠러 아주머니의 작은 창은 벽돌로 막혀 있었다. 그리밋의 가게는 여전히 식료품점이었지만, 인터내셔널 스토어에 매수되었다. 그리밋처럼 약삭빠른 구두쇠 영감까지 집어삼킬 수 있는 대형 체인의 위력이 새삼 대단하게 느껴졌다. 하지만 내가 아는 그라면—교회 묘지의 화려한 묘비를 봐도 그렇고—장사가 한창 잘될 때 가게를 팔아치우고 1만이나 1만 5천 파운드를 손에 거머쥔 채 천국으로 올라갔을 것이다. 여전히 주인이 같은 가게는 아버지를 망가뜨렸던 새러진뿐이었다. 그들은 엄청나게 몸뚱어리를 불려, 마을의 새 구역에 대형 지점을 하나 더 냈다. 하지만 잡화점 같은 곳으로 변해서, 청과물뿐 아니라 가구나 약, 철물도 팔았다.

이틀 동안 상당한 시간을 이리저리 돌아다니면서, 실제로 투덜거리거나 짜증을 내지는 않았지만, 간혹 그러고 싶을 때가 있었다. 그리고 평소 주량보다 술을 많이 마셨다. 로어 빈필드에 도착하자마자 마시기 시작했고, 그 후로는 퍼브가 열리는 시간만 애타게 기다렸다. 개점 시간 30분 전부터 혀가 입 밖으로 나와 있을 정도였다.

걱정 마시길, 항상 그런 기분이었던 건 아니니까. 가끔은 로어 빈필드가 사라졌든 말든 무슨 상관인가 싶었다. 애초에 가족으로부터 도망치려는 목적으로 여기 오지 않았던가? 내가 하고 싶은 건 뭐든 하지 못할 이유가 없었다. 마음만 내키면 낚시도 할 수 있었다. 토요일 오후에는 하이 스트리트에 있는 낚시 용품점에 가서, 대나무 낚싯대(어릴 적에 항상 갖고 싶었었다―녹심목 낚싯대보다 조금 비싸다)와 낚싯바늘, 야잠사 낚싯줄 따위를 사기까지 했다. 그 가게의 분위기가 내 기운을 북돋아 주었다. 다른 모든 게 변해도 낚시 도구는 변하지 않는다―물고기가 변하지 않으니 당연한 일이다. 가게 주인은 낚싯대를 사는 뚱뚱한 중년 남자를 전혀 이상한 눈으로 보지 않았다. 오히려 우리는 템스강 낚시에 대해, 그리고 지지난해 어떤 사람이 흑빵과 꿀과 삶아서 다진 토끼 고기를 섞어 만든 떡밥으로 낚았다는 큰 처브에 대해 짧은 대화를 나누었다. 나는 가장 튼튼한 연어 잡이용 목줄*과 로치 잡이용 5번 바늘 몇 개도 샀다. 아직 있을지 없을지 모를 빈필드 하우스의 그 커다란 잉어들을 노린 선택이었지만, 가게 주인에게 말하지 않았고, 심지어는 나 자신에게도 인정하지 않았다.

일요일 아침에는 낚시를 갈 것이냐 말 것이냐 고민하느라 대부분의 시간을 허비했다. 안 될 게 뭐 있나 싶다가도, 다음 순간엔 그냥 꿈으로 남겨두자는 생각이 들기도 했다. 하지만 오후에 차를 몰고 버퍼드 위어로 향했다. 일단 강이나 한번 둘러보고, 다음 날 날씨가 괜찮으면 낚싯대를 가지고 나가 여행 가방에 들어 있는 낡은 코트와 회색 플란넬 바지를 입고 꼬박 하루 동안 낚시를 할 생각이었다. 내키면 사나흘이라도.

챔퍼드 언덕을 넘어 기슭까지 내려갔다. 도로는 강둑의 배 끄는 길과 나란히 뻗어 있었다. 나는 차에서 내려 걸었다. 아! 길가에 난데없이 붉은색과 흰색의 작은 방갈로 한 무리가 나타났다. 여기저기 차가 많이 보였다. 강

* 낚싯바늘을 매어 낚싯줄에 연결하는 줄.

에 더 가까워지자 퉁-투-투-퉁! 하는 소리가 들렸다. 그렇다, 축음기 소리였다.

굽잇길을 돌자 배 끄는 길이 시야에 들어왔다. 맙소사! 또 한 번의 충격. 그곳에 사람들이 북적거렸다. 예전에 강가 목초지였던 곳은 이제 찻집과 자동판매기, 매점, 월스 아이스크림을 파는 사람으로 가득 차 있었다. 마게이트라고 해도 믿을 정도였다. 예전의 강둑길이 기억난다. 그 길을 따라 몇 킬로미터를 쭉 걸을 수 있었고, 수문을 지키는 남자들과 이따금씩 말을 어슬렁어슬렁 뒤따라가는 바지선 선원들 말고는 마주치는 사람이 한 명도 없었다. 낚시를 가면 그곳은 늘 우리 독차지였다. 오후 내내 앉아 있다 보면 50미터 정도 떨어진 얕은 물에 왜가리 한 마리가 서 있기도 했는데, 서너 시간 연속으로 한 사람도 지나가지 않아 도망갈 일이 없었다. 왜 나는 성인 남자들이 낚시를 하지 않는다고 생각했을까? 좌우를 둘러보니 강둑을 따라 5미터 간격으로 낚시꾼들이 끝없이 이어져 있었다. 대체 이 사람들은 어떻게 여기까지 왔을까? 그러다 문득, 이런저런 낚시 클럽 사람들이겠다는 생각이 들었다. 강을 가득 메운 배들, 노 젓는 배, 카누, 펀트,* 모터보트에서는 헐벗다시피 한 젊은 멍청이들이 꽥꽥 비명을 질러대고 있었다. 대부분의 배에 축음기도 실려 있었다.

---

* 삿대로 저어 움직이는, 바닥이 평평한 작은 배.

가여운 낚시꾼들이 띄워놓은 찌들은 모터보트들이 일으킨 너울에 아래위로 요동쳤다.

강둑을 따라 조금 걸었다. 화창한 날인데도 강물은 거칠고 더러웠다. 낚시꾼들은 피라미조차 못 잡고 있었다. 정말 물고기를 낚을 수 있으리라 기대하는 건가? 이렇게 사람이 잔뜩 모여 있으면 물고기들이 겁을 집어먹고 다 달아나버릴 텐데. 아닌 게 아니라 아이스크림 통들과 종이봉투들 사이에서 마구 흔들리는 찌들을 보고 있자니, 잡을 물고기가 있기는 한지 의심스러웠다. 템스강에 아직 물고기가 있을까? 아마도 있을 것이다. 하지만 분명 템스강은 예전의 그 강이 아니다. 빛깔부터 완전히 다르다. 그저 내 착각이라고 생각하겠지만, 그렇지 않다. 나는 예전의 템스강을 기억하고 있다. 깊숙한 곳까지 들여다보이던 그 반짝이는 초록빛 물, 갈대밭 주변을 노닐던 데이스 떼. 이젠 물속으로 10센티미터도 보이지 않았다. 담배꽁초와 종이봉투는 말할 것도 없고, 모터보트에서 흘러나온 휘발유가 얇은 막처럼 끼어 더러운 갈색 물로 변해 있었다.

잠시 후 몸을 돌렸다. 축음기의 소음을 더 이상 견딜 수 없었다. 일요일이니까 그렇지, 하고 생각했다. 평일엔 이 정도는 아닐 거야. 하지만 내가 다시는 여기로 돌아오지 않으리라는 걸 알았다. 젠장, 이 망할 강은 너희가 가져라. 어디로 낚시를 가든 템스강엔 오지 않으리라.

수많은 사람이 우르르 내 곁을 지나갔다. 거의 다 젊은 망할 이방인들. 둘씩 짝지어 희롱거리는 청춘 남녀들. 나팔바지를 입고 미국 해군처럼 흰 모자를 쓴 여자애 한 무리가 지나갔다. 모자에는 슬로건이 새겨져 있었는데, 그중 열일곱 살처럼 보이는 한 아이의 모자에는 **키스해줘요**라고 적혀 있었다. 평소라면 전혀 신경 쓰이지 않았을 것이다. 나는 충동적으로 몸을 돌려 옆에 있던 자동 체중계에 1페니를 집어넣고 몸무게를 재보았다. 안에서 찰칵 소리가 들리더니—몸무게뿐 아니라 운세까지 알려주는 기계였다—타자기로 글귀를 찍은 카드가 미끄러져 나왔다.

당신은 특별한 재능의 소유자입니다. 하지만 지나친 겸손 때문에 정당한 보상을 받지 못하고 있어요. 주변 사람들은 당신의 능력을 과소평가하지요. 당신은 한쪽으로 비켜서서 남에게 공을 **빼앗기기만** 합니다. 당신은 세심하고 다정하며 항상 친구들에게 의리를 지킵니다. 당신은 이성에게 큰 매력을 발휘할 수 있어요. 당신의 가장 큰 허물은 너그러움입니다. 포기하지 마세요, 언젠가는 높이 날아오를 테니까요!
체중: 93.9킬로그램.

지난 사흘 동안 2킬로그램 가까이 쪘다. 술 탓이리라.

4

차를 몰고 조지 호텔로 돌아가 차고에 넣은 뒤 늦은 차 한 잔을 마셨다. 일요일이라 한두 시간 더 기다려야 바가 열릴 터였다. 나는 밖으로 나가 시원한 저녁 바람을 쐬며 교회 쪽으로 한가로이 걸었다.

장터를 막 가로질러 갈 때 저 앞에 걸어가는 한 여자가 눈에 띄었다. 여자를 보는 순간 전에 어디선가 만난 적이 있는 듯한 묘한 느낌이 들었다. 여러분도 그런 느낌을 알 것이다. 얼굴도 보이지 않고 뒷모습도 알아볼 수 없었지만, 분명 여자는 내가 아는 사람이었다.

여자는 하이 스트리트를 따라 걷다가 이지키얼 삼촌의 가게가 있었던 오른편 옆길로 들어갔다. 나는 여자를 따라갔다. 왜 그랬는지는 잘 모르겠다. 아마도 호기심 반,

경계심 반이었을 것이다. 로어 빈필드의 옛 지인을 드디어 만나게 됐구나 하는 생각이 들기가 무섭게, 어쩌면 웨스트 블레츨리에서 온 여자일지도 모른다는 불안감이 들었다. 그렇다면 조심해야 했다. 내가 여기 있다는 걸 알고 힐다에게 고자질할 테니. 그래서 안전한 거리를 유지하고 조심조심 미행하며, 여자의 뒷모습을 최대한 유심히 살폈다. 딱히 인상적인 점은 없었다. 마흔이나 쉰 살 정도 된 키 크고 뚱뚱한 여자로, 꾀죄죄한 검은 원피스를 입고 있었다. 잠깐 집에서 나온 것처럼 모자는 쓰지 않았고, 뒤축이 닳은 신발을 신은 듯한 모양새로 걸었다. 전체적으로 매춘부의 분위기가 조금 풍겼다. 정체를 알아낼 단서는 전혀 없었지만, 전에 본 적이 있다는 막연한 느낌이 들었다. 어쩌면 여자의 움직임 때문일지도 몰랐다. 곧 여자는 과자와 신문을 파는 가게에 도착했다. 일요일에도 항상 문을 여는 구멍가게였다. 가게 주인인 여자가 문간에 서서 엽서 진열대를 정리하고 있었다. 나의 미행 대상은 걸음을 멈추고 가게 주인과 인사를 나누었다.

나 역시 어느 가게 진열창이 눈에 띄자마자 멈춰 서서 그 안을 들여다보는 척했다. 벽지와 욕실 비품 등의 견본으로 가득 차 있는 배관·도배 가게였다. 이때 즈음 나는 두 여인으로부터 15미터도 떨어져 있지 않았다. 그저 인사차 가벼운 대화를 속삭이는 두 사람의 목소리가 들려왔다. "그래, 그래. 딱 그거라니까. 나도 그 인간한테 말했걸랑. '아니, 그럼 어떻게 될 줄 알았대?' 누가 봐도 이상했잖아? 그래도 무슨 소용이래, 차라리 벽 보고 떠들어대는 게 낫지. 내가 정말 죽겠다니까!" 이러쿵저러쿵. 이제 나는 여자의 정체에 점점 더 다가가고 있었다. 분명 여자는 구멍가게 여자처럼 소상인의 아내였다. 로어 빈필드에서 알고 지냈던 사람이 맞기는 할까 궁금해지던 찰나, 여자가 살짝 내 쪽으로 몸을 돌려 얼굴의 4분의 3이 보였다. 맙소사! 엘시였다!

정말 엘시였다. 오해의 여지가 없었다. 틀림없는 엘시였다! 저 뚱뚱한 할망구가!

어찌나 충격적인지─말해두지만, 엘시를 봐서가 아니라 그녀의 변한 모습 때문이었다─잠깐이지만 눈앞이 어질어질했다. 놋쇠 수도꼭지, 볼 코크,* 도자기 세면대 따위가 저 멀리 희미하게 사라지는 듯했고, 그래서 보이면서도 보이지 않는 느낌이었다. 그리고 엘시가 나를 알아보기라도 할까 봐 한순간 미치도록 두려웠다. 하지만 내 얼굴을 정면으로 보고도 기색의 변화가 전혀 없었다. 잠시 후 그녀는 몸을 돌리더니 다시 걸음을 옮겼다. 나는 또 따라갔다. 내가 미행하고 있다는 걸 눈치채고 내 정체를 궁금해할 위험이 있었지만, 어떻게든 그녀를 다시 봐야 했다. 그녀의 오싹한 마법에 걸린 듯한 느낌이었다.

---

* 물탱크의 수위를 조절하는 장치로, 물에 뜨는 고무공이 달려 있다.

아까부터 쭉 지켜봤지만, 이젠 완전히 다른 눈으로 그녀를 주시했다.

끔찍한 기분이긴 했지만, 엘시의 뒷모습을 관찰하는 데서 일종의 과학적 쾌감이 느껴졌다. 24년이라는 세월이 한 여인을 이렇게 바꿔놓을 수 있다니, 섬뜩했다. 피부는 우윳빛처럼 하얗고 입술은 붉고 머리칼은 옅은 금발이던 소녀, 내가 알던 그 소녀가 불과 24년 만에 찌그러진 신발을 신고 뒤뚝거리는 구부정한 할망구가 되어버리다니. 내가 남자라는 사실이 그렇게 기쁠 수가 없었다. 남자는 저 모양으로 망가지지는 않는다. 난 뚱뚱하다, 그건 인정한다. 몸매가 엉망이라고 말할 수도 있다. 하지만 적어도 난 몸매라는 게 **있기는** 하다. 엘시는 딱히 뚱뚱지는 않았지만, 몸에 일정한 형태가 없었다. 엉덩이는 무시무시하게 망가지고, 허리는 사라져버렸다. 흐물흐물하고 울퉁불퉁한 원통 같은 몸매는 곡물이 담긴 자루 같았다.

나는 한참이나 그녀를 따라가며 옛 구역을 벗어나, 처음 보는 누추하고 작은 거리들을 지나갔다. 마침내 엘시는 다른 가게의 문간으로 몸을 돌렸다. 들어가는 모습을 보아하니 그녀의 가게가 분명했다. 나는 진열창 밖에 잠깐 서 있었다. '제과 및 담배, G. 쿡슨.' 그러니까 엘시는 쿡슨 부인이었다. 그녀가 아까 들렀던 곳처럼 허름한 구멍가게였지만, 더 작고 훨씬 더 지저분했다. 담배와 싸구려 과자 말고는 아무것도 팔지 않을 것 같았다. 1-2분 정도 걸려서 살 만한 게 없을까? 그때 싸구려 파이프가 눈에 띄길래 안으로 들어갔다. 마음을 단단히 먹고서. 혹시라도 그녀가 나를 알아본다면 새빨간 거짓말을 해야 할 테니.

엘시는 가게 뒤편의 방으로 사라지고 없었지만, 내가 계산대를 톡톡 두드리자 다시 나왔다. 이렇게 우리는 얼굴을 마주 보고 섰다. 아! 아무런 기색도 없다. 나를 알아보지 못한 것이다. 그녀는 너무도 익숙한 눈빛으로 나를 쳐다보았다. 구멍가게 주인들이 손님을 바라보는 눈빛―철저한 무관심.

이제야 나는 그녀의 얼굴을 정면으로 보게 되었다. 어떤 모습일지 어느 정도 예상은 하고 있었지만, 엘시를 처음 알아봤을 때만큼이나 큰 충격을 받았다. 나이 든 사람의 얼굴에는 젊은 시절, 심지어는 어린 시절의 얼굴도 어느 정도 남아 있기 마련이다. 뼈의 형태는 변하지 않으니 말이다. 하지만 내가 스무 살, 엘시가 스물두 살이었을 때 마흔일곱 살의 엘시를 상상했다면 결코 **이런** 모습을 떠올리지는 못했을 것이다. 얼굴이 누가 밑으로 끌어당기기라도 한 것처럼 축 처져 있었다. 전형적인 불도그 인상의 중년 여성이었다. 툭 튀어나온 아래턱, 아래로 처진 입꼬리, 움푹 들어간 눈, 눈 아래 불룩한 살. 꼭 불도그를 닮았다. 그래도 같은 얼굴이었다, 백만 명 속에 있어도 알아볼 얼굴. 아직 완전히 세지 않은 머리칼은 칙칙한 빛깔을 띠었고, 숱은 훨씬 줄어들었다. 그녀에게 나는 생판 남이었다. 한낱 손님, 이방인, 시시한 뚱보에 불과했다. 살이 조금 쪘다고 이렇게나 몰라볼 수 있다니 신기했다. 내가 그녀보다 더 심하게 변한 걸까? 아니면 설마 다시 나를 만나게 되리라고는 전혀 예상하지 못한 탓일까? 그것도 아니면—가능성이 제일 높긴 하지만—내 존재를 아예 잊어버린 건가?

"어서 오세요." 그녀는 구멍가게 주인다운 나른한 목소리로 말했다.

"파이프 주세요." 나는 조금 거만하게 말했다. "브라이어 파이프요."

"파이프라. 그러니까 그게 있긴 있는데. 내가 어디다 뒀더라…… 아! 여기 있네."

엘시는 진열대 밑의 어딘가에서 파이프로 가득 찬 판지 상자를 하나 꺼냈다. 그녀의 억양은 심하게 망가졌다! 아니, 내 기준이 변한 탓에 그렇게 들리는 걸까? 아니다, 예전의 그녀는 '우월한' 여성이었다. 릴리화이트 포목점에서 일하는 모든 여자가 그랬고, 엘시는 신부의 독서회 회원이기도 했었다. 말투가 아주 고상했었다. 여자들은 결혼만 하면 망가지니 기가 막힐 노릇이다. 나는 잠깐 파이프들을 만지작거리며 살펴보는 척하다가, 호박(琥珀)으로 만든 흡입구가 달린 파이프를 달라고 했다.

"호박요? 우리한테 그런 게 있나 모르겠네……." 그녀는 가게 뒤편을 향해 소리쳤다. "조-지!"

그러니까 그 남자의 이름 역시 조지였다. 가게 뒤쪽에서 "어!" 하는 소리가 들려왔다.

"조-지! 파이프 또 어디 있어?"

조지가 들어왔다. 셔츠 바람의 키가 작고 통통한 대머리로, 적갈색 콧수염이 덥수룩했다. 턱은 마치 되새김질을 하듯 움직이고 있었다. 차를 마시던 중간에 불려 나온 것이 분명했다. 두 사람은 또 다른 파이프 상자를 찾아 여기저기 뒤지기 시작했다. 5분 후쯤엔 과자가 든 병들의 뒤쪽까지 헤집고 있었다. 이런 곰팡내 나는 작은 가게에 다 합쳐봐야 50파운드 정도밖에 안 되는 잡동사니들을 잔뜩 쌓아놓고 있는 상인들을 보면 그저 신기할 따름이다.

나는 잡동사니들을 파헤치며 혼자 중얼거리는 엘시를 지켜보았다. 잃어버린 물건을 찾느라 구부정한 몸으로 이리저리 발을 질질 끌고 다니는 노파 같았다. 그때의 내 느낌을 설명하려 애써봐야 소용없는 짓이다. 선뜩하고 무섭고 황망한 그 느낌은 직접 겪어보지 않으면 이해할 수 없다. 내가 해줄 수 있는 말은 이것뿐이다. 혹시 25년 전 좋아했던 여자가 있다면, 지금 가서 그녀를 한번 보라. 그럼 내 기분이 어땠는지 알 것이다.

하지만 사실 그때 주로 든 생각은, 세상일이란 참으로 예측 불허라는 것이었다. 엘시와 함께했던 나날들! 밤나무 아래에서 함께 보냈던 7월의 그 밤들! 그 결과로 무언가가 남으리라는 생각이 들지 않겠는가? 우리 사이에 아무런 감정도 남지 않을 날이 오리라 누가 생각이나 했을까? 그런데 이렇게 고작 1미터 떨어져 있는 지금, 그녀와 나는 평생 처음 만난 남남이나 마찬가지였다. 그녀는 나를 알아보지도 못했다. 내가 누군지 말해준다 해도 기억 못 할 가능성이 높았다. 만약 기억한다면, 어떤 느낌이 들까? 아무 느낌도 없을 것이다. 그녀를 배신한 내게 화도 나지 않으리라. 마치 우리 둘 사이에 아무 일도 없었던 것처럼.

한편으로는, 엘시가 이렇게 되리라고 누가 예견할 수 있었겠는가? 그녀는 여차하면 타락의 길로 빠질 여자로 보였었다. 내가 그녀를 갖기 전에 다른 남자가 적어도 한 명 있었고, 나와 두 번째 조지 사이에 분명 다른 사내들이 있었을 것이다. 그녀에게 열 명 남짓한 남자가 있었다 해도 그리 놀라운 일이 아니다. 내가 그녀에게 못된 짓을 한 건 분명한 사실이고, 가끔 그 일이 떠오를 때마다 마음이 무거워졌다. 그녀는 결국 길거리로 나섰거나 가스 오븐에 머리를 처박게 되리라. 이런 내가 나쁜 놈이다 싶다가도, 내가 아니었어도 다른 남자가 그랬을 거라는 생각이 들었다(분명한 사실이었으니까). 하지만 세상일이란 참으로 따분하고 무의미하게 돌아간다. 실제로 길거리로 나앉는 여자가 얼마나 되는가? 탈수기로 빨래를 짜고 있

는 여자가 훨씬 더 많다. 엘시는 실패하지도 성공하지도
않았다. 그저 다른 여자들과 똑같은 운명을 맞았을 뿐이
다. 곰팡내 나는 구멍가게를 대충 운영하며, 적갈색 콧수
염을 기른 진저를 멋대로 부리는 뚱뚱한 노파. 아마 아이
들도 줄줄이 달고 있을 것이다. 조지 쿡슨 부인. 훌륭한
인생을 살고 애도받으며 죽을 여자―운이 좋으면 파산
직전에 죽으리라.

그들은 파이프 상자를 발견했다. 물론 호박 흡입구가
달린 파이프는 하나도 없었다.

"호박은 지금 없나 보네요. 호박은 없고, 에보나이트로
괜찮은 게 좀 있는데."

"호박으로 하고 싶은데요." 내가 말했다.

"괜찮은 게 있어요." 그녀가 파이프를 하나 내밀었다.
"이것도 괜찮아요. 반 크라운이에요."

나는 그 파이프를 받았다. 우리의 손가락이 맞닿았다.
어떤 전율도, 어떤 반응도 없었다. 몸은 기억하지 못했
다. 그리고 그저 엘시에게 반 크라운을 주겠다는 목적 하
나로 내가 그 파이프를 샀으리라 생각할지 모르겠지만,
어림도 없는 소리다. 난 그 파이프가 필요 없었다. 원래
파이프를 피우지 않는데, 가게에 들어가기 위한 핑계로
삼았을 뿐이다. 나는 파이프를 한번 뒤집어보고는 진열
대에 내려놓았다.

"아니요, 이건 됐습니다. 플레이어스 한 갑 작은 걸로

주세요."

그렇게 두 사람을 고생시켜놓고 빈손으로 나갈 수는 없었다. 두 번째 조지(세 번째나 네 번째일 수도 있지만)가 여전히 무언가를 우적우적 씹으며 플레이어스 한 갑을 찾아 꺼내 왔다. 나 때문에 별일 아닌 일로 티타임을 방해받아 뚱한 표정이었다. 하지만 반 크라운을 그런 식으로 허비하는 건 정말이지 어리석은 짓 같았다. 나는 가게를 나왔고, 엘시를 본 건 그것으로 마지막이었다.

조지 호텔로 돌아가 저녁을 먹었다. 그러고 나서는 영화관에나 가볼까 하는 막연한 생각으로 나섰지만, 결국엔 마을의 새 구역에 있는 시끌벅적한 대형 퍼브로 들어갔다. 그곳에서 스태퍼드셔의 철물 외판원 두 명을 우연히 만나, 업계 현황에 대해 얘기를 나누고, 다트 게임을 하고, 기네스를 마셨다. 퍼브가 문을 닫을 즈음엔 두 명이 심하게 취해서 택시에 태워 숙소까지 데려다주어야 했다. 나도 꽤 거나하게 취했는데, 다음 날 아침 깨어났더니 머리가 깨질 듯이 아팠다.

5

하지만 빈필드 하우스의 그 연못은 무슨 일이 있어도 봐야 했다.

그날 아침엔 몸 상태가 정말 좋지 않았다. 로어 빈필드에 온 뒤로 술집이 문을 열 때부터 닫을 때까지 거의 죽치고 앉아 술을 마신 탓이었다. 이제야 그 이유가 생각났지만, 그것 말고는 딱히 할 일이 없어서였다. 그때까지의 내 여행을 요약하자면, 사흘간의 음주에 불과했다.

요전 날 아침과 똑같이 나는 창가로 어슬렁어슬렁 걸어가, 중산모를 쓴 남자들과 학교 모자를 쓴 아이들이 부산스럽게 오가는 모습을 지켜보았다. 내 원수들, 하고 생각했다. 마을을 약탈하고 담배꽁초와 종이봉투로 폐허를 덮어버린 정복군. 하지만 내가 신경 쓸 이유가 뭔가? 다

겐햄처럼 커져버린 로어 빈필드를 보고 내 가슴이 철렁 내려앉은 건, 세상이 점점 혼잡해지고 시골이 사라져가는 현실이 안타까워서였을까? 전혀 아니다. 식탁보에 쏟아진 그레이비소스처럼 퍼지지만 않는다면, 마을이 커지는 건 상관없다. 어차피 사람들에게는 살 곳이 필요하고, 공장은 어디든 들어서게 마련이다. 억지로 만들어낸 고풍스러운 운치, 엉터리 시골 흉내, 오크 벽널, 백랍 접시, 구리 난상기 따위는 그저 혐오스러울 뿐이다. 옛 시절의 우리는 겉멋과는 거리가 멀었다. 웬디가 우리 집에 가득 채워놓은 골동품들을 보면 어머니는 의아해할 것이다. 어머니는 "다리가 자꾸 끼인다"면서 접이식 테이블을 좋아하지 않았다. 백랍은 "꼴사납게 번들거려" 집에 들이지 않으려 했다. 그래도 지금은 없는 무언가가 그 시절엔 있었다. 라디오를 틀어놓은 최신식 밀크 바에는 없는 무언가가. 그걸 찾으러 돌아왔건만, 찾지 못했다. 아직 틀니도 끼지 않았고 배 속에서 아스피린과 차 한 잔을 달라며 울부짖고 있었지만, 어쨌든 난 그 무언가가 로어 빈필드에 남아 있다고 믿었다.

그러자 빈필드 하우스의 연못이 다시 생각나기 시작했다. 마을이 변한 꼴을 보고 나니, 연못이 여전히 남아 있는지 보러 가기가 두려워졌다. 하지만 직접 가보지 않으면 모를 일이었다. 마을은 붉은 벽돌로 뒤덮이고, 우리 집은 웬디의 잡동사니들로 가득 차버리고, 템스강은 엔진 오일과 종이봉투로 오염되었다. 그래도 연못은 여전히 제자리를 지키고, 거대한 검은 물고기들이 여전히 노닐고 있을지도 몰랐다. 누가 또 아는가, 여전히 숲속에 감추어진 채 지금껏 누구에게도 발견되지 않았을지. 그럴 가능성이 다분했다. 연못을 둘러싼 수풀은 검은딸기나무들과 썩은 땔나무들로 아주 **빽빽**해서(그 부근은 너도밤나무 대신 오크가 자라서 덤불이 더 무성했다) 대부분의 사람들은 뚫고 지나갈 생각조차 하지 않았다. 그러니 연못이 살아남아 있다 해도 그리 희한한 일은 아니었다.

나는 늦은 오후가 돼서야 길을 나섰다. 4시 반쯤 차를 끌고 나가 어퍼 빈필드 도로로 달려갔다. 언덕 중턱까지 올라가니 집들이 점점 줄어들다 사라지고 너도밤나무들이 보이기 시작했다. 그즈음 길이 갈라지자 오른쪽으로 꺾어 들어갔다. 길을 우회해서 빈필드 하우스까지 빙 돌아갈 생각이었다. 하지만 곧 차를 멈추고, 지나던 잡목림을 둘러보았다. 너도밤나무는 여전해 보였다. 놀라울 정도로 똑같았다! 나는 도롯가로 차를 후진해 석회암 비탈 밑의 작은 풀밭에 세운 다음 밖으로 나가 걸었다. 여전했다. 고요함도 여전하고, 해마다 수북이 쌓여 썩지도 않고 바스락거리던 낙엽들도 여전했다. 눈에 보이지 않는 우듬지의 작은 새들 말고는 어느 것 하나 움직이는 것이 없었다. 고작 5킬로미터 떨어진 곳에 시끌벅적 난장판인 마을이 있다고는 믿기지 않았다. 나는 빈필드 하우스가 있는 방향으로 숲속을 걷기 시작했다. 길이 어렴풋이 기억났다. 그럼 그렇지! 블랙 핸드 패거리가 와서 새총을 쏘고 시드 러브그로브가 우리에게 아기가 어떻게 태어나는지 얘기해줬던 그 석회암 구덩이가 그대로 있었다. 내가 첫 물고기를 낚은 날이었으니, 거의 40년 전이었다!

나무들이 점점 줄어들더니 또 다른 도로와 빈필드 하우스의 벽이 보였다. 물론 낡아서 썩어가던 나무 울타리는 사라지고, 정신병원에 어울리는 대못 박힌 벽돌담이 높다랗게 세워져 있었다. 빈필드 하우스에 어떻게 들어갈까 잠시 고민하다가, 미친 아내를 집어넣을 곳을 찾고 있다는 말 한마디면 될 거라는 생각이 들었다. 그러면 당장이라도 내게 그곳을 구경시켜줄 터였다. 새 정장을 입은 나는 사설 정신병원에 아내를 가두어둘 만한 부자로 보였다. 대문까지 가서야, 과연 연못이 여전히 구내에 있을까 하는 의심이 들었다.

옛 빈필드 하우스의 면적은 20만 제곱미터 정도였는데, 정신병원은 기껏해야 2-4만 제곱미터로 보였다. 미친 사람들이 뛰어들지도 모를 거대한 물웅덩이를 정신병원 내에 둘 리가 없었다. 호지스 영감이 지냈던 오두막은 예전 그대로였지만, 노란 벽돌담과 큼직한 쇠문이 새로 지어져 있었다. 대문 사이로 언뜻 본 풍경은 내가 모르는 곳인 양 낯설었다. 자갈길, 화단, 잔디밭, 공허한 표정으로 이리저리 돌아다니는 사람들—아마 정신병자일 것이다. 나는 오른쪽으로 어슬렁어슬렁 걸었다. 연못—내가 낚시를 하곤 했던 큰 연못—은 집 뒤로 200미터 정도 떨어져 있었다. 100미터만 더 가면 벽돌담 모퉁이가 나오니, 연못은 병원 구내에 없을 터였다. 나무들이 훨씬 더 드문드문해진 느낌이었다. 아이들의 목소리가 들렸다. 그리고 아! 연못이 있었다.

나는 놀라서 잠시 가만히 서 있었다. 대체 연못에 무슨 일이 있었던 걸까? 그러다 문득 깨달았다. 연못을 두르고 있던 나무들이 모조리 사라져버렸다. 너무도 휑하고 생경한 그 풍경은 묘하게도 켄싱턴 가든스의 라운드 연못과 비슷했다. 아이들은 연못가 근처에서 배를 타거나 물장구를 치며 놀고 있고, 좀 더 큰 아이들은 손잡이를 돌려 움직이는 작은 카누를 이리저리 신나게 몰고 있었다. 낡은 보트 창고가 갈대 사이에서 썩어가던 왼편에는 정자 비슷한 것과 과자 매점, 그리고 **어퍼 빈필드 모형 요트 클럽**이라고 적힌 큼직한 흰색 표지판이 있었다.

나는 오른쪽으로 고개를 돌려보았다. 온통 집, 집, 집뿐이었다. 꼭 교외에 와 있는 듯한 느낌이었다. 연못 너머에 열대 밀림처럼 나무가 빽빽이 우거져 있던 숲은 평평하게 깎여 있었다. 집들 부근에 작은 덤불이 몇 군데 남아 있을 뿐이었다. 겉멋이 잔뜩 든 집들은 첫날 챔퍼드 언덕 꼭대기에서 봤던 부락처럼 튜더 양식을 엉터리로 흉내 냈는데, 정도가 더 심했다. 숲이 그대로일 거라 생각한 내가 바보였다! 보아하니, 20만 제곱미터 정도의 작은 잡목림만 살아남았고, 아주 우연히도 내가 그 숲을 통해 여기까지 걸어온 것이었다. 옛날에 이름만 있었던 어퍼 빈필드가 무시할 수 없는 규모의 마을로 성장해 있었다. 실은 로어 빈필드의 외진 곳에 붙어 있는 큰 덩어리에 불과했다.

나는 연못가로 느릿느릿 걸어갔다. 떼 지어 몰려온 듯한 아이들이 물을 철벅거리며 지독히도 시끄러운 소리를 내고 있었다. 물은 죽기라도 한 건지, 물고기 한 마리 보이지 않았다. 한 남자가 아이들을 지켜보며 서 있었다. 대머리에 백발이 듬성듬성 난 늙수그레한 사내로, 시커멓게 탄 얼굴에 코안경을 끼고 있었다. 그의 외모에는 약간 기묘한 구석이 있었다. 반바지에 샌들을 신고, 아세테이트 인조견 셔츠의 목을 풀고 있었지만, 가장 인상적인 건 눈빛이었다. 안경 뒤에서 새파란 눈동자가 반짝거렸다. 그는 어른이 되지 않은 노인이었다. 건강식에 미쳤거나, 보이스카우트와 관련된 사람이거나 둘 중 하나일 것이다. 어느 쪽이든 그런 사람들은 야외의 자연을 무척 즐긴다. 표정을 보아하니 내게 말을 걸고 싶은 모양이었다.

"어퍼 빈필드가 상당히 커졌네요." 내가 말했다.

나를 쳐다보는 그의 눈이 반짝였다.

"커지다니! 우린 어퍼 빈필드가 커지도록 내버려 두지 않는답니다. 여기 사는 우리는 특별한 사람들이라는 자부심이 있으니까요. 여긴 우리만의 작은 부락이에요. 침입자는 사절입니다. 큭큭!"

"전쟁 전에 비해 그렇다는 뜻이었습니다. 어릴 때 여기 살았거든요."

"아. 하긴. 내가 오기 전이었겠군요. 하지만 어퍼 빈필드 단지는 보통 주택지가 아니랍니다. 그 자체로 하나의 작은 세계를 이루고 있으니까요. 젊은 건축가 에드워드 왓킨이 전부 다 설계했지요. 물론 이름을 들어보셨을 겁니다. 여기서 우린 자연 속에 살고 있어요. 저 아래 마을과는 일절 연락을 끊고서요." 그는 로어 빈필드 쪽으로 손을 흔들며 말을 이었다. "저 시커먼 악마의 공장들,* 큭큭!"

남자는 토끼처럼 얼굴 가득 주름을 잡고서 자애로운 노인처럼 웃었다. 그러더니 묻지도 않았는데, 어퍼 빈필드 단지에 대해, 그리고 젊은 건축가 에드워드 왓킨에 대해 떠들어대기 시작했다. 왓킨은 튜더 양식을 사랑한 나머지 오래된 농가에서 엘리자베스 1세 시대 때의 대들보를 찾아 터무니없는 가격에 사들일 정도로 대단한 사람이며, 누드 파티에 참석해 흥을 돋울 만큼 재미있는 청년이라고 했다. 노인은 로어 빈필드와는 완전히 다른 어퍼

※ dark satanic mills. 영국의 시인이자 화가인 윌리엄 블레이크의 시 「예루살렘」에 등장하는 구절.

빈필드의 주민들이 아주 특별한 사람이고, 시골을 더럽히지 않고 더욱 풍요롭게 만들기 위해 열심히 노력 중이며(그의 말을 그대로 옮긴 것이다), 단지 내에 술집이 하나도 없다는 말을 몇 번이나 되풀이했다.

"전원도시라는 말을 많이 합니다만, 우린 어퍼 빈필드를 숲속 도시라고 부르지요. 큭큭! 자연 속에 있으니까요!"그는 손을 흔들어 남아 있는 나무들을 가리켰다. "원시림이 우리를 품어주고 있잖습니까. 아이들은 아름다운 자연 속에서 자라고 있답니다. 물론 우리 대부분은 머리가 깬 사람들이지요. 주민의 4분의 3이 채식주의자라는 게 믿어집니까? 그래서 정육점 주인들이 우리를 싫어하지요. 큭큭! 그리고 유명인사도 몇 명 여기 살고 있답니다. 소설가 헬레나 설로는 물론 들어보셨겠지요. 그리고 심령연구가인 워드 교수님. 얼마나 감성이 풍부한 분인지! 그분은 한번 숲으로 들어갔다 하면 식사 시간이 되도록 돌아오지 않지요. 그분 말씀으로는 요정들 사이를 걸어 다닌다더군요. 요정을 믿으십니까? 솔직히 말하면, 큭큭! 나는 좀 의심스럽긴 합니다. 하지만 교수님이 찍은 사진들을 보면 믿을 수밖에 없어요."

나는 그가 빈필드 하우스에서 도망쳐 나온 사람이 아닐까 하는 생각이 들기 시작했다. 하지만 아니었다. 그럭저럭 정신이 온전한 사람이었다. 나는 이런 부류의 사람을 알고 있다. 채식주의, 간소한 생활, 시적 정취, 자연숭배, 아침 식사 전 이슬 속에서 뒹굴기. 수년 전 일링에서 그런 사람을 몇 명 만난 적이 있었다. 그는 내게 단지를 구경시켜주기 시작했다. 숲은 전혀 남아 있지 않았다. 온통 집, 집들, 그것도 끔찍한 집들뿐이었다! 물결무늬 지붕들과 아무것도 받쳐주지 않는 부벽, 콘크리트 수반들이 놓여 있는 암석 정원, 꽃집에서 살 수 있는 붉은 석고 요정들 따위로 튜더 양식을 어설프게 흉내 낸 집들. 건강식에 미친 사람들, 유령 사냥꾼들, 1년에 1천 파운드로 간소한 생활을 하는 사람들이 그곳에 살고 있었다. 인도마저 정상이 아니었다. 나는 더 이상 남자에게 끌려다니고 싶지 않았다. 몇몇 집은 내 주머니에 수류탄이 들어 있으면 좋겠다는 생각이 들 정도로 끔찍했다. 정신병원이 근처에 있는 걸 싫어하는 주민이 없느냐는 질문으로 그의 기를 꺾으려 해봤지만, 큰 효과가 없었다. 결국 나는 걸음을 멈추고 말했다.

"연못이 하나 더 있었죠, 큰 연못 말고요. 여기서 그리 멀지 않을 텐데."

"연못이 하나 더 있다고요? 글쎄요. 처음부터 없었던 것 같은데요."

"물을 뺐을지도 몰라요. 꽤 깊은 연못이었으니까 큰 구덩이가 남아 있을 겁니다."

처음으로 남자는 조금 불편한 표정을 지으며 코를 문질렀다.

"아. 우리가 여러 면에서 원시적으로 살고 있다는 걸 이해하셔야 합니다. 간소한 생활을 위해서지요. 우리는 그런 생활을 선호합니다. 하지만 마을에서 멀리 떨어져 있다 보니 불편한 점도 당연히 있어요. 위생 시설이 좀 떨어지는 편이지요. 쓰레기차가 한 달에 한 번꼴로 온답니다."

"그러니까, 연못이 쓰레기장으로 변했다는 소립니까?"

"음, 그 비슷한 게 있기는 합니다." 그는 쓰레기장이라는 말은 쓰지 않았다. "깡통 같은 건 어떻게든 처리해야 하니까요. 저기, 나무들 뒤에요."

우리는 그곳으로 건너갔다. 남겨진 나무 몇 그루가 쓰레기장을 숨기고 있었다. 하지만 그곳에 있었다. 나의 연못이. 물은 다 빠지고 없었다. 6-9미터 깊이의 거대한 우물처럼 파인 둥근 구덩이는 이미 절반이 깡통으로 차 있었다.

나는 우두커니 서서 깡통들을 내려다보았다.

"물을 빼다니 아쉽네요. 저 연못에 큰 물고기들이 좀 있었는데."

"물고기요? 오, 그런 얘기는 들어본 적이 없습니다만. 물론 집들 사이에 연못이 있으면 곤란하긴 할 겁니다. 모기 때문에요. 어쨌든 내가 오기 전 일이군요."

"이 집들은 한참 전에 지어졌겠죠?"

"한 10년이나 15년 됐을 겁니다."

"나는 전쟁 전에 여기를 알았어요. 그땐 온통 나무들뿐 이었죠. 빈필드 하우스를 빼고는 집도 없었어요. 그래도 저기 저 작은 숲은 예전 그대로군요. 여기로 올 때 저 숲을 지나왔죠."

"아, 저 숲! 저긴 신성불가침 구역입니다. 저곳엔 아무 것도 안 짓기로 했어요. 젊은 사람들한테는 신성한 곳이 니까요. 자연이죠." 그는 내게 어떤 비밀이라도 알려주는 것처럼 장난꾸러기 같은 표정으로 눈을 빛내며 말했다. "우리는 저 숲을 픽시* 협곡이라고 부른답니다."

픽시 협곡. 나는 그를 떨구어내고 차로 돌아가 로어 빈 필드를 향해 달렸다. 픽시 협곡이라니. 거기다 나의 연 못을 깡통으로 채워놓기까지 했다. 다 뒈져버려라! 어리 석고 유치하다 욕해도 좋다. 하지만 영국을 망치는 짓거 리를 보면 가끔 구역질이 나지 않는가? 너도밤나무 숲이 있던 곳을 수반이니 석고 요정이니 픽시니 깡통이니 하 는 것들로 더럽히는 꼴이라니.

너무 감상적이라고? 반사회적이라고? 사람보다 나무 를 좋아하면 안 된다고? 어떤 나무, 어떤 사람이냐에 따 라 다르다. 그 인간들이 염병에 걸리기를 비는 수밖에 달 리 할 수 있는 일이 없다.

차를 몰고 언덕을 내려가면서 든 생각은 하나였다. 과

---

* 잉글랜드 남서부 지방의 신화에 나오는 장난꾸러기 요정.

거로 돌아가는 건 그만두자. 어릴 적 추억의 장소를 다시 찾아봐야 무슨 소용인가? 이젠 존재하지도 않는 곳들을. 숨 쉬러 나왔건만 숨을 쉴 공기가 없었다. 우리가 살고 있는 이 쓰레기통이 성층권까지 닿았다. 그러거나 말거나 상관없었다. 어쨌든 아직 사흘이 남아 있었다. 망가진 로어 빈필드에 대한 고민은 벗어던지고 마음의 평화를 찾으리라. 낚시를 하겠다는 계획은 물론 틀어졌다. 낚시라니! 이 나이에! 정말이지 힐다가 옳았다.

조지 호텔의 차고에 차를 대고 라운지로 들어갔다. 6시였다. 라디오에서 뉴스 방송이 시작되고 있었다. 문을 열고 들어가자마자 SOS*의 마지막 몇 단어가 들렸다. 순간 나는 약간 충격을 받았다. 내가 들은 말은 이랬다.

"……의 아내분 힐다 볼링이 위독한 상태입니다."

다음 순간 느긋한 상류층 목소리가 이어졌다. "SOS가 또 한 건 들어왔습니다. 윌 퍼시벌 슈트의 행방이 묘연……." 하지만 나는 방송을 더 들으려 멈추지 않고 계속 똑바로 걸었다. 나중에 이 일을 생각하면서 조금 뿌듯했던 사실은, 스피커로 그 방송을 들었을 때 눈 하나 깜박하지 않았다는 것이다. 걸음을 멈칫하지도 않았다. 내가 조지 볼링이라는 걸, 내 아내 힐다 볼링이 위독한 상태에 빠졌다는 걸 누구에게도 알리지 않았다. 호텔 주인

---

* 긴급한 상황에 가까운 가족, 친지를 찾는 특별 방송.

의 아내가 라운지에 있었다. 그 여자는 투숙객 명부를 봤으니 내 이름이 볼링이라는 사실을 알고 있었다. 라운지에는 그 여자 외에 사내 두 명밖에 없었는데, 그들은 조지 호텔에 묵고 있지만 내가 누군지 전혀 몰랐다. 나는 냉정을 잃지 않았다. 그 누구에게도 이상한 기색을 보이지 않았다. 방금 문을 연 라운지 바로 가서 여느 때처럼 맥주를 주문했다.

찬찬히 생각을 해봐야 했다. 맥주잔을 절반쯤 비웠을 때 상황이 이해되기 시작했다. 우선, 위독이든 아니든 힐다는 아프지 **않았다**. 확실했다. 내가 집을 나설 때 그녀는 지극히 건강했고, 지금은 독감 같은 병이 유행하는 철도 아니었다. 아프다는 건 거짓말이었다. 왜 이런 거짓말을 하는 걸까?

분명 이번 일도 그녀의 술수였다. 어떻게 된 사연인지는 뻔했다. 내가 버밍엄에 있지 않다는 사실을 어떻게든 알아냈고—힐다가 어떤 사람인가!—평소의 수법대로 나를 집으로 불러들이려는 것이었다. 내가 다른 여자와 함께 있는 걸 참을 수 없어서. 물론 힐다는 내가 여자와 함께 있다고 확신하고 있을 터였다. 다른 동기는 상상도 할 수 없다. 그리고 당연히 힐다는 자기가 아프다는 소식을 듣자마자 내가 헐레벌떡 집으로 달려오리라 생각하고 있을 터였다.

하지만 그건 당신 착각이야, 나는 남은 맥주를 쭉 들이

켜며 속으로 생각했다. 나처럼 눈치 빠른 인간이 그깟 수법에 걸려들 리 없잖아. 힐다가 전에 썼던 속임수들이 떠올랐다. 내 부정을 잡아내기 위해 그녀가 마다하지 않았던 온갖 궂은일들. 내가 수상쩍어 보이는 여행을 떠나면 아내는 이동 경로에 대한 내 말이 사실인지 확인하기 위해 철도 여행 안내서와 도로 지도를 낱낱이 살폈다. 한번은 콜체스터까지 나를 미행해 템퍼런스 호텔의 내 방에 들이닥쳤다. 불행히도 그때는 그녀의 의심이 맞았다―실은 그렇지 않았지만, 정황상 그래 보였다. 힐다가 아프다는 건 눈곱만큼도 믿을 수 없었다. 어떻게 아느냐고 물으면 딱히 대답할 말은 없지만, 어쨌든 나는 그녀가 멀쩡하다는 걸 알았다.

맥주를 한 잔 더 마시고 나니 상황이 더 낙관적으로 느껴졌다. 물론 집으로 돌아가면 한바탕 싸우겠지만, 어차피 일어날 일이었다. 아직 사흘이 남았어, 하고 나는 생각했다. 신기하게도 찾으러 왔던 것들이 사라지고 없는 지금, 휴가에 대한 기대감이 더욱더 높아졌다. 집에서 멀리 떠나 있는 것만으로도 좋았다. 사랑하는 이들과 멀리 떨어져 있으니 평화, 완벽한 평화로다. 이런 성가도 있지 않은가. 그리고 마음만 내키면 여자와 어울리리라, 갑자기 마음먹었다. 음흉한 꾀를 쓴 힐다에게 보복도 할 겸 말이다. 게다가, 사실도 아닌 일로 의심만 받고 끝나면 억울하지 않은가?

하지만 두 번째 잔의 술기운이 올라오면서, 그 일이 재미있게 느껴지기 시작했다. 넘어가진 않았지만, 정말 기발한 계략이긴 했다. 힐다는 어떻게 SOS를 신청했을까? 나는 그 절차도 모르는데. 진료 증명서라도 있어야 하나? 아니면 그냥 이름만 보내면 되는 건가? 분명 휠러가 힐다를 부추겼겠지. 왠지 휠러의 솜씨 같았다.

어쨌거나 참 뻔뻔스럽기도 하지! 여자들이 할 수 없는 일이란 게 있기는 할까! 가끔은 존경스럽기까지 하다.

6

아침을 먹은 뒤 장터로 산책을 나갔다. 화이트 와인이 온 세상에 쏟아진 듯 연노란색 햇살이 비치는, 조금 쌀쌀하고 고요한 아름다운 아침이었다. 아침의 상쾌한 냄새가 내 시가 냄새와 한데 뒤섞였다. 그때 집들 뒤에서 붕 하는 소리가 들리더니, 갑자기 거대한 검은 폭격기 한 무리가 쌩하니 날아갔다. 위를 올려다보니, 폭격기들이 머리 바로 위에 있는 것 같았다.

　다음 순간 어떤 소리가 들렸다. 만약 여러분이 그때 그곳에 있었다면, 조건반사의 흥미로운 사례를 목격할 수 있었을 것이다. 내가 들은 건—절대 착각이 아니었다—쉬익 하고 폭탄이 떨어지는 소리였다. 20년 만이었지만, 누가 굳이 말해주지 않아도 소리의 정체를 알았다.

그리고 난 생각할 것도 없이 마땅히 해야 할 일을 했다. 땅바닥에 납작 엎드린 것이다.

어쨌든 이런 내 꼴을 여러분에게 보이지 않아 다행이다. 그리 품위 있는 모습은 아니었을 것이다. 나는 문 밑에 낀 쥐처럼 인도에 바짝 붙어 있었다. 이렇게 잽싸게 움직인 사람은 나 외에 아무도 없었다. 어찌나 빨리 움직였는지, 폭탄이 떨어지고 있는 그 찰나의 순간, 이 모든 게 착각이고 괜히 나 혼자 바보짓을 한 건 아닌가 걱정할 시간까지 있었다.

하지만 다음 순간—아!

쾅-투투투투툭!

최후의 심판일이라도 온 것 같은 굉음에 이어, 양철판에 수많은 석탄 덩어리가 떨어지는 듯한 소음이 들렸다. 실은 벽돌이 무너지는 소리였다. 나는 인도 속으로 녹아드는 느낌이었다. '시작됐구나. 이럴 줄 알았다니까! 히틀러는 기다릴 생각이 없었던 거야. 경고도 없이 폭격기들을 보냈잖아.'

그런데 참 묘하기도 하지. 귀청이 터질 듯한 끔찍한 굉음 속에 머리끝부터 발끝까지 꽁꽁 얼어붙어 버린 와중에도 커다란 발사체의 폭발에 뭔가 웅장한 면이 있다는 생각이 들었다. 그 소리가 어떠냐고 묻는다면…… 말로 표현하기 어렵다. 들리는 소리에 두려움이 뒤섞이기 때문이다. 소리보다는, 금속이 터지는 광경이 압권이다. 거대한 철판들이 확 터지며 흩어지는 것처럼 보인다. 하지만 정말로 기묘한 건, 갑작스레 현실로 떠밀리는 듯한 느낌이다. 누군가가 내게 물을 확 끼얹어 잠에서 깨어나는 느낌. 금속이 터지는 소리에 돌연 꿈에서 끌려 나오는 기분은 끔찍하고 현실적이다.

야단스러운 비명이 울리고 급브레이크를 밟는 소리도 들렸다. 두 번째 폭탄을 기다렸지만, 떨어지지 않았다. 나는 고개를 조금 들어보았다. 사방에서 사람들이 정신없이 뛰어다니며 비명을 질러댔다. 차 한 대가 도로를 대각선으로 가르며 쭉 미끄러지고 있었다. 한 여자의 새된 목소리가 들렸다. "독일놈들이야! 독일놈들!" 쭈글쭈글한 종이봉투처럼 생긴 어떤 남자의 둥그렇고 흰 얼굴이 오른쪽에서 나를 쳐다보고 있는 듯한 느낌이 어렴풋이 들었다. 그가 허둥대며 물었다.

"이게 뭡니까? 뭐가 어떻게 된 거예요? 저 인간들이 뭘 하고 있는 거죠?"

"시작된 겁니다." 내가 답했다. "폭탄이에요. 그냥 엎드려 있어요."

하지만 두 번째 폭탄은 떨어지지 않았다. 몇 초 후 나는 다시 고개를 들어보았다. 여전히 정신없이 뛰어다니는 사람들도 있고, 땅에 들러붙은 듯 우두커니 서 있는 사람들도 있었다. 집들 뒤의 어딘가에서 회부연 먼지가 거대하게 일어났고, 그 사이로 시커먼 연기가 한 줄기 치솟았다. 그리고 그때 나는 기이한 광경을 목격했다. 장터의 반대쪽 끝에는 하이 스트리트가 살짝 솟아 있는데, 이 작은 언덕을 돼지 떼가 전속력으로 달려 내려오고 있는 것이 아닌가. 거대한 홍수처럼 밀려드는 돼지 얼굴들. 물론 잠시 후엔 그 정체를 알아차렸다. 돼지가 아니라, 방독면을 쓴 학생들이었다. 공습이 일어나면 숨으라고 배운 지하실 같은 곳으로 달려가는 것이리라. 그들을 뒤따라가고 있는 더 큰 돼지는 토저스 양인 모양이었다. 하지만 정말이지 그 순간만큼은 꼭 돼지 떼처럼 보였다.

나는 일어나 장터를 가로질렀다. 사람들은 이미 평정을 되찾기 시작했고, 폭탄이 떨어졌던 곳으로 몰려가는 이들도 꽤 많았다.

오, 그럼 그렇지. 독일군 비행기가 아니었다. 전쟁이 터진 것이 아니었다. 그저 사고였다. 비행기들이 폭격 훈련차 날아가고 있었는데―어쨌든 폭탄을 싣고 있었다―누군가가 실수로 레버를 건드린 것이다. 그 사람은 꽤 혼쭐이 났을 것이다. 우체국장이 런던에 전화를 걸어 전쟁이 일어났느냐고 묻고 그렇지 않다는 답을 들었을 즈음엔 모두가 사고라는 걸 알아차렸다. 하지만 1-5분 동안 수천 명의 사람이 전쟁이 터졌다고 믿었다. 시간이 더 길지 않아서 다행이었다. 그런 상황이 15분만 더 지속됐다면 우리는 아무나 스파이로 지목해 린치를 가했을 것이다.

나는 사람들을 따라가 보았다. 폭탄은 이지키얼 삼촌

의 가게가 있었던 하이 스트리트의 작은 골목길에 떨어졌다. 가게에서 50미터도 떨어지지 않은 곳이었다. 모퉁이를 돌아가니 "오-오!" 하고 중얼거리는 목소리가 들렸다. 겁에 질렸으면서도 큰 전율을 느끼는 듯 경외심 어린 목소리였다. 운 좋게도 나는 응급차와 소방차보다 몇 분 빨리 그곳에 도착했고, 이미 모여 있는 50여 명의 사람들 속에서 모든 것을 보았다.

언뜻 보면 하늘에서 벽돌과 채소가 쏟아져 내리기라도 한 것처럼 보였다. 온 사방에 양배추 잎이 흩뿌려져 있었다. 폭탄이 한 청과물 가게를 완전히 날려버렸다. 그 오른편의 집은 지붕 일부가 떨어져 나가 지붕보가 불타고 있었으며, 주변의 다른 집들도 조금씩 망가진 채 창문이 박살 나 있었다. 하지만 모든 이의 시선이 쏠린 곳은 왼편의 집이었다. 청과물 가게와 붙어 있던 벽은 마치 칼로 자른 것처럼 깔끔하게 뜯겨나가 있었다. 그리고 기이하게도 위층 방들은 아무런 흐트러짐 없이 멀쩡했다. 그래서 인형의 집을 들여다보는 느낌이었다. 서랍장, 침실 의자들, 색 바랜 벽지, 아직 정리되지 않은 침대, 침대 아래의 요강―벽 하나가 사라졌을 뿐, 생활의 흔적이 그대로 남아 있었다. 그러나 아래층 방들은 폭탄의 위력에 된통 당했다. 벽돌, 회반죽, 의자 다리, 니스 칠을 한 화장대, 해진 식탁보, 무더기로 쌓인 깨진 접시와 싱크대 덩어리가 뒤엉켜 끔찍한 난장판이 벌어졌다. 마멀레이드 병 하나가 바닥을 구르면서 마멀레이드를 기다랗게 흘려놓았고, 그 옆으로 핏자국 한 줄이 나란히 이어졌다. 산산조각 난 그릇들 사이에 다리 하나가 놓여 있었다. 바지를 입고, 우드 밑른 고무 굽이 달린 검은 장화를 신은 다리 한 짝. 사람들이 탄성을 지르고 있는 건 바로 이 다리 때문이었다.

나는 다리를 유심히 뜯어보고 그 의미를 이해했다. 피가 마멀레이드와 뒤섞이기 시작했다. 소방차가 도착하자 나는 짐을 싸러 조지 호텔로 돌아갔다.

이제 로어 빈필드에는 볼일이 없으니 집에나 가야지, 하고 생각했다. 하지만 자리를 차고 일어나 곧장 떠나지는 않았다. 어떻게 그럴 수 있겠는가. 그런 일이 벌어지면 다 같이 우두커니 서서 몇 시간이고 이야기를 나눌 수밖에 없다. 그날 로어 빈필드의 옛 구역 사람들은 일손을 놓고 폭탄에 대해 떠들어대기 바빴다. 어떤 소리가 났는지, 그 소리를 들었을 때 무슨 생각이 들었는지. 조지 호텔의 여자 바텐더는 몸서리가 쳐진다고 말했다. 폭탄이 또 무슨 짓을 저지를지 알 수 없으니 다시는 푹 잠들지 못할 거라면서. 폭탄 터지는 소리에 깜짝 놀라 혀를 잘라먹은 여자도 있었다. 폭발이 일어났을 때 마을의 이쪽 사람들은 독일군의 공습을 짐작한 반면, 반대쪽 사람들은 당연히 스타킹 공장에 문제가 생긴 거라 믿었다고 한다. (신문에서 읽고 알았는데) 나중에 항공국은 피해 상황을 조사할 직원을 파견한 후 폭탄의 효력이 '실망스럽다' 는 보고서를 발표했다. 사망자는 세 명뿐이었다. 청과물 상인 페롯과 그 옆집의 노부부. 여자의 시신은 크게 훼손 되지 않았고, 남편은 장화를 통해 신원을 확인할 수 있었 다. 하지만 페롯의 흔적은 어디에도 없었다. 하다못해 장 례를 치를 바지 단추 하나 없었다.

오후에 나는 호텔비를 치르고 도망치듯 떠났다. 계산 을 끝내고 나니 딱 3파운드가 남았다. 잔뜩 멋을 부린 이 런 시골 호텔들이 얼마나 손님들 돈을 쪽쪽 잘 빨아먹는 가. 게다가 내가 이런저런 자질구레한 것들에 쓴 돈도 꽤 많았다. 새 낚싯대와 나머지 낚시 도구들은 호텔 방에 남 겨두고 나왔다. 호텔에나 줘버리자 하는 심정이었다. 내 게는 아무 쓸모 없으니. 그 1파운드를 허비한 덕에 교훈 을 얻었다. 뼈아픈 교훈을. 마흔다섯 살의 뚱뚱한 남자는 낚시를 할 수 없다는 것. 그런 일은 앞으로 일어나지 않 을 꿈일 뿐, 이번 생에 낚시는 더 이상 없으리라.

이상하게도 어떤 사건을 제대로 실감하는 데는 시간이 조금 걸린다. 폭탄이 터졌을 때 내 느낌이 어땠던가? 물 론 당시엔 혼이 달아날 정도로 무서웠고, 완전히 박살 난 집과 노인의 다리를 봤을 땐 길거리 사고를 본 것처럼 약 간의 충격을 느꼈었다. 물론 넌더리가 나기도 했다. 휴가 라는 것이 지긋지긋해질 정도로. 하지만 그리 큰 인상을 받지는 못했었다.

하지만 로어 빈필드의 외곽을 벗어나 차를 동쪽으로 돌리는 순간 모든 충격이 한꺼번에 밀려들었다. 차 안에 혼자 있으면 그렇지 않은가. 옆으로 휙휙 지나가는 산울타리, 혹은 윙윙거리는 엔진 소리의 무언가 때문에 생각이 일정한 리듬을 타고 이어지기 시작한다. 기차 안에서도 가끔 이런 느낌이 들 때가 있다. 평소보다 더 나은 관점으로 상황을 볼 수 있을 것 같은 느낌. 의심스러웠던 모든 일에 확신이 생기는 것이다. 우선, 나는 머릿속에 한 가지 의문을 품은 채 로어 빈필드에 왔었다. 우리 앞에 기다리고 있는 건 뭘까? 정말 이대로 끝인 걸까? 예전의 삶으로 돌아갈 수 있을까, 아니면 그런 건 영영 사라져버렸을까? 사실 난 답을 알고 있었다. 예전의 삶은 끝났으며, 그걸 찾으려 해봐야 순전히 시간 낭비에 지나지 않는다는 걸. 요나를 고래 배 속으로 다시 집어넣을 수 없듯, 로어 빈필드로 되돌아갈 길은 없다. 나는 그 사실을 알고 있었다. 여러분이 내 생각을 잘 따라오고 있을 것 같진 않지만. 어쨌든 사실을 알면서도 난 여기로 찾아오는 이상한 짓을 저지르고 말았다. 오랜 세월 로어 빈필드는 내가 기분만 내키면 다시 돌아갈 수 있는 고요한 비밀 장소로 마음속에 숨겨져 있었는데, 마침내 돌아가 봤더니 그곳은 존재하지 않았다. 내 꿈에 수류탄을 던진 꼴이었고, 혹시라도 실수가 있을까 봐 영국 공군이 200킬로그램의 고성능 폭탄까지 떨어뜨려 주었다.

전쟁이 다가오고 있다. 사람들 말로는 1941년이라고 한다. 수많은 그릇이 깨지고, 작은 집들은 포장용 상자처럼 찢어지고, 공인회계사의 내장은 할부로 산 피아노에 더덕더덕 들러붙을 것이다. 하지만 무슨 상관인가? 로어빈필드에서 지내는 동안 한 가지 깨달은 점이 있었다. **그 모든 일이 벌어지리라.** 우리 마음 한구석에 있는, 우리가 두려워하고 있는 그 일들, 그저 악몽이거나 외국에서만 일어날 거라며 우리 스스로를 속이고 있는 그 모든 일. 폭탄, 식량 배급을 받으려고 줄을 선 사람들, 고무 경찰봉, 철조망, 셔츠단, 슬로건, 포스터 속의 큼지막한 얼굴들, 침실 창에서 총탄을 갈겨대는 기관총들. 이 모든 일이 벌어질 것이다. 난 알고 있다―적어도, 그땐 알았다. 빠져나갈 길은 없다. 마음이 동해 싸우거나, 고개를 돌리고 못 본 척하거나, 스패너를 들고 나가 다른 사람들과 함께 적들의 얼굴을 깨부수거나. 하지만 탈출구 같은 건 없다. 어차피 일어날 일인 것이다.

액셀러레이터를 꾹 밟자 낡은 차는 윙윙거리며 작은 언덕들을 오르내렸다. 엔진이 뜨겁게 달구어질 때까지 암소들과 느릅나무들과 밀밭이 옆으로 쌩쌩 지나갔다. 새 틀니를 끼고 스트랜드가를 걸었던 1월의 그날과 비슷한 기분이었다. 내게 예지력이라도 생긴 것 같았다. 영국 전역과 그 안의 사람들, 그리고 그들에게 벌어질 모든 일이 눈에 보이는 듯했다. 물론 그때도 한두 가지 의심이

들기는 했다. 차를 몰고 다니다 보면 세상은 아주 넓다는 걸 깨닫게 되고, 그 사실이 조금은 위안이 되기도 한다. 한 카운티의 외진 곳을 가로질러 갈 때 광활하게 펼쳐진 땅을 지나간다고 생각해보라. 그곳이 꼭 시베리아처럼 느껴진다. 들판과 너도밤나무 숲, 농가, 교회, 작은 식료품점들이 있는 마을, 교구 회관, 풀밭을 걸어 다니는 오리들. 이렇게나 큰 세상이 과연 변할 수 있을까? 거의 그대로 남을 수밖에 없으리라. 곧 나는 런던 외곽으로 접어들어 억스브리지로를 따라 사우설까지 달렸다. 몇 킬로미터나 늘어선 흉물스러운 집들과 그 안에서 따분하고 품위 있는 인생을 살고 있는 사람들. 그리고 그 너머 런던에 30킬로미터 넘도록 이어진 거리와 광장, 뒷골목, 공동주택, 아파트 단지, 퍼브, 생선 튀김 가게, 영화관, 그리고 지금의 변변찮은 생활에 변화가 없기를 빌고 있는 800만 명의 사람들. 폭탄이 이 모두를 없애버리지는 못한다. 이 얼마나 혼란스러운 세상인가 말이다! 사람들은 또 얼마나 사사로운 삶을 이어가고 있는가! 축구 도박 신청서를 오리는 존 스미스, 이발소에서 이야기를 주고받는 빌 윌리엄스, 저녁에 마실 맥주를 사 들고 집에 가는 존스 부인. 이런 사람들이 800만 명이다! 이들은 폭탄이 떨어지든 말든 지금까지의 삶을 계속 이어갈까?

순전한 망상이다! 이 무슨 헛소리인가! 몇 명이든 상관없다. 그들 모두 당할 것이다. 역경의 시기가 다가오고 있고, 유선형 인간들 역시 몰려오고 있다. 그 후에 어떤 일이 닥칠지는 나도 알 수 없고, 관심도 없다. 다만, 조금이라도 아끼는 무언가가 있다면 지금 작별 인사를 해 두는 편이 낫다는 것만은 알고 있다. 우리가 알았던 모든 것이 시도 때도 없이 울려대는 기관총 소리와 함께 시궁창에 처박히고 말 테니.

7

하지만 교외로 돌아오자 기분이 급격히 바뀌었다.

어쩌면 힐다가 정말 아플지도 모른다는 생각이 문득 들었다―그 순간 전까지는 뇌리를 스치지도 않았던 생각이었다.

이것이 바로 환경의 위력이다. 로어 빈필드에서는 힐다가 나를 집으로 불러들이기 위해 아프다는 거짓말을 한 거라 확신했었다. 이유는 모르겠지만 그땐 그 결론이 자연스러워 보였다. 하지만 웨스트 블레츨리로 들어와 붉은 벽돌 감옥이나 마찬가지인 헤스페리데스 주택단지에 둘러싸인 지금, 평소의 사고방식이 되돌아왔다. 월요일 아침처럼, 나는 모든 것을 삭막하고 합리적인 시선으로 바라보기 시작했다. 얼마나 바보 같은 짓거리에 지난

닷새를 허비했는지 이제야 깨달았다. 로어 빈필드로 몰래 가서 과거를 되찾으려 애쓰고, 차를 몰고 집으로 돌아오면서는 미래를 내다본답시고 허튼 망상에 사로잡히다니. 미래 좋아하시네! 우리 같은 인간들에게 미래가 무슨 대수라고. 일자리를 꼭 붙들고 있는 것, 이것이 바로 우리의 미래다. 힐다로 말할 것 같으면, 폭탄이 떨어지고 있는 와중에도 버터값을 생각할 것이다.

그리고 힐다가 계략을 썼으리라 생각한 내가 얼마나 어리석었는지 문득 깨달았다. 당연히 SOS는 가짜가 아니었다! 힐다에게 그런 상상력이 있을 리 없잖은가! SOS의 내용은 그저 명백하고도 냉혹한 진실이었던 것이다. 속임수가 아니라 힐다는 정말 아팠다. 젠장! 어쩌면 지금 이 순간 그녀는 무시무시한 고통 속에 몸져누워 있거나, 심지어 이미 죽었을지도 모른다. 이런 생각을 하자 등골이 오싹해지고, 배 속에 끔찍한 냉기가 돌았다. 나는 거의 시속 65킬로미터로 엘즈미어로를 쌩하니 달려가, 평소와 달리 임대 차고로 가지 않고 집 밖에 차를 세운 뒤 얼른 밖으로 튀어 나갔다.

그래서 내가 힐다를 좋아하는 걸까? '좋아한다'라는 말의 의미를 나는 모르겠다. 여러분은 자신의 얼굴을 좋아하는가? 아마 아니겠지만, 그 얼굴이 없는 자신은 상상할 수 없을 것이다. 자신의 일부니까. 내가 힐다에게 느끼는 감정이 바로 그렇다. 모든 일이 순조로울 땐 꼴도 보기

싫지만, 그녀가 죽는다는, 아니 아프다는 생각만 해도 온몸이 오들오들 떨리는 것이다.

더듬더듬 열쇠를 찾아 문을 열자 낡은 비옷의 익숙한 냄새가 확 끼쳐 들었다.

"힐다!" 나는 아내를 큰 소리로 불렀다. "힐다!"

아무런 답이 없었다. 철저한 정적 속에 "힐다! 힐다!" 하고 외치고 있자니 등골을 따라 식은땀이 흘러내리기 시작했다. 어쩌면 이미 병원으로 실려 갔을지도 몰랐다. 아니면 빈집의 위층에 시신이 누워 있을까.

위층으로 뛰어 올라가기 시작했지만, 그와 동시에 잠옷차림의 두 아이가 계단 꼭대기의 양쪽 방에서 나왔다. 아마 8시나 9시쯤 되었을 것이다—어쨌든 날이 어두워지기 시작했으니. 로나가 난간 너머로 내려다보며 말했다.

"어, 아빠! 오, 아빠다! 왜 오늘 왔어, 아빠? 금요일에 올 거라고 엄마가 그러던데."

"엄마는 어디 있어?"

"집에 없어. 휠러 아줌마랑 나갔거든. 왜 오늘 왔어, 아빠?"

"엄마가 아팠던 건 아니고?"

"아니. 엄마가 아팠다고 누가 그래? 아빠, 버밍엄에 갔다 왔어?"

"그래. 이제 가서 자. 감기 걸리겠다."

"우리 선물은?"

"무슨 선물?"

"버밍엄에서 사 온 선물."

"아침에 보여줄게."

"에이! 지금 보여주면 안 돼?"

"안 돼. 조용히 해. 방으로 가라니까, 안 그럼 맞을 줄 알아."

결국 힐다는 아픈 것이 아니었다. **정말로** 나를 속인 것이었다. 난 기뻐해야 할지 유감스러워해야 할지 감이 잡히질 않았다. 열어놓고 온 현관문으로 돌아갔더니, 다름 아닌 힐다가 정원 길을 걸어오고 있었다.

어스름한 빛 속에서 나를 향해 걸어오는 그녀를 지켜보았다. 3분 전만 해도 그녀가 죽었을지도 모른다는 불안감으로 등에 식은땀까지 흘리며 마음 졸였던 것을 생각하면 이상했다. 그녀는 죽지 않았고, 평소와 똑같았다. 가느다란 어깨와 초조한 얼굴의 똑같은 힐다, 가스비와 학교 수업료, 비옷 냄새, 월요일의 사무실—내가 언제나 돌아갈 수밖에 없는 엄연한 현실, 포티어스가 말하는 영원한 진실. 힐다의 기분도 그리 좋아 보이지 않았다. 그녀는 고민이 있을 때 가끔 짓는 표정으로 나를 힐끔 쳐다보았다. 족제비처럼 작고 야윈 짐승이 지을 법한 표정이었다. 하지만 내가 돌아와 있는 걸 보고도 별로 놀라는 눈치가 아니었다.

"어, 벌써 왔네?" 그녀가 말했다.

내가 돌아온 건 누가 봐도 뻔한 사실이기에 굳이 대답하지 않았다. 그녀는 내게 키스할 마음이 전혀 없어 보였다.

"당신 저녁은 없는데." 그녀가 곧장 말을 이었다. 너무도 힐다다웠다. 집 안으로 들어서는 순간 어떻게든 우울한 말을 뱉고 마는 것이다. "당신이 올 줄 몰랐거든. 그냥 빵이랑 치즈로 때워야 할 거야. 그런데 치즈가 있나 모르겠네."

나는 힐다를 따라 비옷 냄새가 진동하는 집으로 들어갔다. 그녀와 함께 거실로 가 문을 닫고 불을 켰다. 내가 먼저 말을 꺼낼 작정이었다. 처음부터 기선을 제압해야 유리했다.

"자, 말해봐. 대체 왜 나를 속인 거야?"

이제 막 라디오 위에 핸드백을 내려놓은 힐다는 순간 정말로 놀란 표정을 지었다.

"속이다니? 뭘 속여?"

"그 SOS 말이야."

"SOS? 대체 무슨 **소리야**, 조지?"

"당신이 위독하다는 SOS를 내보내 달라고 방송에 신청한 적이 없다는 얘기야?"

"당연하지! 내가 왜? 아프지도 않은데. 내가 뭐 하러 그런 짓을 하겠어?"

나는 설명하기 시작했지만, 그 직전에 이미 상황을 간파했다. 모든 것이 오해였다. 나는 SOS의 마지막 부분만

들었고, 그 힐다 볼링은 다른 사람이 분명했다. 인명록에서 힐다 볼링이라는 이름을 찾아보면 수십 명은 나올 터였다. 흔히 발생하는 우둔하고 미련한 오해였다. 힐다가 보잘것없는 상상력이라도 발휘한 줄 알았건만, 아니었다. 이 사건에서 유일하게 흥미로운 대목은 그녀가 죽은 줄 알고 나도 모르게 걱정했던 그 5분뿐이었다. 하지만 그것도 이젠 끝난 일이었다. 내가 설명하는 동안 힐다는 나를 가만히 쳐다보고 있었고, 그녀의 눈빛을 보아하니 뭔가가 신경에 거슬리는 모양이었다. 과연 그녀는 신문하는 목소리로 나를 추궁하기 시작했다. 역정을 내며 바가지를 긁어대는 목소리가 아니라, 차분하고 조금은 경계 어린 목소리로.

"그럼 버밍엄에 있는 호텔에서 SOS를 들었겠네?"

"그래. 어젯밤에, 국영방송으로."

"그래서, 버밍엄에서 언제 출발했어?"

"당연히 오늘 아침에 했지."(위기 상황에 대비하여 머릿속으로 거짓 일정을 짜놓았었다. 10시에 버밍엄을 떠나, 코번트리에서 점심을 먹고, 베드퍼드에서 차를 마신다—모든 계획이 세워져 있었다.)

"그러니까, 어젯밤에 내가 위독한 줄 알았는데 오늘 아침에야 출발했다는 소리네?"

"난 당신이 아프다고 생각 안 했다니까 그러네. 내가 설명했잖아. 당신이 또 속임수를 쓴 줄 알았다고. 그럴

확률이 훨씬 더 높았으니까."

"그러면서 용케 돌아오기는 했네!" 뭔가 또 불만스러
운지 목소리가 몹시 언짢았다. 하지만 힐다는 더 차분히
말을 이었다. "오늘 아침에 출발했다고?"

"그래. 10시에. 코번트리에서 점심을 먹고……."

"그럼 **이건** 어떻게 설명할 건데?" 힐다는 갑자기 나를
쏘아보는 동시에 핸드백을 휙 열어젖히더니, 종이 한 장
을 꺼내어 위조수표라도 되는 양 내 쪽으로 툭 내밀었다.

누군가에게 배를 한 방 얻어맞은 느낌이었다. 이럴 줄
알았다! 힐다에게 꼬리를 잡히고야 말았다. 그리고 그 증
거가 내 눈앞에 떡하니 있었다. 그게 뭔지는 몰라도, 내
가 어떤 여자와 함께 있었음을 증명해주는 무언가가 분
명했다. 나는 사기가 확 꺾여버렸다. 방금 전까지만 해
도, 괜히 버밍엄에서 허겁지겁 달려온 것에 화난 척하며
힐다를 들볶고 있었는데, 갑자기 전세가 역전되어버렸
다. 그 순간 내 표정이 어땠을지는 뻔하다. 나도 안다. 온
얼굴에 죄책감이 역력히 드러났으리라. 나도 안다. 죄책
감이라곤 눈곱만큼도 없었는데 말이다! 이건 습관의 문
제다. 잘못한 쪽은 항상 나라는 생각에 익숙해져 있다.
누가 100파운드를 준다 해도 나는 대답하는 목소리에서
죄책감을 지우지 못했을 것이다.

"무슨 소리야? 그게 뭔데 그래."

"읽어보면 알 거 아니야."

나는 종이를 받아 들었다. 변호사 사무실인 듯한 곳에서 보낸 편지로, 로보텀 호텔과 같은 거리의 주소가 적혀 있었다.

"안녕하십니까." 나는 편지를 읽었다. "부인께서 보내신 18일자 편지에 관하여, 약간의 착오가 있는 것 같아 알려드립니다. 로보텀 호텔은 2년 전 폐업했으며 지금은 사무실 건물로 사용되고 있습니다. 부인께서 설명하신 부군의 인상착의에 들어맞는 사람은 여기 한 명도 없습니다. 아마……"

나는 더 이상 읽지 않았다. 어떻게 된 일인지 단번에 알아차렸다. 잔꾀를 부리다 도리어 발목을 붙잡힌 것이다. 실낱같은 희망은 있었다. 손더스가 깜빡 잊고 로보텀 호텔 주소로 힐다에게 편지를 부치지 않았다면, 끝까지 시치미를 뗄 수도 있으리라. 하지만 힐다의 다음 말로 그 계획도 물 건너가 버렸다.

"자, 조지, 편지 잘 봤지? 당신이 떠난 날 내가 로보텀 호텔에 편지를 보냈더랬어—아, 당신이 도착했느냐고 묻는 그냥 짧은 편지였지. 그런데 이런 답장이 온 거야! 로보텀 호텔 같은 덴 없대. 그리고 바로 그날, 똑같은 주소로 당신 편지가 날아왔어. 호텔에 도착했다고 말이야. 당신이 다른 사람한테 편지를 부쳐달라고 부탁했겠지. 당신이 버밍엄에서 있었다는 볼일이란 **그거**였던 거야."

"잠깐, 힐다! 완전히 오해한 거야. 당신이 생각하는 그런 게 아니라고. 당신은 이해 못 해."

"아니, 다 알아, 조지. 난 **완벽하게** 이해해."

"아니, 힐다, 내 말 좀……."

물론 부질없는 짓이었다. 지은 죄에 벌을 받을 때였다. 차마 힐다와 눈을 마주칠 수도 없었다. 나는 몸을 돌려 문 쪽으로 가기 시작했다.

"차고에 차 넣고 올게."

"아니, 조지! 이런 식으로 빠져나갈 생각하지 마. 여기서 내 말을 들어."

"젠장! 전조등은 켜야 할 거 아니야. 점등 시간*이잖아. 벌금 물고 싶어?"

그러자 힐다는 나를 보내주었고, 나는 밖으로 나가 자동차의 전조등을 켰다. 집에 돌아와 보니 힐다는 여전히 서 있었다. 테이블에 내 편지와 변호사의 편지를 내려놓고 그 뒤에 서 있는 모습이 파멸을 알리는 조각상 같았다. 나는 용기를 내어 다시 한번 설득을 시도해보았다.

"내 말 좀 들어봐, 힐다. 이 일은 당신이 오해한 거야. 내가 전부 다 설명할 수 있어."

"**당신**이라면 뭐든 설명할 수 있지, 조지. 문제는 내가 믿느냐 마느냐 하는 거야."

※ 영국에서는 법에 따라 일몰 30분 후부터 일출 30분 전까지 조명 없는 공공도로에 세운 차들은 전조등을 켜두어야 한다.

"무턱대고 넘겨짚지 마! 그건 그렇고, 호텔에 편지는 왜 쓴 거야?"

"휠러 부인의 생각이었어. 결국엔 아주 좋은 생각이었지 뭐야."

"아, 휠러 부인이었군. 당신은 그 망할 여자한테 우리 사생활을 다 까발려도 괜찮아?"

"까발릴 필요도 없었어. 당신이 이번 주에 저지를 일을 경고해준 사람이 바로 휠러 부인이었거든. 어쩐지 낌새가 이상하다고 했어. 그리고 보다시피 그 말이 맞았네. 부인은 당신에 대해 모르는 게 없어, 조지. 꼭 당신 같은 남편이랑 살아본 적이 있으니까."

"하지만, 힐다……."

그녀의 얼굴을 보니 속까지 새하얗게 질려 있었다. 내가 딴 여자와 함께 있었다고 생각할 때마다 이런 얼굴이 되어버린다. 여자라니! 정말 그랬다면 좋았을 텐데!

빌어먹을! 앞날이 막막했다. 뻔하지 않은가. 몇 주 동안 이어지는 지독한 잔소리와 뚱한 표정, 이제 좀 풀렸나 싶을 때 날아드는 가시 돋친 말, 항상 늦어지는 식사, 무슨 일인지 궁금해하는 아이들. 하지만 나를 정말 우울하게 한 건, 내가 로어 빈필드로 갔던 진짜 이유를 아무리 설명해도 힐다가 믿어주지 않으리라는 비참함이었다. 그 순간엔 비참한 심정이 가장 컸다. 내가 왜 로어 빈필드까지 다녀왔는지 일주일 내내 설명해도 힐다는 절대 이해하지 못하리라. 엘즈미어로의 누가 이해를 하겠는가? 하긴! 나는 나 자신을 이해했나? 그 모든 일이 마음속에서 점점 흐릿해지는 것 같았다. 나는 왜 로어 빈필드에 갔을까? 그곳에 가긴 갔었나? 이런 분위기에선 그저 무의미한 짓 같았다. 엘즈미어로에서는 가스비, 수업료, 삶은 양배추, 월요일의 출근 말고는 전부 다 가짜다.

한 번 더 시도해보았다.

"내 말 좀 들어줘, 힐다! 당신이 무슨 생각을 하고 있는지 아는데, 완전히 오해야. 정말 오해라니까."

"그럴 리가, 조지. 내가 오해한 거라면, 당신이 그런 거짓말을 할 필요도 없었잖아?"

물론 달아날 길은 없었다.

나는 한두 걸음 움직였다. 낡은 비옷 냄새가 심하게 진동하고 있었다. 난 왜 그런 식으로 달아났을까? 미래와 과거가 중요치 않다는 걸 알면서 왜 미래와 과거를 걱정했을까? 동기가 무엇이었든 간에 이제는 잘 기억나지 않았다. 로어 빈필드에서의 옛 시절, 전쟁과 그 후, 히틀러, 스탈린, 폭탄, 기관총, 식량 배급 줄, 고무 경찰봉―이 모든 것이 점점 희미해져 가고 있었다. 남은 거라곤, 낡은 비옷 냄새 속에서 벌어지는 천박하고 비루한 말다툼뿐이었다.

마지막 시도.

"힐다! 잠깐만 내 얘기 좀 들어줘. 내가 이번 주 내내 어디 있었는지 당신은 모르잖아?"

"어디 있었는지는 상관없어. 당신이 **무슨 짓**을 하고 있었는지 아니까. 그걸로 충분해."

"젠장……."

그럼 그렇지, 부질없는 짓이었다. 힐다는 이미 내게 유죄 선고를 내렸고, 이제 한바탕 나에 대한 평가를 떠들어댈 참이었다. 두어 시간은 걸리리라. 그 후 닥쳐올 또 다른 난관이 있었다. 힐다는 내가 이번 여행 경비를 어디서 구했는지 문득 궁금해질 테고, 그러면 내가 그녀 몰래 17파운드를 꿍쳐두고 있었다는 사실을 들키는 건 시간문제였다. 이 다툼이 새벽 3시까지 계속된다 해도 이상할 이유가 없었다. 억울한 누명을 뒤집어쓴 척 연기해봐야 소용없었다. 이젠 그저 힐다의 반발이 제일 약할 방법을 택하고 싶었다. 그리고 머릿속으로 세 가지 선택지를 검토해보았다.

A. 내가 정말 뭘 했는지 말해주고 어떻게든 믿게 한다.
B. 기억상실증이라는 낡은 수법을 쓴다.
C. 여자와 함께 있었다고 믿게 내버려 두고 벌을 감수한다.

젠장! 답은 이미 정해져 있었다.

정용준(소설가)

'숨'이란 무엇인가. 그게 무엇이길래 이토록 호흡이 어려운가. 산소는 충분하다. 누가 내 입을 막지 않았고 목을 조르지도 않았다. 하지만 숨이 막힌다. 평온한 집과 방에 있어도, 나를 잘 아는 가족과 친지들과 함께 있어도, 익숙한 책상과 의자에 앉아 있어도, 숨 쉬는 게 쉽지 않다. 창문을 열고 환기한다. 환경을 바꾸고 장소를 옮기고 상황을 피한다. 여기 아닌 어딘가로, 익숙한 세계를 떠난 낯선 세계로, 사람들은 숨 쉴 곳을 찾아 떠나려 한다(떠나고 싶다). 하지만 모른다. 아무도, 누구도, 모른다. 숨 쉴 곳이 어디인지. 도대체 '숨'이란 무엇인지. 이야기 속 인물도 숨 쉴 곳을 찾아 떠난다. 이야기 바깥의 사람도 숨 쉴 곳을 찾아 두리번거린다. 100년 전에도, 현재도, 어쩌면 100년 후에도, '지금' '여기'에 있는 사람은 가슴을 두드리며 말하게 되리라.

"숨 쉴 곳을 찾아 떠나고 싶다."

독자는 소설을 읽는다. 인물을 발견하고 이야기를 듣는다. 하지만 때론 소설이 독자를 읽기도 한다. 사람을 발견하고 현실을 듣는다. 독자가 소설을 읽으며 느끼고 배우듯 소설이 독자를 예감하고 예상한다는 것이 말이 되는 소리인가. 소설의 서술자가 인물과 이야기를 벗어나 미래의 사람들과 세계를 향해 목소리를 낸다는 것이, 오래전 감정과 감각으로 현재 진술을 하는 것이, 가당키나 할까? 논리적으로 불가능한 이 비문의 상상력은 읽는 이에게는 가능하다. 한 세기 전에 살았던 평범한 사람의 이야기가 정확히 이 시대에 겹쳐져 오늘과 현실을 비추는 거울로 작동한다는 것을 읽은 자는 알 테니까.

책을 처음 읽을 때는 당연하게도 숨 쉬러 나가는 주인공에게 이입됐다. 인물이 바라본 세계. 그 세계에서 일어난 사건과 장면을 통해 느낀 감정과 마음을 옛이야기를 읽고 듣듯 한 걸음 떨어져 경험했다. 그는 평범한 사람이었다. 아니, 장면마다 우스꽝스러운 모습으로 실소가 터지는 초라한 인물이었다. 그의 몸과 마음은 스스로 인식하고 생각하듯 느리고 둔하고 볼품없었다. 유머가 넘쳤으나 웃음 뒤에 씁쓸한 표정을 지을 수밖에 없는 평범 이하의 루저였다. 인물은 자신을 비하하고 단점을 전시하듯 독자들에게 보란 듯이 몸과 마음을 꺼내 보였다.

내 얼굴은 그래도 썩 괜찮은 편이다. (……) 아직은 흰머리가 나거나 탈모가 오지 않았으니, 이를 끼우고 나면 내 나이인 마흔다섯처럼 보이지 않을지도 모른다.

나라는 인간은 이 녀석들을 낳고 먹여 키우기만 하면 되는 하찮은 존재, 쭈글쭈글한 꼬투리가 된 것 같은 느낌이 든다.

뚱뚱한 남자. 특히 태어나면서부터—그러니까, 어릴 적부터—뚱뚱한 남자는 사뭇 다른 길을 걷는다. 그는 다른 차원의 인생, 일종의 가벼운 희극 같은 인생을 살아간다.

그런데 읽으면 읽을수록 점점 이상한 기분을 느꼈다. 인물이 자신의 경험을 일기처럼 수기처럼 말하고 표현할수록 어째서인지 그의 삶이 사적인 영역을 벗어나 나에게, 그리고 지금 이 시대에, 교집합의 그물을 넓게 던지고 있었던 것이다. 물결을 덮는 물결과 파도를 없애는 파도처럼 공감과 동감의 물은 현재의 해변을 적시고 있었다. 100년 전 인물의 마음이 왜 지금 내 마음과 이렇게 닮아 있는 걸까. 그 시절의 삶의 조건과 내용이 어찌하여 이 시대와 이토록 비슷하단 말인가.

아버지는 파산을 향해 가고 있었지만, 그 사실을 알지 못했다. 그저 경기가 아주 안 좋고, 거래가 서서히 줄어들고, 생활비를 대기가 점점 더 빠듯해지고 있을 뿐이었다.

1918년의 내 삶이란 정말이지 이루 말할 수 없을 정도로 무의미했다. 나는 임시 막사의 난로 옆에 앉아 소설을 읽고 있는데, 수백 킬로미터 떨어진 프랑스에서는 총성이 울려 퍼지고, 무서워서 오줌을 지리는 불쌍한 아이들을 화로에 작은 골탄 던져 넣듯 기관총 포화 속으로 밀어 넣고 있었다. 나는 운 좋은 사람 중 한명이었다.

하지만 전쟁이 아니라 전쟁 후가 문제다. 우리는 증오의 세계, 슬로건의 세계로 빠져든다.

경기가 아주 안 좋고 거래가 서서히 줄어들고 생활이 점점 더 어려워지는 시대. 파산을 향해 가고 있는 부모님들. 하지만 일시적인 문제일 거라 막연히 낙관하는 허약한 소망. 절망의 빛을 애써 감추며 주먹을 움켜쥐는 슬픈 파이팅! 파이팅! 인터넷 검색창에 전쟁을 입력하면 지금 이 순간 벌어지는 전쟁의 기록이 실시간으로 업데이트되고 있다. 포탄이 날고 탱크가 도로를 점령하고 군인들이 마을을 점령하는 오래된 이야기가 이 시대에 멀쩡히 재현되고 있는 것이다. 구호와 전망과 대책만 난무하는 슬로건과 증오의 세계. 이 이야기가 정말 픽션인가? 이 이야기의 시대적 배경이 정말 100년 전이란 말인가?

시대는 엉망이고 진창이고 불합리한 세계의 폐허 같은 현실은 조금도 나아지지 않았는데 우리는 그것을 과거라고 부른다. 발전하고 있다고 착각하고 있고 최첨단의 시스템이 나와 우리와 공동체를 야만에서 벗어나게 할 것이라고 굳게 믿고 있다. 이제 더는 전쟁과 질병과 가난과 폭력에 시달리는 세대가 아니라고 말하고 또 말하고 있다. 세상에, 이럴 수가! 현실이 소설보다 더 허구적이라니. 소설의 인물보다 현실감이 떨어진 사람들이라니. 겉보기에는 초라하고 어리석어 보이는 소설 속 인물이 실존하는 사람들을 향해 외치고 있다. 자신의 삶에 놓인 구질구질한 일상과 초라한 내용물을 한심하게 여기면서도 자신의 삶에만 매몰되지 않고 타인의 삶과 이 시대를 향한 목소리를 내고 있는 것이다.

일주일에 7파운드를 벌고 두 아이를 키우는 중년 남자가 관심을 둘 법한 일에만 신경을 쓰며 살아왔다. 하지만 우리가 익숙해져 있던 옛 세계가 뿌리부터 잘려나가고 있음을 알아챌 만큼의 감각은 있다. 어떤 일이 벌어지고 있는지 느껴진다.

밥벌이를 해야 하는 사람이 그런 생각을 하는 건 그저 미련한 짓이다. 하지만 그 생각이 도통 머리를 떠나지 않았다.

이 소설이 단순히 옛날 소설이라고만 생각했을 때는 결코 듣지 못했던 목소리가 들리기 시작했다. 1인칭 주인공 시점의 자기 고백적인 인물의 목소리가 아니라 분명히 1인칭인데 시대와 시간의 경계를 넘어 이야기의 바깥으로 뚫고 나와버린 서술자의 목소리였다. "여러분"이라고 말을 걸고 능청스럽게 "아시는지?"라고 묻는 서술자. 그는 옛날

소설의 인물이면서 동시에 지금 이 시대를 사는 독자다. 이 목소리를 들었다면 더 이상 서술자는 과거의 인물이 아니다. 이야기에 갇혀 있는 자가 아니다. 이야기를 읽을 때마다 독자에게 현재 나타나는 오늘과 내일의 사람이다. 어쩌면 그 목소리야말로 시간을 초월하고 경계와 구분을 무의미하게 만들어버리는 살아 있는 이야기 그 자체일지도 모른다. 소설에서 일어나는 일은 내게도 일어나고 있다. 이야기 속 각각의 사연은 뉴스에서 보도되고 일상에서 반복되고 있다. '타인의 일'이란 없다. '그 시대의 사건'이란 것도 이제는 불가능하다.

'조지 오웰'이란 이름은 시대와 세계를 파악하는 탁월한 인식의 도구이자 언제나 유효한 지식 그 자체다.『1984』의 '빅 브러더'는 현대인과 사회 시스템을 이해할 수 있는 영원한 메타포다.『숨 쉴 곳을 찾아서』는 누구도 강요하지 않은 싸움에서 계속 패배한 한 인물의 지난한 삶이 소설에만 존재하는 허구의 이야기가 아니라는 것을, 지금 당장 우리가 당면한 현실이라는 것을, 받아들이게 하는 알레고리 그 자체다. 때문에 '조지 오웰'이란 렌즈로 세상을 바라보면 독자는 어지럽게 흔들리는 세상에서 초점을 맞출 수 있다. 원근을 구분할 수 있으며 실상과 허상을 파악할 수 있다. 다만 그 렌즈가 깨끗하지는 않을 것이다. 그래서 답답할 것이다.

진정한 죽음이란 뇌가 멈추고, 새로운 생각을 받아들일 능력을 잃어버릴 때가 아닌가 싶다. 바로 포티어스처럼. 놀랍도록 박식하고, 놀랍도록 취향이 고상한데도 그는 변화를 받아들일 능력이 없다. 그저 똑같은 말을 되풀이하고, 똑같은 생각만 할 뿐이다. 그런 사람들이 아주 많다. 정신이 죽고 멈춰버린 사람들.

내 삶은 점점 결정화되고 있는데 나는 알아차리지 못한다. 생각하는 힘과 의심하는 능력도 딱딱하게 굳어가고 있다. 내가 그냥 나일 때, 내 현실이 세계의 전부라고 받아들일 때, 그 순간 나는 그 상태로 박제된다. 살아 있는 채로 서서히 죽어가는 삶이다. 내 삶에 잠식되어 있을 때는 알지 못했던 것들을 소설을 통해 알게 된다. 이해하는 능력을 갖추고 질문에 답을 해보려는 시도를 하기 시작한다. 저 세계와 이 세계가 무엇이 다른 걸까. 옛날 사람들은 저랬구나, 라는 생각은 곧바로 옛날 사람이라면서 왜 내가 저기에 있는 걸까, 라는 인식으로 뒤바뀐다. 여전히 도처에서 일어나는 전쟁. 현대라는 고독. 사람들의 시선과 말에 구멍 뚫리고 멍들어가면서도 애써 쓸쓸한 미소를 짓는 사람들. 몸과 마음이 멍든 이 시대의 슬픈 뚱보들.

누구와 싸우지도 않았는데 스스로 진 사람들이 있다. 크고 작은 전투 속에서 계속 수세에 몰린 이들이 있다. 하지만 인식하고 생각한다면, 눈을 들어 멀리 보고 이 세계 바깥을 바라본다면, 숨 쉴 곳을 찾는다면, '숨'이란 무엇일까? 생각에 잠긴다면, 그는 더 이상 루저가 아니다. 라운드는 계속될 테니까. 숨 고르고 다시 링에 서게 될 테니까. 오늘과 지금을 인식하며 산다는 것을 그리하여 그 자체로 도전이 될 것이다.

조지 오웰 연보

1903	6월 25일, 인도 벵골의 모티하리에서 식민행정청 아편국 공무원으로 일하던 영국인 리처드 웜즐리 블레어와 프랑스인 이다 리무쟁 사이에 1남 2녀의 둘째로 태어남. 본명은 에릭 아서 블레어(Eric Arthur Blair).
1904	여름, 온 가족이 영국에서 휴가를 보냄. 리처드 블레어는 가을에 홀로 인도로 돌아가고 이다는 아이들의 교육을 위해 옥스퍼드주에 남음.
1908-11	우르술라회 수녀원에서 운영하는 초등학교에 다님.
1911-16	세인트시프리언스 사립 기숙학교에 다님.
1912	아버지 리처드 블레어가 대영 식민행정청을 그만두고 본국으로 돌아옴.
1914	7월, 제1차 세계대전 발발.

1917-21	장학금을 받아 명문 사립 이튼 스쿨에 다님.
1922	4월, 스탈린이 소련 공산당 중앙위원회 서기장에 취임. 10월, 영국령 인도의 제국경찰이 되어 버마에서 복무하기 시작.
1927	작가의 길을 걷기로 마음먹고, 휴가차 돌아온 런던에서 사직서 제출. 이후 런던의 싸구려 하숙집에 살며 하층민들과 어울림.
1928-29	저임금 일을 하며 파리의 노동자 계층 지역에서 거주. 기사와 평론을 쓰기 시작. 『파리와 런던의 부랑자(*Down and Out in Paris and London*)』와 『버마의 나날(*Burmese Days*)』 집필에 착수.
1932	4월, 미들섹스주의 작은 사립학교 호손스 남자 고등학교에서 교사로 부임하여 이듬해까지 일함.
1933	1월 9일, '조지 오웰'이라는 필명으로 첫 책 『파리와 런던의 부랑자』를 출간.
1934	10월 25일, 『버마의 나날』이 미국에서 먼저 출간됨.

1935	3월 11일, 『신부의 딸(*A Clergyman's Daughter*)』 출간.
	6월 24일, 영국판 『버마의 나날』 출간. 런던의
	서점에서 일하면서 저술 활동을 이어감.

1936	4월 20일, 『엽란을 날려라(*Keep the Aspidistra Flying*)』
	출간.
	6월 9일, 하트퍼드셔주 월링턴의 교회에서 아일린
	오쇼너시와 결혼.
	7월, 스페인 내전 발발.
	12월, 스페인 내전을 보도하기 위해 스페인으로
	향함.

1937	1월, 영국 독립노동당원 자격으로 스페인
	마르크스주의 통합노동당 의용군에 가담해 참전.
	3월 8일, 『위건 부두로 가는 길(*The Road to Wigan*
	Pier)』 출간.
	5월, 스페인 북동부의 우에스카에서 저격수의 총에
	목을 맞음.
	6월, 아일린과 함께 기차를 타고 스페인에서
	프랑스로 피신.

| 1938 | 3월, 폐결핵 진단을 받고 요양소에서 치료받음. |
| | 4월 25일, 스페인 내전의 경험을 바탕으로 쓴 |

『카탈루냐 찬가(*Homage to Catalonia*)』 출간(1,500부).
9월, 요양을 위해 간 프랑스령 모로코에서 『숨 쉴 곳을 찾아서(*Coming Up for Air*)』 집필 시작.

1939	3월, 스페인 내전이 끝나고 프랑코의 군사 독재 정권이 들어섬. 6월 12일, 『숨 쉴 곳을 찾아서』 출간. 8월, 히틀러와 스탈린이 상호불가침 조약을 맺음. 제2차 세계대전 발발.

1940	3월 11일, 수필집 『고래 배 속에서(*Inside the Whale*)』 출간. 6월, 건강상의 이유로 참전을 거부당했지만 국방 시민군에 자원해 런던에서 복무.

1941	2월 19일, 수필집 『사자와 유니콘(*The Lion and the Unicorn*)』 출간. 12월, BBC에 채용되어 나중에 시사 토크 프로그램의 프로듀서가 됨. 매주 정기적으로 전쟁 상황에 대한 시사를 다룸. 오웰이 원고를 쓰고 대부분의 방송 진행까지 맡음.

1943	가을, BBC를 그만두고 《트리뷴(*Tribune*)》의 문학 편집자로 일함(1945년 2월까지).

1944	2월, 『동물농장(*Animal Farm*)』 탈고. 6월, 갓난아이를 입양하고 리처드 호레이쇼 블레어라고 이름을 지어줌.
1945	3월 29일, 아내 아일린 블레어 사망. 8월 17일, 『동물농장』 출간(초판 4,500부).
1946	2월 14일, 『문학평론집(*Critical Essays*)』 출간. 8월, 스코틀랜드 주라섬에 머물며 『1984』를 ('유럽의 마지막 인류'라는 제목으로) 쓰기 시작. 8월 26일, 『동물농장』 미국판이 출간되고 전 세계적 반향을 일으키며 큰 성공을 거둠.
1947	11월, 『1984』 초고 완성. 12월, 폐결핵으로 글래스고 근교 헤어마이어스 병원에 입원해 7개월 동안 치료받음.
1948	5월, 『1984』 두 번째 개고를 시작. 10월, 출판인 프레드릭 워버그에게 보낸 편지에 '1984'와 '유럽의 마지막 인류'라는 제목을 놓고 갈등 중이라고 씀. 11월, 『1984』를 탈고하고 손수 타자 원고를 작성. 12월, 『1984』의 정서본을 완성해서 출판사로 발송.

1949	1월, 폐결핵이 악화되어 글로스터셔주의 코츠월드
	요양원에 9월까지 입원.
	6월 8일, 『1984』 출간(초판 2만 5,500부).
	10월 13일, 런던 유니버시티 칼리지 병원의
	병상에서 소니아 브라우넬과 결혼.

1950	1월 21일, 46세에 폐결핵으로 사망.
	1월 26일, 런던의 크라이스트처치에서 장례식을
	치르고 버크셔주의 올 세인츠 공동묘지에 본명
	'에릭 아서 블레어'로 묻힘.